Gilles Rozier

Im Palast der Erinnerung

Roman

Die Andere Bibliothek

Begründet von
Hans Magnus Enzensberger

Gilles Rozier

Im Palast der Erinnerung

Roman

Aus dem Französischen übertragen von Claudia Steinitz und Barbara Heber-Schärer; aus dem Jiddischen von Nici Graça und Esther Alexander-Ihme; aus dem Hebräischen von Ruth Melcer.

01

Sie verlangen also von mir, Erinnerungen heraufzubeschwören, junger Mann, nach denen ich jahrelang unaufhörlich gesucht habe; aber in letzter Zeit kam es mir vor, als sei die Stunde gekommen, sie ruhen zu lassen; nicht dass ich irgendwie Ruhe gefunden hätte, aber es vergingen Tage, Wochen, Monate und schließlich Jahrzehnte, es schien vergeblich, ein Erinnerungsquentchen, ein einziges Bild einfangen zu wollen, das wenn nicht tröstlich, so doch wenigstens beruhigend wäre.

Sie bitten mich, von einer für immer versunkenen Welt zu erzählen, aber selbst wenn es mir gelänge, die Ereignisse in die Reihenfolge zu bringen, in der sie sich abgespielt haben, oder vielmehr in der mein Gedächtnis sie festgehalten hat, wie könnte ich Sie die Luft einer Zeit atmen lassen, die es nicht mehr gibt, die Gerüche des Marktes nach Kohl, Kartoffeln, nach den Hühnern in ihrem Käfig, ehe sie unter das Messer des Schlachters kamen, den Heringen in ihren Fässern … und den hartnäckigen Tabakdunst im Literatenverein, wo ich meine ersten Lebensjahre damit verbracht habe, auf allen vieren zwischen den Stiefeln eines Dichters aus Galizien und eines Romanautors aus dem Warschauer Armenviertel herumzukrabbeln – und selbst wenn ich es könnte, was sagen Ihnen die Namen Markisch, Warschawski, Singer, Rawizc, gemessen an dem, was sie bei mir hervorrufen? Haben Sie je von Zusman Segalowicz und Jechiel-

Jeschaje Trunk gehört? Kann man teilen, was der andere gar nicht kennt? Wie könnte ich Ihnen von dieser Zeit und diesen Orten in Ihrer Sprache erzählen, während man an den Tischen des Vereins vor allem Jiddisch und ein bisschen Hebräisch sprach, Polnisch, um zu fluchen, und andere Sprachen aus angrenzenden Ländern, mit Wörtern, die manche Mitglieder aus ihrem Babylon mitgebracht hatten, ein wildes Kauderwelsch. Rumänisch, Ukrainisch, Russisch sind für Sie so fern, kaum vorhanden, so tief sind Sie im Abendland verwurzelt, doch ich bestehe aus ihnen. Sogar nach all der Zeit höre ich sie noch, aber könnte ich sie wiedergeben? Und mehr als der Klang jeder einzelnen – den hören Sie in Moskau, Bukarest, Lviv, Warschau, Tel Aviv oder New York – ist es das Konzert, das aus ihrem Zusammenklang entstand und nicht mehr entstehen wird, das ich nicht für Sie zurückholen könnte, so wie ich es gehört habe, in mir tönt es noch, zum Verrücktwerden. An manchen Tagen möchte ich, dass es verschwindet, dass die letzte Geige dieses Orchesters aufhört zu kratzen, so wie die Musiker der *Abschiedssymphonie* einer nach dem anderen den Orchestergraben verlassen, nachdem sie ihre Kerze gelöscht haben.

Mein Lichtlein wird auch bald verlöschen, es ist mir gelungen, Ordnung in meinem Leben und dem der Menschen meiner Kindheit zu schaffen. Ich habe sie, nachdem ich ihr Leben durch Recherchen rekonstruiert hatte, in die Regale einer Bibliothek einsortiert, und da tauchen Sie auf und verlangen Rechenschaft. Schon bei Ihrem ersten Brief habe ich bemerkt, dass Sie nicht einfach ein weiterer Student sind, der mir eine Frage über Warschau stellt, oder ein Historiker über Tarnopol. Ich wollte Sie abweisen, aber ich wusste, es wäre verlorene Mühe. Sie wollten nicht nur wissen, sondern erleben, nacherleben, das Ganze erfassen, ich habe gespürt, dass Sie mich bitten würden, alles wiederzugeben. Und wenn eine Kleinigkeit fehlte, die Farbe einer Tapete oder der Vorname einer Kellnerin im Verein, dann wären Sie unbefriedigt und fänden, ich hätte meine Aufgabe nicht erfüllt. Wie soll ich mich erinnern, wir sprechen schließlich von Erlebnissen, die mehr als sechzig Jahre her sind. Wie könnte mein Gedächtnis so viel bewahrt haben? Sie sagen, Sie seien zu mir gekommen und nicht zu jemand anderem, weil Sie mir vertrauen; was für eine Verantwortung auf meinen alten Schultern! Man kann sich nicht an alles erinnern. Und selbst wenn ich dazu imstande wäre, wie soll ich Ihnen erzählen, dass zu der Zeit, als Perez Markisch im Literatenverein in der Tłomackiestraße 13 *Der Haufe* deklamierte, ein Pfund Geflügelleber an den Ständen in der Miłastraße für drei polnische Mark gehandelt wurde, und dass der große Schriftsteller Schlomo An-Ski seinen letzten Seufzer tat, ohne seinen *Dibbuk* auf einer Theaterbühne zu sehen. Eine Myriade von Einzelheiten drängt sich in mir, manchmal habe ich Schwierigkeiten, sie zu ordnen, deshalb habe ich so viel gesucht und so viel sortiert. Aber wie kann ich heute die ganze Vielschichtigkeit eines Reiches wiedergeben, das nicht mehr existiert? Denn schauen Sie, ich bin in einem jüdischen Reich geboren, in einer Stadt, wo Sie ein Leben lang keine andere als jene Sprache zu sprechen brauchten, die ein Jahrtausend zuvor an den Ufern des Rheins entstanden und an der Weichsel wie zu Hause war, zumindest dachte sie das. Ein Königreich mit seinen Herren und seinen Untertanen, seinen Grenzen und seinem Territorium: der Sprache. Ich bin keine Mathematikerin. Die von den Griechen geerbten abstrakten Konstruktionen haben mir Angst gemacht, seit man sie mir in der Grundschule beizubringen versuchte, denn sie münden ins Unendliche, die Zahlen sind Abgründe, ich meide sie; ich kann bis zehn zählen, bis hundert vielleicht, tausend und zweitausend sind Höhen, in denen man noch atmen kann, aber weiter oben schwanke ich, ich bekomme keine Luft mehr ... und dieser Schwindel rührt nicht von meinem hohen Alter her, ich habe Angst, mich im Unzugänglichen zu verlieren, wie ich auch nicht auf dem Land wohnen kann, denn beim Anblick des Himmels gerate ich in Panik, nachts die unendlich vielen Sterne zu sehen ist mir unerträglich. Wenn ich die Augen auf das Himmelsgewölbe richte, wird mir gegen meinen Willen unser winziges Leben und die Unmöglichkeit bewusst, diese Sterne mit einem Blick zu umfassen. Die Menschheit sollte zahlreich sein wie die Sterne am Himmel, das war die Verheißung des Anfangs, und es ist gelungen. Wir sind mehr als sechs Milliarden auf der Erde, dabei war die Menschheit vor ein paar zehntausend Jahren kaum mehr als eine Familie, hunderttausend waren wir zur Zeit des Neandertalers. Heute kann man die Menschen auf der Welt nicht zählen, ein Computer zeigt dir einen Zähler, wie eine Digitaluhr, du schaltest ihn früh um zehn ein, und wir sind 6 650 280 127, du stehst ein paar Minuten auf, gießt dir einen Tee ein, setzt dich wieder, trinkst den ersten Schluck, klickst noch mal auf den Bildschirm, und wir sind 6 650 280 499. Im Nu, nach dreimal Rühren in einer feinen Porzellantasse sind wir 327 Menschen mehr, 353 000 werden jeden Tag geboren und 200 000 sterben, ich spreche von Schätzwerten, wie soll man genau wissen, wie viele geboren, wie viele gestorben sind; und vor allem, wer sie sind. Soll ich Ihnen jeden Tag die Namen der Neuankömmlinge und der Verschwundenen nennen? Dieses unsinnige Bevölkerungswachstum ist überwältigend, wohin geht der Mensch? Warum so zahlreich werden wie die Sterne am Himmel? Welchen Segen bringt das der Erde?

Was haben wir gewonnen, wenn wir in Türmen mit zweihundert Etagen oder in unterirdischen Städten leben? Ist nicht nach dem Hinscheiden noch Zeit genug, in die Hölle hinabzusteigen, müssen wir schon zu unseren Lebzeiten auf das Tageslicht verzichten, unseren Wohnsitz in der Unterwelt nehmen? Wie könnte ich von dieser Wirklichkeit berichten, Tag für Tag die Schmerzen jeder einzelnen Frau beschreiben, unter denen sie eins dieser 200 000 Kinder zur Welt bringt? Die Aufgabe ist übermenschlich, ich kann es nicht, wer wäre dazu imstande, wollen Sie mich in den Wahnsinn treiben? Welcher Dämon steckt in Ihnen? Warum verlangen Sie diese Rechenschaft? Können Sie mich nicht in Ruhe sterben lassen? Ist es eigentlich Zufall, dass ich Ihren Brief auf den Tag genau ein Jahr nach dem Tod des letzten Mitglieds des Literatenvereins erhalte? Seltsamer Jahrestag. Der letzte Kriegsveteran von Verdun war auf allen Titelseiten, aber niemand hat vom letzten Mitglied des Vereins gesprochen. Welches Land hätte ihn auch feiern sollen? Ich bin die Einzige, die sich an ihn erinnert. Ich liege im Schlafzimmer meiner Wohnung, es grenzt an die Bibliothek, in der ich die Beweise aufbewahre, dass dieses Reich existiert hat. Ich habe die Zeitschriften, die Flugblätter, die Fotos, die Manuskripte geordnet, die ich mein Leben lang zusammengetragen habe, um mich zu vergewissern, dass ich nicht geträumt hatte, dass es in Warschau tatsächlich einen Jiddischen Literaten- und Journalistenverein gegeben hat, dass dort auf Jiddisch geschrieben und deklamiert wurde, dass ich nicht den Verstand verloren hatte. All diese Beweise habe ich in der Bibliothek direkt neben meinem Schlafzimmer. Manchmal, oft, immer, fast jeden Tag, jeden Tag gehe ich an meinem Stock hinüber, setze mich in den theaterrot bezogenen Art-déco-Sessel, den ich in die Mitte gestellt habe, lasse mich in die Polster sinken, auch wenn ich später Mühe habe, wieder aufzustehen, und lege den Kopf nach hinten, als wollte ich in den Himmel schauen; aber Gott sei Dank gibt es eine Decke, mein Firmament ist weiß, etwas vergilbt von den Jahren und von Holz durchzogen, denn die Balken des Dachstuhls sind unverkleidet. Ich bleibe mitten im Zimmer sitzen, die Wände sind mit meinen Reliquien bedeckt, den Büchern aus dem Leben meines Vaters, aber sein Leben ist mein Leben, ich habe überlebt, damit er weiterlebt, und so lange ich lebe, wird er leben, ich bleibe an diesem Ort, den ich mir als Grab wünschen würde. Ach wäre ich doch eine ägyptische Prinzessin, die man mit den Dingen ihres Lebens begräbt, den Büchern und Manuskripten meines Vaters und seiner Freunde. Es heißt, Dinge seien leblos, aber das ist eine Lüge, glauben Sie keinem, der blind ist für die Macht der Dinge. Ich habe sie immer als Persönlichkeiten betrachtet. Ich habe mich mit denen umgeben, die ich liebe. Eine Zuckerdose auf einem Tisch gefällt mir nicht, und mein Tag ist verdorben. Ein Fleck auf einem Sofa, und meine Welt bricht zusammen. Sie werden sagen, meine Welt sei schon völlig zusammengebrochen, wie kann sie es noch mehr? Das ist so: Ich kann Dingen gegenüber nicht gleichgültig bleiben. Deshalb habe ich diese Dokumente gesammelt und lebe in ihrer Mitte. Ich setze mich jeden Tag in den roten Sessel, den ich nach langem Suchen bei einer Trödlerin in Warschau wiedergefunden habe. Er stand früher mit anderen im Foyer des Literatenvereins, er ist wie durch ein Wunder der Zerstörung entgangen. Die Tłomackiestraße wurde dem Erdboden gleichgemacht, die prächtige Synagoge, die dort thronte, war nur noch ein Schuttberg. Übrig blieb nur, eine Zeitlang, ein Stück Mauer und der große, etwas verbogene siebenarmige Leuchter, ein Bild, das um die Welt ging und zum Symbol der Zerstörung meines jüdischen Reiches geworden ist. Der rote Sessel ist übriggeblieben. Das Gebäude, in dem er stand, wurde keineswegs verschont. Die Nummer 13 in der Tłomackiestraße hat die Bomben und Flammenwerfer, die Liquidierung des Ghettos im Frühjahr 1943 und schließlich die Zerstörung ganz Warschaus nach dem Aufstand im August 1944 nicht überstanden. Aber der Sessel war in einen Keller gebracht worden. Fand ein Kämpfer während des Aufstands darin ein bisschen Ruhe? War der Sessel im Hauptquartier der Aufständischen unter der Miłastraße 13 gelandet? Ich habe es nicht herausbekommen, ich habe mich bei den Überlebenden erkundigt, habe Marek Edelman in Łódź, Antek Zuckerman in seinem Kibbuz in Galiläa gefragt, ich dachte mir, dass Mordkhe Anielewicz darin vielleicht eine letzte Zigarette geraucht hat, ehe er sich das Leben nahm, aber man weiß es nicht. Ich habe den Sessel auf einem Flohmarkt in der Obozowastraße wiederentdeckt. Den gibt es immer noch, Sie können es überprüfen, wenn Sie wollen. Ich spreche vom heutigen Warschau, der irdischen, von Polen bewohnten Stadt, nicht von der Himmelsstadt, die nur noch in den Regalen meiner Bibliothek und in meiner Erinnerung existiert; ich spreche von der, die Sie finden, wenn Sie ein Flugzeug nach Warschau nehmen, Hauptstadt der Republik Polen, 1 655 000 Einwohner nach der Ausgabe 1994 meines Lexikons, aber die Bevölkerung hat sich seit damals geändert, das steht fest. Warschauer sind gestorben, andere sind geboren, sie hören nicht auf, zur Welt zu kommen und sie zu verlassen, es ist verrückt, wie die Zeit und die Menschheit rast, ich komme nicht mehr nach, bei der Vorstellung bekomme ich furchtbare Migräne, also muss ich mich schonen, ich bin sehr alt, wissen Sie. Deshalb mag ich diese Stadt nicht: Sie verändert sich unaufhörlich, sie kann nicht stillhalten, dabei wünsche ich sie mir erstarrt, wie in meiner Erinnerung. Wie kann Warschau noch leben, während mein *Varshe* tot ist? Als ich ihn am Stand einer alten Dame mit lauerndem Blick sah, erkannte ich einen der Sessel, in denen die Ehrengäste versanken, während man ihnen Tee servierte. Der Stoff ist etwas abgewetzt, an der rechten Armlehne ist ein Zigarettenloch. Wer hat es gemacht? Welcher aufbrausende Schriftsteller hat im Eifer eines literarischen Streits die Glut auf den roten Samt fallen lassen? Ich werde es nie erfahren, aber ich stelle sie mir einzeln vor, Hirsch-Dovid Nomberg, Melech Rawizc, Hillel Zeitlin, Israel-Joschua Singer, Itsche Mejer Weissenberg. Oder auch eine Frau, die Dichterin Rochl Korn, wenn sie aus der Provinz kam, um ihren Geliebten zu treffen, oder irgendeine Halbweltdame am Arm eines leichtfertigen Theaterautors. Wenn ich einen dieser Schriftsteller wiederlese, sehe ich ihn in dem Sessel sitzen, durch die Literatur bin ich bei ihm. Ich richte den Blick auf das Zigarettenloch und betrete jene Welt, ich bin wieder dort, ich bin der Rauch ihres Tabaks, ich wirble zwischen ihnen herum.

02

Ich hatte eine der renommiertesten französischen Verwaltungshochschulen besucht, meine Laufbahn war vorgezeichnet. Nach der Überreichung der Diplome hatte ich im Jahrbuch der Ehemaligen geblättert. Ich stellte mir vor, ich würde in ein paar Jahren einer von diesen Managern sein, die unsere Wirtschaft in Schwung halten. Ich würde eine große Wohnung und ein schönes Auto haben, würde reisen, wann ich Lust hätte, ich müsste mir nur ein Ticket zu dem gewünschten Ziel kaufen und die Rechnung mit meiner Kreditkarte bezahlen.

Ich hatte mühelos eine Stelle in einer Bank gefunden, aber an dem Tag, als ich die Schwelle des prächtigen Gebäudes überschritt, erlebte ich einen Schock. Ich konnte mir einfach nicht vorstellen, dass mein Lebenszweck darin bestehen sollte, Tag für Tag anderer Leute Geld zu verwalten, zum Wohl eines Aktionärs, der wahrhaftig genug zum Leben hatte. Warum hatte ich das nicht geahnt? Warum musste ich erst an diesem Schreibtisch sitzen, um zu begreifen, dass das nicht mein Leben war? Aber was war mein Leben? Eine strahlende Zukunft hatte sich in einen Albtraum verwandelt. Als ich versuchte, mir meine Zukunft vorzustellen, sah ich keine glänzende Karriere, keine große Wohnung mehr, ich sah nichts. Gar nichts. Oder ein gesichtsloses Monster. Ich glaubte, ich würde nie wieder aus dieser Bank herauskommen und zeitlebens den ganzen Tag auf die Uhr starren, während die anderen neu Eingestellten ihre ganze Energie aufwendeten, um sich vor der Geschäftsleitung auszuzeichnen.

Nach Feierabend, nach den Tagen, die mir wie im Gefängnis verbrachte Nächte vorkamen, besuchte ich Flohmärkte und Bouquinisten und gab mein Gehalt für Bücher, Postkarten und Dinge aus der Vergangenheit aus. Ich ging am Trocadéro spazieren, flüchtete mich in die Zwischenkriegsarchitektur. Manche bezeichneten diesen Stil als mussolinisch, aber war es denn meine Schuld, dass diese reinen Linien ihre Glanzzeit erlebt hatten, als Europa sich allen Spielarten des Faschismus überließ?

Die Anhäufung alter Gegenstände war meine Art, vor der Gegenwart und der Angst vor der Zukunft zu fliehen. Die Vergangenheit war etwas Sicheres, man wusste, was einen erwartete. Ravaillac hat Henri IV. ermordet, Charlotte Corday hat mit Marat abgerechnet, diese Momente haben zwar die Geschichte einer Nation verändert, aber selbst die schlimmsten Geschehnisse machen keine Angst mehr, weil sie vergangen sind. Mein Kopf war voll mit solchen Erschütterungen, vor allem jedoch mit Dingen, die im Verhältnis zur ganzen Welt winzige Zuckungen, für mich aber beträchtlich waren: der Familiengeschichte. Diese Vergangenheit erschreckte mich viel mehr. Ich kam nach einer Abfolge von Toten. Als läge ein Fluch über mir, blieb ich der Letzte. Das Gemetzel hatte bereits vor meiner Geburt begonnen. Mein Vater war Waise. Seine Eltern waren im Abstand von einer Woche an der Grippe gestorben. Ja, an der Grippe. Das ist so dumm, dass ich es kaum zu erzählen wage. Sie sind nicht einmal bei einer großen Epidemie umgekommen. Die Krankheit hatte relativ wenige Opfer gefordert, aber meine Großeltern hatten zu ihnen gehört. Schlimmer noch: Diese Grippe hatte sie während des Krieges getötet. Wie soll man so etwas zugeben? Wie kann man so sterben, während so viele andere auf dem Feld der Ehre gefallen, auf den Straßen des Exodus umgekommen, von Bomben getötet, wegen Widerstands erschossen, bei der Deportation ermordet, als Kollaborateure liquidiert worden sind? Käme man bei jemand, der 1943 gestorben ist, auf die Idee, dass ihn ein böses Fieber dahingerafft hat?

Meine Mutter hat die ihre nie gekannt: Sie war im Kindbett gestorben. Ebenfalls während des Krieges. Vielleicht haben meine Eltern sich deshalb kennengelernt. Diese banalen Tode haben sie einander nähergebracht. Der einzige Großvater, der bei meiner Geburt noch lebte, starb, als ich sechs Jahre alt war. Sein Tod war weniger unpassend – er hatte Krebs –, obwohl er relativ jung war. In einer anderen Familie wäre er vielleicht normal erschienen, in unserer wurde er als hartnäckiges Schicksal erlebt. Ich erinnere mich kaum an seinen Tod. Ich habe nur das Bild meiner in Tränen aufgelösten Mutter vor Augen, damals fragte ich mich: »Was habe ich getan, das sie so traurig macht?« Ich war im Tod geboren: Die Meinen waren schon lange vor meiner Geburt vom Verlust dreier Eltern beherrscht, und diese Herrschaft wurde vom Tod meines Großvaters noch einmal bekräftigt. Ich war das einzige Kind, eine zweifelhafte Krone, die ich zu tragen hatte. Meine Mutter war es auch, und mein Vater hatte eine Schwester, die kinderlos blieb.

Bei uns klingelte nie jemand, wer auch? Ich war noch nicht erwachsen, als auch meine Eltern starben. Mein Vater erlag mit zweiundvierzig Jahren, im gleichen Alter wie seine Eltern, einem Herzinfarkt, der niemand überraschte. Nichts in seinem Leben ließ darauf schließen, dass er alt werden würde. Meine Mutter folgte ihm sechs Monate später. Ich bin nicht sicher, dass sie vor Kummer starb. Aber diese Anhäufung gab ihr den Rest. Und ich bei alledem? Ich war plötzlich allein und wusste nichts über meine Familie. Was weiß man mit siebzehn schon von den vorangegangenen Generationen? Wie soll man etwas über die Schwächen und Freuden eines Geschlechts erfahren, wenn es nicht existiert? Ich kannte keine Familientreffen, bei denen sich die Verwandten entzweien und verborgene Geschichten ans Licht kommen. Ich wusste überhaupt nichts, abgesehen von dem, was ein Familienbuch erzählen konnte: Vater in Paris als Kind einer Mutter aus Boulogne-sur-Mer und eines Vaters aus Versailles geboren; Mutter in Paris geboren, als Kind eines aus Bordeaux stammenden Vaters und einer Mutter, die in Warschau geboren war.

Warschau. Das war die große Überraschung. Meine Großmutter mütterlicherseits war keine Französin. Sie hieß Anna Janowska. Meine Eltern hatten mir nie von ihr erzählt, aber weder meine Mutter noch mein Vater hatten sie ja gekannt. Ich hatte nie ein Wort Polnisch aus dem Mund meiner Mutter gehört, und ich erinnerte mich nicht, dass sie irgendeinen Brief aus Polen erhalten hätte. Warschau war der Name einer Hauptstadt, er bedeutete nichts, bis ich ihn im Familienbuch geschrieben sah.

Meine Mutter starb in dem Jahr, in dem ich Abitur machte. Kurz darauf sollte ich achtzehn werden. Das Jugendgericht hielt es für unnötig, mich für wenige Wochen unter Vormundschaft zu stellen. Ich blieb in der elterlichen Wohnung, allein mit meiner Trauer und der überraschenden Entdeckung. Das Gefühl der Einsamkeit war erdrückend. Ich hatte niemanden mehr, der mir sagen konnte, welchen Weg ich im Leben einschlagen sollte. Jemand anderes hätte das als Chance begriffen. Ich dagegen hatte Angst, dass die Freiheit, zusammen mit der Verzweiflung, mich um den Verstand bringt. Ich klammerte mich an den Wunsch meines Vaters, über seinen Tod hinaus. Er war Versicherungsvertreter und träumte davon, dass ich Bankier würde; soll heißen: Direktor einer Bank. Ich bin diesem Willen gefolgt, wie ein Auto, dessen Fahrer das Bewusstsein verloren hat, vom eigenen Schwung mitgerissen, weiterrollt. Ich habe diese Laufbahn eingeschlagen. Ich habe die Aufnahmeprüfung an einer der großen Hochschulen glanzvoll bestanden. Erst fünf Jahre später, am Morgen meines ersten Arbeitstages, bemerkte ich meinen Irrtum: Dafür war ich nicht gemacht.

Und dann bin ich bei einem Bouquinisten zufällig auf ein Buch gestoßen, das etwa ein Jahrzehnt zuvor erschienen war. Eine witzige Zeichnung von Marc Chagall auf dem Umschlag war mir ins Auge gefallen: Ein Eiffelturm und auf halber Höhe ein kleiner Mann, der eine schwarze Fahne schwenkt; ein anderer rittlings auf der Turmspitze hält ein hebräisches Spruchband. Der Titel war merkwürdig: *Khaliastra*. Darunter stand: Warschau – Paris. Das Wort Warschau hatte meine Aufmerksamkeit gefesselt. Ich blätterte in dem Buch und hielt bei einem Gedicht, *Die Welt am Abgrund* von einem gewissen Uri-Zwi Grinberg inne, von dem ich noch nie gehört hatte. Die paar Zeilen, die ich an Ort und Stelle im Stehen las, haben mich überzeugt, den Band zu kaufen. Dichter Regen prasselte auf das Pariser Pflaster, der Himmel war düster. Ich bin nach Hause gegangen, habe mir eine Tasse Tee gemacht und im Kamin im großen Familienwohnzimmer, das nur noch mich beherbergte, Feuer angezündet. Am Feuer zu lesen war eines meiner größten Vergnügen, deshalb beruhigte ich mein Gewissen: Ich fuhr immer Fahrrad, da konnte ich mir ruhig erlauben, im Kamin etwas Kohlendioxyd zu produzieren. Ich setzte mich in meinen Sessel, ebenfalls Art déco, ebenfalls rot, und las in dem neu erworbenen Band auf der Seite mit dem Gedicht weiter.

Mutter, wir kommen aus einem Land ohne Liebe,
wo auch Gott nicht ist.

Da ist Sintflut im Kopf, da ist Dämmrung im Blut.

Die finstere Erde ein blinder Planet –
Oh weh, wie liegt sie schwarz
unter Häusern und Füßen!

Hätte sie offene Augen und Lippen zum Murren –
Weh mir, von den Tagen der Schöpfung bis heute!
Und der Himmel ist böse,
Voller Wolken und böse:
Er verwehrt der Lippe des Baumes die Milch aus seiner
wolkigen Brust.

Der Dichter fasste Ängste, die mir vertraut waren, in Worte: das Gefühl, in einer unkontrollierbaren Welt, meiner Welt, gefangen zu sein. Ich war Uri-Zwi Grinberg. Dieser zornige Mann war ich. Denn nach dem Tod meiner Nächsten hatte ich einen noch größeren Schmerz erlebt, der mein Leben sinnlos gemacht hatte.

Das Buch war die französische Übersetzung einer Zeitschrift, von der nur zwei Nummern erschienen waren, die eine 1922 in Warschau, die andere 1924 in Paris, daher der Eiffelturm. Warschau – Paris. Aber vor allem waren die Originale Jiddisch, nicht Hebräisch, wie ich im ersten Moment geglaubt hatte. Ich wusste nicht, dass in Warschau andere als polnische Werke gedruckt worden waren. Ich dachte wieder an Anna Janowska. Aber war sie denn ...?

03

Sie fragen, ob ich Uri-Zwi Grinberg gekannt habe? Natürlich. Ich kannte sie alle. Ich werde Ihnen nicht erzählen, dass ich als Kind auf seinen Knien geritten bin, denn er interessierte sich nicht für mich, er hatte nur Augen für seine beiden Freunde, für Melech und vor allem für Perez, seine beiden Brüder in der Literatur, mit denen er in Warschau Anfang der zwanziger Jahre tüchtig feierte. Die drei waren unzertrennlich. Man drehte sich auf der Straße nach ihnen um. Sagen Ihnen diese Namen etwas? Wenn Sie in *Khaliastra* geblättert haben, haben Sie auch Texte von Perez und Melech gelesen, denn sie gaben die Zeitschrift zu dritt heraus. Was genau wollen Sie? Nur Uri-Zwi? Bedenken Sie, junger Mann: Ich bin bei den letzten Takten meiner *Abschiedssymphonie*. Sie verlangen von mir, den Bogen wieder in die Hand zu nehmen, während ich ihn gerade endgültig weglegen und meine Kerze löschen wollte, bevor ich mich verabschiede. Meine Abschiedssymphonie hat vor sechzig Jahren begonnen. Denn mit den jiddischen Schriftstellern ist es nicht wie mit den anderen Bewohnern dieses Planeten: Sie lassen sich nur in eine Richtung zählen. Ihre Welt leert sich, und ihre Gräber füllen sich. Gehen Sie durch das Tor des jüdischen Friedhofs in Warschau, den man früher *Genscher bejs-oilem* nannte. Seine Alleen sind voller Dichter und Romanciers. Auf anderen Friedhöfen irgendwo auf der Welt, in New York oder Tel Aviv sieht es nicht anders aus. Wo wollen Sie heute noch Kreißsäle finden, in denen jiddische Schriftsteller zu Welt kommen? Welcher Zähler auf welcher Internetseite verzeichnet den Saldo ihrer Geburten und Tode? Ich bin diese Buchhalterin. In meinem Palast der Erinnerung aktualisiere ich das achtbändige Lexikon der jiddischen Literatur, das von 1956 bis 1981 in New York erschienen ist. Wann immer einer meiner Schriftsteller stirbt, vervollständige ich es. Auch den ebenfalls in New York erschienenen Ergänzungsband vervollständige ich, denn Sie können sich denken, dass die Dichter seit 1986 nicht aufgehört haben zu sterben. Ich fülle die Leerstellen, ich schließe mit Bleistift die offen gebliebenen Klammern. Mein Exemplar des *Leksikon* ist kostbar, es ist einzigartig, falls sich nicht irgendwo auf der Welt, mehrere Zeitzonen entfernt, ein anderer Musiker der *Abschiedssymphonie* in gleicher Mission widmet.

04

Ich konnte einige Sprachen: Seit dem Gymnasium Englisch und Deutsch, Griechisch und Latein. Platon, Cicero, Catull. In der Studienzeit lernte ich Italienisch. Als die Lehrerin mich fragte, warum ich mich bei ihr eingeschrieben hätte, erklärte ich: »Damit ich Fellinis Filme im Original sehen kann.« Jetzt packte mich der gleiche Virus. Ich wollte *Die Welt am Abgrund* in der Originalsprache lesen können. War es auch die Sprache von Anna Janowska gewesen?

Ich suchte einen Kurs. Man verwies mich auf eine Bibliothek in der Nähe der Place de la République. Der Ort erinnerte an die alte, in ihrem Fünfziger-Jahre-Dekor erstarrte Schneiderei, die sich in meiner Kindheit in unserem Hinterhof befand. Ich öffnete in der ersten Etage eines heruntergekommenen Hauses eine Tür, auf der die Öffnungszeiten in Französisch und Jiddisch vermerkt waren. Sie führte in einen grauen Korridor. Ein altersloser Überzieher und ein Regenmantel ebenso unbestimmbaren Alters hingen an einer Garderobe, die genauso aussah wie diejenige, an die Mademoiselle Paulette, die Endkontrolleurin der Schneiderei, zur Auslieferung fertige Stück gehängt hatte, jeweils zehn in eine Stoffhülle verpackt. Aber niemand war da, um Besucher zu empfangen. Ich hörte Stimmen von rechts, folgte dem Flur in ihre Richtung, ging an den Toiletten vorbei und gelangte in ein Zimmer, in dem ein leichter Tabakgeruch hing. Dort saß eine tadellos frisierte ältere kleine Dame an einem Schreibtisch. Sie schaute auf, als sie mich bemerkte, lächelte traurig und fragte mich mit leichtem Akzent, was ich wolle.

»Ich möchte Jiddisch-Unterricht nehmen.«

»Kiwe!«

»Wie bitte?«

»Eine Sekunde.«

Ein alter Herr in einer sorgsam zugeknöpften Weste, eine halb erloschene Maiszigarette im Mundwinkel, tauchte hinter einem Regal auf. Die Dame sagte etwas zu ihm, das ich nicht verstand. Der Herr, der also Kiwe hieß, wandte sich an mich und teilte mir mit fast ebenso trauriger Miene wie die Dame mit:

»Kommen Sie heute Abend wieder, dann ist der Lehrer da.«

Der Lehrer, ein ziemlich junger, aber ziemlich alt wirkender Mann mit rötlichem Bart, fragte mich in der ersten Stunde:

»Warum wollen Sie Jiddisch lernen?«

»Um die Gedichte von Uri-Zwi Grinberg im Original zu lesen.«

»Uri-Zwi Grinberg? Merkwürdige Gestalt.«

Ich traute mich nicht zu fragen, warum er das sagte. In der Schule und im Studium hatte ich immer gefragt, wenn ich etwas nicht wusste, sicher hatte ich deshalb so gute Noten. Aber hier traute ich mich plötzlich nicht mehr. Woher kam diese Schüchternheit?

Ich wohnte in einer großen Wohnung im 10. Pariser Arrondissement. Die Toreinfahrt führte in eine ganze Flucht tiefer, einst gewerblich genutzter Innenhöfe. In meiner Kindheit gab es im Erdgeschoss alle möglichen Werkstätten für

Pelze, Lederwaren, Konfektion oder kleine Gegenstände aus Blech und eine Gießerei. Ich hatte mir die große Wohnung nicht ausgesucht, ich hatte sie beim Tod meiner Mutter geerbt. Auf einmal war ich Eigentümer von sechs großen Zimmern mit hoher Decke. Während des Studiums hatte ich das Mobiliar meiner Eltern behalten. Vielleicht, um sie auf diese Weise noch ein bisschen um mich zu haben. Und wenn ich schon den Wunsch meines Vaters für meine Zukunft erfüllte, warum sollte ich das nicht inmitten seiner Möbel tun?

An dem Tag, als ich in der Bank anfing, hielt ich diese Umgebung plötzlich nicht mehr aus. Ich verkaufte das Esszimmer, eine Louis-XVI.-Imitation, die Plastikhocker aus den siebziger Jahren und die von Nordafrika-Reisen mitgebrachten Teppiche. Ich ließ die Tapeten mit Toile-de-Jouy-Mustern abreißen und alles weiß streichen, die Teppichböden entfernen und das Eichenparkett aufpolieren. Das meiste war Fischgrätparkett, aber zu meiner großen Freude kam in den beiden Empfangsräumen ein herrliches Tafelparkett zum Vorschein, die Königin unter den Parkettböden. Diese Arbeiten kosteten einen beträchtlichen Teil des Geldes, das mir meine Eltern hinterlassen hatten. Dann fing ich an, mich auf Flohmärkten und bei Trödlern umzusehen. Ich mischte die Stile, hatte aber eine Vorliebe für die zwanziger Jahre: Die klaren, geometrischen Linien dieser Möbel in den warmen Farben von Kirsch- oder Nussbaumholz beruhigten mich. Ich ließ die Kamine öffnen, die meine Eltern hatten zumauern lassen, um Luftzug zu vermeiden. In dieser Welt von früher, aber früher als was?, lebte ich.

Als Kind hatte ich viel Zeit in der Schneiderei im Erdgeschoss verbracht. Sie gehörte aus Polen stammenden Juden.

Das ganze Personal war jüdisch (tatsächlich waren die beiden Näherinnen die Schwestern des Chefs, der Bügler war ein Cousin, und nur der Schneider gehörte nicht zur Familie), mit Ausnahme von Mademoiselle Paulette, die letzte Hand an die Kleidungsstücke legte. Das fand ich nur zufällig heraus, denn auf den ersten Blick wies nichts darauf hin: Sie sprachen alle mit starkem Pariser Akzent und stammten aus Ménilmontant oder Montmartre, nur der Schneider war in Rumänien geboren. Mademoiselle Paulette behauptete sogar, der Akzent in Ménilmontant sei nicht derselbe wie der in Montmartre, aber ich hörte keinen Unterschied: Für mich war es der Slang der Pariser Gassenjungen.

Nach der Schule spielte ich oft vor der Werkstatt Murmeln, während ich darauf wartete, dass meine Eltern von der Arbeit kamen. Die Chefin, Madame Annette, schenkte mir einen Lutscher und fragte mich immer, ob ich nicht einen Happen essen wolle. Wenn ihre Kinder aus der Schule kamen – sie waren wesentlich älter als ich –, schlug sie mir vor, in der kleinen Wohnung über der Werkstatt, in die man über eine steile, hinter einer Nähmaschine versteckte Treppe gelangte, mit ihnen ein Butterbrot zu essen. Manchmal, wenn ich das Brot und die Schokolade vergessen hatte, die mir meine Mutter am Morgen bereitgelegt hatte, ging ich zu Eliane und Henry nach oben. Aber meist blieb ich unten, im Hof vor der Werkstatttür oder auf dem Linoleum neben dem Zuschneidetisch.

Ab und zu kam die Mutter von Monsieur Léon, dem Chef, zu Besuch. Sie brachte eine große Schüssel Zimtkrapfen mit, die sie selbst gebacken hatte, und dann gab es ein Festmahl. Ich aß mindestens sechs und die alte Dame war entzückt. Sie sagte zu ihrer Schwiegertochter: »*Kik. A tare kop!*«, diese zwinkerte mir zu und flüsterte:

»Das heißt, dass du ein guter Junge bist.«

Die alte Dame sprach kein Französisch. Alle sprachen Jiddisch mit ihr, außer Mademoiselle Paulette natürlich, obwohl sie im Laufe der Zeit doch das Wesentliche verstand. Wenn die alte Dame wieder ging, kehrten alle zum Französischen zurück und ließen nur ab und zu einen fremden Ausdruck einfließen. Mein liebster war *ojabroch.* Er ertönte, wenn jemand eine Dummheit gemacht, zum Beispiel einen Reißverschluss verkehrt herum eingenäht hatte. Oder gegen Feierabend, vor der Auslieferung, rief jemand *ojabroch!*, wenn er feststellte, dass ein Mantel nicht richtig fiel oder ein Ärmel ein bisschen schräg saß.

Als ich Jahre später eines Morgens auf dem Weg zum Gymnasium war, traf ich Mademoiselle Paulette allein vor der verschlossenen Tür. Die Mutter von Monsieur Léon war in der Nacht gestorben. Ich wollte zur Beisetzung gehen, aber meine Eltern verboten es: Ich hatte Schule. Als ich nach Hause kam, war die Werkstatt voller Menschen. Man hatte die Nähmaschinen beiseitegeschoben und Tische aufgestellt, die sich unter dem Essen bogen. Das war für die Gäste, die von der Beerdigung kamen. Sie sprachen alle möglichen Sprachen, Jiddisch, Polnisch, Ungarisch, Französisch mit Akzent. Sie sprachen sehr laut und sie lachten viel. Dabei kamen sie von einer Beerdigung.

Madame Annette gab mir einen dicken Kuss und sagte:

»Sie mochte dich gern, die *Bube.* Und denk bloß nicht, dass ich dir jetzt Zimtkrapfen mache, ich kann nicht kochen.«

Die Schneiderei machte zu. Der Eigentümer verkaufte an einen Architekten, der darin sein Büro einrichtete. Die anderen Werkstätten machten Büros oder Lofts für Modejournalisten Platz. Als Madame Annette und Monsieur Léon fortgingen, bat ich sie um Erlaubnis, eine Schneiderpuppe, ein paar alte Bügeleisen, eine große, mit Stoffstreifen umwickelte Schere und den Fuß einer Singer-Nähmaschine mitzunehmen. Meine Mutter fragte mich, was ich mit dem alten Zeug anfangen wolle. Jahre nach ihrem Tod verkaufte ich ihre Möbel und ersetzte sie auch durch diese Dinge, die ich im Keller verstaut hatte.

Madame Annette hatte zu mir gesagt: »Wir sehen uns wieder. Am Wochenende kommst Du mit uns nach Deauville.« Wir haben uns nicht wiedergesehen, nur zu den Beisetzungen meiner Eltern kamen sie, ich hatte sie benachrichtigt und sie waren da. Madame Annette bot mir an, etwas zu essen zu kaufen, damit ich die Gäste nach der Beisetzung in die Wohnung einladen könnte, aber ich lehnte ab: Das sei bei uns nicht üblich.

Und wenn Anna Janowska Jiddisch gesprochen hatte? Wenn sie noch gelebt hätte, hätte sie dann mit der Mutter von Madame Annette reden können? Eines war sicher: Sie hatte entweder Jiddisch oder Polnisch gesprochen, sie hätte sich also in der Werkstatt im Erdgeschoss wie zu Hause gefühlt.

Ich wollte alles wissen, alles verstehen. Ich meine über das Jiddische. Denn abgesehen davon hielt ich mich zurück. Ich hätte das Grab von Anna Janowska suchen können, um nachzusehen, ob darauf ein Kreuz oder hebräische Schriftzeichen zu sehen waren, aber ich tat es nicht. Ich wollte es nicht wissen. Nicht sofort. Ich mochte dieses Dazwischen: zu wissen, dass ich eine in Warschau geborene Großmutter hatte, nicht aber, ob sie im Polnischen oder im Jiddischen zu Hause gewesen war. »Warschau« reichte aus, um das seit langem empfundene Gefühl anzusprechen, dass ich hier nicht zu Hause war.

Ich hätte auch zur polnischen Bibliothek auf der Île Saint-Louis gehen können. Mich für einen Polnischkurs anmelden.

Dank dem Unterricht kam ich nach und nach mit dem Jiddischen zurecht. Das Deutsche half mir, auch die Gespräche, die ich in der Werkstatt gehört hatte, obwohl ich einige Zeit brauchte, um einen Zusammenhang zwischen dem Kauderwelsch der alten *Bube* und der Grammatik zu finden, die man mir im Kurs beibrachte. Monsieur Léon wäre sicher erstaunt gewesen zu erfahren, dass die Sprache seiner Mutter genug Stoff für ein achtbändiges Schriftstellerlexikon mit Ergänzungsband hergab. Ich machte es wie bei den anderen Sprachen: Ich las, ich hörte. Oft verstand ich nichts, aber etwas blieb hängen, und manchmal klärte sich durch Vergleich plötzlich, was ich ein paar Wochen zuvor noch nicht erfasst hatte. Ich hätte gern sechs Monate in dem Land verbracht, wo man Jiddisch sprach, wie ich es beim Englischen und beim Italienischen gemacht hatte: auf Kekspackungen deren Zusammensetzung lesen, alle Aufschriften in den Autobussen zu entziffern versuchen, bis ich die Syntax begriffen hätte, stundenlang Radio hören und nur einen Bruchteil des Gehörten verstehen. Aber dieses Land gab es nicht. Es war das Land meiner Kindheit in der Werkstatt. Ich musste es so machen wie mit Latein und Griechisch, mich damit begnügen, die Bücher aus der Bibliothek zu entziffern, die von einer Welt erzählten. Auf der Karte, die in jedem Band steckte, waren die Personen aufgelistet, die das Buch seit der Eröffnung der Bibliothek im Jahr 1929 ausgeliehen hatten. Aus Gründen der Vertraulichkeit stand nur eine Nummer da, aber zwei von Sonia, der immer tadellos zurechtgemachten alten Dame, eifersüchtig gehütete Holzkästen enthielten die Leserkarten. Im rechten die Lebenden. Im linken, größeren, die Toten. Madame Sonia hatte mir erklärt:

»Wir nennen sie den Friedhof. Aber nicht alle sind tot. Einige Karten sind dort einsortiert, weil die Person nicht mehr in die Bibliothek kommt.«

Mit komplizenhaftem, schuldbewusstem Lächeln fügte sie mit einem unterdrückten piepsigen Lachen hinzu:

»Sie dürfen natürlich nicht wissen, dass wir sie in den Friedhof gesteckt haben.«

Ich verschlang Bücher, ich glaube sogar, ich habe alles gelesen, was es auf Französisch zu diesem Thema gab. Ich entdeckte, dass die jüdische Bevölkerung Polens zwischen den beiden Weltkriegen nicht nur aus langbärtigen Rabbinern bestand. Politische Parteien bekämpften einander, revolutionäre Bewegungen versuchten, sowohl das Joch der Staatsmacht abzuschütteln als auch den Druck loszuwerden, den die Religion auf die jüdische Bevölkerung ausübte. Ich fing an, das alles zu verstehen, aber ich wurde meine Frustration nicht los: Wie sollte man das Leben in seinen Einzelheiten erfassen? Kein Buch gab mir das Rezept dafür. Diese Welt zog mich an, aber mir fehlte der Schlüssel. Ich hatte erfahren, dass Uri-Zwi Grinberg der Sohn eines chassidischen Rabbiners war und selbst Rabbi werden sollte, aber er hatte seine Schläfenlocken abgeschnitten und war Dichter geworden. Ebenso wie Isaac Bashevis Singer und viele andere. Ich wollte, dass mir jemand von dem Augenblick erzählte, in dem die jungen Leute diese Entscheidung getroffen hatten, wollte das Klappern der Schere hören, die ihnen das Haar abschnitt. Aßen sie danach noch koscher? Oder ernährten sie sich an den Bahnhofsbuden, die Schweinswürste verkauften? Niemand beantwortete mir diese Fragen, deshalb wandte ich mich an die Dame, die Uri-Zwi gekannt hatte. Ich war zufällig auf sie gestoßen (vielleicht hatte ich auch Anna Janowska auf den Karteikarten gesucht). Um diese Frau ausfindig zu machen, musste ich Sonia lange bearbeiten. Sie hatte mich ins Herz geschlossen. Schließlich war ich bei weitem der jüngste Leser in ihrer Bibliothek. Ich verbrachte Stunden zwischen den Regalen. Ich wählte ein Buch aus, öffnete es und entzifferte das Vorsatzblatt. Nach ein paar Wochen schaffte ich es mit Mühe, bis zum Ende des ersten Absatzes zu kommen, ohne viel zu verstehen, aber ich war glücklich mit meinem Stammeln. Ich dachte, ich würde niemals ein einziges dieser Werke ganz lesen können, und beim Anblick des Labyrinths von Gängen wurde mir schwindlig. Sonia hatte mir gesagt, hier seien ungefähr zwanzigtausend Bücher versammelt. Was nutzte mir dieses »ungefähr«, wenn ich es nicht mal bis zur letzten Seite des ersten schaffte?

Wenn Sonia in die Küche am anderen Ende der Wohnung ging, um sich einen Tee zu holen, den sie aus einem Henkelglas trank, bat sie mich, sie am Empfang der Bibliothek zu vertreten. So hatte ich Zugang zu den beiden Karteikästen, und ich blätterte darin: Man konnte die Lektüre tausender Menschen rekonstruieren – die Nummer des letzten neuen Lesers war 4572. Die Nummerierung hatte nach Kriegsende wieder bei Null angefangen. Wie Sonia mir erzählte, hatte der Bibliotheksleiter 1942 alle Karten verbrannt, damit die kostbaren Informationen nicht der Gestapo in die Hände fielen, sonst hätte sie viele Juden zu Hause einsammeln können. Dann hatte man die Bibliothek geschlossen und die Bücher bis zur Befreiung in einem Keller versteckt. Deshalb standen die Karten der Leser von vor dem Krieg nicht im linken Kasten, sie waren in Rauch aufgegangen.

Der Name dieser Leserin war mir aufgefallen – Kacyzne –, weil die anderen gängigere Namen trugen, Zylberstein, Rosenberg, Mandelbaum. Außerdem hatte ich mehrere Bücher eines gleichnamigen Autors entdeckt. Hatte diese Sulamita Kacyzne etwas mit dem Schriftsteller Alter Kacyzne zu tun?

»Sie ist seine Tochter. Wir schicken ihr ab und zu Bücher per Post, aber das ist selten, denn sie hat selbst eine schöne Sammlung, sie braucht uns nicht. Außerdem ist sie sehr reich, während wir eine Arbeiterbibliothek sind, für Leute, die nicht genug Geld haben, um sich Bücher zu kaufen.«

Die Frau war die Älteste in der rechten Box. Im Familienbuch meiner Eltern stand nichts über das Geburtsdatum von Anna Janowska, aber ich hatte mir ausgerechnet, dass die beiden Warschauerinnen etwa gleich alt sein mussten. Die Tote war ich weiß nicht wo begraben, die Lebende wohnte in Rom. Cicero. Catull. Ich schrieb ihr und bat sie um Auskunft.

05

Ach, natürlich, Sie besuchen diese Bibliothek in Paris. Wir können in Gedanken zusammen sein: Sie im Lesesaal auf einem der alten Stühle aus den dreißiger Jahren und ich bei mir zu Hause. Um uns herum dieselben Bücher. Aber meine Bibliothek ist größer, sie hat nicht ihresgleichen in der Welt. Kein

Reiseführer wird Ihnen das sagen, aber ich besitze sehr viele seltene Bücher, und ich wäre nicht überrascht zu erfahren, ich hätte von so manchem das letzte Exemplar. Die Bücher, die Handschriften, die Fotografien beobachten mich. Ich rezitiere manchmal laut, für meine *hommes de lettres.* Ihre Schriften werden nur noch von ein paar Nostalgikern wie mir gelesen. Und wie Ihnen. Man sagt, das Gebet dürfe nie aufhören, deshalb wechseln sich die Frommen von Jerusalem am Fuß der Mauer Tag und Nacht ab. Glauben Sie, bei der Literatur ist es genauso? Ich wünschte, jeden Tag würde jemand irgendwo Perez Markisch deklamieren, und zwinge mich selbst jeden Tag meines Lebens dazu. Ich lese zwei Stunden lang. Es würde also genügen, wenn wir zu zwölft wären, und die Lektüre würde nie aufhören. Man müsste Rezitatoren in Wladiwostok, Perm, Kiew, Berlin, London, New York, Toronto, Los Angeles, Melbourne und Tel Aviv finden, und alle Zeitzonen wären abgedeckt. Das ist nicht unmöglich, wissen Sie? Glauben Sie ja nicht, ich sei die Letzte. Suchen Sie sich also einen dem Gulag entronnenen Wärter eines Landmaschinenmuseums in einer ehemaligen asiatischen Sowjetrepublik, einen Honorarprofessor für Chinesisch und weltweit führenden Konfuzius-Kenner oder den Sohn eines Lehrers an einer jiddischen Schule in New York, der sich auf seine alten Tage auf die Sprache seiner Väter besinnt.

Sie stürzen mich in ein Dilemma, wenn Sie mich bitten, Ihnen vom Verein, von der Krochmalnastraße und dem Sächsischen Garten zu erzählen, wo man samstags spazieren ging. Die Aufgabe erscheint mir unmöglich, aber wie könnte ich einem jungen Mann ein Erbe verweigern? Ich habe es so sehr beklagt, dass meine Geschichte niemanden interessiert. Jetzt sollte ich mich freuen, ich habe ein Publikum gefunden. Ich habe keine Kinder, ich wollte keine in diese grauenhafte Welt setzen, meine Kraft reichte gerade, mein eigenes Leben zu ertragen, um das meines Vaters zu verlängern und seine Spuren wiederzufinden. Sie könnten mein Enkel sein. Sie sind mein Enkel. Ich bin Großmutter, ohne Mutter gewesen zu sein. Haben Sie so etwas je gehört? Gibt es das? Es gibt alles. Wir leben in einer Welt, in der alles möglich ist.

Wie haben Sie von mir erfahren? Wer hat mich verraten? War es Ihr Lehrer? Ich kenne ihn natürlich, aber ich hatte ihm untersagt, das zu tun. Ich glaubte in aller Heimlichkeit zu leben. Ich dachte, ich hätte das Geheimnis wahren können. Da mein versunkenes Reich niemanden interessierte, wollte ich nicht, dass irgendjemand von meinem Allerheiligsten erfährt. Ich wische selbst Staub, aber es dringt wenig Staub ein: Der Raum ist immer zu. Wenn ich mich in den roten Sessel setze, schließe ich mich ein. Wenn mir eines Tages etwas zustößt, wenn meine Kräfte mich verlassen, bleibe ich in den Samt geschmiegt, schlaff, aber tot, und werde zur Mumie vertrocknen. Ich werde nicht verwesen, ich bin so alt, ich bin nur noch Haut und Knochen, ich ähnele meinen Schriftstellern, man könnte schwören, ich sei die Dichterin Mirjam Ulinower an dem Tag, als ihr Transport sie vom Ghetto in Łódź nach Auschwitz brachte, nach vier Jahren Hunger, vier Jahren, in denen sie nicht aufgehört hat zu schreiben, weil die Wörter ihr Leben waren, und solange sie lebte, schrieb sie. Meine Falten haben ihren Grund, ich bin alt, in ein paar Jahren werde ich hundert. In meinem Alter ist es nicht unnormal, wie ein verschrumpelter Apfel auszusehen, aber sie? Wenn ich zwischen meinen Büchern sterbe, braucht meine Haut nur noch auf meinen Knochen zu trocknen, sie wird sich zusammenziehen und spannen wie das Leder eines *Oktavbandes.* Ich werde enden wie Ramses II., mit einer Kerbe auf der Nase, als hätte ich mein Leben lang ein Lorgnon getragen, und eingesunkenen Augäpfeln, es sei denn, einem Spatz gelänge es, sich in meine Bibliothek zu stehlen, und er täte sich an meinen Pupillen gütlich, bevor sie Zeit hatten, zu versteinern. Mir gehört dieses Haus, ich habe meine Anordnungen getroffen, damit Wasser, Gas, Strom und Nebenkosten von meinem Konto abgebucht werden, ich habe genug, damit es noch jahrelang so weitergehen kann, wenn ich tot bin; die Informatik macht es möglich, zu sterben, ohne dass es jemand erfährt, die Maschinen brauchen uns nicht mehr, um unser Leben zu verwalten, wir können verschwinden, und sie machen weiter die Arbeit, die man ihnen einprogrammiert hat. Ich habe auch arrangiert, dass meine Haushälterin mich nicht verrät: Sie wird eine lebenslange Rente erhalten, unter der Bedingung, dass sie niemanden über meinen Tod informiert. Falls sie nicht Wort hält, fällt mein Besitz an den italienischen Staat, und sie muss wieder putzen gehen, welches Interesse sollte sie also haben, das Huhn zu schlachten, das goldene Eier legt? So wird mein Körper in seinem Grab bleiben, trotz der Gesetze dieses Landes, die vorschreiben, einen Leichnam zu begraben oder zu verbrennen, die Stadt wird weiter lärmen, die Fiats werden die Straßen mit ihrem Hupen erfüllen, die Glocken der römischen Kirchen werden die Stunden schlagen, aber ich werde sie nicht mehr hören: Ich werde tot sein.

06

Ich hätte am liebsten den nächsten Zug nach Rom genommen, um diese Frau zu sehen. Ich würde an ihre Tür klopfen, sie würde mir aufmachen, nachdem sie sich mühsam aus ihrem Sessel erhoben hat. Sie würde auf ein Kissen zu ihren Füßen zeigen, ich würde mich hinsetzen, und sie würde mit ihrem Bericht fortfahren. Sie würde mir mehr von dieser Dichterin erzählen, Mirjam Ulinower, deren Namen ich zum ersten Mal las. Aber wenn ich das täte, würde ich sie womöglich erschrecken. Ich hatte auch Angst, sie näher kennenzulernen, die alte Dame lieb zu gewinnen, die unweigerlich bald sterben würde, und eine Kraft in mir widerstand diesem Wunsch.

Ich hatte keine Freunde mehr. An dem Tag, als ich in jene Verwaltungshochschule aufgenommen wurde, war ich Christophe begegnet, einem großen, extrovertierten Jungen mit durchdringenden blauen Augen. Ein Sonnenschein. An diesem ersten Morgen hatte der Direktor unseren Jahrgang in der großen Aula versammelt und uns erklärt, dass wir eine sehr schwierige Aufnahmeprüfung bestanden hätten, wir seien die Elite des Landes. Zwei Studenten in der Reihe hinter mir machten sich über diese Eitelkeit lustig. Ich drehte mich um, einer von ihnen war Christophe. Er hat mir sofort gefallen.

In den folgenden Tagen suchte ich ständig seine Nähe, und wir wurden schnell Freunde. Freunde, wie man das als Student ist: Wir hatten uns beide für die Theaterwerkstatt der Hochschule eingetragen, wir gingen ins Kino, tauschten unsere Bücher aus, verbrachten unsere Abende in Gesellschaft anderer Kommilitonen mit Trinken.

07

Sollte es mir doch gelingen zu erzählen, würde ich Ihnen von jenen Männern und den paar Frauen, die sich unter sie gestohlen hatten, berichten, als seien sie Riesen gewesen, denn so sah ich sie, ich war ein Kind, und die Menschen sind riesig, wenn Sie den Kopf heben müssen, um sie anzuschauen. Wenn Sie in Enzyklopädien nachschlagen, werden Sie lächeln, weil Sie erfahren, dass sie nicht einmal dreißig Jahre alt waren. Doch wenn Sie ihre Sprache viele Jahre lang gelernt und sich bemüht haben, einige noch leuchtende Funken dieser verlöschenden Sonne aufzufangen, werden Sie ihre Werke lesen und Ihnen wird klar werden, was für Riesen sie waren. Sie werden sagen, Rimbaud war neunzehn Jahre alt, Verlaine zweiundzwanzig, und Markisch, und Grinberg? Sie schrieben, 1895 und 1896 geboren, kaum dem Kindesalter entwachsen, Meisterwerke, Gedichte mit achthundert Versen, in denen alles an seinem Platz ist, jede Alliteration stimmt und der Rhythmus nie enttäuscht, große Literatur. Ich weiß, junger Mann, Sie brauchen es mir nicht erst zu sagen. Sie wussten nicht, dass diese Sprache so reich ist, Sie hatten keine Ahnung, dass darin eine Literatur zu entdecken war. Sie sind nicht der Erste, der sich behexen lässt. In Wahrheit, sage ich Ihnen, ist diese Sprache eine Hexe, ein *Dibbuk,* sie ist es, die Sie dazu zwingt, mich zu bedrängen. Ein Phoenix. Man glaubt, sie sei erloschen, aber sie ersteht neu. Die Toten erwachen zum Leben. Sie glaubten, sie hätte nur den Duft von Käsekuchen, eine süßliche Mischung aus Milch und Zucker, Trauben und Mandeln. Hüten Sie sich vor diesen Früchten. Man sagt, die Torah verströme diesen Duft, und er ist verführerisch. Diese Sprache ist ein Ozean, ihre Literatur eine versunkene Stadt. Sie wartet voller Ungeduld auf dem Grund der Wasser, die sie begraben haben. Sie bleibt im Herzen der Menschen, sie verfolgt alle, die sie von ihren Vätern hätten empfangen müssen, bis sie sich eines Tages auf die Suche machen. In Ihrer ersten Unterrichtsstunde meinten Sie, die paar Wörter aus Ihrer Kindheit wiederzufinden, *meschugge, schiker, tsim gezint,* diese seltenen Klänge, die wie die Luftbläschen aus der Tiefe des Meeres Zeichen von Leben sind. Kein Beweis, nur ein Zeichen. Was gibt es Flüchtigeres als ein Luftbläschen, das platzt, sobald es die Oberfläche erreicht, und sich in der Luft, die wir atmen, auflöst. Jene paar Silben haben sich in die Sprache gestohlen, die Frankreich Ihnen geschenkt hat, sie haben sich in den Stanzen Molières aufgelöst. Jene Wörter oder der Akzent einer Großmutter sind Ihre aus Atlantis aufgestiegenen Bläschen, auf dem Meeresgrund jedoch ruhen die Verse von Lejb Najdus:

Unendlich weit von hier, im tiefen Ozean ganz unten,
Wo Perlenkarawanen träumen königlich und bang,
Liegt eine Insel tief versunken, vor langer Zeit ertrunken,
Hört keinen Laut und sieht kein Licht, der Erdentrubel längst verklang.

Wie eine matte Riesenseele, wie eine große Pyramide
Schläft Atlantis, alt und müde – ein Erinnerungszelt.
Erdrückt vom vielen Schmutz und vom Gewirr der Meeres-
pflanzen,
Den wilden Trauerkränzen auf diesem Grab einer ganzen Welt.

Kalt und eifersüchtig hütet seinen Raub das alte Meer,
wild entschlossen birgt es seinen Schatz im Tanz der Wogen,
Schiffe mit Frachtgut ziehen vorbei, argwöhnisch äugt es
hinterher,
als wär es ihr Bestreben, sein Geheimnis ihm zu nehmen.

Nur selten geschieht es bei Nacht, dass – ein Gruß aus seltsamen
Welten –
Von den verborgenen Zelten am Grund Laute nach oben ziehn.
So wie ein Echo ferner Pein, wie ein ersticktes Schrein
Summen sie und brummen sie, um still dann zu entfliehn.

Sie fuhren seelenruhig über dic Wellen, ein Zephir blähte Ihr Segel, Sie richteten den Blick aufs Wasser, und diese Bläschen, denen niemand sonst Beachtung schenkte, haben Sie neugierig gemacht. »Das müssen Algen sein, die den Sauerstoff entweichen lassen, den sie aufgenommen haben«, aber diese Erklärung befriedigt Sie nicht, denn bevor sich die Bläschen auflösten, kitzelten die darin enthaltenen Aromen Ihre Nase, Sie haben den Duft der Kultur wahrgenommen, die dann und wann einige Quentchen ihrer Geheimnisse freigibt. Als die Bläschen platzten, entließen sie Sirenen, und diese Fisch-Frauen singen Ihnen ein altes Lied, sie verhexen Sie. Sie haben dieses *Lied* gehört, Sie haben diese Düfte eingesogen, sie waren schon da, irgendwo tief in eine Erinnerung eingeschrieben, zu der Sie keinen Zugang hatten. Eine bloße Blase auf dem Meer hat die Wirkung eines Triton, der aus den Wassern von Neptuns Quelle auftaucht, mit dem Dreizack zerschmettert sie die Wände des Palasts der Erinnerung. Armer Junge! Sie haben sich in die Höhle des Löwen gewagt! Sie ist das Schloss des Tiers und Sie sind die Schöne. Fliehen Sie, solange es noch Zeit ist, verlassen Sie meinen Palast, nehmen Sie die Beine in die Hand. Drehen Sie sich nicht um! Denken Sie daran, was Lots Weib geschehen ist, sie ist die Salzsäule, die über dem Toten Meer aufragt, es ist ihre verstohlene Geste des Zurückblickens, sie konnte nicht widerstehen, nicht nur für die Gegenwart und die Zukunft leben, sich nicht zu einem neuen Leben entschließen. Ihre Erinnerung hat sie versteinert.

Sie sind jung, Ihre Zukunft liegt vor Ihnen, Sie scheinen brillant zu sein. Lesen Sie Proust oder Céline, studieren Sie weiter das Finanzwesen, die neue Ökonomie, lassen Sie die alten Kulturen, hören Sie auf den Lärm Ihrer Welt und nicht auf die letzten Seufzer der meinen, begeben Sie sich nicht auf dieses Abstellgleis, hüten Sie sich vor dieser Eisenbahn, ihr *Tschuktschuk* verheißt nichts Gutes, man weiß, wo die Schienen enden. Gehen Sie, sage ich Ihnen, und lassen Sie mich in meinem Palast der Erinnerung. Ich bin das Tier. Ich habe Sie belogen, ich habe von einem Raum gesprochen, aber die Bibliothek ist sehr viel größer: eine ganze Flucht großer Säle. Ich lebe nicht in einer Wohnung, sondern in einem Palast. Mein adliger Mann, gesegnet sei sein Angedenken, hat ihn mir bei seinem Tod vererbt. Er ist einer der schönsten in Rom, nach dem Palazzo Farnese und ein paar anderen, ein Kleinod der Renaissance. Die beiden ersten Stockwerke stehen unter Denkmalschutz, deshalb habe ich die Bibliothek im dritten, unter dem Dach eingerichtet, in den einstigen Dienstbotenwohnungen. Nach meinem

Tod wird man die reich möblierten Salons weiter besichtigen, und mein Leichnam wird in aller Heimlichkeit über den Köpfen der Touristen vertrocknen. Sie werden die Augen heben, um die gemalten Himmel zu bewundern, und nicht ahnen, dass darüber eine Tote in ihrer Bibliothek ruht. Meine Schriftsteller haben den Platz der Kammerzofen eingenommen. So belästigen sie niemanden. Ich hätte Schwierigkeiten mit dem Kulturministerium bekommen, wenn ich Bücherregale vor die Fresken von Raffaelino del Colle gestellt hätte. Ich kann mir die verächtliche Grimasse des Chefarchitekten im Amt für historische Baudenkmäler vorstellen, wenn er die abgenutzten Einbände meiner Schriftsteller gesehen hätte, aber wie soll man ihm begreiflich machen, welche Meisterwerke diese im Lauf der Jahre und der Grenzübertritte dunkel gewordenen Pappdeckel enthalten? Er hätte nicht zugehört. Bei Dante und Pico della Mirandola horcht er auf, aber Grinberg, Rawizc und Markisch kümmern ihn nicht. Er würde es als Profanierung betrachten, solche minderwertige Literatur in einem der schönsten Renaissance-Bauwerke Roms aufzubewahren. Ich habe meine jiddischen Bücher versteckt. Selbst wenn ich sie vor aller Augen hätte stehen lassen, hätte sie niemand bemerkt. Sie sind wie die Kammerzofen, deren einstige Zimmer sie jetzt besetzen: Nippesfiguren im Leben der Großen dieser Welt. Sie hören alles, sehen alles, erfahren Staatsgeheimnisse, denn sie existieren nicht, sie verdanken ihre Anwesenheit ihrer Funktion, sie sind ein Händepaar, das Ihnen die Nägel feilt, ihre Finger frisieren Sie, aber sie haben kein Gesicht, und man kann die intimsten Geheimnisse aussprechen, während sie Ihnen in die Stiefel helfen oder einen Morgenmantel reichen.

Sie schreiben mir von der Übersetzung von *Khaliastra,* die

Sie bei einem Antiquar entdeckt haben. Natürlich besitze ich das Original. Bei Ihnen war es Uri-Zwi und seine *Welt am Abgrund*. Bei mir war es Perez und sein *Haufe*. Jedem sein Meisterwerk. Ich liebe das Gedicht, aber noch mehr liebe ich seine Geschichte. Ich besitze das Manuskript. Sagen wir, eine Kopie, denn das Original befindet sich in der Universität Tel Aviv. Oh, glauben Sie nicht, es sei in die Regale dieser Universität gelangt, wie die *Essais* von Montaigne sich in den Sammlungen Ihrer Nationalbibliothek wiedergefunden haben. Bei uns hat jedes Manuskript eine dramatische Geschichte, wie sein Autor auch. *Der Haufe* ist fast zwanzig Jahre lang in einem Moskauer Möbelstück versteckt gewesen. Sie wissen schon, diese Bücherschränke, in die der Tischler zum Spaß ein Geheimfach eingebaut hat. Wie es dahinein gelangte und wie man es darin entdeckt hat, ist eine andere Geschichte, rechnen Sie nicht damit, dass ich sie Ihnen sofort erzähle. Ich bin nicht Scheherazade, mein Leben hängt nicht von der Dauer meiner Erzählung ab, aber trotzdem, was bleibt mir in meinem Alter noch, was mich am Leben hält, wenn nicht Ihr unverhofftes Auftauchen? Was kann man von einer schwerhörigen Greisin verlangen, außer dass sie von ihrer Welt erzählt? Also Geduld, ich werde Ihnen berichten, was dem Manuskript des *Haufe* widerfahren ist, aber es ist untrennbar mit dem Schicksal von Perez und seinen Zeitgenossen verbunden.

08

Sulamita hielt mich für einen Abkömmling dieser polnischen Juden. Das war auch ganz normal: Welchen Grund konnte sie sonst dahinter vermuten, dass ich mich für ihre Dichter interessierte, da ich doch selbst nicht wusste, was mich dazu trieb? Vielleicht das Exil, aber welches? Ich wohnte ein paar Häuserblocks von der Klinik entfernt, in der ich geboren worden war, und hatte Paris nie länger als ein paar Wochen verlassen. Komisches Exil.

Ich hatte immer noch vor, irgendwann in die polnische Bibliothek zu gehen. Dort würde ich von einer anderen alten Dame empfangen werden, die die Geschichte zufällig nach Paris verschlagen hatte. Wir würden dort aus den gleichen Tassen Tee trinken. Man würde mir mit der gleichen Andacht von Mickiewicz und Tuwim erzählen. Aber jetzt hatte mich erstmal die Dame in Rom mit ihrem Atlantis gepackt. Ich verschob das Vorhaben auf später.

Im Jiddischkurs war ich der beste Schüler. Ich machte rasante Fortschritte, und der Lehrer bot mir regelmäßig an, in den nächsthöheren Kurs zu wechseln. Viele hatten sich aus sentimentalen Gründen angemeldet. Sie wollten die Sprache wiederfinden, die sie als Kinder gehört hatten, und diese Motivation erwies sich als großes Hindernis. Die meisten kamen nicht über die Rudimente der Sprache hinaus, die sie schon vor der ersten Stunde gekannt hatten. Es war, als ob ihnen die Geister ihrer Vorfahren über die Schulter schauten, sobald sie ihr Lehrbuch aufschlugen. Einige machten Fortschritte, aber niemand war so aufnahmefähig wie ich. Ich war für alle ein Phänomen, ein Rätsel, sie fragten sich, was mich dazu trieb, diese Sprache zu lernen.

Nach dem Unterricht gingen die Schüler manchmal zusammen essen. Sie luden mich ein mitzukommen, aber ich lehnte immer sehr höflich ab und schob eine andere Verabredung vor. Ich suchte keine neuen Freunde. Während des Studiums hatte Christophe mein Leben ausgefüllt. Seine Ungezwungenheit und seine Reife faszinierten mich. Er erlebte viel, während ich trotz meiner Trauer wie ein kleiner Junge war. Er las Autoren, die ich nicht kannte, Hermann Hesse, Tennessee Williams, Mishima, und steckte mich mit seiner Begeisterung an. Eines Tages hatte er etwas über den Durst getrunken. Ein Glas Wodka nach dem anderen. Wir waren in der Wohnung, die er mit drei Kommilitonen teilte, und spät in der Nacht, die anderen waren schlafen gegangen, blieb ich allein mit ihm. Er lag sturzbetrunken auf dem Teppich. Schlief er? Ich habe ihn in die Arme genommen und ihn ein paar Minuten lang gewiegt. Er schien es nicht zu merken. Und plötzlich hatte ich Lust, ihn auf den Mund zu küssen, und ich habe es getan.

09

Es beginnt wie eine zufällige Begegnung. Die Fotografie ist im Sächsischen Garten in Warschau aufgenommen, ich erkenne die Bank und die Bäume dahinter. Wir sind im Jahr 1922. Sie sind zu sechst: Uri-Zwi Grinberg, Perez Markisch, Melech Ravitch, Oser Warschawski, Mojsche Broderson und Israel-Joschua Singer. Keiner ist in Warschau geboren. Melech und Uri-Zwi kommen aus Ostgalizien, sie haben in der österreichisch-ungarischen Armee gekämpft. Israel-Joschua und Perez kommen aus der Ukraine. Perez ist dort geboren. Der Vater von Israel-Joschua war Rabbiner in einem kleinen polnischen Nest, aber der Sohn hat sich bald von der Religion entfernt; 1917 ist er nach Kiew aufgebrochen, um zu schauen, was die Revolution der Welt und der Literatur bringen kann. Aber er kam schnell zurück. Mojsche ist 1914 aus Polen geflohen. Er hat die Kriegszeit in Moskau verbracht. Oser ist schon in Warschau, als meine Geschichte beginnt. Er stammt aus Sochaczew, ein paar Dutzend Kilometer von der Hauptstadt entfernt. Mein Vater ist nicht auf dem Bild, aus gutem Grund: Er ist der Fotograf. Er kam aus Wilna. Junger Mann, ich hoffe, Sie haben Ihre Landkarte zur Hand, um den Irrfahrten meiner Schriftsteller zu folgen. Von Paris aus gesehen liegt alles im Osten, aber ich versichere Ihnen, diese Orte sind sehr weit voneinander entfernt. Sie sind durch Grenzen getrennt, die sich ständig verschoben haben. Die Städte, von denen ich spreche, haben ihre

Namen geändert. Sankt Petersburg wird Petrograd, dann Leningrad und nun heißt es seit einigen Jahren wiederum Sankt Petersburg, als wäre nichts gewesen. In Berlin, Dresden, Warschau werden heute die Schlösser und Kathedralen wieder aufgebaut, als wäre nie eine Bombe auf Europa gefallen. Als hätte die Erde, die den Namen der vom Stier-Gott entführten phönizischen Prinzessin trägt, nicht in sechs Jahren vierzig Millionen ihrer Kinder verschlungen. Mein Vater wurde in Wilna geboren, zwischen den beiden Kriegen hieß es Wilno, heute ist es Vilnius. Und Lemberg war bis 1918 österreichisch, dann polnisch, fiel unter sowjetische, Nazi- und wieder sowjetische Herrschaft und ist heute eine der Großstädte der Ukraine, wird es dabei bleiben? Ich werde Ihnen all diese Details nicht wiederholen, Sie müssen Ihren Geist daran gewöhnen, von einem Land zum anderen zu springen.

Die jungen Männer posieren für die Kamera. Damals war ein Foto eine Komposition, wie ein Gemälde. Picasso und Braque klebten Pappschnipsel auf, und die Fotografen versuchten, das, was sie festhalten wollten, bewegter zu machen. Diese Kunst wurde nicht gewöhnlichen Sterblichen überlassen. Nur einer von ihnen schaut ins Objektiv, Melech in der Mitte, aber das fällt nicht gleich auf. Uri-Zwi, über ihm, schaut leicht nach rechts, als blickte er über die Schulter des Fotografen hinweg nachdenklich auf irgendetwas – eine Mutter mit Kinderwagen, einen Springbrunnen, eine Baumgruppe? Neben ihm, etwas im Hintergrund, senkt Mojsche den Kopf, als wollte er Melech mit den Augen behüten. Direkt vor Melech sitzt Perez auf der Bank. Sein Blick geht nach oben, man weiß nicht, ob er den Himmel oder Melechs Kinn betrachtet. Oder die Sterne. Links im Vordergrund steht Oser, fast an Melech gelehnt, und hinter ihm, auf die Rückenlehne der Bank gestützt, Israel-Joschua mit seinem wie immer starren, marmornen Blick. Zwischen den jungen Männern herrscht eine gewisse Unbekümmertheit, eine Vertrautheit, die man auf heutigen Fotografien nicht finden würde. Manche sind geradezu lasziv. Ihre Sinnlichkeit dringt, trotz der anständigen Kleidung, förmlich durchs Objektiv. Man spürt, dass sie lebendig sind, vor Plänen sprühen. In der Stadt gärt es, immer neue literarische Zeitschriften erscheinen. Jeder hat sein eigenes Blättchen und reserviert den Freunden ein paar Spalten. Die Zeitschrift *Khaliastra* sorgt für Aufruhr, ihre Geschichte erzähle ich Ihnen später. Man schließt sich dem Wettstreit der jungen Künstler an, von denen einige, wie Marc Chagall, bereits einen Namen in der modernen Kunst haben. Es ist ein gesegneter Moment, da alles möglich scheint. Die jungen Männer auf dieser Bank im Stadtpark glauben an eines: das Jiddische. Wer wollte es ihnen vorwerfen? Die Zeitungsstände in Warschau sind voll von jiddischen Titeln, die Verlage versuchen unter allen möglichen Verrenkungen, Geld aufzutreiben, aber tausende Bücher erscheinen, deshalb begegnen sich diese Männer, die in den entferntesten Winkeln zweier Kaiserreiche geboren sind, in dieser Stadt, die nicht Berlin, nicht Paris, nicht London und nicht Moskau ist. Und den Ton für diese Symphonie in hebräischen Lettern geben ein paar erbärmliche, aber umso geschäftigere Zimmer in der ersten Etage der Tłomackiestraße 13 an: der Jiddische Literaten- und Journalistenverein Warschaus.

Was soll ich tun? Ihnen das Porträt aller Mitglieder des Vereins zeichnen, von denen es in den dreißiger Jahren bis zu vierhundert gab? Aber wie könnte ich sie alle beschreiben? Wie auch nur einen Einzigen genau darstellen? Nehmen Sie meinen Vater: Ich habe meine ersten zwanzig Jahre damit verbracht, ihn aufs Gründlichste zu beobachten, ich könnte Ihnen jedes Fältchen in seinem Gesicht, den Schnitt seiner Ohren und die kleinen Punkte aufzeichnen, von denen seine Iris übersät war, wie aber könnte ich heute, da ein Porträt aus Milliarden Pixel besteht, mit der Fotografie konkurrieren und es Ihnen durch die Schrift vermitteln? Es würde immer nur eine Skizze bleiben. Sie könnten sich noch so viel Mühe geben, es würde Ihnen nicht gelingen, sich das Gesicht meines Vaters so vorzustellen, wie es war, auch wenn ich es Ihnen stundenlang beschreiben würde, immer würde etwas fehlen, der Schatten eines Grübchens, ein zarter, etwas blasserer Punkt am Augenrand.

Ich habe keine Wahl mehr, wie mir scheint. Ich habe Ihnen von diesem Foto erzählt, Sie hätten es allein finden können, denn es ist in vielen Büchern abgedruckt, sogar in dem, das Sie bei Ihrem Antiquar aufgetrieben haben, wo es aus einer Kiste loser Papiere auftauchte, wie die Arche, die nach der Sintflut auf dem Berg Ararat strandete. Es zirkuliert frei im Internet, obwohl der Fotograf noch keine siebzig Jahre tot ist und sein fotografisches Werk immer noch dem Urheberrecht unterliegt, aber was soll's? Darüber reden wir nicht. Es geht nicht um Rechte. Der Fotograf hatte vor allem das Recht, unter den Knüppelschlägen eines Ukrainers zu enden. Wir sprechen über das Foto von sechs jungen Männern, die in jener glücklichen Zeit auf einer Bank des *Saksischn gurtn,* des Sächsischen Gartens, Ogród Saski auf Polnisch, posieren, und Sie wollen, dass ich Ihnen ihr Schicksal erzähle?

Ich habe nicht den Mut, sie alle zu nehmen. Ich überlasse Mojsche, Israel-Joschua und Oser anderen. Ich lasse auch Alter Kacyzne beiseite, aus Schamhaftigkeit. Verbietet nicht die Bibel, die Blöße seines Vaters zu offenbaren? Erinnern Sie sich, Ham wurde verflucht, weil er Noahs Blöße sah, und Sem bedeckte ihn und wurde auf ewig gesegnet. Ich behalte Perez, Uri-Zwi und Melech, weil Sie sich für *Khaliastra* interessieren und die Zeitschrift das Projekt dieser drei war. Auch deshalb, weil ihre Geschichte die Geschichte einer Freundschaft ist, die durch das ganze Jahrhundert hielt und über fünf Kontinente hinwegreichte.

Die Szene spielt sich im Literatenverein ab, wo sonst. Man drängt sich um die Tische. Alles raucht, was das Zeug hält, man diskutiert in allen möglichen Sprachen, die Kellnerinnen schlängeln sich zwischen den Tischen hindurch, servieren Kohlrouladen und Hering. Natürlich wird Wodka getrunken. Keine gute Literatur ohne Schnaps. Auch keine schlechte. Melech kommt. Er hat nach vielen Abenteuern seinen Jugendfreund Uri-Zwi wiedergefunden, nur Geduld, ich werde Ihnen auch davon erzählen, Sie wollen doch wohl nicht, dass ich bei ihrer Geburt anfange und sie in einem chronologischen Bericht bis zu ihrem Tod begleite? Wir sind doch nicht mehr im 19. Jahrhundert. Damit würde man ihre Ästhetik beleidigen. Mein Bericht muss fragmentarisch sein, wie lauter in einen Holzrahmen geklebte einzelne Vignetten. Also: Collage mit Kohlroulade, billigen Zigaretten, Wodkaflasche und jiddischen Zeitungen. Melech und Uri-Zwi kommen Arm in Arm herein. Sie sehen sich im Saal um, wem man um jeden Preis aus dem Weg gehen muss, und plötzlich erblickt Melech Perez, der allein an einem Tisch sitzt. Er hat ihn nie gesehen, aber sein Ruhm ist ihm vorausgeeilt: Er ist der schönste Mann, den die Erde je getragen hat.

»Du bist Markisch?«

»Nicht falsch.«

»Rawizc.«

»Grinberg.«

Perez wendet sich an Uri-Zwi:

»*Mefisto,* wunderbar.«

»*Di kupe,* große Kunst.«

Perez hat Melech kaum angeschaut, er hat nur Augen für Uri-Zwi. Denn in diesem Trio gab es vor allem ein Duo: den Apoll aus der Ukraine und den chassidischen Rabbi mit der feuerroten Mähne. Aber ehe ich Ihnen erzähle, wie diese drei Warschau in Brand setzten, will ich zum Anfang zurückkehren, denn jede jüdische Geschichte muss mit den Worten »Am Anfang« beginnen.

10

Ich hatte *Khaliastra* aufgeschlagen und fand auf Seite 232 das Foto von der Bank im Sächsischen Garten. Perez war sicher der Schönste, aber jedes dieser Gesichter barg ein Geheimnis. Ich betrachtete die drei, die meine Briefpartnerin beiseitelassen würde, als wollte ich von ihnen Abschied nehmen, noch ehe ich sie kennengelernt hatte; dann kehrte ich zu den drei anderen zurück, Melech, dem Bärtigen, Uri-Zwi, dessen Haare ich mir trotz des Schwarz-Weiß-Fotos rot vorzustellen versuchte, und Perez, dem Prinzen.

Ich suchte nach Informationen über den Sächsischen Garten und fand heraus, dass es damals der schönste Park

Warschaus war, mitten im Zentrum. Zwischen den Kriegen war den Armen der Zutritt verboten. Wenn sich die Schriftsteller dort fotografieren lassen konnten, dann heißt das, dass sie etwas darstellten, sie waren alle in Schlips und Kragen.

Hatte Anna Janowska den Park in ihrer Kindheit besucht? Wie lange war sie in Polen gewesen, ehe sie nach Paris kam? Waren ihre Eltern emigriert, als sie noch klein war? Konnte es sein, dass sich ihre ganze Familie in Frankreich niedergelassen hatte und wir ihre Spur verloren hatten? Obwohl ich nichts von ihr wusste, stellte ich sie mir als Baby in Warschau vor, in einem Kinderwagen, der von einem Kindermädchen durch die Alleen des Sächsischen Gartens geschoben wird.

Jene Nacht, als Christophe mir gehört hatte, in meinen Armen lag wie der Christus einer Pietà, sein Mund verfügbar für meinen Kuss, jene Nacht hatte mich für immer an ihn gebunden. Nach dem impulsiven Kuss kam das Schuldgefühl, dem bewusstlosen Freund eine Zärtlichkeit gestohlen zu haben. Später habe ich bei Christophe nie mehr den Körper gesucht, eher den großen Bruder, das Vorbild. Und so konnte sich unsere Freundschaft entwickeln. Wir wurden erwachsen, wir hatten beide unsere Wunden. Ich hatte meine Trauer, er litt unter der Wiederverheiratung seiner Mutter, einem Stiefvater, der versuchte, den Platz seines Vaters einzunehmen, und einem Vater, der das geschehen ließ. Wir verbrachten die Abende damit, zu reden, die Tage damit, zu leben und zu lachen. Wir erschufen uns aneinander, wie zwei Bäume im selben Boden einander umschlingen, um sich zu stärken. Er erzählte mir von seinen Abenteuern, es waren viele, denn Christophe war ein Verführer. Er erzählte mir zuerst von den Mädchen, und eines Abends, im Restaurant, von den Jungen. Sehr früh, im Internat, hatte er einen Klassenkameraden geliebt, mit dem er sich in der Kapelle traf. Sie liebten sich unter einem riesigen Kruzifix, und Christophe pries diese Entweihung: Für ihn war das die absolute Hingabe.

In Christophe liebte ich den Überschwang, zu dem ich außerstande war. Er lehrte mich, etwas zu wagen. Besser gesagt, ich sah zu, wie er für zwei wagte, und das genügte mir. Er hat mir auch die Geschichte eines anderen Liebhabers erzählt, bei dem er manchmal das Wochenende verbrachte. Offiziell waren sie gute Freunde. Er lernte die Eltern des Jungen kennen, und die Mutter verliebte sich in ihn. Eine Zeitlang hatte er zwei verbotene Verhältnisse, mit Sohn und Mutter, ohne dass einer vom anderen wusste.

Als ich erneut das Foto aus dem Sächsischen Garten betrachtete, fiel mir die Nähe zwischen Uri-Zwi und Perez auf. Uri-Zwi stand hinter Perez, über ihm, die rechte Hand in seinem Nacken. Tatsächlich bildeten diese beiden den Mittelpunkt der Komposition, und ich dachte an die kleine Studentenbande, die sich um Christophe und mich gebildet hatte und kraft unserer Freundschaft aufblühte.

11

Auf dem Foto ist Melech in der Mitte. Ich beginne mit ihm, weil er mich anschaut, als wollte er sagen, dass die Geschichte auf dem Grund seiner Pupillen beginnt. Ich vertiefe mich in seine schwarzen Augen. Schwarz auf dem Foto, weil es aus einer anderen Zeit stammt. Ich erinnere mich nicht mehr, welche Farbe sie hatten. Blau, grün, braun? Wollen Sie das unbedingt wissen? Welche Bedeutung hat das? Eines ist sicher: Zu der Zeit, von der ich Ihnen erzählen will, sind seine Augen blau wie bei allen Säuglingen. Melech ist noch nicht Melech, sondern Zygmunt, als er in Redim geboren wird, Radymno, wenn Sie wollen, einem überwiegend jüdischen Marktflecken, in dem auch Polen und Ukriner wohnten, knapp hundert Kilometer vor Lemberg. Ich will Ihnen von der Verwandlung Zygmunts in Melech erzählen, noch weit entfernt von Warschau, als seine Augen noch nicht die Farbe gewechselt hatten und noch himmelblau waren, zu einer Zeit, als ihm eine ganz andere Zukunft bestimmt schien als die jiddische Literatur. Er kam in einer sonderbaren Familie zur Welt: Hinde, seine Mutter, ist die einzige verheiratete Frau im Ort, die keine Perücke trägt. Sie ist erst mit zwanzig Jahren in den Stand der Ehe getreten, ihre Schwestern dagegen wurden schon vor ihrem fünfzehnten Geburtstag verheiratet. Sie hatte sich ihrem Vater widersetzt und gegen die aufgezwungenen Bewerber gewehrt, sie wollte sich den Gefährten fürs Leben selbst aussuchen. Sie war eins von zwölf Kindern, weitere zwölf hatte ihre Mutter im Säuglingsalter verloren. Hindes Vater, Josef Rosenthal, war der reichste Mann der Gegend. Er besaß etwa zehn Kilometer vom Ort entfernt ein Gut. Man hätte ihn einen Bauernlümmel nennen können, weil er lateinische Buchstaben nicht lesen konnte, nur Jiddisch, das man *Jargon* nannte, und diejenigen, die sich darauf beschränkten, genossen in bürgerlichen Kreisen kein Ansehen. Josef kümmerte das nicht. Er war begabt fürs Geschäft. Seine Kunden und Lieferanten waren Juden, er brauchte keine andere Sprache. Für den Verkehr mit Polen, Ukrainern und der österreichischen Verwaltung hatte er sich der Dienste eines jungen Mannes versichert, der alle Sprachen der Welt sowie Mathematik und die kosmischen Wissenschaften beherrschte. Josef legte Wert darauf, dass seine Söhne eine perfekte Erziehung bekamen. Eine ganze Reihe junger Männer frisch von der Jeschiva lehrten sie die Torah, einschließlich der Kommentare von Raschi, sowie den Talmud. Für die Töchter hatte der Vater nichts vorgesehen. Die älteren konnten ein bisschen lesen, die Lehrer der Jungen hatten ihnen flüchtig Rudimente des *Alef-bejs* beigebracht, aber Hinde verlangte, als sie acht wurde, einen Hauslehrer, und ihr Vater gehorchte ihr. Im Aushandeln des Preises für einen Raummeter Birkenholz war er Meister, doch ihr konnte er nichts abschlagen. Hinde trug ihren Namen zu Recht: Sie war sein Reh. Er ließ einen Studenten der Universität Lemberg kommen, einen Juden natürlich (man vermied Ungläubige, denn es kam vor, dass sich ein junges Mädchen in seinen Lehrer vergaffte), der Hinde die polnische Sprache und Literatur lehrte. Später ging das Mädchen in die polnische Schule und wurde eine der gebildetsten jüdischen Frauen in der ganzen Gegend. Ihr Leben lang sprach sie mit ihrem Vater weiterhin Jiddisch, ihre Mutter hatte die vierundzwanzig Geburten nicht überlebt, aber mit ihren Kindern sprach Hinde nur Polnisch.

Efraim, Hindes Ehemann, kam aus der Umgebung von Lemberg. Sein Vater, ein kleiner Handwerker, hatte seinen Sohn unter großen finanziellen Opfern auf die deutsche Schule geschickt, damit er sich um einen Posten als Beamter des Kaiserreichs bewerben könnte. Eines Tages begleitete Efraim einen Cousin, der Josefs Gutsverwalter war. Hinde kam vorbei. Sie gefielen sich. Als der junge Mann sich verabschiedete, ging Hinde zu ihrem Vater und sagte: »Mein Ehemann wird Efraim heißen.« Man sprach bei der Familie vor. Efraims Eltern waren nur zu froh, sich mit einem Mann zu verbinden, der für seinen Wohlstand bekannt war. Efraim verzichtete auf die Beamtenlaufbahn: Sein Schwiegervater, der gern auf seinem Gut blieb, brauchte einen Vertreter für die Geschäfte in Redim. Er richtete den jungen Leuten ein schönes, steinernes Haus zwischen dem Marktplatz und der Synagoge ein, das er für seine Kinder hatte bauen lassen. Sie lebten friedlich, ohne zur Schau gestellten Überfluss, aber auch sicher vor Not. Dort wurde Melech geboren. Ich spreche von einer Zeit, als das Habsburgerreich noch die Ewigkeit vor sich hatte, ein paar Jahre vor der Jahrhundertwende. Was für ein merkwürdiger Ausdruck. Er könnte auf jeden Jahrhundertwechsel angewendet werden, aber es käme niemandem in den Sinn, ihn für den Übergang ins siebzehnte oder einundzwanzigste Jahrhundert zu benutzen. Diese Wende ist unabänderlich dem Übergang vom neunzehnten zum zwanzigsten Jahrhundert vorbehalten, als wäre dieser Wechsel besonders heikel und als hielte dieses neue Jahrhundert besondere Überraschungen bereit.

Wenn Efraim und Hinde am Abend die Tür ihres Schlafzimmers schlossen, redeten sie manchmal ein paar Worte Jiddisch miteinander, aber vor ihren Kindern sprach Hinde Polnisch und Efraim Deutsch. Er war europäisch gekleidet: dunkler Anzug, Filzhut mit Krempe, helle Krawatte und immer ein Einstecktuch in der linken Brusttasche. Am *Schabbes* zog er für die Synagoge die traditionelle Kleidung an: Kaftan aus gestreiftem Satin, knielange Hosen und Socken aus grober weißer Baumwolle. Die Leute, die ihn unter der Woche besuchten, hätten ihn nicht wiedererkannt, wenn sie ihm am Samstag begegnet wären, als handelte es sich um einen anderen Mann, ein anderes Leben. Aber das kam nicht vor, denn der Samstag war der Familie und dem Ritual vorbehalten, man empfing nur Juden und besuchte nur Juden.

Efraim und Hinde bekamen kurz hintereinander zwei Söhne, Maurizius und Zygmunt, ein paar Jahre später dann einen dritten, Hertz. Natürlich trugen die Kinder traditionelle Namen: Zygmunt hieß Sacharje und Maurizius war ein Mojsche, aber es war damals Mode, den Kindern zusätzlich Namen zu geben, die es ihnen erlaubten, mit der Umgebung zu verschmelzen. Hinde rief ihre Söhne mit keinem dieser Namen: Zygmunt war Sussja, Mojsche hatte den Kosenamen Monje. Und manchmal sogar Sussele und Mundele.

Zygmunts Kindheit in diesem kleinen galizischen Marktflecken war friedlich. Das war allerdings die einzige ruhige Zeit seines Lebens, Sie werden sehen, dass die Dinge sich später beschleunigen. Aus seinem Mund habe ich eine seiner Kindheitserinnerungen gehört: Er erzählte mir oft von der Ankunft Kaiser Franz Josephs in Radymno. Er nahm mich auf den Schoß und erzählte die Geschichte in der 3. Person, aber ich wusste, dass der höchstens zehnjährige kleine Zeuge dieser Szene kein anderer war als er.

Der Bürgermeister hatte angekündigt, dass der Kaiser höchstselbst auf dem Weg zu den Grenzen seines Reichs durch Radymno kommen würde. Er hatte Militärmanöver hinter Lemberg befohlen, im äußersten Osten seines Territoriums, um seinen Nachbarn, den Zaren, in gebührendem Abstand zu halten. Für die Einwohner des Orts war die Eisenbahn die Straße ins Paradies, denn sie konnte einen in die Hauptstadt, zu ihren Schlössern und ihrer Oper bringen. Sie *konnte,* denn nur wenige machten diese Reise. Diejenigen, die sie machten, kehrten nicht zurück. Sie vergrößerten die Übervölkerung der Armenviertel Wiens. Einige reüssierten dort in der Geschäftswelt, der Medizin oder der Literatur, und es wäre ihnen nicht in den Sinn gekommen, den Weg zurück anzutreten und wieder durch die schlammigen Straßen ihres Herkunftsorts zu gehen.

Für den Kaiser bedeuteten die beiden Metallschienen quer durch das Reich etwas anderes. Sie waren die Pfeile, denen er folgte, wenn er, selten genug, geruhte, sich in seine Provinzen zu begeben. Seine Untertanen waren ihm dankbar dafür, dass er sich in seinem Schloss in Schönbrunn aufhielt, denn seine Gegenwart verlieh der Hauptstadt Glanz, und Wien ließ das ganze Reich erstrahlen, die Stadt war das schönste Kronjuwel. Wenn die Presse ankündigte, dass der Kaiser Wien verließ, rief die Nachricht bei den Bewohnern der Stadt, die ihn empfangen sollte, Aufregung und Freude hervor, in den anderen Provinzen jedoch Unruhe und Sorge bei dem Gedanken, dass Schönbrunn ein paar Tage lang ohne denjenigen sein würde, der seine Größe ausmachte; das Schloss war dann ein Schmuckkästchen ohne sein Kleinod, eine leichte Höhlung im abgesteppten Satin verriet seine Abwesenheit, in der ungeduldigen Erwartung seiner Rückkehr.

Der Kaiser sollte im kaiserlichen Zug durch Radymno kommen. Der Bürgermeister hatte den Notabeln der drei Bevölkerungsgruppen befohlen, sich als verfassungsgemäße Vertreter ihrer Gemeinden zum Bahnhof zu begeben, um seine kaiserlich-königliche Majestät Franz Joseph von Habsburg zu empfangen. Die Polen stellten sich hinter dem Priester auf, die Ukrainer hinter ihrem Popen, und die Juden umringten ihren Rabbiner. Der Bürgermeister führte das Gefolge an. Ausnahmsweise blieb der Bahnhof die ganze Nacht hell erleuchtet. Gewöhnlich löschte man die Laternen nach Durchfahrt des letzten Zuges, aber der Anlass war die Ausgabe wert. Denn man würde bis zum frühen Morgen warten müssen, um den Kaiser empfangen zu können, der für vier Uhr dreißig angekündigt war.

Efraim gehörte zur Delegation der jüdischen Notabeln, die seiner Hoheit ein Zopfbrot zum Frühstück überreichen sollte. Er würde rechts vom Rabbiner stehen, direkt neben dem Jungen, der die Torahrollen zu küssen hatte, die dem geliebten Staatsoberhaupt zum Zeichen des Respekts und zum Segen gezeigt werden sollten. Efraim verhandelte mit Hinde, und sie erlaubte Zygmunt, fast die ganze Nacht wach zu bleiben. Das Argument des Vaters hatte ins Schwarze getroffen: Wie oft in seinem Leben würde Zygmunt Gelegenheit haben, den Kaiser mit eigenen Augen zu sehen? Hinde hatte nicht erlaubt, dass ihr Sohn mit den Erwachsenen wachte. Sie schickte ihn wie gewöhnlich um neun Uhr ins Bett und weckte ihn fünf Stunden später, damit er sich auf das Ereignis vorbereitete.

Zygmunt hatte nicht geschlafen, er war viel zu aufgeregt. Seit seiner Geburt erzählte man ihm von diesem großen Mann, der so gütig zu den Juden seines Reiches war. Sein Großonkel Franz I. von Österreich hatte 1822 Salomon

Meyer Rothschild geadelt, und Franz Josephs Gattin, Kaiserin Sissi, machte keinen Hehl aus ihrer Leidenschaft für Heinrich Heine, den Dichterfürsten, der im Judenviertel Düsseldorfs geboren war. Bei der Nachricht von der Ermordung der Kaiserin am Ufer des Genfer Sees, am 10. September 1898, hatte Zygmunt seinen Vater zum ersten und einzigen Mal in seinem Leben weinen sehen. Das Kind hätte sich erträumt, die Herrscherin an der Seite ihres Gatten aus dem kaiserlichen Zug steigen zu sehen, aber sie war schon ein paar Jahre tot, als Franz Joseph beschloss, in Radymno Halt zu machen.

Ein paar Minuten vor der Ankunft des Zuges, als in der Ferne schon sein *Tschuktschuk* zu hören war, befahl der Bürgermeister dem Dirigenten der Blaskapelle, den Radetzkymarsch anzustimmen, der dem Städtchen am Ufer des San einen Hauch Wien verleihen sollte. Diese Musik war so sicher wie das für die Ewigkeit geschaffene Reich, weit entfernt von den politischen Wirren, die Frankreich seit mehr als einem Jahrhundert erschütterten, und jenen, die im Osten in Sankt Petersburg brodelten. Der Takt war langsam und rhythmisch, aber die Schläge in der Brust beschleunigten sich, denn jeder vernahm das Geräusch einer mächtigen Lokomotive, das nach und nach die Blasinstrumente überdeckte. Der Zug kam näher, er würde langsamer werden und unter betäubendem Kreischen bremsen. Aber das *Tschuktschuk* wurde immer lauter, der kaiserliche Zug raste in einer Dampfwolke heran, man hatte kaum Zeit, die Farbe der Wagen zu erkennen, der Doppeladler auf den Türen flog vorbei, dann ließ der Lärm langsam nach, so dass man von neuem die Strauss-Melodie hören konnte. Die Blaskapelle spielte noch ein paar Takte, das letzte Horn machte den Abschluss, als der erste Hahn zu krähen begann. Die nach Nationalität aufgestellten Einwohner von Radymno wagten nicht sich anzusehen. Alle blieben erstarrt, als hätte der kaiserliche Zug auf dem Bahnsteig gehalten und Seine Majestät würde gleich erscheinen, aber ihre Blicke gingen über die Gleise hinaus und verloren sich auf der anderen Seite in der galizischen Landschaft, denn nichts hielt sie auf. Ein paar Minuten lang herrschte Schweigen, bis der Bürgermeister es unterbrach:

»Ihr habt ihn gesehen, nicht wahr? Er stand am Fenster.«

»Er hat die Hand gehoben, um uns zu grüßen.«

»In vollem Gepränge, er trug all seine Orden.«

Sie kehrten frühmorgens nach Hause zurück. Zygmunt stürzte in die Schule. Er war das einzige Kind, das den Kaiser gesehen haben sollte, die anderen hatten nicht so früh aufstehen dürfen. Er beschrieb den eindrucksvollen Backenbart, der die Hälfte des Gesichts verdeckte, und die Reihen der goldenen Knöpfe an der Uniform, in denen sich die Gaslichter spiegelten. Ein Schüler fragte: »Hatte er eine Krone auf?« Zygmunt wusste nicht weiter. Aber er fasste sich schnell:

»Ja, aus Lorbeer, wie auf der Zwanzig-Kreuzer-Münze.«

12

Ich hatte geglaubt, dass mich meine Briefpartnerin ins Warschau der Zwischenkriegszeit entführen würde, stattdessen brachte sie mich zu einer Bahnstation, die ganz nach den Romanen von Joseph Roth schmeckte. Den *Radetzkymarsch* hatte ich als Teenager gelesen, und wenn man mich nach meinen Lieblingsbüchern fragen würde, stünde er ganz oben auf der Liste. Ich war begeistert davon, wie der Autor die letzten Jahrzehnte des Habsburgerreichs an drei Generationen ein und derselben Familie so lebendig werden ließ, als wäre ich selbst ein Trotta. Viele meiner Freunde konnten den Roman nicht zu Ende lesen, weil sie seine bedrückende Atmosphäre nicht aushielten. Der langsame Niedergang einer Familie um die Jahrhundertwende gefiel nicht jedem, und ich merkte, dass die Liebhaber dieses Werks wie ich ein Faible für die Nostalgie hatten, jenes Gefühl, das angeblich melancholisch macht, einen jedoch mit wohligem Unbehagen erfüllt. Als ich in die Schule kam, trugen die Schüler noch graue Kittel. Ehe wir ins Klassenzimmer gingen, hängten wir unsere Mäntel im Flur an Kleiderhaken, zogen die Schuhe aus und Pantoffeln an. In der großen Pause zogen wir die Schuhe wieder an, bevor wir zum Spielen in den Hof liefen. Aber das war bald vorbei. Kittel und Pantoffeln verschwanden, und später habe ich die Abschaffung dieses Brauchs bedauert. Als ich zum Sprachaustausch in England war, beneidete ich meine britischen Klassenkameraden, die mit Blazer und Krawatte zum Unterricht kamen. Passte ich in die Welt, in der ich lebte? Wie lange würde ich noch diese Sehnsucht nach einer vergangenen Zeit verspüren, die mich vor einem Regal mit hundert plastikverpackten Joghurtsorten überkam? In meiner Kindheit hatte es im Lebensmittelladen nur die Alternative zwischen einem Becher aus gewachster Pappe, in braun für Schokolade und in blau für Natur, mit einer kleinen stilisierten Blume auf der Seite gegeben. Erst unlängst hatte eine Lebensmittelfabrik auf der Suche nach neuen Produkten diese Pappbecherchen mit der Blume wieder eingeführt, und ich hatte mich darauf gestürzt, um den Geschmack wiederzufinden, den ich, wie ich glaubte, noch im Mund hatte. Ich wählte Schokolade. Aber ich war erwachsen geworden, zumindest äußerlich, und die Welt hatte sich verändert, ich fand das Kind auf dem Grund des Töpfchens nicht wieder. Nur das Geräusch des am Becherrand kratzenden Löffels hat mir eine bekannte und vermisste Empfindung wiedergeschenkt. Neigte ich so zur Nostalgie, weil meine ganze Familie verschwunden war, wegen des Gefühls, der Letzte eines ganzen Geschlechts zu sein? Was sollte ich mit dieser Verantwortung anfangen? Ich fühlte mich zu nichts imstande, weil meine Familiengeschichte mir unzugänglich war. Was wusste ich von ihr? Nichts. Nicht einmal, woher meine Großmutter kam. Wie kann man unter solchen Umständen eine Linie weiterführen? War es diese Anna Janowska, die mir vom Grund des Joghurtbechers ein Zeichen zu geben versuchte? Das Milchprodukt reichte jedenfalls nicht, um mich aufzuheitern, denn alles ringsum erinnerte an die Arroganz einer Welt, die mit Höchstgeschwindigkeit weiß Gott wohin raste. Meine Kollegen strebten nach beruflichen Auszeichnungen, die Schneidereien verschwanden, die Möbel wurden als Selbstbauset gekauft, die jungen Männer um mich herum trafen sich mit gleichaltrigen Mädchen, zogen mit ihnen zusammen oder heirateten. Andere, die Jungen liebten, besuchten Nachtklubs und sammelten Eroberungen. Ich sah sie alle herumwirbeln und fühlte mich außerstande, anders denn als Zuschauer daran teilzunehmen. Mädchen interessierten mich nicht, ich meine ihr Körper. In der Pubertät hatte ich mich gezwungen, einige zu küssen, um meine Altersgenossen nachzuahmen, aber diese Küsse führten zu nichts. Die Mädchen, die sich auf der Tanzfläche drängten, müssen gespürt haben, dass es bei einer Umarmung bleiben würde, sie kümmerten sich nicht mehr um mich, und ich beließ es dabei. Ich konnte mir nicht vorstellen, dass mich eine Frau lieb gewann. Oder ich hatte einfach Angst, mich jemand anderem zu öffnen.

Ein Jahr, nachdem wir uns kennengelernt hatten, bot ich Christophe an, in eins der leeren Zimmer meiner Wohnung zu ziehen. Nun entging mir nichts mehr von seinen Eroberungen. Junge Leute beiderlei Geschlechts liefen durch den Flur, verbrachten die Nacht Wand an Wand mit mir und verschwanden. Sie kamen selten ein zweites Mal. Ab und zu begleitete ich meinen Freund in einen Nachtklub und begnügte mich damit, ihm beim Verführen zuzusehen, unfähig, es ihm gleichzutun. Damals waren diese Praktiken nur halblegal. Auch wenn ich keine Eltern mehr hatte und niemanden, der mir sagte, was sich nicht gehörte, war es mir unmöglich, einen Jungen bei der Hand zu nehmen und nach hinten in eine Kabine zu führen, um ihn auszuziehen und uns Gutes zu tun. Schon allein der Besuch eines solchen Lokals kostete mich Überwindung, aber ich sah gern zu, wie mein Freund gefiel. Als erhielte ich durch ihn Zugang zu diesen Körpern, ohne ein Verbot zu missachten. Christophe war mein Leben geworden: Tagsüber saßen wir Seite an Seite in den Vorlesungen, abends gingen wir zu zweit oder mit Freunden aus. Wir machten zusammen Urlaub. Nachts trennte uns eine Wand. Christophe verbrachte sie mit einem Jungen oder Mädchen, je nachdem, ich lag allein in meinem Bett, ohne vollkommen einsam zu sein. Er war mein Sexualleben geworden, obwohl unsere Beziehung freundschaftlich und keusch blieb. Diese Situation war mir sehr recht. Sie hätte das ganze Leben dauern können.

13

Welcher Untertan von Franz Joseph träumte nicht von Wien, seinen Palästen, den breiten Boulevards und den eleganten Frauen? Zygmunt war keine Ausnahme. Er ging oft auf den Schienen am Ortseingang spazieren. Er setzte sich zwischen die Gleise und schaute in Richtung Hauptstadt. Ein paar hundert Meter verlief die Trasse geradeaus, aber bald machte sie eine Kurve um einen Hügel herum, so dass man weder die hohen Gebäude der Kaiserstadt noch die bunten Dächer des Stephansdoms erkennen konnte. Dann presste Zygmunt das Ohr an das eisige Metall und glaubte die fröhlichen Noten eines Walzers zu vernehmen. Es war nur eine Frage der Zeit: Die Zukunft des Kindes lag in Wien, das war von den Aufstiegswünschen seiner Eltern vorgezeichnet. Und dennoch.

Zygmunt lief oft vom Dorf bis zum Gut seines Großvaters, damals ging man noch viel zu Fuß. Sogar in Warschau nahm man in meiner Kindheit selten die Straßenbahn: Man durchquerte die Stadt zu Fuß, um Freunde zu besuchen. Zygmunt durchquerte Wiesen und Wälder, streichelte im Vorbeigehen eine Kuh, wich einem streunenden Hund aus und kam nach ungefähr zwei Stunden zum Gut. Er verbrachte viel Zeit bei den Stallburschen, half ihnen, Stroh zu verteilen, und hätte um keinen Preis das abendliche Melken verpasst. Er kam spät zurück, und Hinde schaute ihn schief an, weil er nach Bauernhof roch, obwohl sie doch alles tat, um ihn davon fernzuhalten. Hinde liebte die Stadt, sie hätte gern in Lemberg oder Wien gelebt. Sie begnügte sich mit ihrem Provinzleben und bewahrte die Hauptstadtträume für ihre Söhne.

Manchmal kamen Flüchtlinge nach Radymno, Juden aus dem Zarenreich, in dem zur gleichen Zeit Perez geboren wurde, aber ich greife vor, bleiben wir noch eine Weile in Galizien. Diese zerlumpten Gestalten hatten illegal die Grenze überschritten, um vor einem Pogrom zu fliehen. Sie blieben nur ein paar Tage und zogen dann weiter nach Wien, von wo sie nach Amerika zu kommen hofften. Efraim sagte oft, welches Glück die Juden in Galizien hätten, die emanzipierten Untertanen von Kaiser Franz Joseph zu sein und nicht die bevorzugten Opfer eines Barbaren, auch wenn die galizischen Bauern es hier und da ihren ukrainischen Nachbarn gleich taten und sich über die Juden hermachten, aber das wollte man lieber nicht sehen. 1905, nach der gescheiterten Revolution im Reich der Romanows,kam ein Strom von ledigen jungen Männern. Sie hatten an den Streiks und Demonstrationen teilgenommen. Freunde waren gefallen, andere nach Sibirien verbannt worden. Sie waren entkommen und wollten nach Amerika. Die Familienväter von Radymno sperrten ihre Töchter ein, aus Angst, sie könnten sich in einen Revolutionär verlieben, aber einige ließen sich dennoch verführen und verschwanden mit den Burschen in Richtung Neue Welt. Die Väter verstanden es nicht: Was suchten sie anderswo? Gab es ein schöneres Eden als das Habsburgerreich? Waren diese jungen Männer wirklich unverheiratet? Sie hatten die Grenze allein überschritten, aber hatten sie womöglich Frau und Kinder in einem ukrainischen *Schtetl* zurückgelassen, um woanders ein neues Glück zu suchen? Wie konnte man ihnen trauen? Es gab kein schlimmeres Los für eine jüdische Frau, als von ihrem Mann verlassen zu werden, ohne dass er sich um die Scheidung gekümmert hatte. Die Arme galt fortan als *Agune* und war dazu verurteilt, ihr Leben allein zu beenden, denn kein Mann durfte eine verlassene Frau heiraten. Man erzählte sich auch, naive junge Mädchen seien von stattlichen Männern missbraucht worden, die ihnen die Ehe versprochen hatten, sie aber bei der Ankunft in Buenos Aires allein auf der Straße sitzen ließen.

Als Heranwachsender besuchte Zygmunt als Internatsschüler eine Handelsschule in Lemberg. Danach fand sein Vater für ihn eine Stellung als Lehrling in der größten Bank der Stadt, die zwei zum Katholizismus konvertierten Juden gehörte. Ein anderer Lehrling, Schmuel, gab Zygmunt eine Novelle von Jitschok-Lejbusch Peretz zu lesen. Es war ein wunderbares Märchen von einem Fischer, den der Glaube aus einem Schiffbruch rettet. Zygmunt erkannte die Art von Geschichten wieder, die der Rabbiner von Radymno gern erzählte, wenn am Samstagnachmittag, kurz vor Ende des Schabbat, der Abend hereinbrach und die Seele hin- und hergerissen war zwischen dem Bedauern, die Stille des wöchentlichen Ruhetages verlassen zu müssen, und der Ungeduld, zur Aktivität der Wochentage zurückzukehren. Das Märchen war nichts weiter als ein paar Seiten gute Literatur, nichts, was ein Leben verändert. Und dennoch. Sie war auf Jiddisch geschrieben. Zygmunt entdeckte eine großartige Sprache, weit entfernt von dem *Jargon,* den man für altmodisch hielt und der nur noch in den Küchenkammern der jüdischen Häuser gesprochen wurde. In diesem »Jüdisch« malte der Autor ein eindringliches Bild von dem stürmischen Meer und dem Verlassenheitsgefühl des in den tosenden Wellen verlorenen alten Fischers. Zygmunt las nun alle Werke von J.-L. Peretz: die chassidischen Märchen, die Gedichte, die *Bilder einer Reise in die Provinz,* in denen der Autor die Atmosphäre der jüdischen Ortschaften sehr gut wiederzugeben verstand. Als J.-L. Peretz ins Stadttheater von Lemberg eingeladen wurde, setzten Zygmunt und Schmuel alles daran, Eintrittskarten zu bekommen. Die billigsten Plätze waren ganz oben, wo man stand und der Kopf die Stuckdecke berührte, aber das war unwichtig, was zählte war nur, den Meister zu hören, wie er den jungen jüdischen Schriftsteller als Schmied beschrieb: Es sei an ihm, das Jiddische zu formen, denn es enthalte alles, um eine große Sprache zu werden. Aus dem *Jargon* werde man eine Literatur machen, die etwas ganz anderes war als die Bahnhofsromane, über denen die Dienstmädchen abends im Bett schnieften.

Am nächsten Tag begann Zygmunt in einer Sprache zu schreiben, die er nie gelernt hatte. Sie war ihm in der Kindheit mit der Luft zugeflogen. Er hatte sie mit niemandem gesprochen, aber er hatte sie auf der Straße gehört und in der Synagoge, auch bei seinem Großvater Josef, der keine andere konnte. Sie gehörte zur Landschaft dieser Gegend Europas, man hätte sich Galizien nicht ohne die einfachen

Leute vorstellen können, die auf dem Marktplatz Jiddisch sprachen. Begreifen Sie, junger Mann, dass Zygmunts Leben soeben aus den Fugen geraten war?

14

Die alte Dame machte sich über mich lustig: Ich konnte Melechs Gefühle umso besser verstehen, als ich ein knappes Jahrhundert später mit den Versen seines Freundes Uri-Zwi das gleiche erlebt hatte.

Sie legte ihren Berichten nie einen Brief bei, nicht mal eine Visitenkarte, ich erhielt die Blätter in wunderbaren Velinumschlägen mit ihrem eingeprägten Monogramm. Ich war ihrem Rat gefolgt und hatte eine farbige Karte von Mitteleuropa vergrößern lassen, die ich in einer alten Enzyklopädie aufgestöbert hatte. Ich hängte sie über den Kamin. In der Tiefe einer Schublade hatte ich Stecknadeln mit farbigen Köpfen gefunden, die ich irgendwann zusammen mit der armlosen Schneiderpuppe auf ihrem Holzfuß und dem alten Bügeltisch aus der Nähwerkstatt im Erdgeschoss mitgenommen hatte. Ich hatte den Bügeltisch abgebeizt, und es war eine schöne Konsole daraus geworden, auf der ein Bügeleisen mit moltonumwickeltem Griff stand. Mit den Stecknadeln wollte ich die Orte kennzeichnen, von denen mir meine Briefpartnerin erzählte: rot für Melech, blau für Uri-Zwi, gelb für Perez. Ein paar Wochen später erhielt ich die nächsten Seiten.

15

Szenenwechsel. Von der kleinbürgerlichen Familie eines angehenden Bankiers wird nicht mehr die Rede sein. Ich entführe Sie in die wunderbare Welt der chassidischen Geschichten, ein Universum sonderbarer Gestalten, die an prophetische Träume und Dämonen glauben. Wo Sie feststellen werden, dass nichts in der Kindheit von Uri-Zwi ihn dazu bestimmte, fünfundzwanzig Jahre später der anspruchsvolle und kokette Dandy zu werden, der dem Objektiv im Sächsischen Garten sein Profil darbietet.

Uri-Zwis Geburt war ein Tag, den Batschewa, seine Mutter, nie vergaß, aber bevor ich Ihnen mehr darüber erzähle, muss ich Ihnen erklären, wie außergewöhnlich diese Familie war. Sie haben ja Ihre Aristokraten, alles Leute, deren Vorväter sich in weit zurückliegenden Zeiten durch Tapferkeit ausgezeichnet haben; oder aber im Sold des Königs schmutzige Geschäfte erledigt hatten und mit Gold und Seide für das Blut bezahlt worden waren. Ich weiß, wovon ich rede: Nachdem ich Warschau verlassen hatte, bin ich in eine Familie aufgenommen worden, deren Wurzeln bis zu den großen italienischen Fürstenhäusern des Mittelalters zurückreichen. Aber ich komme aus einer Welt, in der Adel durch Gelehrsamkeit erworben wird, wo das Ansehen einer Familie sich nach der Zahl der Rabbiner und Rechtsdoktoren unter ihren Vorfahren bemisst. Die Mutter von Uri-Zwi war die Enkelin von Rebbe Uri von Strelisk, einem armen, aber wegen seiner Heiligkeit verehrten Rabbiner. Seine Schüler nannten ihn den »Serafin«. Man erzählte sich, dass er das ganze Jahr so wenig wie möglich ausgab, um zum Laubhüttenfest im Oktober eine perfekte Zedratzitrone zu kaufen, eine, deren Schale rundherum gleichmäßig gelb war und die köstlich duftete. Denn die Zedratzitrone symbolisiert das Studium der Torah, ihr Duft erinnert an die Einhaltung der Gebote, daher sollte sie dem Ewigen gefallen. Rebbe Uri von Strelisk pflegte überallhin zu Fuß zu gehen, um nicht unnötig Geld auszugeben. Als er eines Tages zum Hof des Rabbi von Lizhensk aufbrach, um das Laubhüttenfest zu feiern, schmerzten ihn die Beine, und er musste sich entschließen, eine Kutsche zu nehmen. Er wählte die billigste, mit einem Pferd, das, von den Jahren erschöpft, bei jedem Schritt wankte, aber Rebbe Uri von Strelisk hatte Zeit. Unterwegs brach das Pferd zusammen. Der Kutscher stieg ab und stellte fest, dass nichts mehr zu machen war: Das Tier hatte seine Seele ausgehaucht.

»Wie soll ich meine acht Kinder ernähren, wenn ich keinen Gaul mehr habe, um meinen Beruf auszuüben? Ich kann nichts anderes als meinen Wagen von einem Ort zum anderen lenken, die Zügel halten, die Peitsche schwingen und einen Eimer Hafer füllen, um das Tier zu füttern. Und wie soll ich ein neues Pferd kaufen, wenn mein armes Weib zu Hause nichts hat, um am Freitagabend auch nur das ausgemergeltste Huhn auf den Tisch zu bringen?«

Vom Elend des Mannes gerührt, ließ sich Rebbe Uri von Strelisk von ihm zum nächsten Markt führen und kaufte ihm ein Pferd, das kaum besser in Form war als das letzte, das unterwegs den Geist aufgegeben hatte. Mit dem bisschen Geld, das ihm blieb, kaufte er auch eine Zedratzitrone, aber keine von jenen herrlichen Früchten aus Kalabrien mit zwei symmetrischen Enden und zarten Rippen im Mittelteil. Die, die er sich leisten konnte, hatte ein paar Flecken, nicht so viele, dass die Frucht für das Ritual als unrein gegolten hätte, aber sichtbar genug, um sie als billig erkennbar zu machen. Sie war klein und kostete gerade die paar Münzen, die Uri noch in der Tasche hatte.

Als er die Synagoge des Rabbi von Lizhensk betrat, später als die anderen Schüler wegen seines Missgeschicks, fand Uri einen Platz in einer Ecke und versuchte, sich unsichtbar zu machen, damit niemand bemerkte, dass seine Zitrone nicht zu den schönsten gehörte.

»Jemand in diesem Raum hat einen außergewöhnlichen *Etrog*.«

Und der Meister bahnte sich einen Weg durch die Schüler bis in die Ecke, in die sich Uri verkrochen hatte, der voller Scham seine kümmerliche Zitrusfrucht tief in einer seiner Kaftantaschen versteckt hatte. Er glaubte, der Meister würde die Frucht zurückweisen, wenn er deren jämmerliches Äußeres entdeckte. Aber der Rabbi hob sie an die Nase:

»Diese Zitrone verströmt den Duft des Gartens Eden. Ich bitte um die Erlaubnis, über diese Frucht ein Gebet zu sprechen.«

So geschah es.

Seitdem war Rebbe Uri in der ganzen Gegend und über die Grenzen hinaus als besonders heiliger Rabbi bekannt, sein Ruf und seine Demut trugen dazu bei, die galizischen Juden dauerhaft für den Chassidismus zu gewinnen. Diese Abstammung war nicht die einzige, auf die die Eltern von Uri-Zwi stolz sein konnten. Zu ihren Vorfahren zählte auch der verehrte Rebbe Isroel von Ruzhin, ein Enkel von Isroel Bal-Schem-Tow, dem Begründer des Chassidismus.

Reb Chaim-Elieser Grinberg, der Vater von Uri-Zwi, war

ebenfalls Rabbiner, aber nicht auf so leuchtende Art wie die großen Zaddikim, von denen er und seine Frau abstammten. Er begnügte sich damit, auf die Rechtsfragen zu antworten, die die Juden des Marktfleckens ihm jeden Tag vorlegten. In den ersten Jahren nach seiner Heirat, in denen er seine Talmudstudien abschloss, hatte er in Bilkmanim bei seinen Schwiegereltern gewohnt, wie es Brauch war. Er war ein zurückhaltender, fast schüchterner, jedenfalls schweigsamer Mann. Er widmete sich ganz dem Gebet und dem Torahstudium und bemühte sich, seine Seele stetig durch gute Werke und Lob der Mildtätigkeit und Nächstenliebe zu erheben. Am Morgen füllte sich das Haus mit seinem wehmütigen Gesang, durchtränkt von Reb Chaims Bedauern, nicht noch besser sein zu können, wie er auch in langen Litaneien seine Verbannung aus Zion beklagte, solange Jerusalem nicht wieder aufgebaut war. Reb Chaim war nicht ganz von dieser Welt, er war in der Welt der großen Mystiker der Überlieferung zu Hause, einem himmlischen Palast, aus dem er schon gar nicht herabstieg, um sich um sein Haus zu kümmern, eine Aufgabe, die er zunächst seiner Schwiegermutter und später, als er in einem Lemberger Viertel eine Stelle als Rabbiner angenommen hatte, seiner lieben Gattin Batschewa überließ.

Batschewas Schwangerschaft war schwierig, aber noch schmerzhafter waren die Wehen bei der Niederkunft. Um Mitternacht erschien der Mond in dem Fenster gegenüber ihrem Bett. Sie litt entsetzlich und war der Ohnmacht nahe. Es kam ihr so vor, als liege sie mit all ihren Schmerzen mitten in einem Rosenbeet, als ihr plötzlich ihr Großvater Rabbi Uri von Strelisk im Traum erschien. Sie bekam Angst. Sie glaubte, die Qualen und der Mond, der sie ironisch anblickte, seien die Strafe für irgendeine Boshaftigkeit, derer sie sich schuldig gemacht hatte, und Rabbi Uri sei gekommen, um ihr das mitzuteilen. Doch der heilige Ahne sah die junge Frau nur flüchtig an, denn für einen so frommen Mann schickte es sich nicht, ein fast unbekleidetes Geschöpf auf seinem Schmerzensbett anzuschauen, und sagte:

»Basche, Basche, meine Enkelin!«

»Ja, *Sejde* Uri.«

Er reichte ihr, mit immer noch abgewendetem Blick, eine frische, noch taufeuchte Rose.

»Nimm diese Blüte und geh hin ...«

Eine Viertelstunde später kam Uri-Zwi zur Welt. Batschewa prüfte das Gesicht ihres Kindes. Es erstrahlte in einem Licht, wie sie es bei anderen Säuglingen noch nie gesehen hatte. Die gerade erst geöffneten Äuglein betrachteten den Mond, und man hätte meinen können, dass das Kind das Gestirn ebenso erleuchtete, wie dieses sein Gesicht mit einer Aureole umgab. Batschewa rief aus: »Mir ist ein großes Glück widerfahren!« Ihr war ein Junge geboren worden, der einer der Großen Israels werden würde, davon war sie überzeugt. Am Tag seiner Beschneidung, dem achten seines Lebens, gab man ihm die Namen zweier Vorväter, die vor seiner Geburt gestorben waren: Urgroßvater Rabbi Uri Grinberg von Strelisk und Großvater Rabbi Uri-Zwi Landmann von Bilkamin.

Wenn Batschewa an die Zukunft ihres Sohnes dachte, stellte sie sich dann vor, er werde an den Glanz seiner illustren Vorväter anknüpfen? Wenn sie ihm morgens die Kipa aufsetzte, flüsterte sie ihm zu: »Die sollst du tragen, damit du eine gute Erziehung erhältst, um dich vor dem Satan zu schützen, und damit du auf den Wegen Gottes wandelst und deinen Eltern immer Ehre machst.«

Rabbi Chaim entriss sich seiner Einsamkeit, um seinen Sohn zu unterrichten. Mit acht Jahren kannte Uri-Zwi die Torah auswendig. Man konnte ihm auf Hebräisch den Anfang eines der fünftausendachthundertfünfundvierzig Verse des Pentateuch zitieren, und er ergänzte den Rest. Mit zwölf Jahren konnte er die Legenden des Talmuds erzählen wie niemand sonst. Die Argumentation begeisterte ihn wenig, er liebte vor allem die Wörter. Er deklamierte die Psalmen und das Lied der Lieder, aber er sprach sie nicht wie Gebete, sondern wie Gedichte.

> *»Wer steigt heran da von der Wüste / geschmiegt an ihren Liebsten?« / Am Fuße des Apfelbaumes hab ich dich erweckt / dort, wo die Mutter dich im Weh geboren / dort lag in Wehen sie, die dich gebar. / Tu wie das Siegel dir mich an das Herz / so wie das Siegel, dir am Arm / denn stark ist wie der Tod die Liebe.*

Abgesehen vom Unterricht griff Rabbi Chaim Grinberg kaum in die Erziehung seines Sohnes ein und überließ sie ganz Batschewa, einer liebenden, aber schwierigen Frau, deren Mutterliebe sich beim geringsten Ärgernis in Hass verwandeln konnte. Wenn sie ungehalten oder bestürzt war, erzählte sie dem Kind den Traum bei seiner Geburt und sagte dann: »Soll ich wohl einsehen, dass dieser Traum eine Lüge war?« Uri-Zwi entwickelte einen starken Charakter. Er verlangte Dinge, die kein Kind einer chassidischen Familie erhalten hätte, aber seine Mutter schlug ihm nichts ab. Sehr jung lernte er reiten und wurde Meister darin. Batschewa schwamm für ihr Leben gern. Sie nahm ihren Sohn mit zum Fluss, und sie badeten zusammen in dem ruhigen Gewässer. Sie behielt ihr Kleid an, denn um keinen Preis durfte ein vorbeigehender Bauer auch nur die entblößte

Wölbung ihrer Waden erblicken. Uri-Zwi zog sich aus, um ins Wasser zu gehen, obwohl er Gefahr lief, von vorübergehenden jüdischen oder nicht-jüdischen Mädchen gesehen zu werden, und seine Mutter ließ ihn gewähren. Möglicherweise machte es ihr Vergnügen, den Körper ihres Sohnes zu bewundern, selbst als er heranwuchs.

Sie dachten, junger Mann, diese streng religiösen Männer und Frauen verspürten keinen der erotischen Triebe, die heute die Spalten unserer Zeitschriften füllen? Da sie die gleichen Hüte, die gleichen dunklen Anzüge, die gleichen Perücken trugen, glauben Sie, sie hätten das Begehren nicht gekannt. Weit gefehlt, sie waren Wesen aus Fleisch und Blut, von der gleichen menschlichen Natur wie wir selbst. Wozu sonst wären diese Verbote da, außer um sich vor dem Schlimmsten zu bewahren? Wer sagt Ihnen, dass es ihnen immer gelang?

Mit zehn Jahren nahm Uri-Zwi Judounterricht, um sich gegen die Angriffe der nichtjüdischen Jungen wehren zu können. Seine flammend rote Mähne mit den untadelig gerollten Schläfenlocken hob sich grell von dem Kimono ab. Sobald die Lektion zu Ende war, zog er das weiße Gewand mit dem farbigen Gürtel aus, der Jahr für Jahr wechselte, von gelb zu orange, grün, blau und dunkelbraun, aber den schwarzen brauchte Uri-Zwi nie, weil er nach der Stunde wieder in seinen nachtschwarzen Kaftan schlüpfte, mit dem traditionellen gleichfarbigen *Gartl,* der bei den Chassidim den Ort der Instinkte von dem des Geistes trennt. Der einzige schwarze Stoff, den er beim Judo anbehielt, war seine Kipa, die er nur abends vor dem Schlafengehen ablegte. Sie war mit Silberfaden bestickt, und in der Mitte befand sich ein Davidstern. Um ihn herum liefen Buchstaben, die sich zu einem Torahvers zusammenfügten: *Im eschkokohecho Jeruscholojim, tischkach jemini.* Wenn ich dein vergesse, Jerusalem, soll meine Rechte mich vergessen.

»*Tatenju, Im eschkokokekho,* was bedeutet das?«

»Ein Jude soll sich erinnern, verstehst du?«

»Und du, *Tatenju,* erinnerst du dich?«

Uri-Zwi waren Tränen in die Augen getreten. Reb Chaim drehte sich zu Batschewa um und sagte sanft:

»Dein Sohn weint ... Er hat verstanden.«

Derselbe Vers stand auf dem kleinen Kästchen mit den Düften, die Reb Chaim für die Zeremonie am Ende des Schabbat benutzte, um den heiligen Tag von den anderen Tagen zu unterscheiden und daran zu erinnern, was Israel von den anderen Völkern trennt. Und als der Großvater gestorben war, hatte man ein kleines Säckchen geöffnet und seinen Inhalt über dem Körper des Verstorbenen verstreut: Erde aus dem Land Israel. Dann hatte man Reb Jitschok-Elieser in seinen Gebetsschal gehüllt und in die Erde gelegt. Aber neben ihm, unmittelbar an seinem Körper und getrennt von der Erde des Exils, erinnerte etwas Sand vom Fuß der Hügel Judäas daran, dass am Ende, wenn der Messias gekommen war, die Toten aus ihren Gräbern auferstehen und nach Jerusalem pilgern würden. Reb Jitschok-Elieser war inmitten der Seinen auf einem jüdischen Friedhof in Galizien begraben worden, aber für die Seinen lag er irgendwo in der Erde der Vorväter, in jenem Land, wo Milch und Honig fließen, wie es in der Torah heißt.

Uri-Zwi wuchs in der strengen Befolgung der Gebote auf, der Leidenschaft Batschewas unterworfen und erfüllt mit Geschichten von Wunderrabbis, die sein Vater bei Tisch erzählte. Sie handelten von Rebbe Uri von Strelisk, aber auch die Rabbi Isroel von Ruzhin zugeschriebenen Geschichten waren bedeutsam. Etwa die von dem Juden Reb Mendel, der sein Leben lang die Torah studiert hatte. In einem Buch der Kabbala hatte er gelesen, wenn ein aufrechter Mann sich vierzig Tage und Nächte lang jedes überflüssigen Wortes enthalten könne, werde er der göttlichen Erleuchtung teilhaftig. Er unterzog sich der Übung. Er vertiefte sein Torahstudium und verbrachte damit den größten Teil seiner Zeit, den Rest widmete er dem Gebet und der Ruhe. Er enthielt sich jedes Kontakts zur Außenwelt, um kein unseliges Wort zu sprechen. Ein bloßes »Guten Tag« konnte seine Bemühungen zunichte machen. Die vierzig Tage vergingen, ohne dass Reb Mendel ein einziges unnützes Wort ausgesprochen hätte. Als die Schicksalsstunde heranrückte, ergriff ihn ein solches Glücksgefühl, dass er fast nicht mehr atmen konnte. Er sprach das Abendgebet, sorgfältig darauf bedacht, nicht mehr zu sagen als die an Gott gerichteten Worte, und zog sich in seine Schlafkammer zurück. Er wartete eine ganze Nacht, aber was war das im Vergleich zur Dauer des jüdischen Exils? Nichts geschah. Hatte er sich bei den Tagen verzählt? Die Nacht verging, Reb Mendel hielt sich weiter zurück. Nichts.

Er beschloss, den heiligen Ruzhiner um Rat zu fragen. Als er an den Hof des Rabbi kam, war er überrascht über dessen Reichtum. Die Türen seines Palasts waren aus kostbarem Holz und die Türgriffe aus Gold. Seine Beisitzer trugen Kleider aus mit feinem Metall bestickter Seide. War das eine Lebensart für einen Mann, der heilig genannt wurde? Reb Mendel fragte sich, ob es nicht falsch gewesen war, zu Rabbi Isroel von Ruzhin zu kommen. Was konnte eine Person, die so lebte, über die göttliche Erleuchtung sagen? Er beschloss, wieder nach Hause zu gehen, ohne den Meister um Rat gefragt zu haben.

Als er sich auf den Weg machte, ging er genau in dem Moment am Palast des Rabbi entlang, als dieser aus der Tür kam. Eine prächtige Karosse wartete schon auf ihn, mit sechs wunderschönen Pferden bespannt. Der Rabbi schickte sich an, in den Wagen zu steigen, aber er besann sich, ging zu einem der Pferde und strich ihm dreimal über den Kopf. Reb Mendel verstand diese Geste von einem als heilig geltenden Mann nicht.

»Können Sie mir sagen, verehrter Meister (er verehrte ihn nicht mehr so sehr, aber das war der übliche Ausdruck), was für eine Handlung göttlicher Essenz ein *Zaddik* damit beginnt, dass er den Kopf eines Tieres streichelt?«

Ohne mit der Wimper zu zucken, schaute ihn der Rabbi mindestens eine Minute lang wohlwollend an.

»Du hast nichts verstanden: Diese Stute hat vierzig Tage und vierzig Nächte lang kein einziges unnützes Wort gesprochen.«

Batschewa hatte ihrem vergötterten Sohn noch etwas erlaubt: Bücher zu lesen, die »von außen« genannt wurden, Werke der profanen Literatur und Philosophie der Ungläubigen. Denn Lemberg war nicht Bilkamin, hier unterhielt man sich über Themen, die nicht bis in die kleinen Dörfer gelangten. Uri-Zwi las sie auf Hebräisch oder auf Deutsch. Und als er zwölf Jahre alt war, ließ seine Mutter es zu, dass er sich einer Beschäftigung hingab, die in jeder anderen Familie dieses Milieus streng bestraft worden wäre, der Sünde des Schreibens. Er verfasste seine ersten Gedichte, auf Hebräisch und Jiddisch. Für Hebräisch hatte er die beste Schule genossen, die es geben kann: die Bibel, die Sprache der Propheten, die Psalmen König Davids, das Hohe Lied Salomons, den Kohelet, die Klagen Jeremias, und er mischte in sein Hebräisch gern auch das Aramäische, das er aus dem Talmud und der Kabbala kannte. Für das Jiddische las er, vor Reb Chaim verheimlicht, aber mit Wissen Batschewas, Zeitschriften, die ihm Freunde auf der Straße gaben, und entdeckte, zur selben Zeit und in derselben Stadt wie Melech, die ersten modernen Schriftsteller.

16

Auf meiner Europakarte verteilten sich die ersten Punkte. Ich hatte Radymno blau, Lemberg rot und blau, Bilkamin rot markiert. Warschau trug alle drei Farben, ich hatte es eilig, dorthin zu kommen, aber vorher würde ich wohl noch andere Etappen durchlaufen müssen. In Kurzbiografien der drei Dichter hatte ich gelesen, dass Melechs Weg über Wien, der von Uri-Zwi über Serbien führte. Bei Perez, über den meine Briefpartnerin noch gar nichts gesagt hatte, als wollte sie sich ihren Liebling für den Schluss aufheben, hatte ich schon sein Heimatdorf Polonnoje in der Ukraine gefunden und seinen Weg über Jekatarinoslaw, Kiew und Wilno bis zu seiner Ankunft in Warschau verfolgt. Aber ich hatte beschlossen, diese Orte erst zu markieren, wenn sie an der Reihe waren, wenn meine Führerin mir erlauben würde, das Leben dieser Männer, die allmählich zu meinen Helden wurden, in diesen Städten zu entdecken. Ich brannte darauf, mehr über die Freundschaft zwischen Perez und

Uri-Zwi zu erfahren, denn obwohl ich noch nichts darüber wusste, erschien sie mir wie ein Echo meiner Freundschaft mit Christophe.

Von Mitteleuropa kannte ich nur den westlichsten Teil Deutschlands. Ich war nie weiter als bis Frankfurt am Main gekommen. Wie sahen die polnischen Landschaften aus? Ebenen? Berge? Und Warschau? Ich hatte mich nie dafür interessiert, aber nun stammte ich plötzlich ein bisschen von dort, wegen dieser Anna Janowska, die wie ein Springteufel aus ihrem Sarg aufgetaucht war.

Sarg. Manchmal habe ich das Gefühl, dieses Wort sei der Schlüssel zu meinem Leben, ich könne die Menschen um mich herum einfach nicht halten.

Als ich am Ende des Studiums nach Deutschland reiste und wir fast zum ersten Mal seit unserer Begegnung vor drei Jahren für ein paar Wochen getrennt waren, erkrankte Christophe an heftigem Durchfall. In seinen Briefen erwähnte er es nicht. Aber als ich nach Paris zurückkam, war er nicht wiederzuerkennen. Er hatte mindestens fünfzehn Kilo abgenommen, und der Durchfall hörte nicht auf. Das Ende ist traurig, natürlich, denn damals gab es kein Mittel gegen diese Krankheit, die Männer traf, die Männer liebten. Ich behielt ihn zu Hause, so lange es ging, half ihm die Treppe hinauf und kochte ihm die wenigen Gerichte, die er noch mochte und von denen er wenigstens ein paar Happen aß. Die Geschichte endet im Krankenhaus. Als er sich nicht mehr auf den Beinen halten konnte, kam er auf die Station für Infektionskrankheiten im Institut Pasteur. Dort blieb er drei Wochen. Eines Tages flüsterte er mir zu:

»Nimm mich in die Arme.«

Ich drückte seinen Körper an mich, der fast schon keiner mehr war und den Kopf umso riesiger erscheinen ließ. Er hatte fast keinen Blick mehr, das Blau seiner Augen war erloschen, die Zähne traten aus seinem verschorften Mund. Er fand die Kraft, mir zu sagen:

»Du verdienst es, glücklich zu sein.«

Als ich am nächsten Tag wiederkam, noch vor der Besuchszeit, bat ich die Schwester, mich zu ihm zu lassen.

»Das ist unmöglich.«

»Machen Sie eine Ausnahme, ich bitte Sie. Später kann ich nicht kommen.«

»Das ist unmöglich, Monsieur, er ist tot. Es tut mir sehr leid.«

Es traf mich wie ein Hammerschlag. Ich kam mir lächerlich vor: Warum hatte ich nicht gleich begriffen, was die Schwester mir sagen wollte?

17

Das Foto aus dem Sächsischen Garten ist so wunderbar komponiert, dass man meinen könnte, die jungen Männer seien von klein auf miteinander vertraut. Dabei kamen sie aus allen vier Ecken der beiden gerade untergegangenen Reiche. Nur die Kraft Warschaus hat sie so zusammengeschweißt, aber das ist nicht von Dauer: Bald wird jeder von ihnen wieder seinem eigenen Schicksal entgegengehen. Melech und Uri-Zwi kannten sich von früher, aus einer Zeit, als die Reiche noch bestanden. Sie wurden durch Mobilisierungsbefehle und Militäroffensiven getrennt, ehe sie sich in Warschau wiedersahen. Aber vorerst sind wir in Lemberg. Dort begegnen sich die beiden jungen Männer, als Zygmunts Metamorphose beginnt. Für seine Anfänge in der jüdischen Literatur passte der Name Zygmunt Bergner nicht. Er brauchte einen jüdischen Vornamen, aber Sacharje gefiel ihm nicht. Er wählte Melech: der König. Und als er eines Morgens die Zeitung aufschlug, an die er seine ersten Gedichte geschickt hatte, erlebte er die Freude, sie mit der Unterschrift Melech Rawicz gedruckt zu sehen. Fortan gesellte sich eine weitere Identität zu seinen vielen Gesichtern. Sacharje-Zygmunt-Sussja Bergner würde fortan nur noch mit diesem Pseudonym unterschreiben, und unter diesem Namen wurde er weltberühmt. Sie lächeln wahrscheinlich, wer kennt ihn heute noch? Außer mir erschauert nur noch eine Handvoll Eingeweihter bei seiner Erwähnung. Für den Rest der Menschheit ist er ein Unbekannter, der in einer unleserlichen, unverständlichen Sprache geschrieben hat. Einer Sprache? Manche bezweifeln das. Eines Abends erklärte mir ein israelischer Journalist: »In dieser Sprache kann man keine Gedichte schreiben, das ist unmöglich.« Ich habe ihn geohrfeigt.

Melech veröffentlicht seine ersten Gedichte in Lemberger Tageszeitungen, die er zu Hause nie zu Gesicht bekam, denn dort las man nur die *Neue freie Presse* aus Wien. Deshalb hat er auch den Namen Bergner abgelegt: Er wollte seinen Vater nicht verletzen, der ihn sich als deutschen Dichter erträumte, nicht als einen, der in der Sprache der galizischen Fuhrleute schrieb.

Als Melech seine ersten Erfahrungen im Bankwesen sammelte, verkehrte er in einem Kreis junger Leute um den Dichter Schmu'el-Jankew Imber in einem Café im Stadtzentrum. Ein Dutzend junger Männer versuchte sich in der Literatur. Imber spielte den *Arbiter Elegantiarum:* Dieses Gedicht war publikationswürdig, jenes musste überarbeitet werden, ein drittes landete im Papierkorb. Die Jungen waren unschlüssig, in welcher Sprache sie sich ausdrücken wollten. Alles um sie herum trieb sie zu der Goethes oder, wenn sie die nicht gut genug beherrschten, Mickiewicz'. Einige neigten zum Hebräischen, das gerade die ersten großen Schriftsteller hervorbrachte, und drängten sich an einem anderen Tisch im selben Café um den Schriftsteller Gershon Shofman. Aber Melech und einige Freunde zog das Jiddische unwiderstehlich an.

Melech träumte davon, einen Gedichtband zu veröffentlichen. Imber war dagegen, es sei zu früh. Der junge Mann nutzte eine Reise des Meisters nach Palästina, um einen Drucker zu suchen. Er opferte seine Ersparnisse und ließ zweihundert Exemplare eines Heftchens mit sechzig Gedichten drucken, die er überall verteilte und an einige angesehene Zeitschriften schickte. Man hatte ihm empfohlen, sie auch an Jitschok-Lejbusch Peretz zu senden. Dessen Wohnung in der Ceglanastraße 1 in Warschau war das Schönbrunn der jiddischen Literatur. Obwohl Warschau als Hauptstadt einer Provinz des Zarenreichs jenseits der Grenze lag, strömten die jungen Schriftsteller aus ganz Mittel- und Osteuropa zu ihm, in der Hoffnung auf sein *Imprimatur.* Wenn J.-L. Perez die Ceglanastraße wegen eines Vortrags in der Provinz verließ oder sich zu den Herren jüdischen Bankiers nach Sankt Petersburg begab, wenn es ihnen gefiel, den Schriftsteller für gelegentliche wohltätige Werke einzubestellen, fühlte sich Warschau verwaist, wie Wien verloren war, sobald Franz Joseph für ein paar Tage nicht in seinem Palast war.

In einer großen Warschauer Tageszeitung erschien eine nicht unterzeichnete Rezension. Die Schlausten verkündeten, J.-L. Perez selbst habe sie geschrieben, aber wie konnte man sicher sein? Sollte man sich vergewissern oder sich in dem Traum wiegen, für einen ersten Gedichtband eine Reaktion des Kaisers der Literatur erhalten zu haben, der dem jungen Dichter zum Weitermachen riet und sich große Werke von ihm erhoffte?

Imber kam zurück. Nach Verlassen des Schiffs telegrafierte er die Ankunftszeit seines Zuges. Die jungen Leute holten ihn vom Bahnhof ab. Melech fürchtete sich vor der Begegnung, denn sein Debüt hatte mit einem Verrat begonnen. Schlimmer noch, er hatte die Aufmerksamkeit einer noch höheren Autorität erregt und seinen Meister ins Unrecht gesetzt. Imbers Zug hielt tatsächlich im Bahnhof von Lemberg, nicht wie einst der des Kaisers! Der Dichter erschien in der Tür eines Waggons, sie halfen ihm beim Aussteigen. Er war zwar kaum älter als sie, aber es war ein Zeichen des Respekts vor der bedeutenden Persönlichkeit. Eine kleine Prozession folgte ihm bis ins Café, wo weitere Schriftsteller warteten. Imber sprach:

»Es ist so heiß in diesem Land. Wie kann man auch nur daran denken, unter so vielen Mücken eine Nation zu schaffen?«

Er erzählte von den ersten Landwirtschaftskollektiven, gegründet von jungen russischen Juden, die das Zarenreich nach der Revolution von 1905 verlassen hatten. Die Pioniere brachten es fertig, in einer Nacht einen Brunnen, einen Wachturm und eine Mauer um das Terrain bauen, das der Jüdische Nationalfonds für sie gekauft hatte, und am nächsten Tag im Morgengrauen mit dem Trockenlegen der Sümpfe ringsum anzufangen.

Imber machte eine Pause, dann sah er Melech an und sagte: »In Jaffa bekommt man die Warschauer Presse. Man ist dort auf dem Laufenden über die literarischen Neuigkeiten.« Melech steckte die Nase in sein Teeglas. Und das war alles.

Ungefähr zu dieser Zeit wagte Uri-Zwi, die Schwelle des Cafés zu übertreten. In Lemberg reichte es nicht, Kinder Israels zu sein, um sich zu kennen und miteinander zu verkehren. Die Stadt beherbergte Juden aller Art: Orthodoxe verschiedener chassidischer Höfe, aber auch religiös gemäßigtere Juden und wieder andere, die nur Deutsch sprachen und geschworen hätten, dass in ihrer Familie nie ein einziges Wort Jiddisch gesprochen worden sei, obwohl man nur zwei Generationen zurückgehen musste, um eine alte Frau über ihr jüdisch-deutsches Gebetsbuch gebeugt zu sehen. Andere, die genauso hießen wie die kleinen Chassidim, Adler, Kaufman, Kirschner, Lustgarten oder Grumberg, also deren entfernte Cousins waren, setzten jeden Sonntag den Zylinder auf und gingen in die Kathedrale. Reb Chaim pflegte die Straßenseite zu wechseln, um ihnen nicht zu begegnen, als wäre ihr Abfall vom Glauben ansteckend. Uri-Zwi ging nicht so weit, mit ihren Kindern zu verkehren, aber er betrat eines Tages jenes Café im Zentrum. Imber, Shofman und ihre Anhänger amüsierten sich über den rothaarigen Jungen mit tadellos gerollten Schläfenlocken und einem makellos sauberen Kaftan. Melech rief:

»Man kommt uns zum Abendgebet holen!«

Doch Imber hieß ihn schweigen und fragte:

»Junger Mann?«

»Ich bin Dichter.«

»Sieh an. Und in welcher Sprache?«

»Unwichtig: Ich bin Dichter.«

»Aber wenn Sie uns Ihre Werke in Sanskrit lesen lassen wollen, werden wir Mühe haben.«

»Ich schreibe auf Hebräisch und Jiddisch.«

»Setz dich und lies.«

Uri-Zwi war noch nicht der großartige Dichter, der er später werden würde, aber seine Lesung brachte ihm an jenem Tag Ermutigungen seiner Zuhörer ein. Als er aufstand, um sich zu verabschieden, bat man ihn wiederzukommen. Melech begleitete ihn zur Tür und fragte:

»Willst du in diesem Aufzug Karriere machen?«

Im Gegensatz zu vielen Chassidim, für die Schönheit kein jüdischer Wert war, sondern eine von den Griechen ererbte Perversion, war Uri-Zwi eitel. Er sah gern in den Spiegel, um den Faltenwurf seines Mantels zu korrigieren oder seine Kipa zurechtzurücken. Er hätte noch lange das Bild des Dichters mit den Schläfenlocken beibehalten können. Als starker Charakter war es ihm nicht unangenehm, anders zu sein als die anderen, daran änderte auch die Bemerkung von diesem Melech nichts. Aber der Chassidismus war keine Frage der Kleidung, und er beschloss, einen in literarischen Kreisen moderneren Aufzug zu wählen. Er bat seine Mutter um etwas Geld. Batschewa legte die Hände an den Kopf, als wollte sie ganz automatisch ihre Perücke zurechtrücken, die unter ihrer Haube verschwand.

»Bist du sicher, mein Sohn, dass du diesen Gojim gleichen willst?«

»Mit diesem Kopf ist die Gefahr nicht so groß.«

»Versprich mir, niemals der Religion deiner Väter abzuschwören. Du wirst ein Großer Israels werden.«

»Ich verspreche es dir.«

Uri-Zwi bestellte beim Schneider einen Anzug und ein paar Hemden. Er ließ sich vom Schuhmacher erstklassige Schuhe anfertigen, und der Hutmacher empfahl ihm einen Borsalino, Modell Fedora. Er verkaufte sein traditionelles Gewand nicht, denn er würde es an den Feiertagen tragen, wenn er bei der Familie war. Er ging nach Hause, zog sich von Kopf bis Fuß um und schaute in den Spiegel, den seine Mutter ihm in seinem Zimmer zugestanden hatte: Er hätte einem perfekten jungen Stadtbürger geglichen, wären da nicht die Pejes, die sich rechts und links neben seinem Gesicht lockten.

»Eine Schere!«

Uri-Zwi schnitt direkt neben dem rechten Ohr, dann neben dem linken. Bei jedem Schnitt zuckte Batschewa zusammen. Sie sah zu, wie ihr Sohn den letzten Schritt der Metamorphose vollzog, sie legte die Hände vor den Mund, als hätte sich der junge Mann eines Sakrilegs schuldig gemacht, und unterdrückte einen leisen Schrei, als die zweite Locke fiel. Bci jedem Schnitt hatte Uri-Zwi tiefes Vergnügen empfunden, das Glück der Profanierung und das Gefühl, sich einem Olymp zu nähern. Batschewa hatte beim trockenen Klang des Metalls geseufzt, aber sie vertraute ihrem angebeteten Sohn: Er würde ein Großer Israels werden, mit oder ohne Pejes.

Als Uri-Zwi das Zimmer verließ, sammelte seine Mutter die Locken auf, und anstatt sie zu verbrennen, wie es der Brauch gebot, steckte sie sie in eine Perlmuttschatulle, die sie von Uri von Strelisk hatte, eben jenem, der ihr am Tag der Geburt dieses Sohnes im Traum erschienen war. Uri-Zwis Haare gingen an diesem Tag nicht in Rauch auf, das kam erst später, aber da sind wir noch nicht, wir sind in der Zeit der Hoffnungen, ich möchte sie nicht durch einen Sprung über dreißig Jahre verdüstern und Sie in das schwarze Loch ziehen, das Batschewa und die Locken ihres angebeteten Sohnes verschlang.

Uri-Zwi ging aus dem Haus und eilte zum Café, wo seine neuen Dichterfreunde saßen. Er stellte sich vor einen der Tische und grüßte mit einem klangvollen *Scholem-Alejchem.*

Imber hob den Kopf und sah ihn an, er war ein paar Sekunden sprachlos, dann antwortete er:

»*Alejchem … scholem.* Willkommen in der Welt der Literatur.«

Melech stand auf:

»Du wirst also nie ein *Zaddik* werden.«

»Ich habe einen anderen Weg zu den Sternen gewählt.«

»Wirst du auch den Namen wechseln?«

»Wozu? Passt dir Uri-Zwi Grinberg nicht?«

»Das ist der Name eines Rabbis, nicht der eines Dichters.«

»Dann werde ich eben der Dichter-Rabbi sein. *Uri,* ›mein Licht‹, ist das nicht ideal? Zwi, der Hirsch, dessen Fell das Land Israel symbolisiert. *Grinberg,* der grünende Berg. Das sind unendlich poetische Namen. Uri-Zwi Grinberg hat bereits seinen Platz auf dem Parnass. Ich werde dem Schöpfer mindestens ebenso gut dienen wie die *Zaddikim,* von denen ich abstamme, denn unser Weg führt zu den Sternen! Zu den Sternen!«

Als Uri-Zwi am Abend heimkam, ging er zu seinem Vater, der wie gewohnt über eine Seite des Talmuds gebeugt war.

»Papa?«

»Ja, mein Sohn.«

Reb Chaim hob den Kopf von seinem Buch und sah vor sich den jungen Mann im maßgeschneiderten Anzug, ohne Schläfenlocken und Kipa.

»Oh!«

»*Wenn ich dein vergesse* ... ich werde nicht vergessen, Papa.«

»Niemals? Auch nicht, wenn du dafür sterben musst?«

»Ich bin der Urenkel von Rebbe Uri von Strelisk, dem Nachkommen des Rabbi Isroel von Ruzhin.«

»Du wirst nicht mehr dreimal am Tag beten, du wirst nicht mehr die Samstagsruhe einhalten?«

»Aber ich werde immer der Sohn von Reb Chaim Grinberg bleiben.«

Und Reb Chaim ließ diesen Sohn gehen und vertiefte sich wieder ins Studium. Warum packte ihn nicht der Zorn bei dem Gedanken, dass der Abkömmling dreier chassidischer Dynastien das Gewand ablegte, das seine Väter seit Generationen trugen? Warum beschloss er nicht, Trauer anzulegen, wie es einige um ihn herum taten? Die Torah sagt, dass die Hebräer in Ägypten ihre Wurzeln trotz des Jochs der Sklaverei aus drei Gründen nicht vergaßen: Sie bewahrten ihre Namen, ihre Gewänder und ihre Sprache. Reb Chaim hatte verstanden, dass der junge Mann der Welt im Anzug der Gojim entgegentreten musste, aber in der Sprache der Juden und mit ihrem Namen, und dass er am Ende in die jüdische Welt heimkehren würde.

18

So ging das also, man schnitt sich einfach die Schläfenlocken ab, um Dichter zu werden, ohne Kampf und ohne sich mit seiner Familie zu überwerfen. Ich hatte keine Ahnung von den Konflikten, die Heranwachsende manchmal mit ihren Eltern austragen, weil meine gestorben waren, bevor ich dieses Alter erreichte, aber ich dachte, sie wären unvermeidlich. Davon hatten sicher Christophes Geschichten mich überzeugt. Als ich sah, wie er zwischen Mutter, Vater und Stiefvater hin- und hergerissen war, tröstete mich das ein wenig über meine Verluste hinweg, weil mir zumindest solche Leiden erspart geblieben waren.

Jeder Brief, den ich von meiner Brieffreundin bekam, eröffnete mir unbekannte Welten. Ich setzte meine Lektüren fort. In einem Buch über den Chassidismus entdeckte ich, was für ein Archipel diese im achtzehnten Jahrhundert entstandene mystische Bewegung gewesen und wie lebendig sie immer noch war. Die Chassidim, die die polnischen Dörfer und die Armenviertel Warschaus bevölkerten, gehörten zu den ersten Opfern des Völkermords, aber einige Überlebende gelangten nach Palästina und in die Vereinigten Staaten. Dort hatten sie ihre Schulen wieder aufgebaut. Die Leute mit den schwarzen Hüten – samstags gegen einen Zobelhut eingetauscht –, die man von Zeit zu Zeit auf den Pariser Straßen sah, waren also Erben von Uri-Zwis Vorvätern.

Eines Samstags, als ich durch die Rue de Rosiers schlenderte, hatte ich aus der Nummer 17 eine Gruppe dieser Juden kommen sehen, an ihrer Spitze zwei Kinder mit Schirmmützen aus Cord. Da fiel mir das Foto wieder ein, das einst in Madame Annettes Wohnzimmer prangte, es zeigte einen dreizehn- oder vierzehnjährigen Jungen mit leichtem Flaum auf der Oberlippe. Er hatte die gleiche Mütze auf.

»Wer ist das?«

»Mein Vater.«

»Aber er ist so jung.«

»Na und? Glaubst du, ich war nicht auch mal ein Kind?«

»Wo ist er jetzt?«

»Asche irgendwo.«

Sie drehte sich um und weinte.

Ich versuchte, mir einen hypothetischen Vorfahren vorzustellen, den Vater von Anna Janowska. Wenn ich mich anstrengte, würde ich vielleicht tief in mir vergraben die Erinnerung an so eine Gestalt finden. Nichts. Und was die Asche betraf, sah ich nur Christophe, der in seinem Krankenhausbett mit dem Tod rang, die Augen starr wie auf den Fotos von den lebenden Toten, die bei der Befreiung der Konzentrationslager gemacht wurden.

19

Sie werden nichts mehr von Imber hören. Ein Engel hat immer nur einen Auftrag, deshalb kamen drei zu Urvater Abraham in sein Zelt. Der erste heilte den kranken Greis. Der zweite verhieß ihm, dass sein Weib Sarah mit achtzig Jahren ein Kind gebären würde. Der dritte kam, um die Zerstörung von Sodom und Gomorra anzukündigen. Einer allein hätte nicht drei Aufträge erfüllen können. Imber ist so ein Engel. Sein Verdienst war es nicht, ein Dichter zu sein, sondern diesen jungen Leuten den Weg zur Literatur zu erschließen. Seine Gestalt verschwindet, sobald die Gruppe der Lemberger Schriftsteller zerfällt, sie löst sich in der Landschaft der Zwischenkriegszeit auf, bis Imber in dem schwarzen Loch verschwindet. Er verbrachte sein ganzes Leben in Lemberg und schrieb immer auf Jiddisch, in einer Stadt, die 1918 nicht mehr zu Österreich, sondern zu Polen gehörte, 1940 sowjetisch wurde und 1941 unter die Kontrolle von Nazideutschland geriet. Nach 1945 wurde sie wieder sowjetisch, aber Imber war nicht mehr da: Er wurde von den Nazis ermordet, oder von den Ukrainern, man weiß es nicht genau, wie 1942 fast die gesamte jüdische Bevölkerung der Stadt. Ist er auf offener Straße mit dem Knüppel erschlagen oder in Bełżec vergast worden? Man müsste Recherchen anstellen, was ich nicht getan habe. Man kennt die Daten der Deportationen, der kollektiven Ermordungen, aber es gibt keine Namenslisten. Man müsste einen Zeugen finden, der sagt: Ich habe Imber sterben sehen. Bis jetzt hat man keinen gefunden, anders als im Fall meines Vaters, bei dem man es mir mitgeteilt hat. Aber ich schweife ab. Sie bitten mich ja nicht, Ihnen vom Verschwinden eines Volks zu erzählen, das tun schon so viele. Ich hätte mich ohnehin geweigert. Ich möchte Ihnen erzählen, wie drei junge Leute in ihrer Dichtung ein Lebenszeichen hinterlassen haben, und nicht, wie Millionen durchs Abflussrohr verschwunden sind, denn das berichten andere unaufhörlich.

Melech hatte so viel Erfolg in der Bank, dass er in den Hauptsitz in Wien entsandt wurde. An dem Tag, als er den Zug in die Hauptstadt des Kaiserreichs bestieg, machten seine Eltern die Reise von Radymno nach Lemberg, um ihm Lebewohl zu sagen. Er würde bald wiederkommen, zu Pessach, aber Efraim und Hinde lag an dieser Zeremonie, denn mit dieser Reise erfüllten sich alle Hoffnungen eines Vaters für seine Söhne: der gesellschaftliche Aufstieg. Einige Jahre zuvor war Efraim von seinem ältesten Sohn Mojsche enttäuscht worden. Der Junge war ein hervorragender Schüler gewesen, und Efraim hoffte, er werde ein glänzendes Abitur machen. Ein paar Wochen vor dem Examen jedoch hatte er nachts die elterliche Wohnung verlassen. Er nahm den Zug nach Wien, aber ihn lockte ein noch ferneres Ziel, jenseits des Kaiserreichs. Der Vater wusste, dass dieser Sohn weg wollte. Er hatte ihn angefleht, bis nach dem Examen zu warten, und Mojsche hatte so getan, als wäre er einverstanden, aber als er es versprach, log er. Was sollte ihm das Abitur nutzen in einem Pionierkibbuz am Ufer des See Genezareth? Schlimmer noch, es drohte ihm zu schaden, denn die Bewegung schätzte keine Diplome. Es ist wahrscheinlich, dass die Organisatoren die Abreise bewusst ein paar

Wochen vor Ende des Schuljahrs angesetzt hatten. Man wollte, dass die jungen Leute sich von ihren Familien losrissen. Die Rückkehr nach Zion war eine Revolution. Es ging nicht nur darum, für das Land der Vorväter den Schoß der Familie zu verlassen. Man wollte eine neue, sozialistische Gesellschaft aufbauen und einen neuen Menschen schaffen, den Hebräer, so weit wie möglich vom Juden entfernt. Man musste dem Vater die Erfüllung seiner liebsten Träume verweigern. Und wer weiß, ob Mojsche, wenn er erst das Abitur in der Tasche hatte, noch hätte wegfahren wollen? Hätte sein Vater nicht eine gute Stellung für ihn gefunden?

Als er die Tür des gemeinsamen Zimmers öffnete, hatte er versehentlich den jüngeren Bruder geweckt. Melech sah Mojsche mit dem Koffer in der Hand. Der Ältere legte den Finger auf den Mund. Wie ein Dieb stahl er sich fort zu seinem Traum von einem anderen Leben, anderswo. Um sich in eine Zukunft zu werfen, die er selbst aufbauen würde. Darum hatte er seine Pläne vor seinem Bruder verheimlicht. Melech spürte, wie ihm ein Dolch in die Brust fuhr. Es war wie ein Verrat an der brüderlichen Beziehung, die sie seit der Kindheit verband. Mojsche hatte Melech beim Lernen der Gebete geholfen, und später hatten sie Hand in Hand die Gegend durchstreift. Seit Melech ein Jahr alt war, schliefen sie im selben Zimmer. Und nun sollte dieses Teilen zu Ende sein. Der Jüngere blickte dem Älteren in die Augen, sie sagten nichts, aber jeder begriff, was der andere fühlte, der eine Scham, der andere unendliche Traurigkeit. Melech ließ den großen Bruder gehen und versprach, den Eltern nichts zu sagen.

Am Morgen war der Vater beunruhigt, dass Mojsche nicht zu sehen war. Er fragte Melech, der schwor, nichts zu wissen, und er verstand. Er rannte zum Bahnhof und fand seinen Ältesten auf dem Bahnsteig.

»Komm nach Hause, mein Sohn.«

»Das ist unmöglich, Papa. Ich kann nicht. Ich habe mich anderen gegenüber verpflichtet. Die Gruppe wird nicht ohne mich fahren.«

»Mach deine Prüfung. Dann kannst du machen, was du willst.«

»Ich kann nicht.«

»Wenn du dich weigerst, werfe ich mich vor den Zug.«

»Du wirst dich umbringen, und ich fahre trotzdem. Tu Mama das nicht an.«

Efraim begriff, dass er diesen Sohn nicht aufhalten konnte. Sie warteten zusammen auf den Zug, ohne ein Wort. Bei seiner Ankunft stieg Mojsche in einen Waggon dritter Klasse. Auf dem Trittbrett umarmte er seinen Vater und begann zu weinen.

»Ich liebe dich, aber ich fahre.«

»Wenn ich sterbe, wirst du dort das Kaddisch sprechen?«

»Ich verspreche es dir.«

Er verschwand im Wagen. Efraim beherrschte sich bis zur Abfahrt des Zugs, aber als der letzte Waggon vom Bahnsteig fuhr, brach er in Tränen aus. Warum wegfahren? War man nicht glücklich in Galizien, unter dem Schutz von Kaiser Franz Joseph? Wozu setzt man Kinder in die Welt und zieht sie groß, wenn sie einen so schnell verlassen müssen? Und Mojsche dachte in seinem Waggon dritter Klasse an den Torahvers, wo Abraham eine Stimme hört: »Zieh du aus deinem Land, von deiner Verwandtschaft und vom Haus deines Vaters nach dem Land, das ich dir zeigen werde.«

Mojsche hatte seinem Vater nicht gesagt, dass er an der nächsten Station mit seinem Schulfreund Itsik verabredet war und mit Lena, einem jungen Mädchen, mit dem er sich in Palästina ein Leben aufbauen wollte. Doch Mojsche sah keinen von beiden. Bei seiner Ankunft in Wien erfuhr er, dass Itsik sich im letzten Moment anders besonnen und Lenas Vater seiner Tochter verboten hatte zu fahren, und dass sie nachgegeben hatte. Mojsche stieß zum Rest der Gruppe, die ein paar Tage darauf die kaiserliche Hauptstadt verließ.

Bei Melechs Abreise fühlte Efraim nicht denselben Schmerz, denn sein Jüngster erfüllte den Wunsch des Vaters. In Wien holten ihn Cousins vom Bahnsteig ab. Er wohnte ein paar Tage bei ihnen, bis er ein Zimmer fand. Die Cousins waren wohlhabend, sie hatten ein Stoffgeschäft in einer belebten Straße und wohnten in einer großen Wohnung mit hohen Fenstern und stattlichen Möbeln. Ein Porträt des Kaisers hing im Salon über dem Kamin.

Melech hatte diese Veränderung nicht nur wegen seiner Bankkarriere begrüßt. Er wollte das Leben der Hauptstadt leben, ins Theater, in die Oper gehen, seine Zeit in Cafés verbringen und versuchen, Schnitzler, Zweig oder Hofmannsthal zu begegnen. Zwar tat Lemberg alles, um es mit Wien aufzunehmen, aber es blieb eine Provinzstadt. Die Fassaden in den Hauptstraßen ahmten die am Ring nach, aber sobald man in die Nebenstraßen kam, befand man sich schon fast wieder auf dem Land. Hühner gackerten in den Hinterhöfen, Bauern gingen zum Markt und sprachen Polnisch oder Ukrainisch. Wien blieb Wien. Als Melech mit seinen Cousins das Bahnhofsgebäude verließ, staunte er über die Länge der Trambahnen. Alle hatten zumindest zwei Wagen, manchmal auch drei, während die Bahnen in Lemberg aus einem einzigen Wagen bestanden. Die Kutschen waren elegant, auch die Kleider der Damen, die auf dem Ring oder im Prater spazieren gingen. Und vor allem musste man sich gar nicht so selten gedulden, wenn man eine Straße überqueren wollte, denn der Verkehr wurde angehalten, weil der Kaiser vorbeifahren sollte, vor allem sonntags, wenn Franz Joseph mit der Kutsche von der Messe in der Hofburg-Kirche heimkehrte, von zwei Bataillonen Dragonern eskortiert, vorne polnischen und hinten ungarischen als lebende Symbole der Doppelmonarchie.

Die Stellung in der Bank ließ ihm Zeit. Er arbeitete von neun bis fünfzehn Uhr, montags bis samstags. In Radymno und nicht einmal in Lemberg wäre es in Frage gekommen, samstags zu arbeiten, aber Wien war eine neue Welt, die alten Sitten galten dort nichts. Die Juden arbeiteten samstags, außer sie waren fromm, und in diesem Fall blieben sie in Berufen, die als jüdisch betrachtet wurden. Melech hatte keine Schwierigkeiten, sich anzupassen. Seine Eltern blieben den alten Bräuchen, dem *Schtetl* verbunden. Er dachte nur an die Literatur. Er las die deutschsprachigen Schriftsteller, aber wenn es ums Schreiben ging, tat er es weiter auf Jiddisch, trotz Wien, dem Kaiser, Schnitzler und der Fassungslosigkeit seines Dienstvorgesetzten in der Bank, dem er sich anvertraut hatte. *Was? Im Jargon? Ach!* Sein Vater hätte sich erträumt, dass er ein großer deutscher Schriftsteller würde, aber Melech hing einem anderen Nationalismus an als sein Bruder: dem der Sprache. Er hatte nichts Geringeres im Sinn, als den Spuren J.-L. Perez' zu folgen und in der Sprache zu schreiben, die ihren Adelsbrief gerade erst erwarb. Konnte man auf Deutsch noch etwas Neues schaffen? War nicht schon alles gesagt? Im Jiddischen erstreckte sich vor den Augen noch jungfräuliches Land. Man war dabei, die Umrisse einer Nationalliteratur zu zeichnen, die von Bukarest und Czernowitz bis Kiew und Wilna, Amsterdam, London und Paris reichte und bis nach New York, Mexiko, Buenos Aires und Chicago ausstrahlte, eine Literatur, deren brennender Dornbusch Warschau sein würde. Melech hörte diesen Ruf und hatte es eilig, wenn er aus der Bank kam, sich in literarischen Cafés mit anderen jungen Schriftstellern zu treffen und alle Arten von Publikationen zu planen. Vor mir liegt die einzige Zeitschrift, in der er in dieser Zeit etwas veröffentlicht hat, *Inter arma*. Weiß der Himmel, warum ihr Name in lateinischen Buchstaben geschrieben war, obwohl der ganze Inhalt auf Jiddisch ist! Melech hat sie mir gezeigt, als ich ihn nach dem Krieg wiedersah, und ich habe jahrelang nach einem weiteren Exemplar gesucht. Ich habe es bei einem alten jüdischen Antiquar in Johannesburg gefunden. Meines Wissens ist es das Einzige außer dem von Melech und dem Pflichtexemplar in der Nationalbibliothek in Wien.

20

Es gibt zwei Chansons von Barbara, die mich besonders berühren. Das eine, das ich mir immer wieder anhöre, heißt *Meine Kindheit*.

Car parmi tous les souvenirs,
Ceux de l'enfance sont les pires,
Ceux de l'enfance nous déchirent.[1]

Und ein paar Strophen davor:

La guerre nous avait jetés là
Nous vivions comme hors-la-loi,
Et j'aimais cela, quand j'y pense.[2]

Meine Mutter verabscheute Barbara. Wenn wir sie im Radio hörten, sagte sie:

»Mein Gott, was für eine unangenehme Stimme.«

Deshalb missfiel mir die Sängerin, bis mir ein Mädchen in meiner Klasse, in das ich ein bisschen verliebt war, eine Kassette mit ihren Liedern schenkte. Ich hörte sie in meinem Zimmer wieder und wieder, auf einem Kassettenrecorder, den mir meine Eltern zu Weihnachten geschenkt hatten, eins der ersten Modelle. Sie hatten ihn in Genf von einer Freundin kaufen lassen, sie war mit einem Schweizer Diplomaten verheiratet, der ihn zollfrei einführen konnte, denn damals kosteten diese ersten Produkte der Konsumgesellschaft ein Vermögen. Ich hörte Barbara nicht ohne eine Spur von schlechtem Gewissen: Ich mochte ihre Stimme, die meiner Mutter so unangenehm war. Ihr Gesicht auf der Kassettenhülle schien der Zeit enthoben. Sie schminkte sich ihr Leben lang im Stil der fünfziger Jahre, mit einem feinen schwarzen Lidstrich, der sich nach innen und außen verlängerte und das Auge wie einen Vogel aussehen ließ. Seit ich sie entdeckt habe – ich muss damals zwölf gewesen sein –, hat mich Barbara nicht mehr verlassen. Ich kenne ihr Repertoire fast auswendig, ich habe als Teenager ihre letzten Auftritte erlebt, da war ihre Stimme schon heiser, aber das Timbre bezauberte mich immer noch. Diese Abende waren nicht einfach Konzerte, sondern großartige Gemeinschaftserlebnisse. Jungen und Mädchen, genauso erfüllt von der Künstlerin wie ich, teilten bei jedem Auftritt das Gefühl, dass es keinen weiteren mehr geben und dass die Stimme vor der Frau verschwinden würde. Das Gegenteil geschah. Als ich eines Tages aus den Nachrichten von Barbaras Tod erfuhr, war es, als hätte ich einen nahen Menschen verloren. Ohne Zögern bin ich zu ihrer Beerdigung gegangen. Der Friedhof war voll. Ich traf dort die gleichen Leute wie bei ihren Konzerten, Männer und Frauen, die die Sängerin durchs Leben begleitet hatte.

Es war keine religiöse Beisetzung, aber seltsamerweise trugen einige Männer eine Kipa. Ebenso seltsam war, dass Barbara in einem jüdischen Grab, dem der Familie Brodsky, auf dem Friedhof des Pariser Vorortes Bagneux bestattet wurde, wenige Meter von dem Grab entfernt, in dem die *Bube* von Monsieur León ruhte. Ich war zum ersten Mal beim Begräbnis eines Menschen, der kein Angehöriger war, aber war sie es nicht doch irgendwie gewesen? Als ich in stiller Andacht vor dem offenen Grab stand, dachte ich an die Verse, in denen die Sängerin sagt, sie habe das Leben im Untergrund geliebt. Sie ist im November 1997 gestorben, aber sie hätte auch 1942 verschwinden können wie der Vater von Madame Annette. Sie war durch die Maschen des Netzes geschlüpft.

Bevor ich den Friedhof verließ, besuchte ich das Grab der *Bube,* einen ganz kleinen, zwischen zwei imposante Mausoleen gezwängten Stein. In den Marmor war ein Emaille-Medaillon mit dem Foto der Großmutter eingelassen. Ich fand ihr gütiges Lächeln wieder, und ich war froh, ihr die letzte Ehre erweisen und Jahre nach ihrem Tod Adieu sagen zu können. Bevor ich den Friedhof verließ, fragte ich dort im Büro, ob im Register vielleicht der Name Anna Janowska verzeichnet sei.

»Kennen Sie ihr Todesdatum?«

»Um den 5. Juli 1942.«

Der Beamte holte ein großes Register aus dem Regal, legte es vor sich auf den Schreibtisch und suchte. Ich hätte die Zeilen gern kopfüber gelesen, aber das Schalterbrett hinderte mich daran. Nach ein paar Minuten sagte er:

»Dieser Name taucht im Juli 1942 nicht auf.«

»Vielleicht ist sie auf einem anderen Friedhof?«

»Möglich, Sie müssten zu jedem einzelnen gehen. Oder zum Archiv im Rathaus, wenn sie in Paris verstorben ist.«

Dieser Friedhof erinnerte mich an einen anderen. Für Christophe hatte eine religiöse Trauerfeier in einer Kirche im Osten der Hauptstadt stattgefunden. Dann hatte seine Familie den Leichenwagen in ein kleines normannisches Dorf begleitet, wo sie ein Landhaus besaß. Ich war nicht mitgefahren. Ich ging nach Hause, in meine große leere Wohnung, und sagte mir, ich würde später an sein Grab gehen, allein. Ich wollte diese Trauer, die vielleicht die schmerzhafteste meines Lebens war, nicht mit anderen teilen. Ich bin nie dort gewesen. Warum nicht? Angst davor, endgültig Abschied zu nehmen?

Die Heimkehr in die Wohnung nach Christophes Trauerfeier war hart. Dabei lebte ich schon fast einen Monat allein dort, seit mein Freund ins Institut Pasteur gekommen war. Aber jetzt war ich endgültig allein, mit einem weiteren Gespenst, das durch die leeren Räume spukte, dem Geist jenes Menschen, der mir so viel bedeutet hatte.

Bei der Nachricht von Barbaras Tod erklärte der Kulturminister: »Eine große Stimme hat uns verlassen.« Er hatte nichts begriffen: Die Frau war verschwunden, aber ihre Stimme würde bleiben, solange es jemanden gab, der ihr zuhörte.

Vor *Meine Kindheit* hatte ich ein Chanson geliebt, das auf fast keiner ihrer Platten zu finden ist:

Je marche je rêve dans Vienne
Sur trois temps de valse lointaine
Il semble que les ombres
Tournent et se confondent
Qu'ils étaient beaux les soirs de Vienne. [3]

Und dann:

C'est curieux le hasard
J'ai croisé l'autre soir
Nos amis de Luntachimo. [4]

Der Zufall ist doch merkwürdig. Meine Bank schickte mich zu einem zweiwöchigen Praktikum nach Wien in die dortige Filiale. Eine Stunde vor meiner Abreise brachte mir die Concierge einen Brief von Sulamita. Als ich an ihrer Loge vorbeiging, sagte ich ihr, wenn weitere Briefe aus Rom kämen, solle sie sie an das Hotel *König von Ungarn* weiterschicken.

Es ist das älteste Hotel der Stadt, direkt hinter dem Stephansdom. Ich stellte mir ein altes, verfallenes Haus vor, das seine Zimmer wegen einer kaputten Zentralheizung oder abgetretenen Teppichen zu Schleuderpreisen anbieten musste, aber nichts dergleichen. Empfang und Speisesaal waren luxuriös, mein Zimmer geräumig. Ich hatte wohl vergessen, dass ich für einen der mächtigsten Bankkonzerne Europas arbeitete, der durchaus die Mittel hatte, seine vielversprechenden Mitarbeiter standesgemäß unterzubringen. Ich war wirklich erstaunt, dass es keine Filiale dieser internationalen Ketten mit der immer gleichen Einrichtung war, egal, ob man nach Singapur, Atlanta oder Kopenhagen kommt. Ausnahmsweise überraschte mich mein Arbeitgeber.

Es war Winter. In Wien herrschte eisige Kälte. Am ersten Tag kaufte ich mir eine Tschapka und Pelzstiefel, um diese Temperaturen zu ertragen. Ich kannte niemanden außer den Mitarbeitern der Bank, in der ich meine Tage verbrachte, Franzosen und Einheimische, zu denen mich nichts hinzog. In der Mittagspause und abends ging ich allein spazieren, auf der Suche nach Melech, der selbst auf der Suche nach Zweig und Hofmannsthal gewesen war. Der Zufall ist doch merkwürdig: Der kleine französische Bankangestellte (konnte man mich wirklich so nennen?) suchte nach den Spuren eines kleinen galizischen Bankangestellten von vor dem Ersten Weltkrieg, aber konnte man ihn so nennen? Die Union-Bank gab es nicht mehr. Ich hätte nachforschen können, was aus ihr geworden war, um das Gebäude zu finden, in dem Melech gearbeitet hatte, aber wozu?

Der Zufall ist doch merkwürdig: Während sonst manchmal zwischen zwei Briefen mehr als ein Monat vergangen war, reichte mir der Empfangschef am Morgen des vierten Tags meines Wienaufenthaltes einen weiteren Umschlag aus Rom. Oder war es das Unbewusste auf frischer Tat? Schließlich war ich in Wien.

21

Soll ich meinen Bericht fortsetzen oder haben Sie den Faden verloren? Sie sind Franzose, junger Mann, also Rationalist. Auch wenn Ihre Ursprünge in den Osten Europas reichen, sind Sie gewiss vom Geist Ihres Landes geprägt. Bei Ihnen formen die Hochschulen den Verstand. Sie müssen also klassifizieren, um zu verstehen. Ohne Logik kein Denken, nicht wahr? Haben Sie bedacht, dass ich aus einer Galaxis komme, in der man die Logik nicht kennt, die Ihre Gedankengänge strukturiert? Ich bin aus dem Meer geboren. Ich komme aus dem Wasser, aber nicht dem des Mittelmeers bei Kythera, sondern aus dem *Jam-ha-Talmud,* dem Meer des Talmuds, einem Ozean, in den meine Vorväter mit Vergnügen tauchten. Er besteht aus sechs Ordnungen, dreiundsechzig Traktaten, tausenden Seiten und vor allem zwei Versionen: dem Babylonischen und dem Jerusalemer Talmud. Falls man versucht hätte, das Werk zum Dogma zu erheben, hätte die eine Version der anderen derart widersprochen, dass sich Descartes die Haare gesträubt hätten. Dieses so verschriene Gesetz der Juden stellt Meinungen dar und einander gegenüber. Wenn Rabbi Hillel zustimmt, widerspricht Rabbi Schamai. Wenn Rabbi Jehuda ja sagt, entgegnet Rabbi Jossi aus Galiläa »Ja aber …«. Sie beharren auf Ihrem zwei und zwei ist vier, während die Rabbiner mit der *Gematrije,* der *Gesera schawa* und anderen Verfahren jonglieren, die die Grenzen Ihrer Logik überschreiten. Kennen Sie sie? Von der *Gematrije* haben Sie sicher schon gehört. Das Verfahren besteht darin, die Wörter einzig nach ihrem numerischen Wert zueinander in Beziehung zu setzen. Man ordnet jedem Buchstaben eine Ziffer zu und addiert die Werte der Buchstaben eines Wortes. So ergibt der Name Gottes, den Sie mit Jahwe übersetzen, 26. Adam ergibt 45, Eva 19, die Differenz zwischen beiden ist wiederum 26. Auf der Grundlage solcher Berechnungen können Sie sich allen möglichen Interpretationen hingeben.

Die *Gesera schawa* ist eine ebenso messerscharfe Logik, also unlogisch. Wenn ein Wort in zwei unterschiedlichen Versen der Bibel auftaucht, kann man auf den ersten anwenden, was im zweiten gesagt wird. Mein Geist funktioniert wie eine *Gesera schawa:* Er springt von Hölzchen zu Stöckchen, wie Sie sagen. Aber bei mir ist das anders: Ich springe von Hölzchen zu Hölzchen, dann trifft das Hölzchen ein Stöckchen, und so kann ich von Stöckchen zu Stöckchen springen und immer so weiter, von Ferne zu Ferne, von Erinnerung zu Schmerz, von Gedanken zu Gedenken. Am Ende entsteht daraus ein Ozean. Die Rabbiner haben sich zu mehreren zusammengetan, um ihre Tausende von Seiten zu schreiben. Wenn ich Ihnen die Namen nenne, dreht sich Ihnen der Kopf. Wie soll ich also ganz allein zustande bringen, wozu Hunderte hervorragender Persönlichkeiten Jahrhunderte gebraucht haben? Das Reich auferstehen lassen, in dem ich meine ersten zwanzig Jahre verbracht habe, wäre eine vergleichbare Großtat. Sie verlangen von mir unbegrenzten Zugang zu meinem Palast der Erinnerung, Sie wollen durch die Vorzimmer, Treppen, Boudoirs, Geheimtüren, Stiegen, die Dachkammern, Falltüren und Wendeltreppen, Flure und Sackgassen in meinem Geist gehen. Ist das wirklich vernünftig? Sie werden darin Ihre Jugend und ich den Verstand verlieren. Und dennoch, ich spüre, dass Sie so sehr danach dürsten, dass ich gar nicht anders kann, als meinen Bericht fortzusetzen.

Am 28. Juni 1914 drängt sich eine dichte Menge in den Straßen von Sarajevo. Die Fahrzeuge fahren langsam, als aus den Zuschauerreihen eine Handgranate fliegt, die den Erzherzog Franz Ferdinand knapp verfehlt. Sie trifft den folgenden Wagen und verletzt mehrere Offiziere. Die Fahrzeuge des Erzherzogs fahren eilig weiter zum Ort des Empfangs, ohne sich um das Schicksal der Verletzten zu kümmern. Der Erzherzog ist wütend und besteht darauf, sie im Krankenhaus zu besuchen. Seine Majestät steigt wieder in den Wagen, Herzogin Sophie begleitet ihn. Aber der Fahrer hat widersprüchliche Anweisungen erhalten. Er bremst in einer Gasse, Gavrilo Princip taucht auf, die Pistole in der Hand. Er schießt, ohne zu zögern. Sophie ist sofort tot, Franz Ferdinand verblutet wenige Minuten später. Diese beiden Schüsse beenden Melechs weitere literarische Pläne und Uri-Zwis Koketterie. Die Wiener Zeitungen titeln, ein Krieg sei unvermeidbar. Am 28. Juli erklärt die Doppelmonarchie dem Königreich Serbien den Krieg, aber alle sprechen von einer Formalität, die Feindseligkeiten würden höchstens zwei, drei Wochen dauern und nur ein paar hundert junge Soldaten das Leben kosten: Mit den modernen Waffen können die Armeen bewaffnete Konflikte rasch erledigen. Melech ist neunzehn, das richtige Alter für einen guten Rekruten. Er wird eingezogen, aber das Geburtsjahr ist ohnehin unwichtig, denn alle Männer des Reichs zwischen siebzehn und einundfünfzig werden zu den Waffen gerufen. Melechs Familie findet man an allen Fronten: Ein Cousin als Artilleriehauptmann in Serbien, ein Onkel an der russischen Front, ein anderer Cousin in der Infanterie, niemand weiß wo. Aber alle *Für Gott, Kaiser und Vaterland.* Für jenen Kaiser, dessen schützendes Porträt die Salons der vornehmen Familien zierte, für das Vaterland, jenes Konglomerat aus Ländern und Kulturen, das so tat, als wäre es ein einheitliches Reich. Und was Gott angeht, wen kümmert es, dass er nicht für alle derselbe ist. Ein Cousin ist jüdischer Feldgeistlicher, aber er wird alle Überlebenden trösten, wenn sie aus der Schlacht zurückkehren, gleich welcher Religion.

Im Osten hatte der Zar nur auf die Gelegenheit gewartet. Er erklärt dem Kaiser den Krieg. Als die Russen näherkommen, beschließt die in Radymno zurückgebliebene Familie zu fliehen. Die Alten erinnern sich noch an die Grausamkeit der Kosaken, als sie gekommen waren, um Franz Joseph kurz nach seiner Thronbesteigung 1849 gegen die nationalistischen Umtriebe der Ungarn Beistand zu leisten. Und Reisende hatten sie in Odessa und Warschau am Werk gesehen. Es ist besser, sich nicht unter ihrer Autorität wiederzufinden, erst recht, wenn man Jude ist. Melechs Eltern, die Tanten, Cousinen und kleinen Jungen, darunter sein siebenjähriger Bruder Hertz, machen sich auf den Weg nach Westen, Richtung Wien. Sie steigen in den Zug, aber in Przemyśl fährt er nicht weiter, und sie müssen ihren Weg in gemieteten Fahrzeugen fortsetzen. Unterwegs finden sie sich unter russischer Herrschaft wieder. Die Front bewegt sich schnell vorwärts, weicht aber ebenso schnell zurück, und bald darauf sind die Flüchtlinge wieder von habsburgischen Uniformen umgeben. Unter Mühen gelangen sie bis Krakau. Die Bahn nach Wien fährt nicht mehr: Der Kaiser hat befohlen, den Zustrom weiterer Flüchtlinge in die Hauptstadt, wo die Situation immer kritischer wird, zu unterbinden. Unter den Fenstern Schönbrunns stirbt man vor Hunger. Man schläft zu dritt in einem Bett. Die Bevölkerung erhält Lebensmittelmarken und wartet stundenlang auf Brot: Lehm mit Sägespänen. Man verbrennt alles, was einem in die Hände kommt, um zu heizen. Melechs Familie entgeht diesem Dasein. Sie wird in Richtung Brünn in Mähren geschickt und findet in einem großen Haus mit dreizehn Zimmern Zuflucht. Die Männer, die nicht mobilisiert wurden, machen sich auf die Suche nach Arbeit. Die Mädchen überwinden ihre Zurückhaltung und verletzen die Sitten einer anständigen Familie, sie verdingen ihre Arbeitskraft in Schneiderwerkstätten für Militärbekleidung. Die Monate vergehen, der Großvater wird alt. Eines Tages ruft er Efraim zu sich. Er will bei seinen Eltern, gesegnet sei ihr Andenken, ruhen und nicht in der Fremde. Er sagt es dem Schwiegersohn, dessen unfehlbare Rechtschaffenheit, die ihm bei Geschäften oft in die Quere gekommen ist, dem Alten garantiert, dass er ihn nicht enttäuschen wird. Efraim macht sich keine Sorgen, der Großvater hat trotz seiner vierundachtzig Jahre eine eiserne Gesundheit. Aber den Tod erwähnen heißt ihn herbeirufen. Dem Großvater fällt es schwer, sich an sein neues Leben zu gewöhnen. Er kann keine Geschäfte mehr machen, zählt nur noch die Zeit, die vergeht, und sorgt sich verzweifelt um das Schicksal seines geliebten Redim. Er langweilt sich, seine Kinder und Enkel besuchen ihn und bitten um Geld, dann steckt er die Hand in die tiefe Innentasche seines Mantels, wo er den Ertrag aus dem Verkauf eines Waldes aufbewahrt, den er gerade noch rechtzeitig einige Monate vor Beginn der Feindseligkeiten getätigt hat; der Großvater hatte immer eine Nase für solche Dinge. Er steckt die Hand in die Tasche, die bodenlos scheint, und holt ein paar Kronen des Kaiserreichs hervor, mit deren Hilfe der Bittsteller das Überleben der Familie für die kommenden Wochen sichern kann. Vor lauter Trübsal also stirbt der Großvater schließlich. Er erlischt, wie eine alte Lampe aufhört, Licht zu verbreiten, wenn sie nicht mehr gebraucht wird. Die Familie versammelt sich, und man ist sich fast einig, dass eine Beerdigung in Redim Wahnsinn wäre. Man müsste bei der pedantischen Verwaltung eines mit Feuer und Schwert verwüsteten Landes unzählige Genehmigungen beantragen und dann die Überführung des Leichnams in einem versiegelten Eisensarg organisieren, während die meisten Züge für Kriegsbelange beschlagnahmt sind. Fast alle sind für eine provisorische Beisetzung auf dem jüdischen Friedhof in Brünn, und später, wenn der Krieg vorbei und jeder ins traute Heim zurückgekehrt wäre, für ein Begräbnis mit allem Pomp. Aber Efraim hat sein Wort gegeben, und alle Versuche, ihn zur Vernunft zu bringen, scheitern. Er beantragt die Genehmigungen und erhält sie, er bezahlt die hohen Kosten für die Sarglegung und den Transport und begleitet allein den Großvater zu seiner letzten Ruhestätte. Allerdings hat die Doppelmonarchie inzwischen Ostgalizien von der Armee des Zaren zurückerobert. Efraim kommt in ein völlig verwüstetes Städtchen. Die meisten Häuser sind nur noch Aschehaufen. Von der Synagoge, deren mit Löwen und Hirschen bemalte Holztäfelung vor dem Krieg der Stolz der ganzen Provinz war, stehen nur noch die Grundmauern: Das Dach wurde von einer Granate aufgerissen und innen ist alles verbrannt. Einer der wenigen Juden, die während der russischen Offensive dort geblieben waren, hatte gerade noch Zeit, die Torahrollen, ein paar Leuchter und den hohen Stuhl des Propheten Elias für die Beschneidungen in Sicherheit zu bringen. Der geschnitzte Holzaltar ist zu Asche zerfallen und die Galerie, von der die Frauen dem Gottesdienst folgten, ins Erdgeschoss hinabgestürzt. Das Haus der

Familie, das große Steinhaus, das einst stolz im Zentrum des Ortes thronte, hat sein Dach verloren. Türen und Fenster wurden von den Flammen gefressen, ebenso die Dielen im Innern: Ein Ruine steht an der Stelle des prächtigen Bauwerks. Efraim ertappt sich bei dem Gedanken, es sei besser, dass der Alte nicht lebendig zurückgekehrt ist. Er hat Mühe, die zehn Männer aufzutreiben, die für das Totengebet nötig sind. Man muss zwei Juden aus dem Nachbardorf holen, damit Josef Rosenthal eine Beisetzung nach den religiösen Geboten erhalten kann. Er wird zwischen vier Generationen seiner Vorfahren begraben, wie es sein letzter Wille war. Weil keiner von Josefs Söhnen da ist, spricht Efraim am Grab das Kaddisch. Zuvor hat er drei Handvoll Erde auf den Sarg geworfen und die üblichen Worte gesprochen: »ER hat gegeben, ER hat genommen, gepriesen sei der Ewige.« Und während er das sagt, geht ihm durch den Kopf, dass ER in letzter Zeit viel genommen und wenig gegeben hat.

22

Nach Christophes Tod war mein Leben erstarrt. Ich sah unsere Kameraden noch, aber ohne große Begeisterung, ich hatte diese Arbeit gefunden, die mein Albtraum war. Ich war kaum in der Wohnung, die vom Fehlen meines Freundes erfüllt war.

Wusste meine römische Gräfin, dass ich mich in Wien

aufhielt? Sie schien mich zum Narren zu halten. Statt mir von Melech in der Hauptstadt des Kaiserreichs zu erzählen, schweifte sie ins kriegsverwüstete Galizien ab. Ich hatte meine Karte mit auf die Reise genommen. Vor der Abreise hatte ich vorsichtig die Stecknadeln herausgezogen und bei meiner Ankunft im *König von Ungarn* an der damastbespannten Wand wieder alles angebracht. Eine Stecknadel mit rotem Kopf steckte ich genau dorthin, wo ich mich befand, in Wien, aber die Geschichte spielte sich etwas weiter im Norden ab, in Brünn, und im Osten, in Przemyśl. Ich ging zu einem Bahnhof und sah, dass Züge in diese Richtungen fuhren. Sollte ich einen von ihnen nehmen? Ich sprach weder Polnisch noch Tschechisch, und ich hasse es, wenn ich in einem Land bin, dessen Sprache ich nicht beherrsche. Ich fühlte mich wohl in Wien. Ich schlenderte von einer Straße zur anderen, von Schloss zu Schloss. Ich besichtigte Schönbrunn. Franz Joseph und Sissi waren noch gegenwärtig, denn die Stadt war im Jahr 1918 stehen geblieben, in der Sehnsucht nach ihrer strahlenden Vergangenheit. Das liebte ich. Ich verbrachte viel Zeit in der Stadtbibliothek. Ich las deutsche Bücher über die Stadt, über die Juden, Geschichten, die nach dem Anschluss böse endeten. Spätnachmittags trank ich heiße Schokolade in einem jener Cafés, die den Reiz Wiens ausmachen. Ich habe sie alle ausprobiert, das *Central,* das Werfel und Zweig so lieb war, das *Schwarzenberg* und das *Café Museum.* Im *Griensteidl* wurde daran erinnert, dass hier Hofmannsthal, Kraus und Schnitzler verkehrt hatten. Keine Spur von Melech Rawicz. Wer wusste, dass in dieser Stadt jiddische Schriftsteller gelebt und geschrieben hatten? Ich hätte mich erkundigen können, wo der junge Dichter gewohnt hatte, in welcher Straße, in welchem Haus. Bei wem? Ich wartete. Und ein neuer Brief kam.

23

Es fällt mir schwer zu glauben, dass der kleine Mann, der 1979 in Montreal gestorben ist, Soldat der kaiserlichen Armee war: Er hätte keiner Fliege etwas zuleide tun können. Das war wohl die Tragödie dieses Kriegs, der die Liste der Schlächtereien des zwanzigsten Jahrhunderts eröffnet. Man brachte sich gegenseitig um, aber in Wirklichkeit wollte man sich gar nichts Böses. Melech wird nicht sofort an die Front geschickt; er ist zu mager für eine Armee, die davon überzeugt ist, in ein paar Wochen zu siegen. Er bleibt das ganze erste Kriegsjahr in Wien, wo er den Rationierungsmaßnahmen unterworfen ist. Er fragt sich, ob man ihn nicht besser mit einem Regiment in eine Garnisonsstadt an den Grenzen des Kaiserreichs geschickt hätte, wo man ausreichend zu essen bekam. Schließlich kommt er in eine Artillerieschule, wo er die Bedienung einer schweren 380-Millimeter-Haubitze erlernt, die frisch aus den koda-Fabriken kommt. Sie wussten nicht, junger Mann, dass koda Kanonen hergestellt hat? Das ist das Los aller Industriezweige, die Stahl schmelzen, den gibt es in Kriegszeiten nur noch für die schwere Artillerie. Melech braucht mehrere Monate, um sich mit dem Laden des Geschützes vertraut zu machen. Als der Krieg seinem hundertfünfzigsten Tag entgegengeht, wird er an die russische Front geschickt. Er hat gerade genug Zeit, sein Spielzeug ein einziges Mal zu laden, bevor ihn eine feindliche Granate am Bein trifft, und am

Abend seines ersten Kampftages wird er in ein Feldlazarett eingeliefert. Zunächst finde eine Untersuchung statt, ob er sich nicht selbst verstümmelt habe, aber die Experten kommen zu dem Schluss, dass er aufrichtig ist. Als seine Wunde nach einigen Tagen immer noch nicht zu heilen beginnt, rät der Militärchirurg zur Amputation des linken Beins, um Wundbrand zu vermeiden.

»Kommt nicht in Frage.«

»Wenn Sie sich einer Entscheidung des Militärchirurgen widersetzen, droht Ihnen das Kriegsgericht.«

»Erbarmen, lassen Sie mir mein Bein! Lieber sterben als ein Leben als Krüppel.«

Der Kommandeur zögert. In diesem Krieg hatte es schon so viele Tote gegeben, was soll ein Leichnam mehr nützen?

»Gehen Sie wieder ins Krankenrevier, ich will Sie nicht mehr sehen.«

Melechs Geschichte hätte hier enden können, auf dem Totenbett im Krankenrevier, und die künftigen Stationen seines Lebens, Wien, Warschau, Moskau, Singapur, Melbourne, Cape Town, Buenos Aires, New York, Tel Aviv, Montreal, hätte es nicht gegeben. Aber nach drei Wochen fängt sein Bein an zu heilen, und zwei Monate später wird er in ein Feldlager hinter der Front verlegt, wo seine Talente als Buchhalter gebraucht werden. Bei Kriegsende ist er in einer Offiziersschule, weiß der Himmel warum.

Er war nicht der Einzige von den dreien, der im Krieg war. Aber er war am wenigsten daran beteiligt. Perez wurde ebenfalls an die Front geschickt, aber auf der anderen Seite des Stacheldrahts, in der feindlichen Armee; die Geschichte werde ich Ihnen später erzählen. Uri-Zwi und seine Familie verließen Lemberg nicht, als die Stadt im September 1914 von den Russen erobert wurde. Die Zeiten wurden rau, denn die Russen fingen an, Ordnung zu schaffen. Merkwürdigerweise blieben die katholischen Polen relativ verschont. Die neuen Machthaber fielen über die Ukrainer her: Sie schlossen alle Einrichtungen zur Verbreitung der ukrainischen Sprache, die für sie eine Abart des Russischen war. Die Spannung zwischen Polen und Ukrainern stieg. Alle begriffen, dass die russische Besatzung nicht lange dauern würde und das Habsburgerreich in den letzten Zügen lag. In diesem Krieg entschied sich die Zukunft der Provinz. Würde sie polnisch oder ukrainisch sein? Die Juden zahlten den Preis für die Begehrlichkeiten. Man warf ihnen vor, für keine Seite Partei zu ergreifen, und die Kaufleute, die mit den Besatzern Handel trieben, wurden der Kollaboration bezichtigt. Reb Chaim beugte sich weiter über seine Bücher und diente seiner kleinen Gemeinde, ohne sich um die politischen Spannungen zu kümmern. Uri-Zwi schrieb, ohne große Hoffnung auf Veröffentlichung in diesen unsicheren Zeiten. Sein Schriftstellerkreis hatte sich in alle vier Winde verstreut: Melech war in Wien, die anderen jungen Leute waren eingezogen, Shofmann als Russe war ein Aufenthaltsort zugewiesen worden, Imber allein konnte kein Literatenzirkel bilden.

Als die österreichische Armee im April 1915 die Besatzer vertrieb, erhielt Uri-Zwi seinen Gestellungsbefehl. Er musste seinen Stadtanzug gegen die Uniform der kaiserlichen Armee eintauschen. Der Sohn des Rabbiners konnte reiten wie kein anderer, so kam er zur Kavallerie. In wenigen Jahren hatte er drei Mal die Kleider gewechselt: Chassid, Dichter und nun Soldat. Als Soldat erlebte er zum ersten Mal die vierzehn Nationalitäten des Kaiserreichs. Er wurde mit einer von Österreichern kommandierten Division, in der Polen, Ukrainer und Juden dienten, an die serbische Front geschickt, wo sie an der Seite von Tschechen, Slowenen, Ungarn und Rumänen kämpften. Er war zwei Jahre lang an der Front. Sie war die Geburtsstätte seiner künftigen Werke und seines politischen Engagements, deshalb muss ich Ihnen davon erzählen. Es ist ein Wunder, dass er nicht auf dem Feld der Ehre gefallen ist. Wochenlang lag er im Dreck der Schützengräben. Feindliche und von seinen Kommandeuren befohlene Offensiven wechselten sich ab. Uri-Zwi lernte die Todesangst kennen, aber mehr noch als diese prägte ihn der Schrecken der Landschaft: dürre, verkohlte Bäume, rauchende Erde, Schlamm, mit verwesendem Fleisch und von Gewittern durchtränkter Erde vermischt. Monatelang sah er keinen Grashalm und kein Blatt. Die Landschaft war grau und nur eine Quelle erinnerte daran, dass die Natur nicht stillstand und eines Tages ihre Rechte wieder einfordern würde. In dieser Todeslandschaft wirkte das klare Quellwasser geradezu obszön. Der Mond über den Hügeln und Massengräbern, der nachts diese trostlose Ödnis beherrschte, zu Beginn des Monats schwarz, aber von Tag zu Tag größer, bis er voll und herrlich glänzend am Himmel stand, während das Schauspiel unter ihm grauenerregend war, der Mond hörte nicht auf, Uri-Zwis Gesicht zu bescheinen. Er erkannte ihn, weil er die Geschichte seiner Mutter so oft gehört hatte, denn es war dasselbe Gestirn, das am Tag seiner Geburt Batschewas schmerzverzerrtes Gesicht beschienen hatte. Auf einem seiner Strahlen war Urgroßvater Rabbi Uri von Strelisk erschienen, um der jungen Frau mit einer von durchsichtigen Perlen benetzten Rose die Erlösung und Uri-Zwi das Leben zu bringen. Aber der Mond auf den Schlachtfeldern Serbiens ließ niemals Uri von Strelisk erscheinen: Er brachte nur Raben mit, die sich vom Aas ernährten, und Eulen auf der Jagd und hüllte sich manchmal in den Rauch des Todes, der nach einer Offensive vom Boden aufstieg.

Uri-Zwi blieb zwei Jahre an der serbischen Front. Er stieß mit seiner Division nach Bosnien und Montenegro vor, bis zu der kleinen Stadt Dulcina. Während die Österreicher das Städtchen besetzten, suchte Uri-Zwi auf dem Friedhof das Grab von Schabtai Zwi, jenem jüdischen Mystiker, der im 17. Jahrhundert Zwietracht unter den jüdischen Gemeinden Mitteleuropas und des Osmanischen Reichs gesät hatte, weil er behauptete, der Messias zu sein; er wurde von Sultan Mehmed IV. gezwungen, zum Islam überzutreten. Sein Grab war eine Pilgerstätte für alle, die weiter an seine Heiligkeit glaubten, ob sie wie er konvertiert oder aber Juden geblieben waren, und seine Lehren heimlich weiter befolgten. Bei den Chassidim von Bilkamin und Lemberg hatte Uri-Zwi oft von ihm gehört, als Beispiel, dem man nicht folgen sollte. Dennoch, was für ein Schicksal! Er blieb eine ganze Weile am Grab des Häretikers, eines anderen, berühmt gewordenen Zwi, auf das unbekannte Hände Steinchen gelegt hatten, um eine Spur ihres Besuchs zu hinterlassen. Bevor er diesen so friedlichen Ort inmitten des furchtbaren Krieges verließ, sagte er laut auf Hebräisch, wie ein Gebet:

Ich, Uri-Zwi, Sohn von Batschewa aus Lemberg,
Soldat der Besatzungsarmee des Kaisers Franz Joseph,
stehe hier an deinem Grab, Schabtai-Zwi, dessen Leib eine unvergleichliche Schmach erleiden musste
Durch die Konversion, Mahmad Efendi.

»Mein Schatz, es geht mir gut.« »Liebe Mutter, es geht mir gut.« »Liebste Eltern, es geht mir gut.« Auf diese paar Worte beschränkten sich die Briefe der Soldaten nach Hause, denn mehr durfte man nicht schreiben, weder den Ort nennen, wo man sich befand, noch seine Leiden schildern, aber hatte man denn auch das Herz, eine Mutter, eine Braut traurig zu machen? Daher schrieb Uri-Zwi inmitten der Kakophonie von Sprachen in den Schützengräben eine Art Tagebuch, eher ein Prosagedicht, das er immer in der Innentasche seiner Uniformjacke bei sich trug. Es war seine innere Verbindung zu seiner Familie, die er verlassen hatte, und zu seinen Dichtergefährten, die er nach dem Krieg wiederzufinden hoffte, aber wie viele hätten bis dahin überlebt? Würde er selbst überleben?

Aus meinem Heft:

Sonnen brennen, Meere rauschen. Und für alles ist die Erde der Altar –

Wo du auch gehst – du musst wissen – immer liegt darunter ein Grab. Zwei Ellen tiefer liegt ein Mensch, irgendein Mensch mit zerrissener Brust, mit gespaltenem Schädel. Und siehst du hoch zur Sonne, wie sie scheint, siehst den Mond und die Sterne bei Nacht, dann meint dein Herz, dass man da oben in der Höhe keine Ahnung hat, was hier im Menschental geschieht.

Oder dort oben schlafen die Götter den Schlaf der Gerechten.

Und wo immer ein Baum steht – sieh doch: Er trägt keine Früchte. Ruf einen Menschen zu dir, jeder Mensch kann ein Henker sein. Ruf ihn und sage ihm, er solle dich kreuzigen. Und bitte ihn, dich nicht am Pfahl hängen zu lassen, sondern deinen Körper ins heiße Blut zu legen. Liege und breite die Arme aus, für ein letztes Gebet in deinem Blut zu einem weiten, blauen Himmel.

Und überlasse deine letzten Gedanken nicht der Rache. Gehe voller Liebe und Erbarmen in deinem Blut dahin. Nicht Menschenhände werden dich ins Grab legen – wisse: Um Mitternacht kommt heulend aus dem tiefen Wald ein schwarzer Hund! –

*

Wer weiß schon? Wer spricht schon?

Die Münder, die sprechen könnten, schweigen. Der TOD hat ihre Lippen versiegelt. Und ich bin sicher: Wenn Steine, oder die Sonne am Himmel, oder die Sterne in der Nacht – wenn sie Münder hätten, dann würden sie der Ewigkeit grausame Geschichten erzählen. Die Erde würde sich in Nebel hüllen und zu einem großen vertrauten Zimmer werden, das von traurigem Dämmerlicht erfüllt ist.

Dann würde sie ganz Ohr sein, die Erde.

Nur, Steine sind stumm und Sterne ebenso. Lippen könnten erzählen, doch der Tod hat sie versiegelt:

SCHWEIGT!

*

Mein Freund, ich schreibe dir tief in der Nacht. Der Schein der Sterne leuchtet mir auf das Papier. Heute ist der Mensch in mir noch am Leben, die Hand gehorcht dem Willen und schreibt. Andere stehen und schärfen die Schwerter am Stein. Ein Quell sprudelt munter ins Tal hinunter. Und noch andre Menschen heben in der Finsternis Gräber aus.

Später dann schärfe auch ich mein Schwert am Stein und wenn menschliche Stimmen des Nachts Hurra! schreien, stehe ich auf und schreie mit: Hurra, Hurra! Und wenn ich am Leben bleibe, zeigt das Licht aus dem Osten meinen Augen ein Rinnsal voller Blut und darin Menschenschädel, Pferd und Sattel, durchbohrt von Pfeil und Spieß. Und im Morgengrauen werde ich sehen, dass der Tod sich entfernt. Ich werde sein leises, höhnisches Lachen vernehmen und wissen: er spielt mit mir ... Dann werde ich mich an den einzigen Gedanken klammern, der mich noch eine Weile am Leben festhalten lässt, und die Augen in die Ferne richten: Heimat, Heimat …

Und ich werde wieder an Dich denken und Dir schreiben.

*

Ich weiß nicht, wie es kam:

Ich stand in einem tiefen Tal und hob Gräber aus. Ein anderer, dessen Gesicht ich in der Finsternis nicht sehen konnte, nagelte kleine Bretter zusammen. Ich dachte: Er macht Kruzifixe … Später stürzte ich über ein Grab, fiel in einen tiefen Schlaf und hatte einen Traum: Ich sah, wie ein Vogel in den Stacheldraht flog, der über das Feld gespannt war, sich darin verfing und mit dem Kopf nach unten hängen blieb.

Und als der Morgenstern mir dann golden in die Augen leuchtete, weinte ich und dachte an einen dornenbekrönten Schmerzenskönig auf einer Palme im Orient.

Der Freund, an den Uri-Zwi sich wendet, ist nicht nur die Welt. Der Leser, an den er denkt, wenn er den Stift in der Hand hält, ist Melech. Vom Grund seines serbischen Schützengrabens schreibt Uri-Zwi an seinen Lemberger Freund. Dort hatten sie sich so nah gestanden wie Brüder, das war, bevor Uri-Zwi Perez kennenlernte, und dieselbe Leidenschaft für die Dichtung beseelte sie. Ihre Briefe enthalten nichts von diesen wichtigen Dingen. Sie schreiben sich auf Militärpostkarten und müssen sich an die vorgeschriebenen Banalitäten halten, auf Deutsch, denn der Zensor liest kein Jiddisch. Uri-Zwi schreibt seinem Freund »Ich liebe dich«, aber nichts von den Schützengräben. Vielleicht stellt er sich Melech in einem anderen Loch, an einer anderen Front vor, vielleicht nur ein paar Meilen entfernt, wer weiß?

Man sieht nur den Feind. Und selbst der ist hinter dem Stacheldraht, auf dem die Leichen der Kameraden verwesen, manchmal müssen sie ihn angreifen, ein andermal seiner Offensive standhalten, und den Rest der Tage und Nächte? Warten, hingekauert im Schlamm, im Blut, im Krächzen der Raben, die sich an den noch nicht geborgenen Leichen weiden. Und den Rest der Tage und Nächte? Schreiben.

24

Der Brief war noch nicht zu Ende, aber ich las nicht weiter. In seinem Tagebuch aus dem Schützengraben wandte sich Uri-Zwi nicht nur an seinen Freund Melech. Dieser Text war für mich bestimmt. Wenn er Chaos, Massengräber, Gemetzel und faulende Leiber beschrieb, wenn er seine Verzweiflung über dieses Schauspiel vom Ende jeder Menschlichkeit ausdrückte, beschrieb Uri-Zwi meine Verwirrung angesichts einer Welt, auf die ich nicht vorbereitet war. Ich verbrachte meine Tage in der österreichischen Filiale meiner Bank mit dem Gefühl, dass ein Schleier zwischen mir und der Wirklichkeit lag. Ich war ein brillanter Student gewesen, aber diesmal verstand ich nichts von den Zahlen und war unfähig, mich auf eine Finanzanalyse zu konzentrieren. Man erzählte mir etwas über Kreditgarantien für Exporte, und ich sah nur ein Durcheinander von Verfahren, deren Zweckmäßigkeit mir nicht klar wurde. Die anderen

Praktikanten wirkten so selbstsicher, wie schafften sie das? Sie waren bereit, das Spiel mitzuspielen, das für mich so unzugänglich war, denn tief drinnen war ich todtraurig. Ich war zwanzig Jahre nach der Befreiung geboren, aber ich gehörte zur Welt von früher, zu der von Melech und Uri-Zwi, gerade so, als hätte ich die Massengräber mit eigenen Augen gesehen. Vielleicht war es auch die Erinnerung an Christophe, die mich mit dem Schicksal dieser jungen Männer verband, die Trauer um eine Freundschaft, die ein Leben lang hätte dauern sollen, aber schon zu Ende war, als sie gerade erst voll erblühte. Doch die Freundschaft zwischen Uri-Zwi und Melech war nicht das, was ich erwartete. Sie schien ganz traditionell: zwei gleichaltrige junge Männer in dergleichen Armee schrieben an der Front Gedichte in dergleichen Sprache. Die Freundschaft, die mich in Atem hielt, war die zwischen Perez und Uri-Zwi, die ich mir genauso intensiv vorstellte wie die, die ich erlebt hatte.

Ich bat an der Hotelrezeption um ein Wiener Telefonbuch. Ich suchte bei Janowska. Es gab zwei Janowskis, Witold und Heinrich. Ich hatte Lust, anzurufen, um zu erfahren, wie sie in Wien gelandet waren. Aber was hätte ich ihnen über meine Anna erzählen können, von der ich doch gar nichts wusste?

25

Als sich die Lage beruhigte, wurde Uri-Zwi mit seiner Einheit in Bosnien stationiert. Sie war für die Bewachung der Kohlemine von Zenica zuständig. Dort entwickelte er eine Leidenschaft für das serbische Volk.

Ich liebe, liebe das Serbenvolk –

… andere sagen, es sei ein Volk von Mördern, das einen Sohn ausgesandt habe, um das Blut eines Königs, einer Königin zu vergießen. Dieses Land sollte erobert werden, das Volk und sein König sollten ein Joch und Ketten tragen.

Ich erzähle das etwas anders:

Es war einmal ein sehr eigensinniges Volk. Auf der anderen Seite des Flusses lag ein anderes Land, Schwester dieses Landes. Dort lebten Brüder vom selben Stamm. Doch ein Fremder, was weiß ich wer, ein noch mächtigerer Fremder, hat gemeint, das Land gehöre ihm.

Einer aus diesem Volk glaubte fest, das Blut des Königs könne die Befreiung bringen.

Eines Tages nun fuhren der König und die Königin mit ihrem Wagentross aus und auf dem Weg floss das königliche Blut übers Straßenpflaster …

Ach, aber dieser Mächtigere hatte noch einen älteren Bruder, auch er ein König. Der fiel nun mit seinem riesigen Heer ins Land ein, verjagte den König aus dem Palast und legte die Söhne in Ketten.

Ich habe die Priester dieses Volkes gesehen, dunkel gebräunt, mit langen Locken, die Augen schwarz und traurig erschrocken. Wie Lämmer blickten sie drein.

Sie hatten Angst mich anzusehen. Warum nur?

*

Serbien, Serbien! Du bitteres, wundes Land! Deine Guslas hängen in verwaisten Wohnungen, denn die Hände, die sie einst im Schoß hielten, reißen jetzt die Haare von den Köpfen und da sind so viele mit starr zusammengepressten Lippen –

Deine Bäume sind Galgen und deine Erde schweigt zu diesem Leid, so wie deine Sprösslinge schweigen, wenn sie die Stricke aufziehen –

Und all das sehe ich allein, ein Liebender aus der Armee des Feindes Österreich.

26

Das war der letzte Brief, den ich während meines Wienaufenthalts bekam. Ich verließ die Stadt, ohne erfahren zu haben, wo Melech gewohnt, in welchem Café er gesessen hatte. Ich war ein bisschen traurig, mich von dieser gelassenen und zugleich schwermütigen Stadt loszureißen, die mir ähnlich war. Für die Stimmung dort gibt es nur ein Wort, *Gemütlichkeit,* das angeblich unübersetzbar ist. Eine Mischung aus Wohlbehagen und Ruhe? Hatte sich Melech in Wien auch so wohl gefühlt? Ein paar Wochen später kam ein neuer Brief.

27

Wie soll ich mein Reich wiedererstehen lassen? Ich habe es mit meiner Bibliothek versucht, deshalb habe ich sechzig Jahre darauf verwendet, diese Zehntausende Dokumente zu sammeln, aber wie schwer ist es doch, den Inhalt eines menschlichen Geistes auf Regalbrettern abzulegen. Meine Wände sind mit Büchern tapeziert. Suchen Sie sich eins aus, setzen Sie sich damit auf ein Sofa. Sie werden nicht wieder aufstehen, bevor Sie es ausgelesen haben. Können Sie Jiddisch? Ich meine gut genug, um ein Buch zu lesen? Bei mir ist es kein Kunststück: Ich konnte es lesen, noch bevor ich Polnisch entzifferte, aber Sie, der Sie es gerade erst lernen? Sind Sie bis zum Ende des Alphabets gekommen? Gelingt es Ihnen, die Wörter zu »fotografieren«, wie Sie es beim Französischen oder einer anderen in lateinischen Buchstaben geschriebenen Sprache tun? Nein, natürlich nicht. Das wird Ihnen nie gelingen. Ein Rat: Lesen Sie, egal was, aber lesen Sie. Ihr Auge muss so viel wie möglich speichern, Ihr Gehirn muss es sich einprägen, um es beim nächsten Mal zu erkennen. Und tun Sie es schnell, verlieren Sie keine Zeit, nutzen Sie Ihre Jugend, denn bald ist es zu spät. Ihr Geist wird müde, Ihre Neuronen verschwinden jeden Tag zu Tausenden, in Ihrem Alter sind es so viele wie Sterne am Himmel und Sand am Meer, aber wenn Sie in mein Alter kommen, sind sie gezählt. Nehmen Sie ein Buch. Wenn es ausgelesen ist, wie kommt man dann zum nächsten? Wie kommt man von Hölzchen zu Stöckchen? Wie sortiert man eine Bibliothek? Alphabetisch nach Autorennamen? Nach Reihen? Nach Themen? Soll die Harmonie der Buchrücken entscheiden? Wie findet man ein Werk wieder? Ich musste ordnen, also zwingen, unterteilen, trennen, was doch Bewegungsfreiheit verlangte. Sie wollen nicht nur meine palatinische Bibliothek betreten, Sie werden sich nicht mit diesem majestätischen Saal begnügen, Sie wollen mehr, Sie wollen mein ganzes Gedächtnis erben. Glauben Sie, ich habe noch die Kraft, Ihnen seine Türen zu öffnen? Fliehen Sie, sage ich Ihnen. Sie werden ihm nicht mehr entkommen, und wenn ich sterbe, während ich gerade erst angefangen habe, den Schleier über meinem jüdischen Reich zu lüften, wenn ich meinen letzten Seufzer von mir gebe, während sich das Wasser gerade erst teilt, um Atlantis zu offenbaren, würde ich Sie als Waise zurücklassen, am Saum einer Welt, von der Sie gerade die ersten Schwellen überschritten hätten; und es blieben noch so viele Türen aufzustoßen, so viele Bücher zu lesen, Manuskripte zu entziffern! Und wenn ich am Leben bleibe und es mir gelingt, Ihnen alles zu überliefern, wer sagt mir, dass Sie mich nicht verraten? Soll ich mich von Ihren noblen Absichten überzeugen lassen? Sind Sie nicht einer dieser Geier, die ein sterbendes Lebewesen kilometerweit riechen? Was für ein Aasfresser sind Sie? Werden Sie meine Schätze nicht anderen ausliefern, sie in Sprachen übersetzen, die ihr Genie und ihre Trunkenheit nicht wiederzugeben vermögen? Ich offenbare Ihnen meine

Befürchtungen, und dabei glaube ich gar nicht daran. Ich spüre, Sie sind kein Schakal, deshalb fahre ich fort. Melech kehrt nach Wien zurück, obwohl das Heiligtum leer steht. Schönbrunn ist verlassen. Franz Joseph starb während des Krieges, und sein Neffe war kaum mehr als ein Eintagskaiser, ehe er ins Exil musste. Der demobilisierte junge Soldat kehrt zurück an seinen Platz in der Union-Bank, der größten Bank eines Reiches mit vierzehn Nationalitäten, das nun ein ganz kleines Land geworden ist, kaum größer als die Schweiz. Melechs Eltern ziehen wieder in das Haus in Radymno, und eine Grenze trennt nun beide Generationen, denn das Städtchen liegt jetzt in Polen.

Die Familie hat viele Angehörige verloren. Hinde hat Glück, ihr Mann und ihr Zweitjüngster sind zurückgekehrt. Mojsche, der älteste Sohn, war in Palästina zur englischen Armee gegangen, hat also gegen Vater und Bruder gekämpft. Auch er ist gesund und munter. Aber eine von Hindes Schwestern hat einen Sohn verloren, Franek, dessen Leichnam nicht gefunden wurde. Monatelang tröstet sie sich mit der Hoffnung, er werde heimkommen, denn er ist nach einem Sturmangriff auf die feindlichen Linien nicht in den Schützengraben zurückgekehrt. Er kann sich doch nicht in Luft aufgelöst haben. Melech schweigt. Er wagt seiner Tante nicht zu sagen, wie leicht das geht: Man musste nur dort stehen, wo eine Granate einschlug, damit der Körper zum Krater wurde. Die Tante wird noch jahrelang warten. Eines Tages wird sie einen Brief von der österreichischen Armee erhalten, aber das ist dann die Verwaltung eines anderen Landes. Darin wird Franek für tot erklärt, aber die Tante wird sagen: »Und seine Leiche? Wo ist sie? Warum darf ich meinen Sohn nicht begraben?« Sie wird diesen Satz monatelang wiederholen, bis sie den Verstand verliert. Ein paar Jahre später wird sie in tiefer geistiger Umnachtung sterben, und auf ihr Grab, auf dem Friedhof von Radymno, wird ihr Mann ihren Namen eingravieren lassen und direkt darunter eine Erinnerung an ihren geliebten Sohn. Auf dem Stein wird ein Geburtsdatum stehen, 10. Juli 1896, und als Todesdatum jener Tag 1916, an dem es Granaten auf das Schlachtfeld regnete, aber unter dem Stein wird nur der Körper der Mutter liegen, der des Sohnes hat sich in Luft aufgelöst.

Die kleine Gruppe jiddischer Schriftsteller in Wien versammelt sich wieder. Sie treffen sich im *Zentral Café*. Nein, nicht das berühmte *Café Central*. Das ist für die edleren Schriftsteller. Das *Zentral* empfing die geldlosen Künstler im Viertel der eingewanderten Juden, auf der anderen Seite des Donaukanals.

Einige Schriftsteller sind an der Front gefallen. Melech hat seit den letzten Kriegsmonaten nichts mehr von Uri-Zwi gehört. Seine Briefe bleiben unbeantwortet. Ist er umgekommen? Sie kennen die Antwort, aber versuchen Sie einen Augenblick, sich in jene Zeit zurückzuversetzen: Man wusste es nicht, und das Nichtwissen, die Unsicherheit, das Warten auf die Rückkehr der Überlebenden sind heute vergessen. Das Leben, das wieder anfing, hat sie zugedeckt, aber sie haben die Menschen für immer geprägt, eine unsichtbare Gegenwart. Statt zehn wie 1914 sitzen nur noch sechs um den Tisch, und die Männer werden mehr denn je von jungen Mädchen umschwärmt, die fürchten, ohne Mann zu bleiben. Eines Abends nimmt ein Kollege Melech mit in die Oper. Er hat zwei Gratiskarten erhalten, weil eine Freundin im Chor singt. *Die Zauberflöte* wird aufgeführt. Nach der Vorstellung gehen sie in die Garderobe der Sängerin.

»Melech, Bankier und Dichter.«

»Fania, Sängerin.«

»Zauberhaft.«

»Das kann man wohl sagen.«

Fania ist Jüdin, sie sprechen Jiddisch.

»Sie sind aus Polen.«

»Wie haben Sie das erraten?«

»Ihr Akzent. Warschau?«

»Łodź. Mein Vater ist Vorsänger in der großen Synagoge.«

»Und Sie sind Sängerin in der großen Oper. Eine Generationenfrage.«

»Die Musik liegt in der Familie.«

Die drei essen gemeinsam zu Abend. Am nächsten Tag wartet Melech am Künstlereingang auf Fania.

»Darf ich Sie zum Essen einladen?«

»Sehr gern.«

Sie treffen sich immer wieder. Melech verliebt sich bis über beide Ohren in die junge Frau mit den grünen Augen. An jenem Tag glaubt er, er werde Fania sein Leben lang lieben, aber seine große Geschichte mit den Frauen fängt hier erst an. Sehr bald bittet er sie, seine Frau zu werden, und sie willigt ein.

Efraim und Hinde sind nicht begeistert über diese Ankündigung.

»Ich liebe sie.«

»Sie ist nicht von hier. Sie kommt aus einem feindlichen Land.«

»Papa, Fania ist aus Łodź, vergiss nicht, dass du jetzt auch Pole bist.«

»Eine Sängerin … Sie hat es auf deine Stellung abgesehen. Natürlich, ein Bankier ist eine gute Partie.«

»Ich bin vor allem Dichter, dann erst Bankangestellter.«

»Und wie viel bringt dir deine Dichtung ein? Sie kostet dich eher einiges, wenn ich mir die Druckerrechnungen ansehe.«

Melech heiratet Fania trotzdem. Vielleicht hätte er auf seinen Vater hören sollen, denn sie wird ihm viel Unglück bringen, später, in einem anderen Land. Zunächst singt sie weiter abends in der Oper, aber bald wird sie schwanger und muss aufhören. Sie bringt ein Mädchen zur Welt. Melech ist außer sich vor Freude. Eines Tages kommt ein Brief aus Lemberg, das jetzt Lwów heißt, unterschrieben von Uri-Zwi Landmann. Uri-Zwi ist also nicht an der Front gefallen. Als er begriffen hatte, dass Österreich den Krieg verlieren würde, war er Anfang 1918 desertiert. Er ahnte den Wahnsinn voraus, der eine verzweifelte Armee ergreift: Ihre Generäle schicken all ihre Männer in den sicheren Tod, wie Samson, der die Säulen des Hauses seiner Feinde auseinanderstemmt und ruft: »Ich will sterben mit den Philistern!« Als Uri-Zwi sah, dass sich die Armee in den Abgrund stürzen würde, gab er seine Loyalität auf und kehrte nach Lemberg zurück. Er nahm einen falschen Namen an, den seiner geliebten Mutter, Landmann, und mietete sich in einer Wohnung ein. Er besuchte seine Eltern regelmäßig, kehrte aber zum Schlafen immer zu Madame Tumim zurück, weil er fürchtete, als Deserteur verhaftet zu werden. Aber die kaiserlich-königliche Armee hatte anderes im Kopf, und Uri-Zwi blieb unbehelligt.

Polen und Ukrainer bereiteten sich seit vier Jahren darauf vor, die Kontrolle über die Stadt zu übernehmen. Die Ukrainer waren schneller und proklamierten im Oktober 1918 die Westukrainische Republik. Die Polen reagierten auf diese Provokation mit Angriffen, die drei Wochen dauerten. Die

Juden hüteten sich, sich auf eine Seite zu schlagen, und die demobilisierten Soldaten bildeten vorsichtshalber eine Miliz zum Schutz der Bevölkerung. Uri-Zwi schloss sich dieser jüdischen Garde nicht an, wohnte aber wieder bei seinen Eltern, für den Fall, dass ... Am 20. November gewannen die Polen die Oberhand. Bewaffnete Banden überfielen die jüdischen Viertel. Sie plünderten die Geschäfte, verwüsteten die Kultstätten und gingen auf Menschenjagd. Die Garde konnte nichts tun, es waren zu wenige gegen diese bis an die Zähne bewaffneten Einheiten. Das Pogrom dauerte drei Tage. Die Menschen verkrochen sich. Reb Chaim hatte den Eingang seiner Wohnung verbarrikadiert, aber das nützte nichts: Eine Horde von Polen trat die Tür ein und fand die Familie vollständig versammelt. Sie befahlen ihnen, sich an der Wand aufzustellen, der Anführer rief *Cel,* »Legt an!«, was dem Befehl »Feuer« vorausgeht. Uri-Zwi wartete mit dem Rücken an der Wand auf das Ende, er erinnerte sich an die Angriffe, bei denen ein Pole seinen Soldaten in der kaiserlichen Armee diesen Befehl gegeben hatte, um auf den Feind zu schießen; diesmal aber schossen die einen Einwohner von Lemberg auf die anderen, Polen auf Juden. Als der Anführer gerade das unvermeidliche *Pal!* aussprechen wollte, kam ein Kommandeur herein und befahl, die Waffen zu senken. Uri-Zwi hatte dem Tod in die Augen gesehen. Der Tod hatte ihn in den Schützengräben Serbiens umzingelt. Diesmal hatte er ein anderes Gesicht, das der polnischen Unabhängigkeit, und gab den Befehl, Juden zu ermorden.

Die Bande gehorchte, verließ das Haus von Reb Chaim und setzte ihr Gemetzel woanders fort. Uri-Zwi und die Seinen verkrochen sich für den Rest der Nacht, ohne zu schlafen, und horchten auf die Geräusche draußen. Sie hörten Gewalt, Schüsse, das Klirren eingeschlagener Scheiben, das Krachen aufgebrochener Türen. Am nächsten Morgen herrschte im Viertel jene absolute Stille, die etwas Schreckliches birgt. Uri-Zwi ging hinaus, er sah das Massaker, und Worte kamen ihm in den Sinn:

... aus Stahl und Eisen, kalt und hart und stumm,
Schmied dir ein Herz, du Mensch – und komm!
Komm, geh in die Stadt des Schlachtens, sollst sehen mit deinen Augen
sollst betasten mit deiner eigenen Hand
an Zäunen Pfählen Türen und Wänden,
an Gassensteinen und allen Hölzern
das schwarz-getrocknete Blut mit den Gehirnen
von deiner Brüder Köpfen und Hälsen.
Und herumirren sollst du zwischen Ruinen,
zwischen zerborstenen Wänden mit verkrümmten Türen,
vorbei an eingestürzten Öfen, halben Kaminen,
entblößten schwarzen Steinen, halbverbrannten Ziegeln,
wo Feuer, Axt und Eisen gestern
auf der Bluthochzeit einen wilden Tanz gespielt;
und kriech durch Böden, durch löchrige Dächer
und schau dich ein in alle schwarzen Löcher –
das sind offene, schwarze, stumme Wunden,
die auf keine Heilung mehr warten in der Welt ...

Chaim Nachman Bialik hatte diese Verse fünfzehn Jahre zuvor geschrieben, nach dem Pogrom von Kischinjow. Ein derartiges Unglück hatte die Juden im Habsburgerreich nie getroffen, deshalb hatte Uri-Zwi das Gedicht in früher Jugend gelesen, ohne seinen ganzen Sinn zu verstehen. Solche Gewalttaten waren ihm ganz fern. Er hatte nur durch Juden, die aus Bessarabien geflüchtet waren, davon gehört.

Aber das Habsburger Kaiserreich gab es nicht mehr, und das Pogrom von Lemberg ließ den Geschmack des Todes in seinem Mund zurück. Wenn er umgekommen wäre, hätte er seine Meisterwerke nie geschrieben, die ich Ihnen bald übersetzen werde. Aber wenn man nicht auf ihn angelegt hätte, hätte er sie dann mit derselben Kraft geschrieben?

Am Morgen des 25. November ging man zum jüdischen Friedhof, um die Toten zu begraben. Dreiundsiebzig Leichen lagen aufgereiht, darunter Alte, Frauen und Kinder. Fast den ganzen Tag lang folgte ein Kaddisch aufs andere, und die Klage der Mütter, Brüder und Töchter erhob sich zum Himmel – vergebens. Am nächsten Tag nahmen die Mörder von gestern die Stadt in Besitz und bereiteten deren Anschluss an die polnische Republik vor. Die Glaser ersetzten die Fensterscheiben der jüdischen Häuser, und schließlich wuschen die Frauen das Blut der Opfer von den Bürgersteigen.

In Radymno ziehen Melechs Eltern in eine Ruine ein. Das ist nicht mehr das vornehme Haus von vor dem Krieg. Es braucht Zeit, um neue Fußböden zu legen und das Dach zu decken, inzwischen kampiert man mehr schlecht als recht. Die Möbel sind verschwunden, geraubt von den russischen Soldaten. Andere sind zum Heizen in die Öfen gewandert. Niemals wird das Haus den Glanz von einst wiederfinden, nicht bis zu Efraims Tod 1939 und nicht bis Hinde von den ukrainischen Milizen daraus vertrieben, in ein Ghetto, dann in ein Arbeitslager und schließlich nach Bełżec verschleppt und direkt nach ihrer Ankunft vergast wird; zusammen mit drei ihrer Schwestern und mehreren Nichten, wie fast der ganze Konvoi, mit Ausnahme von ein paar Dutzend Männern, die für einige Tage zum *Sonder-*

kommando des Lagers gehören, bis ein SS-Mann oder einer seiner ukrainischen Handlanger die Zurückgestellten mit einem Spatenschlag oder einer Kugel in den Kopf erledigt. Denn von den 434508 Juden, die zwischen März und Dezember in Bełżec ankamen, haben nur zwei überlebt: Rudolf Reder und Chaim Herszman. Die 434506 anderen, aus Tausenden Dörfern, Marktflecken und Städten aus den Distrikten Lublin und Lemberg, fanden dort einen grausamen Tod ohne jede Chance auf Überleben. Wie also hätte Hinde Bergner, eine sanfte Frau in ihrem zweiundsiebzigsten Jahr, ihm entgehen können?

28

Warum erzählte mir Sulamita nun diese Einzelheiten über Hindes Tod, obwohl sie sich bis jetzt geweigert hatte, in das »schwarze Loch«, wie sie es nannte, hinabzutauchen? Warum dieser Sprung über mehr als zwanzig Jahre? Hinde hatte gerade eine Enkelin bekommen, war das nicht das Wichtigste? Als ich diese Zeilen las, musste ich an den Vater von Madame Annette denken. Ich hatte seinen Namen auf der Liste eines Transports gefunden, der nach der Razzia des Vél' d'Hiv von Drancy nach Auschwitz gegangen war. Auf der Rampe in Birkenau ist er vermutlich mit Kolbenhieben aus dem Waggon getrieben worden, das hat mir keiner erzählen können, aber ich habe im Fernsehen

Berichte von Überlebenden gesehen. Er ist an Doktor Mengele vorbeigegangen, der ihn in die Reihe winkte, die in die Gaskammer ging. Er war 1904 geboren, also viel jünger als Hinde, aber ihn traf dasselbe Schicksal im selben Land: Polen. Ich nahm eine Stecknadel mit gelbem Kopf für den Vater von Madame Annette, eine blaue für Hinde, und auf der Karte, die ich bei meiner Rückkehr nach Paris wieder an ihren Platz über dem Kamin gehängt hatte, steckte ich sie auf die Orte Oświęcim und Bełżec, die, als diese Karte gedruckt wurde, bloß nette kleine Ortschaften in Schlesien und im Distrikt Lublin waren. Auch Paris markierte ich mit einer gelben Nadel, aber der Maßstab der Karte war zu groß, man konnte den Ort in der nördlichen Pariser Banlieue nicht erkennen, der heute eine Station auf dem Weg zum Flughafen ist und durch den ich bei meiner Rückkehr aus Wien gekommen war: Drancy. Dort hatte Madame Annettes Vater ein paar Tage lang in einem Lager dahinvegetiert, das heute eine Sozialbausiedlung ist, bevor er zurück nach Polen transportiert wurde, das Land seiner Geburt und seiner Ermordung. Für Hinde war die Reise kürzer gewesen: Bełżec liegt ein paar Dutzend Kilometer von Radymno entfernt.

Als ich die Karte wieder betrachtete, dachte ich an Anna Janowska. Ehrlich gesagt dachte ich oft an sie. Warschau – Paris – Oświęcim. Ich suchte in der Schublade, wo ich die offiziellen Dokumente aufbewahre, nach dem Familienbuch meiner Eltern. Ich wollte Annas Todestag nachlesen. Mein Gedächtnis hatte mich nicht getrogen: Es stand nicht da. Es war nur der Tag verzeichnet, an dem meine Mutter geboren war, der 5. Juli 1942. Logischerweise musste das auch Annas Todestag sein, denn sie war bei der Geburt gestorben. War das wirklich ganz sicher? Und wenn sie nicht an diesem Tag gestorben wäre, sondern später und anderswo?

Und wenn sie bei einer Razzia festgenommen worden wäre, der des *Vél' d'Hiv'* zum Beispiel, zehn Tage nach der Geburt meiner Mutter?

Bełżec und Radymno liegen nah beieinander, genauso nah wie Drancy und das Institut Pasteur. Das starre Gesicht von Christophe auf seinem Krankenhausbett verschmolz mit den Fotografien der Leichen, die bei der Befreiung der Lager von den Alliierten gefunden wurden, derselbe unverhältnismäßig große, zurückgeworfene Kopf mit offenem Mund und verkrusteten Lippen. Christophe fiel einem Massensterben zum Opfer. Zur Zeit seines Todes war die Seuche unheilbar, es gab keine Hoffnung für den Kranken. Und dann war eines Tages die Befreiung gekommen: Die Ärzte fanden Medikamente, die Krankheit war nicht mehr unbedingt tödlich. Aber für Christophe war es zu spät.

29

Ich lese die Presse, ich bekomme jeden Morgen Zeitungen in vier Sprachen: Italienisch, Englisch, Deutsch und Französisch. Die Welt belustigt mich mit der Wahl ihrer Schlagzeilen. Will sagen, sie bringt mich zur Verzweiflung. Plötzlich, Mitte der zweitausender Jahre, entdeckt die gute Pariser Gesellschaft, dass fast alle ukrainischen Juden durch Kugeln getötet worden sind. Man gibt dem Massaker einen Namen, »die Shoah durch Kugeln«, das klingt, als hätte eine Werbeagentur es erfunden. Und man wirft sich in die Brust, weil ein Priester eine Exkursion zu den Orten der Schlächterei unternommen hat. Sie tun, als ob sie es gerade erst entdeckten, dabei haben die Amerikaner in ihren Atlanten die Ermordung der jüdischen Bevölkerung schon Stadt für Stadt, Land für Land beschrieben. Sie nannten die Namen nicht, wäre das überhaupt möglich? Glauben Sie, dass wir das Schicksal jedes Gemarterten rekonstruieren können? Sie wollen mich wirklich zum Wahnsinn treiben! Also gut, ich gebe Ihnen einen Hinweis: Was ist aus den *Erinnerungsbüchern* geworden, die die Überlebenden in den dreißig Jahren nach der Vernichtung auf Jiddisch verfasst haben? Ach ja, natürlich, dann hätte man zugeben müssen, dass Jiddisch eine Sprache ist. Aber unsere kleinen Juden damals führten ja ein abenteuerliches Leben. Sie kämpften gegen den Vietnamkrieg und für die Abschaffung der grauen Kittel in den französischen Schulen, und wenn ihre Mutter ihnen auf Jiddisch sagte, sie sollten sich nicht erkälten, stellten sie sich taub und ließen ihren Schal liegen. Wenn ihr Vater ihnen in derselben Sprache sagen wollte: »Deine Großmutter ist mit vierhundert anderen in den Wald getrieben worden, man hat ihr befohlen, sich auszuziehen, sie hat gehorcht, man hat ihr gesagt, sie solle sich vor eine Grube stellen, in der schon Hunderte Verwandte, Nachbarn und Freunde lagen, und sie hat gehorcht, und als der SS-Mann ihr die Pistole ins Genick setzte, hat sie nichts gesagt, und als er geschossen hat, ist sie in das Loch gefallen«, da wollten sie nichts hören, denn sie hatten nur Zeit für die Revolution. Sie haben nicht gehört, als der Vater sagte *Dain bobe is geschochtn vi a behejme.* Sie wollten nicht wissen, warum die Großmutter sich ohne Widerrede auszog. Ihnen war nicht klar, dass sie völlig geschwächt, seit Monaten unterernährt und von ihren Kindheitsfreundinnen verlassen war, während vor ihr ein SS-Mann einem Jungen die Augen ausriss und zu den anderen sagte: »Ihr werdet alle sterben, aber wenn ihr euch nicht auszieht, werdet ihr sterben, nachdem man euch die Augen ausgerissen hat«; sie hat gehorcht wie alle, denn es gab schon lange keine Hoffnung mehr, also was lag noch daran? Und als das *Erinnerungsbuch* erschienen ist, mit einigen Fotos, die der Vater beigesteuert hatte, vom Großvater vor seinem Haus, von der Großmutter an ihrem Marktstand, und einem dreiseitigen Bericht des Vaters *Wie ich der Liquidierung der Juden von Drohobycz entkam,* in dem er beschreibt, wie er sich bis zur Nacht in einem Kaninchenbau versteckte und die Hunde ihn nicht witterten, weil der Wind gegen ihn stand, wie er nachts herauskam, ein Glück, dass nicht Vollmond war, und sechzehn Nächte lang gelaufen ist, von Loch zu Loch, bis er auf sowjetisches Territorium gelangte, da hat sein Sohn nichts wissen wollen, er sagte, er verstehe kein Jiddisch, er wollte nicht einmal die Fotos anschauen, sein Vater hätte sie ihm erklären können: »Hier ist Rabbiner Chaim Schapiro, ein großer chassidischer Lehrer, da der Besitzer der Textilfabrik und die Sportler vom Klub *Maccabi,* hier der Schriftsteller Bruno Schulz, wir waren zusammen im Gymnasium ...«; aber der Sohn konnte kein Jiddisch und wollte es nicht lernen, er hatte Besseres zu tun, die Revolution würde das alles hinwegfegen, in der Welt, die sie erbauen wollten, würde es keinen Holocaust, keine SS, keine Nazis mehr geben.

»Aber das haben wir schon zu meiner Zeit gesagt, mein Sohn, und es hat Auschwitz und den Gulag gegeben.«

»Sei still, Papa, du verstehst das nicht.«

Und vierzig Jahre später ist der Vater gestorben, dann folgte die Mutter, der Sohn ist von seinen Revolten, von Mao und drei Jahren Kommune an der Ardèche zurückgekehrt und fragt sich plötzlich:

»Wie ist meine Großmutter ermordet worden, wie hieß sie? Mein Vater hat mir nichts erzählt, er wollte nicht reden.«

»Er wollte, aber du hast nicht hingehört.

Er hat dir den Namen deiner Großmutter gesagt, aber du hast nicht zugehört.

Du trägst den Namen des Großvaters, aber du wolltest nichts wissen.«

Also geht man in die Ausstellung über »die Shoah durch Kugeln«. Jahrzehntelang stand im Regal des elterlichen Wohnzimmers zwischen einer geschmacklosen Vase aus Vallauris und einem genauso hässlichen Leuchter aus dem Souvenirladen von Yad Vashem, der Gedenkstätte des Genozids in Jerusalem, dieses Buch, das *Jisker-Buch,* das *Erinnerungsbuch* für Drohobycz, Boryslav und Umgebung, erschienen 1959 in Tel Aviv. Für die Väter war es die Bibel, das Buch der Ursprünge und der Grabstein der Familie. Es berichtet von der Ankunft der ersten Juden, deren Ansiedlung in der Stadt seit 1404 bezeugt ist, und von der Ermordung des letzten; man hatte es ständig vor Augen, man lebte mit dem Tod der Nächsten, aber die Söhne bemerkten es nicht einmal auf seinem Regalbrett oder taten, als sähen sie es nicht. Dieser Tod in Reichweite war zu schwierig, sie beachteten ihn lieber nicht, und als die Mutter drei Jahre nach dem Vater starb, behielten sie ein paar Möbel und den Leuchter, die wirklich zu scheußliche Keramik aus Vallauris schenkten sie der Concierge, und das *Erinnerungsbuch* wanderte mit ein paar anderen jiddischen Werken – oder waren es hebräische, wie sollte man den Unterschied erkennen, die Schrift ist gleich – in den Müll, sie warfen es weg, was konnte man sonst damit anfangen? Aber ich war da. Ich durchwühlte die Mülltonnen. Jahrzehntelang habe ich Bücher aufgelesen, die Lumpensammler mehrerer Großstädte bezahlt, um schließlich die größte jiddische Bibliothek zusammenzutragen. Ich bin die Fürstin Sulamita, die Königin der Müllmänner, in ihrem Palast. Dank diesem Buch hättest du wissen können, wie die Großmutter gestorben ist, es hätte dir geholfen, dich an ihren Vornamen zu erinnern, denn auf Seite 296 findet sich eine Liste der 567 Juden, die bei der *Aktion* vom 12. April 1944 durch Genickschuss liquidiert wurden, und in der Mitte der Seite steht der Name deiner Großmutter. An einer anderen Stelle im Buch wird an den Tod ihrer drei Brüder und vier ihrer Kinder erinnert, von deren Existenz du nichts wusstest, weil dein Vater dir nicht gesagt hat, dass er vier Geschwister bei diesem Massaker verloren hat, auch die kleine Zelda, die er besonders zärtlich liebte. Deshalb heißt du Catherine Zelda, wegen seiner kleinen Schwester, aber das hat er dir nicht gesagt.

So ist die Welt, in der ich lebe: Was die Menschheit angeblich erst entdeckt, als sie die Massengräber öffnet, haben die Meinen schon vor sechzig Jahren beschrieben. Man sagt, die Zeugen hätten geschwiegen, aber das ist eine Lüge. Allenfalls kann man sagen, sie wollten nicht in der Sprache der anderen Zeugnis ablegen: auf Französisch, Deutsch, Polnisch. Sie hatten diese Sprachen geliebt, doch die hatten sie verraten. Sie schrieben auf Jiddisch und Hebräisch. Meine Regale sind voll von ihren Büchern, ihren Zeitschriften, ihren Gedichten und Erzählungen. Über sechshundert Erinnerungsbücher sind erschienen. Wollen Sie die vollständige Liste? Sie müssen sich mit Geduld wappnen, denn sie ist lang: Akerman, Aleksandrai, Alkesandrów, Aleksandrów Łódźki, Andrychów, Annopol, Antopol, Antopol (zwei Bücher, eines von 1967, das andere von 1972, denn im ersten war nicht alles gesagt, weitere Zeugnisse trafen ein, man konnte sie nicht verschweigen, oder die Länder, in denen die Überlebenden lebten, hatten sich verfeindet, zwei Lager haben sich gebildet und jedes hat sein eigenes Buch veröffentlicht), Apt, Augustów, Bobruisk, Bacau, Baia Mare. Soll ich fortfahren? Später vielleicht, denn Sie warten nicht auf meine Briefe, um alle Namen der ausgelöschten Gemeinden zu hören. Sie wollen die Fortsetzung der Irrungen und Wirrungen von Melech und Uri-Zwi in den Trümmern Europas erfahren, vielleicht sind Sie auch ungeduldig, weil Perez noch nicht aufgetaucht ist. Seien Sie unbesorgt, er wird zu seiner Zeit kommen.

Melech ist froh zu wissen, dass Uri-Zwi am Leben ist. Sie sehen sich wieder. Das spielt sich in Krakau ab, bei einem literarischen Abend in einem Saal am Marktplatz von Kazimierz, dem jüdischen Viertel der Stadt. Die beiden Freunde fallen sich in die Arme, als hätten sie sich nie verlassen, und doch sind sie nicht mehr dieselben sorglosen Jünglinge: Sie haben den Krieg, die Front, das Blut und den betäubenden Geschützdonner erlebt. Sie haben erfahren, was Sterben ist.

»Bleibst du in Lemberg?«

»Man sagt jetzt Lwów … Unmöglich. Wie soll ich in dieser Stadt leben, in der ich das Blut meiner Brüder habe fließen sehen?«

»Aber wohin dann? Nach Amerika?«

»Nach Warschau.«

Die beiden Freunde drücken sich die Hand und schwören, sich in Warschau wiederzutreffen.

Melech langweilt sich in Wien. Er würde gern weggehen,

aber etwas hält ihn zurück: Mojsche, der große Bruder, taucht wieder auf. Nach fünf Jahren, in denen er alle möglichen Kibbuzim in Palästina bewacht und dann drei Jahre in der britischen Armee gedient hatte, kehrt er nach Europa zurück und beschließt, Maler zu werden. Er wird gleich in die berühmte Akademie der bildenden Künste Wien aufgenommen. Ist es seine zerbrochene Jugendliebe oder eine tiefe Unfähigkeit, sich an diese Welt zu gewöhnen? Er sagt, ihm fehle die Kraft zum Weitermachen. Dabei spricht alles für seinen Erfolg, seine Lehrer rühmen seine Begabung. Aber es nutzt nichts, er hat keinen Boden unter den Füßen. Eines Abends sagt er seinem Bruder etwas Schreckliches: Er wolle seinem Leben ein Ende setzen. Melech hofft, wenn er nur überzeugend genug redet, könne er den vergötterten Bruder im Leben zurückhalten, es ist verlorene Mühe. Mojsche schießt sich im Frühjahr 1921 eine Kugel in den Kopf. Einen Besuch in Redim hatte er ständig verschoben. Seine Eltern jenseits der Grenze haben ihren Sohn nach seiner Rückkehr nach Europa nicht wiedergesehen. Melech schreibt Efraim und Hinde nichts von Mojsches Selbstmord, er kann nicht. Er fühlt sich schuldig, dass es ihm nicht gelungen ist, seinen Bruder aufzuhalten. Er kümmert sich allein um die Beerdigung. Die religiösen Behörden drücken wegen der Todesursache die Augen zu, und Melech begräbt seinen Bruder auf dem jüdischen Friedhof der Stadt. Aber das Rabbinat verbietet das Aufstellen eines Grabsteins. Das Grab bleibt ein kleiner Erdhügel. Melech sagt sich, eines Tages werde sich das ändern lassen. Die Zeit vergeht. Die Geschichte sorgt dafür, dass Mojsche in Vergessenheit gerät. Erst in den fünfziger Jahren lässt Melech einen Stein setzen. Er existiert noch, Sie können es nachprüfen: Wappnen Sie sich mit Geduld, denn der Wiener Zentralfriedhof ist eine der größten Nekropolen Europas. Gehen Sie an den Pharaonen-Mausoleen der Bankiers aus dem 19. Jahrhundert vorbei, an den Gräbern der in Prag, Lemberg und Ljubljana geborenen Kleinbürger, die ihr Glück in der Hauptstadt suchten, gehen Sie bis ans östliche Ende des Friedhofs, und in der zweiten Reihe, in Gruppe 11, auf dem Grab Nummer 20 werden Sie die Inschrift entdecken, zumindest wenn Sie Hebräisch lesen können:

Hier ruht
Mosche Harari-Bergner
Pionier, Maler
Sohn von Efraim
1866–1939
Sohn von Hinde
1870 – verbrannt in Bełżec 1942
Geboren in Redim 1892
1910 aufgebrochen ins Land Israel
Seit 1920 in Wien
Verließ diese Welt auf eigenen Wunsch
im Frühjahr 1921

Ich habe die Reise nach Wien gemacht, um die Inschrift zu sehen. Es wäre mir schwer gefallen, diese Spur einer Existenz unbeachtet zu lassen. Als ich vor dem Grab stand, habe ich mir den Bericht von Melech in Erinnerung gerufen. Er hatte mir 1970 von dem Drama erzählt. Ich war von Le Havre mit dem Schiff nach New York gefahren und mit dem Bus weiter nach Montreal. Wenn nötig wäre ich auch hingeritten. Stellen Sie sich vor: Melech wiedersehen! Er erwartete mich am Busbahnhof. Ich sah ihn schon aus dem Fenster, er suchte mit den Augen nach mir. Als ich ausstieg, merkte ich, dass er mich nicht wiedererkannte. Ich ging zu ihm und sagte »Melechl«, so hatte mein Vater ihn genannt. Als kleines Mädchen sagte ich Reb zu ihm, aber auf diesem Gehweg am Ende der Welt ist mir spontan der Kosename eingefallen. Er schaute mich an, ich sah die Überraschung in seinen Augen, sie füllten sich mit Tränen und meine auch, ich sah ihn fast nicht mehr, wir fielen uns um den Hals. Er sagte »Miwke, Miwke!«. So hatte mich seit Jahren niemand mehr genannt. Wir hielten uns lange in den Armen. Er war der erste Mann, der mich so umarmte, seit mein Vater mich im Juni 1941 im Bahnhof von Lwów an sich gedrückt und gesagt hatte: »Keine Angst, wir sehen uns bald wieder, nächstes Jahr in Warschau.« Ich umarmte Melech, und es war, als drückte ich ein Stückchen von meinem Vater ans Herz.

Später sagte er: »Du warst ein reizendes kleines Mädchen und bist eine hinreißende Frau geworden.« Mit Frauen kannte er sich aus. Haben Sie Bilder von mir gesehen? Es stimmt, ich war schön. Deshalb will ich nicht, dass Sie mich besuchen. Ich bin nicht mehr vorzeigbar. Ich gleiche einem verschrumpelten alten Apfel. Wenn Melech mich heute sähe, würde er mich nicht wiedererkennen. Er würde sagen: »Du warst eine hinreißende Frau und bist ein Scheusal geworden.« Er würde schweigen, denn er war gütig, aber der Schleier in seinen Augen verriete, was er denkt.

Er nahm mich mit in sein Haus voller Bücher in fünf oder sechs Sprachen. Es war wie eine nach jenseits des Atlantik verpflanzte Parzelle *Mitteleuropa*. Wie eine jener diplomatischen Auslandsvertretungen: Sie laufen durch Rom auf der Suche nach der Botschaft Großbritanniens, und sobald Sie die Schwelle übertreten, befinden Sie sich nicht mehr im Süden Europas, sondern in einem Schloss irgendwo in Sussex. Genau diesen Eindruck hatte ich bei Melech, nur dass dies die Vertretung eines Landes war, das nicht mehr existierte und dessen letzte Lichter bei seinem Tod endgültig erlöschen würden. Er war ein echter mitteleuropäischer Intellektueller, er las zahllose Sprachen und war neugierig auf alles. Und an diesem Tag erzählte er mir inmitten der Reliquien aus Atlantis vom größten Schmerz seines Lebens. Fünfzig Jahre nach dem Selbstmord seines vergötterten großen Bruders und nur ein paar Jahre vor seinem eigenen Tod hatte Melech dessen Geheimnis immer noch nicht enträtselt. Er wusste nicht, warum Mojsche sich so unbedingt wünschte, diese Welt zu verlassen und sich der Bewunderung seines Bruders zu entreißen, warum er das Projekt seines Lebens aufgegeben hatte, in Palästina, auf der Erde der Vorväter zu leben. Auf dem Friedhof in Wien habe ich mich an Melechs verlorenen Blick erinnert, als er mir von diesem Selbstmord erzählte, an die Bestürzung des Achtzigjährigen, der sich immer noch sagte: »Ich habe nicht getan, was man hätte tun müssen, ich habe meinen großen Bruder nicht genug geliebt, um ihm Lust zu machen, bei uns zu bleiben.«

Sie wissen doch, man nimmt an, dass diese jungen Pioniere alle von einem Ideal beseelt waren. Ist das so sicher? Vielleicht war das bei denen so, die damals in Palästina geblieben sind und auf dem Friedhof eines Kibbuz irgendwo in der Jesreel-Ebene ruhen. Aber was ist mit denen, die nicht durchgehalten haben und nach Europa zurückgekehrt sind? Warum waren sie aufgebrochen? Hatten sie sich nicht in der Illusion eingeschifft, wenn sie ihren Lebensschmerz verpflanzten, würde er verstummen? Aber es gibt nichts Hartnäckigeres als diesen stechenden Schmerz: Er schnürt einem Brust und Kehle zu, er klebt an einem, wo immer man auch ist.

Nach Mojsches Selbstmord beschloss Melech, Wien zu verlassen. Er konnte die Stadt nicht mehr ertragen, auch seine Wohnung in der Hahngasse 28 nicht, in der Mojsche die letzten Monate seines Lebens verbracht hatte. Die *Gemütlichkeit* der Stadt, wie Sie sagen, hatte sich in einen Albtraum verwandelt. Aber Melech ging auch, um einen Traum zu verwirklichen, denn er hatte gerade einen Sohn bekommen, Jossl: Seine Kinder sollten in der Sprache seiner Gedichte unterrichtet werden und in der Schule die Texte von Peretz und Scholem Alejchem studieren können, wie die kleinen Österreicher Heine, Goethe und Schiller lasen. Und in Polen war dank dem Ersten Weltkrieg ein Netz von jiddischen Schulen entstanden, dessen Zentrum Warschau war.

30

Mein Rendezvous mit Melech war ein ständiges Sich-Verfehlen: Sulamita gab mir alle Einzelheiten, die ich bei meinem Aufenthalt in Wien gebraucht hätte, aber ich war schon nach Paris zurückgekehrt. In der Hahngasse war ich gewesen, daran erinnerte ich mich. Das war an dem Tag, als ich mich auf dem Weg zu Freuds Haus in der Berggasse verlief. Die beiden Straßen liegen nur ein paar hundert Meter voneinander entfernt. Die beiden Männer waren also fast Nachbarn. Aber wie sah die Nr. 28 aus? War das Haus stattlich wie das, in dem der Doktor wohnte und seine Patienten empfing? Müsste ich noch einmal nach Wien, um die Hahngasse 28 und das Grab von Mojsche zu sehen? Wozu? Ich hatte das von Barbara nicht wieder besucht, auch das von Monsieur Léons Mutter nicht, und ich hatte noch nicht nach dem von Anna gesucht, was sollte ich dann an dem eines Unbekannten, nur weil er der Bruder eines Dichters war, dessen Werke ich mit Mühe im Original las? Ein anderes war dringender: das Grab von Christophe. Melech hatte sich schuldig gefühlt, dass er seinen Bruder nicht im Leben hatte halten können. Ich hätte nichts tun können für Christophe, aber ich fühlte mich trotzdem schuldig. Jahrelang hatte ich mich von seinen Liebesgeschichten genährt. Wo liegt da die Schuld? Damals empfand ich keine, aber im Nachhinein hatte ich das Gefühl, ihn an die Front geschickt zu haben, während ich im sicheren Hinterland blieb.

31

Ich drehe mich in meinem aus dem Literatenverein geretteten roten Sessel um und schaue auf das Regal, in dem die fünfhundert *Erinnerungsbücher* stehen, alphabetisch geordnet, von oben nach unten, das ist logisch. Man könnte darüber streiten, ob man sie besser von links nach rechts sortiert, wie im Französischen, oder von rechts nach links, wie im Jiddischen, wofür ich mich entschieden habe. Ich hätte auch eine Europakarte an die Wand zeichnen und diese Gedenkbücher auf kleine, an der Wand befestigte Bretter genau dorthin legen können, wo sich das Dorf, der Marktflecken, die Stadt befand, denen sie gewidmet sind. Das wäre eine virtuelle Karte von dem, was einst das jüdische Europa war, eine Topographie, die Orte umfasst, von denen niemand je gehört hat, Barylow, Daugieliszki, Lutsk, Szreńsk, Wojsławice, die der Welt nichts gebracht haben, nur dass jeder eine Masche eines Geflechts von Dörfern, Marktflecken und Städten war, in denen Juden lebten, alle zusammen bildeten sie das, was man heutzutage gern *Jiddischland* nennt. Das Wort gefällt mir nicht, denn diese Orte haben nie ein Land gebildet. Stellen Sie sich ein über Europa geworfenes Fischernetz vor, mir fällt ein wissenschaftlicher Ausdruck ein, Retikulärformation, das ist der Teil des Gehirns, der über Schlafen und Wachen, Motorik und Emotionen bestimmt; aber ich gebe zu, dass der für unsere nach schlichten Konzepten verlangende Zeit geprägte Begriff *Jiddischland* gute Dienste tut. Er betont den Strom, der diese Dörfer und Städte verband und der noch in mir fließt: das Jiddische. Er ignoriert allerdings das Denken, das den Geist meiner Vorväter mit Blut versorgte und, davon bin ich überzeugt, noch immer ihre Seelen umhüllt. Es hat seit mindestens fünfzehn Jahrhunderten das Alltagsleben jedes Juden reguliert: in Gestalt der sechs Ordnungen der Mishna. Die zwölf Juden eines Örtchens, die auf der Lichtung am Dorfausgang erschossen wurden, die dreihundertelf in der Holzsynagoge aus dem 18. Jahrhundert Verbrannten, die Tausenden aus Sochaczew ins Warschauer Ghetto Deportierten und in Treblinka Vergasten, die siebzigtausend Juden, die mit einer Kugel in den Kopf auf der Lichtung von Ponar, ein paar Kilometer von Wilna entfernt, ermordet wurden, bildeten eine Bevölkerung von fast acht Millionen Menschen, ein notdürftig errichtetes

Gebäude ohne Staat, auf den es sich hätte stützen können. In diesem Haus von der Größe eines Kontinents haben sich eine Literatur, ein Theater, Zeitungen, die vielfältigsten Beziehungen entwickelt, die dafür sorgten, dass ein Bewohner von Riga in einer jiddischen Tageszeitung lesen konnte, dass Perez Markisch am 4. April 1922 im jiddischen Literatenverein in Warschau, fast tausend Kilometer entfernt, aus seinen Werken gelesen hatte. Ein Student des Rabbinerseminars in Paris oder London konnte zwei oder drei Jahre in der Jeschiva von Mir verbringen. Was sagt dieser Name der Welt, Mir? Oder Volozhin und Poneviezh? Nester im Nirgendwo, ein paar Holzhäuser, um einen Kirchturm in einer fruchtbaren Landschaft gedrängt. In Mir haben Generationen junger Männer in einem Steingebäude im Ortszentrum den Talmud studiert. *Di Mirer Jeschive* war wie eure Sorbonne. Dorthin kam man aus ganz Europa und sogar aus Amerika und Südafrika, um bei Reb Schmuel Tiktinsky und seinen Nachfolgern zu studieren. Wie sah diese Metropole des Judentums aus? Ein von fünfhundert jüdischen Familien bewohntes Nest, die Gojim wohnten in den umliegenden Orten und kamen zum Markt oder zur Messe ins Dorf. Das einzige bemerkenswerte Gebäude ist das mittelalterliche Schloss. Mir ist ein Punkt auf einer Karte, nicht größer als der Abdruck einer Kugelschreibermine, es gehörte zu Russland, dann zu Polen, heute liegt es in Weißrussland. Vor dem Krieg war der Ort auf keiner Karte verzeichnet. Dabei war er unsere Sorbonne. Und Wilna, das man als Jerusalem Litauens bezeichnet, war eine Kleinstadt, nicht größer als Valence in Frankreich oder Aquila in Italien, also fast nichts, aber in ihr lebten die hervorragendsten Intellektuellen und Torahspezialisten, die die jüdische Bevölkerung Osteuropas hervorgebracht hat. Es gab dort so etwas wie ein historisches Monument, den *Schulhojf,* eine Synagoge, die zwar sehr alt war, aber nichts mit den großen architektonisch bedeutenden Bauwerken des antiken Rom oder des christlichen Europa zu tun hatte. Der jüdische Geist äußert sich nicht in großartigen Formen. Für ihn bemisst sich Heiligkeit nicht nach der Höhe eines Altars, sie wohnt dort, wo sich zehn Männer zum Gebet versammeln. Deshalb war das Dorf Mir ein heiliger Ort, eine *heilige Gemeinde,* denn die Jeschiva nahm dort regelmäßig bis zu fünfhundert Studenten auf. Stellen Sie sich das vor! Fünfhundert junge Männer in einem verlassenen Nest, aus der ganze Welt herbeigeeilt, um zu studieren und dieser Erde ein wenig Heiligkeit zu bringen. Ich habe Mir nicht gekannt, ich bin nie dort gewesen, aber ich habe so viel davon gehört. Das Gebäude existiert noch, es ist nicht weiter bedeutend. Die Heiligkeit ist verschwunden, als die jungen Männer im September 1939 vor der Roten Armee geflohen sind. Die Jeschiva wurde in Wilna weitergeführt, solange Litauen unabhängig war. Als die Stadt im Juni 1940 von der Sowjetunion besetzt wurde, verteilten sich die Schüler auf vier litauische Städte, um den kommunistischen Machthabern nicht allzu sehr aufzufallen. Als die Nazis im Juni 1941 Litauen besetzten, sammelten sich die Studenten um ihren Lehrer und brachen in Richtung Sibirien auf, in der Hoffnung, nach Amerika zu gelangen. Der Weg war abenteuerlich, und die heilige Gemeinde machte in Kobe Zwischenhalt, weil der japanische Konsul in Litauen ihnen Visa ausgestellt hatte. Dann wurden sie nach Shanghai geschickt, das damals unter japanischer Besatzung stand. Wussten Sie, dass in Shanghai Juden gelebt haben? Das ist kein Scherz. Ich habe den konkreten Beweis: Dort wurden während des Krieges Bücher auf Jiddisch gedruckt, ich bewahre sie in den Regalen meiner Bibliothek auf. Nach der Befreiung haben die Studenten China verlassen, manche sind nach Palästina, andere in die USA gegangen, und wenn man heute von der Mirrer Jeschiva spricht, meint man Brooklyn oder Jerusalem, beide Institutionen tragen diesen Namen »Mirrer Jeschiva«, aber keine ist in Mir. Das Dorf gibt es nur noch in den Köpfen, es liegt auf der virtuellen Europakarte, es verbirgt sich im Innern unserer Retikulärformation; Mir hätte Anrecht auf eins der oben erwähnten Bretter an der Wand. In den Köpfen ist Mir bedeutend, es ist eine Metropole des Geistes. Der Name verströmt Rosinen- und Mandelgeruch, die Düfte der Torah. Ist den weißrussischen Bewohnern von Mir bewusst, dass der Name ihres kleinen Dorfes in den Köpfen von Millionen Juden auf der Welt so stark nachhallt? Oder den Bewohnern von Lubawitsch, in der Nähe der russischen Stadt Smolensk, von Satmar in Rumänien und Gur in Polen: Wissen sie, dass ihr Dorf, ihre Stadt jahrzehntelang die berühmtesten chassidischen Schulen Europas beherbergte und dass die Gemeinden dieses Namens, nachdem sie Stufen hinabgestolpert, durch Vorräume gegangen, durch Falltüren gestürzt sind, was einige überlebten, in anderer Gestalt jenseits der Meere weiterleben? Die Lubawitscher Chassidim in ihrem Hauptquartier in Crown Heights in Brooklyn, die *Satmarer* in Williamsburg und Jankew-Arie Alter, der Rebbe, der über die Gurer Jeschiva in Jerusalem herrscht, haben nur noch eine sehr vage Vorstellung davon, wie der *judenreine* Ort aussieht, dessen Namen sie als Banner vor sich her tragen. Mir sagt Ihnen nichts? Polonnoje auch nicht, vermute ich, wo es heute ein winziges, der Erinnerung an Perez Markisch gewidmetes Museum gibt, zwei spärliche Räume, in denen einige Werke des großen Dichters ausgestellt sind.

Polonnoje war früher ein großes jüdisches Zentrum, aber das war vor den Massakern. 1648 hatte der Hetman Bogdan Chmelnizki die ukrainischen Kosaken aufgerufen, sich gegen den Adel zu erheben. Kosakenhorden massakrierten die jüdische Bevölkerung, auch viele polnische Katholiken. Polonnoje war nicht die einzige Ortschaft Wolhyniens, die unter der Grausamkeit der Kosaken litt. Sie tränkten die ganze Region mit Blut, und Hunderttausende starben. Diese besonders grausamen Schlächtereien gingen unter dem Namen *Gsejress tachteweta,* die Verfolgungen von 5408–5409 nach dem jüdischen Kalender, in die jüdische Geschichte ein. Als Perez mehr als zwei Jahrhunderte später geboren wurde, 5655 oder 1895, wenn Ihnen das lieber ist, sprachen die Großmütter noch über das Grauen, von dem ihre Großmütter ihnen berichtet hatten; die wiederum von ihren Ahnen die Beschreibung der Qualen ihrer eigenen Großmütter gehört hatten: Die Kosaken schlugen den Männern von ihren Pferden herab mit dem Säbel den Kopf ab. Dann stiegen sie ab, um ihnen auch Füße und Arme abzuschneiden. Sie hatten die Gewohnheit, ihre Opfer lebendig zu häuten und sie den Hunden vorzuwerfen, die sich nicht lange bitten ließen und sich auf das blutige Fleisch stürzten. Waren die Männer liquidiert, machten die Reiter Jagd auf die Frauen und jungen Mädchen, vergewaltigten sie skrupellos und durchbohrten sie dann mit ihrem Schwert. Selbst an den leblosen Körpern vergingen sie sich noch. Ein besonders schreckliches Schicksal war schwangeren Frauen vorbehalten, sie schlitzten ihnen den Bauch auf, holten den Fötus heraus und ersetzten ihn durch eine lebende Katze. Dann nähten sie den Bauch mit groben Stichen zu, und die Frauen, von innen durch die rasenden Katzen zerfetzt, starben unter entsetzlichen Qualen. Eltern wurden im Beisein ihrer Kinder gefoltert, Kinder vor den Augen ihrer Eltern. Man erhängte Mütter mit ihrem Kind an der Brust, andere Säuglinge spießte man auf, briet sie und zwang die Mütter, in das gebratene Fleisch zu beißen. Dann wurden die Leichen auf die Wege geworfen, und die Wagen rollten über sie hinweg, bis die Leiber eins mit dem Schlamm wurden: Das war das Begräbnis, das den Opfern der Kosaken vorbehalten war.

Eine Zeitlang hatte man gedacht, Polonnoje würde den Massakern entgehen. Die Juden des Distrikts, Einwohner von Biała-Cerkiew, Pawolocz, Cudnów, Lubartów und unzähligen kleinen Gemeinden in der Umgebung strömten in die größeren Ortschaften. In der Hoffnung, ihren Schlächtern zu entgehen, waren sie nach Ostrog, Konstantinów und Polonnoje geflohen, weil diese Städte befestigt waren. Aber nachdem die Kosaken die von ihren Einwohnern verlassenen Dörfchen geplündert und die aus wer weiß welchem Grund zurückgebliebenen Juden und Katholiken ermordet hatten, griffen sie diese Zitadellen mit doppelter Grausamkeit an. Polonnoje wurde zum Schauplatz unvorstellbarer Szenen. Auch Perez' Großmutter hatte es sich nicht versagt, ihrem Enkel diese Geschichten wiederzuerzählen, während sie im Waschhaus die Wäsche wusch und das Kind zu ihren Füßen mit ein paar Steinchen und Zweiglein spielte. Perez war entsetzt von diesem Grauen, das seine Nächte mit Albträumen erfüllte. Lebendig von Kosakenpferden zertrampelt oder aufgespießt, die Schenkel über einem Höllenfeuer, wachte er schweißgebadet auf. Er sah sich als Fötus, mit einem Säbelhieb aus dem mütterlichen Leib gerissen. Wenn er sich bei einem Festmahl an den Tisch setzte und seine Großmutter den gefüllten Karpfen hereintrug, starrte er unwillkürlich in das Auge des Fisches. Wenn sie es aus der Augenhöhle klaubte, weil sie diese Delikatesse liebte, stellte er sich vor, dass die kleine klebrige Kugel in der Kelle er selbst als Fötus sei.

Die Juden von Polonnoje lebten seit zwei Jahrhunderten als Überlebende. Von den zwölftausend Einwohnern vor dem Durchzug von Chmelnizkis Horden waren nur siebenhundert entkommen, und beinahe zweihundert Jahre lang war die jüdische Bevölkerung der Stadt nie über tausend Personen gestiegen. Erst nach dem Bau der Eisenbahnlinie in der zweiten Hälfte des 19. Jahrhunderts ließen sich die Juden wieder in großer Zahl dort nieder. Die Stadt erlebte einen gewissen Wohlstand. Jüdische Händler und Handwerker verdienten dort rechtschaffen ihren Lebensunterhalt, aber Polonnoje hatte auch seine Armen, darunter Dovid, den Vater von Perez. Er war der *Melamed,* der den kleinen Jungen ab dem Alter von drei Jahren die Grundlagen des Wissens beibrachte: das Lesen und Auswendiglernen der Torah, in langen Tagen endloser Wiederholung des biblischen Textes, begleitet von seiner Übersetzung ins Jiddische, das ihm wie angegossen passte. Die Kinder sprachen ihrem Lehrer stockend nach, übernahmen die dem jüdischen Gebet jener Gegend eigene Melodie, begannen bei der Erschaffung der Welt und endeten einige Jahre später mit Moses' Tod auf dem Berg Nebo:

Berejschess – *Im Anfang*
boro – *schuf*
Elojem – *Gott*
ess haschomajim – *den Himmel*
we'ess-ho'orez – *und die Erde.*
we'ess-ho'orez – *Und die Erde*
Hojto – *war*
toje-wowoje – *Chaos.*

Stellen Sie sich nicht Ihre eigenen Grundschulen vor, mit aufgereihten Bänken und Tintenfässern, in die die Kinder Gänsefedern tauchten, die ihre Lehrer angespitzt hatten. Reb Dovid unterrichtete in dem einzigen Raum, in dem er mit seinem Weib Chaje und seinen sechs Kindern lebte. Morgens, nach dem Aufstehen, schob man die Strohsäcke beiseite, und die fünfzehn Jungen, die Reb Dovid unterrichtete, setzten sich direkt auf den Boden aus gestampfter Erde. Reb Dovid zog einen Vorhang vor, damit Chaje ungestört das Essen vorbereiten und vor allem der Tätigkeit nachgehen konnte, die die Familie ernährte: Sie kaufte auf dem Markt in Salzlake eingelegten Hering, bereitete ihn zu und verkaufte ihn wieder. Sie häutete ihn, entfernte die Gräten, schnitt ihn in kleine, höchstens daumendicke Stücke und würzte ihn mit ein paar Zwiebelringen. Damit war sie jeden Tag beschäftigt, natürlich außer Samstag, und auch nicht am Dienstag, dem Markttag in Polonnoje. Dann war sie auf dem Dorfplatz, wo sich Verkäufer und Käufer aus der ganzen Gegend drängten. Sie kaufte ganze Fische, die sie in einem Holzfässchen aufbewahrte, und verkaufte die zubereiteten Stücke. Abends kam sie mit dem wenigen Geld zurück, das ihre Familie am Leben hielt.

Reb Dovid bekam von den Eltern seiner Schüler keine klingende Münze. Andere *Melamdim* des Dorfes verdienten mit Unterrichten ihren Lebensunterhalt, denn sie unterwiesen die Söhne der reichen Händler. Reb Dovid unterrichtete die Söhne der armen Familien. Sie bezahlten den Lehrer mit Lebensmitteln aller Art, mit Eiern, Mehl, Zwiebeln, die Chaje für ihr Geschäft brauchte, oder zwei Hühnerkrallen für die Freitagabendsuppe.

Heutzutage hindert man die Kinder daran, lesen zu lernen, bevor sie sechs Jahre alt sind, weil man sie angeblich spielen lassen muss – als wäre das Lesen nicht das größte Vergnügen auf der Welt! Die Kinder von Polonnoje besuchten den *Cheder* von Reb Dovid ab dem dritten Lebensjahr, aber Perez wartete nicht auf eine Einladung, um anzufangen. Wenn sein Vater unterrichtete, war er bei der Mutter auf der Heringsseite des Raumes und hob einen Zipfel des Vorhangs hoch, um zu sehen, wie sein Vater die hebräischen Buchstaben erklärte. Die erste Lektion war ein unveränderliches Ritual. Der kleine Junge kam mit einem Gebetsbuch in den Händen zum Lehrer. Reb Dovid öffnete es auf einer bestimmten Seite und zeigte auf einen Buchstaben: *a-lef.* Der Junge musste ihm nachsprechen: *a-lef.* Der Lehrer, der, von dem Kleinen unbemerkt, den Arm über dem Buch erhoben hatte, ließ eine Münze auf den entschlüsselten Buchstaben fallen, als ob ein Engel den Lernenden ermutigen wolle. Als Perez endlich auf die andere Seite des Vorhangs durfte, tat er so, als erkenne er das *alef* nicht, um eine Münze zu erhalten. Reb Dovid durchschaute ihn, er wusste, wie intelligent sein Sohn war, der niemals einen Lehrer brauchen würde, aber er spielte das Spiel mit, und der Engel schickte ein Geldstück mit dem Bildnis des Zaren vom Himmel herab.

Wenn Reb Dovid fertig unterrichtet hatte, vertiefte er sich in das Studium der Torah, auf seine Weise und mit den bescheidenen geistigen Möglichkeiten, die er besaß. Aber die Torah war dem Volk Israel gegeben worden, damit es sie studiert und in die Praxis umsetzt, und darum bemühte sich Reb Dovid an jedem Tag seines Lebens.

Perez trug keine Schuhe. Es gab nur Geld für ein Paar Holzpantinen, die Meïr trug, der älteste Sohn. Perez ging barfuß durch die Straßen von Polonnoje und über die Felder der Umgebung. Seine Fußsohlen waren hart, und nicht einmal die spitzen Steine auf den Wegen störten ihn noch. Im

Winter nahm ihn Meïr Huckepack, wenn er hinausmusste, damit er nicht krank wurde. Und Perez wartete voller Ungeduld auf diese Jahreszeit, um den Körper seines Bruders dicht an seinem zu spüren und sich bei dem vier Jahre älteren, der zugleich sein Reittier und seine Rüstung war, in Sicherheit zu fühlen. So verging Perez' Kindheit zwischen dem *Cheder* des Vaters, den Wiesen Wolhyniens und der Liebe zu dem großen Bruder, der ihn jahrelang auf dem Rücken trug. Denn Meïr war ein richtiger großer Bruder und Beschützer, immer bereit, den Kleinen zu verteidigen, und dieses Gefühl, dass ihm immer jemand zu Hilfe kommen würde, wenn Gefahr drohte, sollte Perez lange begleiten, deshalb war er so dreist. Dank Meïrs über ihm ausgebreiteten Fittichen konnte er die heftige Todesangst fernhalten, die ihn ständig quälte, denn die Gemetzelgeschichten seiner Großmutter ließen ihn auch nicht in Ruhe, nachdem sie zur Kirschenzeit, man weiß nicht genau welchen Jahres, 1901 oder 1902, gestorben war. Er behielt die grausamen Bilder der gemarterten Leiber, die ihn verfolgten, ihm aber auch ein gewisses Vergnügen verschafften: Er spielte Sich-Angst-Einjagen, indem er sich seinen eigenen Tod vorstellte. Die Welt half ihm dabei, denn seit 1880 gab es in der Region neue Pogrome, sie waren neben dem weit verbreiteten Elend ein Grund dafür, dass ein Teil der jüdischen Bevölkerung ins Exil ging, um ihr Glück in der Neuen Welt oder wenigstens im Westen Europas zu suchen.

Perez ist acht Jahre alt, als in Kischinjow, keine zweihundert Werst entfernt, das blutige Pogrom stattfindet, in dessen Verlauf fast fünfzig Juden ermordet und mehr als fünfhundert verletzt werden. Er liest die Einzelheiten nicht in *Der Frajnd,* der jiddischen Zeitung, die seit kurzem in Sankt-Petersburg erscheint. Das Pogrom war unter der Hand von der Polizei des Zaren finanziert worden, und Berichte über das düstere Ereignis hätten zum sofortigen Verbot der Zeitung durch die Behörden geführt. Stattdessen schreibt *Der Frajnd* am 4. Februar 1903 auf der Titelseite über den siebzigsten Geburtstag von Baron Naftali-Hertz Ginsburg, einem jüdischen Aristokraten in der Hauptstadt des Zarenreichs. Der schwerreiche Bankier und Geschäftsmann, Baron Horace für die vornehmen Leute, erhält zu diesem Anlass aus den Händen eines Großfürsten den St.-Annen-Orden (1. Klasse). Auf der Innenseite kann Perez in dem Exemplar von *Der Frajnd,* das ein Nachbar seinem Vater weitergibt, sobald er es ausgelesen hat, in einer kleinen Notiz unter der Rubrik »Jüdische Neuigkeiten aus Russland« lesen, dass Borochow seinen Status geändert hat. Es gilt nicht mehr als Marktflecken im juristischen Sinne, sondern als Dorf, was, so die Zeitungsnotiz, von Nachteil für die dort lebenden Juden ist. Ein Gesetz erlaubt ihnen, in Marktflecken, nicht aber in Dörfern zu wohnen. Die Juden von Borochow werden den Ort verlassen müssen, in dem sie seit Generationen gelebt haben. Vielleicht schätzten sie sich glücklich, als die Nachricht sie erreichte, dass in Kischinjow ein blutiges Pogrom stattfand und dass es keine einzige jüdische Familie gab, die dabei nicht einen Sohn, eine Schwester, einen Freund verloren hat. Die Nachricht verbreitet sich wie ein Lauffeuer durch Polen, Podolien, Wolhynien, Litauen und das ganze Gebiet, das den Juden des Zarenreichs zugewiesen wurde. Die jüdischen Händler tragen sie von einem Ort zum anderen, die Musikanten von einer Hochzeit zur anderen, von einer Beschneidung zur nächsten, die Rabbiner und die Kutscher des Zarenreichs verbreiten die Nachrichten besser als *Der Frajnd* und verkünden, dass ein *umglik* geschehen ist, ein großes Unglück.

In Odessa beschließen die wohlhabenden jüdischen Bürger, einen Journalisten, Chaim Nachman Bialik, nach Kischinjow zu entsenden. Aber Bialik ist Dichter, und anstatt einen Artikel mitzubringen, kehrt er mit diesen Versen heim:

In Gassen überschwemmt mit Federn wirst du gehen –
Du badest dich in einem Teich, einem weißen Teich,
der verdorben ist vom blutigen Schweiß der Menschen;
du trittst auf ganze Berge zerpflückten Hab und Guts –
das sind ganze Leben, ganze Leben,
zerbrochen auf ewig, wie ein Scherben!
Du gehst, du läufst, verstrickst dich im Ruin,
Messing, Silber, Pelz, heilige Bücher, Seide und
Atlas,
zerrissen, zerpflückt in winzige Fetzen,
mit Füßen zertretene Sabbate, Feiertage, Mitgiften,
Betmäntel, Betriemen, Pergament, Torahstücke,
heilige Rollen, klar weiße Windeln deiner Seele,
sieh, sieh, sie wickeln sich von ganz allein um deinen
Fuß
und küssen dir die Tritte aus dem Mist heraus
und wischen von deinen Schuhen ab den Staub … –

Perez liest das Gedicht wieder und wieder, er lernt es auswendig, denn der Text beschreibt die Szenen, die er seit frühester Kindheit vor Augen hat.

Der Garten hat geblüht, die Sonne geleuchtet –
Und der Schächter hat geschächtet …
Das Schlachtermesser hat geglänzt, und aus der Wunde
Ist Blut mit Gold geflossen …

Entläufst du? Suchst ein Versteck in einem Hof? –
Umsonst!
Dort ist ein Haufen Mist:
Da hat man zwei geköpft: einen Juden mit seinem Hund …
Und heut hat sie daher ein Schwein geschleppt,
gescharrt, gewühlt in ihrem vermischten Blut.

Reb Dovid liest es auch, aber er lehnt es ab: Wer ist dieser Bialik, dieser Gotteslästerer?

Und du verrenkst den Kopf – nirgends ein Himmel!
Ein Dach, ein stummes Dach mit schwarzen Schindeln;
Da hängt eine Spinne – geh, frag die grüne Spinne!
Sie hat alles gesehen, sie ist ein Zeuge,
ein lebendiger Zeuge auf dem Boden.

Der Vater verbietet diesen Text in seinem Haus, aber es ist zu spät, der Wunderknabe kennt ihn bereits auswendig und rezitiert ihn sich im *Cheder* zwischen zwei Torahpassagen. Ja, junger Mann, dasselbe Gedicht wird dreizehn Jahre später, nach dem Pogrom von Lemberg, auch Uri-Zwi inspirieren; dieselbe Empörung über die jüdische Passivität angesichts der Grausamkeit. Zweifellos werden die beiden jungen Männer sich eben deshalb so nahe stehen wie Brüder. Sie teilen dieses Meisterwerk, das sie im tiefsten Inneren berührt hat.

Schon früh stellt Reb Dovid fest, dass sein Sohn eine wunderbare Stimme hat, und gibt ihn zur Ausbildung zu Mendel, dem Vorsänger. Perez wird in die Schar von Reb Mendels Schülern aufgenommen, die ihm auf allen Reisen folgt. Gemeinsam besuchen sie die jüdischen Ortschaften der Region, in denen sich der Lehrer für religiöse Zeremonien engagieren lässt. Sie reisen im Karren, der Lehrer sitzt neben dem Kutscher und die Kinder dahinter, in zwei Reihen einander gegenüber. Die Proben finden während der langen Fahrten über die Landstraßen statt. Wenn Reb Mendel vorbeizieht, erschallt über den ukrainischen Wiesen das *Lecho Dojdi* zum Anfang des Schabbat oder das *El mole rachmim* für das Gedenken an die Verstorbenen. Während die Kinder singen, albern sie hinten auf dem Karren herum, machen dem Lehrer oder dem Kutscher Eselsohren und schneiden den Bauern, die am Wegrand laufen, Grimassen. Das Spannende an dem Spiel ist, dass Reb Mendel nichts merken darf, und wenn er sich umdreht, um seine Schar zu überwachen, singen die Knaben alle mit Engelsgesichtern. Vom hebräischen Kalender geleitet, zieht die Truppe zu Schabbatfeiern und Festen. Von Polonnoje nach Baranovka, von Rachev nach Dunajevitz, von Karilew nach Gorodnitza durchstreift sie die lange Girlande von Ortschaften, die Wolhynien ziert. Der Lehrer übernachtet in der Herberge, die Kinder in einer Scheune. Sie schlafen im Heu, besser gesagt sie schlafen fast gar nicht. Es ist ein Leben in Freiheit, fern der Familie, der Peitsche des *Melamed,* die Perez während seiner Jahre im *Cheder,* also von der Hand seines eigenen Vaters, oft genug zu schmecken bekam. Der Junge ist nämlich aufsässig, niemand kann ihn zu etwas zwingen. Wenn die Zeremonie beginnt, bewundern die Gläubigen unter allen Sängern besonders Perez mit seiner kristallklaren, kräftigen Stimme. Er hat nicht nur Talent, sondern glänzt auch gerne vor Publikum. Wenn Reb Mendel ihm den Solopart des *Schir-hakowed* anvertraut, durchströmt ihn tiefe Freude. Dieses Ehrenlied, das ein Dichter im 11. Jahrhundert am Ufer des Rheins erdacht hat, hat der Junge am

Ufer des Dnjepr erlernt. Er besteigt die Empore, stimmt den Gesang an, und die Gläubigen antworten ihm, Vers für Vers wechseln sie sich ab, wie es seit fast einem Jahrtausend festgelegt ist. Perez fühlt sich als Fürst der Sänger, als derjenige, durch den das Gebet zum Himmel aufsteigt, an den er schon nicht mehr glaubt. In diesem Augenblick ist er vom Stolz jener portugiesischen Juden erfüllt, von denen abzustammen die Familie Markisch sich rühmt: einem Nebenzweig des Marranen Lourenço Marques, der 1544 im Auftrag der portugiesischen Krone an der Küste Mosambiks landete. Aber während dieser Neuchrist sich im Süden Afrikas niederließ und in eine Negerin verliebte, hatte der Nebenzweig weiter die jüdischen Gesetze befolgt; er war nach Norden gezogen, um weiter nach dem Gesetz Moses' und Israels zu leben, und wie ein Ableger sich tief in die Ukraine verirrt hat, weiß keiner.

Eines Tages führt Reb Mendel seinen kleinen Chor nach Nemirow. Als sie sich dem Ort nähern und Perez erfährt, wohin sie fahren, bekommt er Angst. Er flüchtet und läuft einen Tag und eine Nacht, bis er das Elternhaus erreicht: Von all den Geschichten, die seine Großmutter erzählt hat, ist die entsetzlichste in Nemirow geschehen. Während die Juden von Pogrobiszcza, Zyworow, Baziowka und Tetiew sich lieber den Tartaren ergeben hatten, um den Kosaken zu entkommen, und hofften, die Juden von Konstantinopel würden sie freikaufen, was sie auch taten, nahmen andere Gemeinden ihre kostbarste Habe und flohen in die Zitadelle von Nemirow. Am zwanzigsten Tag des Monats Ssiwan 1649 näherten sich die Kosaken unter polnischen Fahnen der Stadt Nemirow. Deren Bewohner sagten den Juden: »Die polnische Armee kommt euch zu Hilfe.« Da öffneten die Juden die Tore der Zitadelle, um ihre Befreier zu empfangen. Die unter den Farben Polens verborgenen Kosaken stürmten in Begleitung christlicher, mit Lanzen, Säbeln, Knüppeln und Äxten bewaffneter Stadtbürger durchs Tor. Das Gemetzel dauerte einen Tag und eine Nacht. Am Ende des Grauens lebten nur noch wenige hundert Juden, all ihr Besitz war geplündert: das Gold, das Silber, die mit feinem Metallfaden bestickten Synagogenvorhänge, die die Juden abgenommen hatten, ehe sie ihre Städtchen verließen, die Kelche, die Pergamente, auf denen die Chronik des Gemeindelebens seit Jahrhunderten verzeichnet stand, die heiligen Torahrollen. Die Überlebenden von Nemirow weigerten sich zu konvertieren und wurden gefoltert. Einigen gelang die Flucht nach Tulczyn, wo es eine besonders gut befestigte Zitadelle gab, deren Bewohner, aus Erfahrung klug, die Tore nicht für den Feind öffneten.

An einem einzigen Tag waren sechstausend Juden ermordet worden. Die Kosaken hatten die Leichen in den Bug geworfen. Perez' Großmutter erzählte, dass sich das Wasser des Flusses zehn Tage und zehn Nächte lang rot gefärbt hatte, bis der letzte Blutstropfen aus den Leichen gespült war, die sich aufgebläht hatten, bis sie platzten, und dass der Strom sie in Fetzen bis zum Schwarzen Meer getragen hatte, den Fischen zum Fraß. Seither versammelten sich die Männer der Gegend, die Nachkommen der Bewohner benachbarter Ortschaften flussabwärts am Bug, an denen die Leichen vorbeigetrieben waren, jedes Jahr in den Synagogen, um die Totenklage anzustimmen und der Gemarterten von Nemirow zu gedenken.

Aus Angst vor einem solchen Schicksal also ergreift Perez die Flucht. Reb Mendel ist wütend. Natürlich sagt er es Perez' Vater. Der bittet um Entschuldigung, weiß aber, dass die Großmutter mit ihren Geschichten daran schuld ist.

Insgeheim ist er ganz stolz, der Vater eines zwölfjährigen Jungen zu sein, der schon weiß, was das Wort *kiddusch-haschem* bedeutet: die Heiligung des Namens, das Märtyrertum.

Die Neuigkeit, dass der kleine Perez mit der goldenen Stimme nicht mehr im Chor von Reb Mendel singt, verbreitet sich rasch und kommt auch Avrom Schulsinger zu Ohren, dem Vorsänger der großen Synagoge von Berditschew. Er besucht den *Melamed* Dovid und schlägt ihm vor, den Jungen in seinen Dienst zu nehmen. Der Handel ist rasch geschlossen, zumal Reb Avrom neben der Versorgung des Kindes bis zu seinem Stimmbruch eine bescheidene, aber sichere Rente für den Vater zur Verfügung stellt. Berditschew ist ein Zentrum des Synagogalgesangs. Den Beruf bei Avrom Schulsinger zu erlernen bedeutet, ein Leben lang für die eigenen Bedürfnisse und die der Familie sorgen zu können; vielleicht sogar eine Anstellung in einer Synagoge in England, Amerika oder Argentinien zu finden.

So fährt Perez also in die große Stadt, nach Berditschew. Der Vertrag, den Reb Avrom Schulsinger dort hat, legt fest, dass er in keiner anderen Synagoge der Gegend auftreten darf. Bei den Gebetsorten ist es wie beim Geschäft: Die Konkurrenz ist groß. Glücklich die Gemeinde, die sich eines begabten Vorsängers rühmen kann. Damit füllt sie ihren Tempel am Samstag und an den großen Feiertagen, denn das Gebet trägt den Gläubigen noch weiter hinauf, wenn es sich auf den Klang einer außergewöhnlichen Stimme stützt. So kann man auch den Vertreter des Vorsängers schonen, der wesentlich schlechter bezahlt wird, dafür aber das Recht hat, anderswo aufzutreten, so dass er seine Bezüge in anderen Gemeinden aufbessern kann. Es kommt jedoch vor, dass Avrom Schulsinger von dieser Regel abweicht. Dann muss er den Zorn des Synagogenrates über sich ergehen lassen, aber das anderswo versprochene Sümmchen rechtfertigt diese Prüfung.

Eines Tages willigt er ein, an den beiden Neujahrsfeiertagen in einem großen, recht weit entfernten Ort zu singen. Der dortige Vorsänger hat sich mit dem Synagogenpräsidenten zerstritten und kurzerhand beschlossen, nach London zu gehen. Avrom Schulsinger hat die Entfernung zwischen Berditschew und jenem Ort falsch geschätzt, er ist so selten unterwegs, dass er vergessen hat, wie lange Reisen auf den steinigen Straßen dauern. Er kommt mit seinem Chor unmittelbar vor Beginn des Festes an. Die Kehlen der von der Reise erschöpften Sänger sind noch heiser vom Staub der Straßen, sie können nicht ihr ganzes Talent vorführen, und die Gastgeber sind verärgert. Am Abend wird Avrom Schulsinger nicht wie üblich an den Tisch des Präsidenten eingeladen, und man bringt den Chorsängern eine karge Mahlzeit, hartes Brot, Salzhering und ein paar Zwiebeln.

Als Perez das erbärmliche Mahl sieht, fragt er:

»Ist heute nicht der Neujahrsabend? Warum behandelt man uns so?«

»Wir singen das Lob des Allerhöchsten, aber die uns zuhören, sind oft die Niedrigsten.«

Am nächsten Tag hat Avrom Schulsinger, noch angeschlagen von dem Zwischenfall, nicht die Kraft, den Gottesdienst zu eröffnen, und tut etwas ganz und gar Ungehöriges: Er bittet Perez, ein Kind noch, ihn zu leiten, die anderen Sänger sollen ihn begleiten. Als der Vers »Gott, hilf dem, der fällt« kommt, den Perez allein singen soll, denkt er an den Zwischenfall vom Vortag und schaut seinen Meister an, der gebeugt unter ihm steht, das Gesicht dem Torahschrein zugewandt. Perez gibt seinem Gesang einen wehmütigen Klang, wie er es noch nie getan hat. Als er zu dem Vers »Für den, der voller Inbrunst deinen Namen ruft« kommt, dringt die Sonne zwischen den Wolken hindurch und erstrahlt auf seinem Gesicht. Die Gläubigen werden von der Kraft dieses Gesangs durchdrungen, dem sogar die Sonne gehorcht, und die ganze Synagoge beginnt zu weinen. Mit tränenüberströmten Gesichtern singen die Gläubigen gemeinsam den Vers »Hier bin ich, ein Bedürftiger, ich offenbare meine Taten vor dir«.

Aber Perez' Engelsstimme wird noch übertroffen von seiner Schönheit und seinem Ehrgeiz. Berditschew ist zu klein für ihn. Mit fünfzehn Jahren verkündet er seinem Vater, dass er beschlossen hat, den Dienst für Avrom Schulsinger aufzugeben.

»Bist du von Sinnen? Du verdirbst dir die Chance deines Lebens. Bleib noch ein paar Jahre, dann findest du eine feste Anstellung in einer der größten Synagogen.«

»Aber ich habe keine Lust darauf. Ich werde Dichter. Ich will meine eigenen Verse deklamieren, nicht die des Rabbi Schlojme Alkabetz.«

Perez verlässt die Provinzhauptstadt und geht nach Odessa. Er findet eine erbärmliche Dachkammer und überredet einen Professor für russische Literatur an der Universität, ihn seine Vorlesungen besuchen zu lassen. Natürlich will er ein russischer Dichter werden. Er besucht die Kurse und kehrt in seine erbärmliche Kammer zurück, um die Werke Lermontows, Nekrassows, Nadsons und Puschkins zu verschlingen. Aber auch andere Leuchttürme strahlen in diesem Schwarzmeerhafen, vor allem Bialik. Perez sucht ihn auf, aus Neugier und aus Treue zu »In der Stadt des Schlachtens«. Es ist ein Schock. Der Mentor ist so genial, dass Perez eines Tages seinen Freunden erklärt:

»Zum Teufel mit Russisch, ich werde in der Sprache Polonnojes und meiner Kindheit schreiben, der Sprache des *Cheder* und der schwarzen Erde Wolhyniens.«

32

Zum ersten Mal las ich die Beschreibung von Pogromen. Monsieur Léon hatte mir erzählt, dass seine Eltern Polen wegen dieser Schlächtereien verlassen hatten. Ich hatte mir nie vorstellen können, was dieses Wort wirklich bedeutet, nun plötzlich begriff ich es. Das Schlimmste war nicht die Gewalt der Angreifer, das Blut, die Toten, das Grausamste war der Hass, der in einem Nachbarn emporschoss wie im Frühling die Säfte in einem Baumstamm. Der Mörder deiner Mutter, der seinen Knüppel schwenkte, um deine Fenster einzuschlagen und deine Leuchter zu rauben, war der Mann, der dir zwei Tage zuvor noch ein paar Heringe abgekauft hat. Der Mann, der dir sonst Holz verkaufte, spaltete den Schädel deines Bruders. Schlimmer noch: Wenn sich alles beruhigte, wenn man die Toten begraben hatte oder sie nicht hatte beisetzen können, musste man weiter unter diesen Nachbarn, Mördern, Denunzianten leben, inmitten derer, die weggeschaut hatten. Man musste auf den Markt zurückkehren und dem Mann Heringe verkaufen, der ein paar Tage vorher zugeschlagen hatte. Oder seine Kinder in eine Schule schicken, die auch vom Enkel des Wachtmeisters besucht wurde, der deinen Vater verhaftet hatte, wie es Madame Annette geschehen war.

33

Ich habe alles verloren, doch ich habe alles wiedergefunden. Ich spreche von Dokumenten, denn meinen Vater, meine Mutter, ihre Freunde und Feinde gibt mir keiner zurück. In meinem Alter ist es normal, keine Eltern mehr zu haben, aber ich habe seit meinem zwanzigsten Lebensjahr keine mehr. Meine Haut ist faltig geworden, meine Augen werden immer schlechter, aber mein Vater und meine Mutter fehlen mir ebenso, wie sie der kaum Erwachsenen fehlten, die ich war, als sie ermordet wurden. Ich habe mich kein bisschen verändert, ich bin immer noch das pfiffige junge Mädchen, das mein Vater mit einem vielversprechenden Dichter verheiraten wollte. Ich bin nicht Sulamita, ich bin Shulames oder Miwke.

Ich habe das Archiv meines Vaters wieder zusammengestellt. Über dreißig Jahre lang bin ich durch die ganze Welt gereist, um seine überlebenden Freunde zu finden. Wenn sie nicht umgekommen sind, dann weil sie Polen lange vor dem Krieg verlassen haben. Sie hatten begriffen, dass man fliehen musste. Obwohl andere, wie Perez, ein anderes Schicksal ereilte: Die Sowjetunion hat der jiddischen Literatur auch so manchen Märtyrer verschafft. Aber ich greife vor. Einige fielen unter einer Bombe oder Kugel im Krieg als Soldaten der polnischen oder als Befreier in der Roten Armee, aber man hat das Gefühl, dass auch sie durch die Ghettos und Krematorien gegangen sind, denn sie sind im Krieg gestorben, diesem riesigen Magma, das in sechs Jahren vierzig Millionen Männer und Frauen unter sich begraben hat. Andere sind für Israels Unabhängigkeit gefallen. Kaum aus den Todeslagern befreit, sind sie zu den Küsten Palästinas geeilt, man hat ihnen ein Gewehr in die Hand gedrückt, und sie haben geschossen. Sie erschossen Araber, aber in ihrem Visier sahen die Gedemütigten aus den Ghettos und Viehwaggons sicher einen SS-Mann oder einen Wehrmachtsoldaten, einen ukrainischen Milizionär oder einen jüdischen Kapo in Auschwitz; ihre Schlächter, die Mörder ihres Volkes, der Zivilisation, in der sie geboren waren.

Dank meinem Mann, der Diplomat und Mitglied der Kommunistischen Partei war, konnte ich trotz des Eisernen Vorhangs überall hinfahren. Ich habe Anzeigen in alle jiddischen Zeitungen der Welt gesetzt: *Sulamita, Tochter von Alter Kacyzne, sucht jedes Dokument, das mit dem Leben und Werk ihres Vaters zu tun hat.* Ich musste nicht erklären, dass er Schriftsteller und Fotograf gewesen war, alle Leser kannten ihn. Damals räumten die jiddischen Zeitungen Suchmeldungen viel Platz ein, denn nach dem Krieg verbrachten die Familien über zwanzig Jahre damit, ein paar Scherben ihrer zerbrochenen Vasen wieder zusammenzukleben. »Ich suche meinen Bruder, Mendl Rubinstajn aus Radom. Ich habe ihn bei der Liquidierung des Ghettos verloren und seither nichts mehr von ihm gehört.« »Ich suche meine Tante Schifre Plachta, sie hat Łódź 1938 verlassen, und man hat sie zum letzten Mal im Mai 1942 in Paris gesehen, sie wohnte in der Rue de Charonne 12.« Meine kurzen Anzeigen betrafen nicht Menschen, sondern Dokumente, die Manuskripte meines Vaters, die Zeitschriften, die er herausgegeben hatte, seine Fotografien. Die Menschen, das wusste ich, würde ich nicht wiederfinden. Aus der ganzen Welt habe ich Antworten bekommen. Unbekannte hatten in ihrer Bibliothek ein Theaterstück, einen Lyrikband, eine Zeitschrift. Ein paar Fotografien. Schriftsteller haben mir Briefe herausgesucht. Ich bin nach Kanada, Uruguay, Melbourne, Paris, Moskau, Warschau und natürlich nach Tel Aviv gefahren. Organisiert habe ich das alles an meinem römischen Schreibtisch. Damals stand er in der Etage unter dieser hier, heute kann er besichtigt werden. Ich lebte zwischen Renaissance-Fresken, und mein Kopf war voll mit dem Warschau der Zwanziger Jahre. Ich sendete auf Jiddisch SOS in die ganze Welt. Der Palazzo meines Mannes wurde zum Zentrum der Welt, er nahm den leeren Platz des Literatenvereins ein. Dort häufte ich Negative der Erinnerung an, nicht nur fotografische, sondern Bücher, die die Erinnerung an die Menschen und ihr Denken festhalten. Denn was von ihnen bleibt, ist nur der Geist, obwohl auch dieser langsam entschwindet. Je weiter wir uns von dieser Zeit entfernen, desto weniger werden die Überlebenden, und umso größere Mühe werdet ihr haben, ihr *Nochgebojrene,* zu verstehen, was sie ausdrücken wollten. Das ist jetzt schon so: Haben Sie nicht Verbindung zu mir aufgenommen, um mir die Geheimnisse meiner Erinnerungen zu entlocken, weil ein Gedicht von Uri-Zwi Ihnen unzugänglich erschien? Die Torah ist den Menschen auf dem Sinai offenbart, sagt man, aber was begreifen wir noch von dem Gesetz, das Moses nach vierzig Tagen Fasten vom Gipfel des Berges mitgebracht hat? Sehr schnell wurde es nicht mehr verstanden. Die Menschen fingen an, es auszulegen, und sie waren sich nicht einig. Ihre unterschiedlichen Auffassungen sind mündlich von Generation zu Generation weitergegeben worden, so ist der Talmud entstanden. Und Sie, Sie sind nichts anderes als ein Rabbiner des Talmud. Sie beschäftigen sich mit dieser Gruppe von Männern und Frauen, die zwischen den beiden Weltkriegen in Warschau eine unerhörte literarische Kreativität an den Tag legten. Es gelingt Ihnen, ihre Sprache soweit zu lernen, dass Sie ihre Texte entziffern können, aber plötzlich heben Sie die Nase aus Ihren Büchern und fragen sich: Wie kann ich einige Jahrzehnte später diese Leute begreifen? Warum schrieben sie, statt ihr Geld anständig zu verdienen? Warum sind manche bis zur Katastrophe in Warschau geblieben, obwohl sie in ihren Zeitschriften mehr als ahnungsvolle Werke veröffentlicht haben? Ihre Gedichte waren voller Massengräber, Massaker, Verfolgungen, aber sie gingen weiter auf den Markt und kauften ein. Kann ein Dichter beschreiben, was geschehen wird, und derart verblendet sein von seiner Schöpfung, dass er darüber vergisst, so schnell wie möglich zu fliehen?

Und sehen Sie, was ich ganz unten in einer Archivbox finde, einen vergilbten Brief mit dem Briefkopf des Jiddischen Literaten- und Journalistenvereins. Ich übersetze ihn für Sie, obwohl Sie ihn bald selbst lesen können:

Warschau, Tłomackie 13

Lieber Kollege,

Um Ihnen auf Ihren Brief zu antworten: Wir haben das Vergnügen, im Rahmen unserer literarischen Treffen eine Lesung Ihrer jüngsten Werke zu organisieren. Leider erlauben es uns unsere Mittel nicht, die Kosten für Ihre Reise von Wien nach Warschau und Ihre Unterkunft hier zu übernehmen.

Melech täte weiß Gott was, um in die Stadt des großen J.-L. Perez zu fahren. Er nimmt den Zug vom Südbahnhof. Seit dem Krieg ist Stoff Mangelware, und die meisten Bewohner der Hauptstadt haben ihre Garderobe nicht erneuert. Die Soldaten sind in ihrer Militärkleidung entlassen worden, und Melech trägt seit dem Waffenstillstand immer noch den Mantel der kaiserlichen Artillerie mit den Goldknöpfen. In diesem merkwürdigen Aufzug macht er sich auf den Weg nach Warschau. Seine Staatsbürgerschaft ist nicht ganz klar. In Galizien geboren und wohnhaft in Wien – ist er dann Österreicher oder Pole? Die Behörden haben diese Fragen noch nicht alle geklärt, man kann leicht durch die Maschen schlüpfen. Viele Akten sind verbrannt, man muss ohne sie zurechtkommen, aber ist man deshalb unglücklicher?

Melech ist in Warschau. Die jüdischen Viertel bilden eine Stadt in der Stadt, und man hört nur eine einzige Sprache, Jiddisch. Vor der Lesung hat er gerade genug Zeit, um zum jüdischen Friedhof zu gehen. Am Rand der Hauptallee entdeckt er einen Erdhügel, über dem eine Stele aufragt: Jitschok-Lejbusch Peretz. Er hat ihn nur einmal gesehen, von der Galerie des Lemberger Theaters, aber nie mit ihm sprechen können. Perez ist 1915 gestorben, als Melech beim Militär war. An diesem Frühlingstag im Jahr 1921 unter dem Grün der Friedhofsbäume redet er mit ihm. Was sagt er ihm? Wer kann das wissen? Ich bin oft an diesem Grab gewesen, Sie können auch dorthin, es existiert immer noch. Der *Genscher bejs-ojlem,* der jüdische Friedhof in Warschau, ist nahezu intakt geblieben, die Nazis haben die Lebenden vernichtet, die Toten haben sie nicht angerührt. Als Kind ging ich manchmal mit meinem Vater auf den Friedhof. 1945, als die Stadt nur noch ein Trümmerhaufen war, bin ich dorthin zurückgekehrt. Das Grab war da. Ich habe dieses merkwürdige Mausoleum betrachtet, eine Art Halbkuppel, die seltsamerweise an eine Miniaturausgabe der Kuppel von Sankt Peter in Rom gemahnt, eine von vier neoklassizistischen Säulen getragene Kuppelhälfte. Dann las ich die in den Stein eingravierten Verse:

So gehen wir,
Singend und tanzend …
Wir großen, großen Juden
Juden des Schabbats und des Feiertags
Die Seelen flackern.

Vor ein paar Jahren war ich zum letzten Mal dort. Der Friedhof war leer, nur ein oder zwei andere waren wie ich dorthin gepilgert. Die Bäume waren gewachsen. Der ganze Ort war ein Gewirr von Steinen und Pflanzen. Amerikanische Touristen wären empört gewesen über diesen Mangel an Ordnung, aber ich fand es zauberhaft so, es erinnerte mich an die Atmosphäre im *Großen Meaulnes* oder ein Gedicht von Du Bellay, wissen Sie, eines seiner römischen Sonette *Wie kommt's, dass du umsonst suchst Rom in Rom, Du Neuling, der du Rom in Rom willst finden? Nur alte Mauern können Rom dir künden, Paläste, Bogen, schwingend wie ein Dom.* Eine wehmütige Stimmung. Ich hatte das Bedürfnis, in stillem Gedenken am Grab des großen Schriftstellers zu verweilen, es war, als verkörperte es all jene *hommes de lettres,* die ich gekannt hatte und die kein Grab erhalten hatten, zuallererst natürlich meinen Vater. Ich wollte ein letztes Mal … Ich habe mich gegenüber dem Grab auf einen Stein gesetzt. Ich gedachte der Toten an diesem letzten Endes doch sehr lebendigen Ort, denn seit dem Krieg hat man nicht aufgehört, dort zu beerdigen. Man sagt, es gäbe keine Juden mehr in Polen, aber gehen Sie auf den *Genscher bejs-ojlem,* und Sie werden sehen, dass es nicht an Gräbern aus den sechziger, siebziger und achtziger Jahren mangelt. Nach einer Weile hörte ich hinter mir Gebete. Ich ging zu den Trauernden und lauschte dem Kaddisch. In der ersten Reihe stand eine in Tränen aufgelöste Dame, gestützt von ihren Söhnen, zwei großen kräftigen Männern mit blauen Augen. Da begrub eine Frau ihren Vater, wohl einen der letzten Zeugen meines *Pojln,* und ihre Kinder gehörten nicht zu den Unseren. Sie hießen sicher Staszek, Romek und Agata. Mir scheint, ich werde immer zur Welt des *Genscher bejs-ojlem* gehören, denn sehen Sie, in meinem Leben herrschen die Toten über die Lebenden.

Ich antwortete auf das Kaddisch, nach jedem Satz des Rabbiners sagte ich *Omejn.* Ich weinte. Ich hatte meinen Vater vor Augen und seine Freunde. Melech, der in seinem Bett in Montreal gestorben ist, Uri-Zwi in seinem in Tel Aviv und Perez unter der Kugel von Stalins Miliz.

Meine Schriftsteller sind heute alle verschwunden, aber sie streiten sich weiter auf den Regalen der Bibliothek, nennen wir sie doch *Biblioteca Sulamitana,* ja? Habe ich es nicht verdient, ihr meinen Namen zu geben? Sie nehmen das Beben der Welt wahr, das Rülpsen der Touristen im unteren Stockwerk und ihre bewundernden Ohs und Ahs beim Anblick von *Amor und Psyche.* Sie sind wie jene Juden, die den ganzen Krieg auf einem Hängeboden verbracht haben, ich verbiete ihnen jeden Laut, sie dürfen nicht entdeckt werden, ich habe ein großes Porträt Lorenzo di Medicis von Filippino Lippi vor die Tür nach oben gehängt, wir sind nicht 1944 in Amsterdam, aber ich bin lieber vorsichtig, ich möchte nicht, dass ein Tourist mein Allerheiligstes entdeckt. Meine Bibliothek hat einen herrlichen Dachstuhl aus Eichenholz. Die Dachbalken, Giebelsäulen, Giebelbinder, Pfetten und Sparren sind wie die Decksbalken, Schotten, Setzborde, Vordersteven und gebogenen Stevenverstärkungen eines Schiffs, das kopfüber auf den zwei unteren Etagen des Palazzo gestrandet ist, eine auf dem Kopf stehende Arche Noah. Wenn man hereinkommt, kann man eine großartige Flucht von *Clairs-Obscurs* bewundern, hauchfeine Lichtstrahlen, in denen unaufhörlich Staubkörner tanzen; Bücher mit vergilbtem Schnitt, abgenutzt, beschädigt durch Gebrauch, Diebstahl, Schmuggel und Profanierung. Warum setzt sich der Staub hier niemals ab? Die Luft müsste hier im Gegenteil ganz klar sein, reglos wie ein Ölmeer. Aber meine Schriftsteller hören nicht auf, sich zu streiten, sage ich Ihnen, es sind die Bewegungen der Seele, die das Kaum-Wahrnehmbare beleben, winzige Atemstöße dringen zwischen den Frontispizen hervor und halten diesen Ort lebendig.

Schließlich kehrt Melech nach Wien zurück, packt seine Frau und die beiden Kinder ein und zieht nach Warschau. Alle erklären ihn für verrückt: Warum ein geordnetes Land, eine so schöne Stadt verlassen, die zwar nicht mehr Hauptstadt eines Reiches, aber immer noch die Hochburg der Musik ist, und das für ein Land mit ungewisser Zukunft? Warum eine sichere Stelle in einer Bank aufgeben, um die Reihen der mittellosen Schriftsteller in Warschau zu vergrößern? Wer wartet denn in Polen auf ihn? Fania ist nicht begeistert: Sie war nicht aus Łódź weggegangen, um nun nach Warschau zurückzukehren. Sie wollte die Kinder zu ihren Schwiegereltern schicken und ihre Karriere fortsetzen, aber für Melech kommt das nicht in Frage. Mirjam und Jossl sollen als moderne Juden erzogen werden, in einer säkularen Schule, deren Unterrichtssprache Jiddisch ist. Das Paar streitet sich, die Ehe bekommt Risse, aber Fania folgt.

Melech lässt nicht nur das Grab seines Bruders zurück, als er aus der Hauptstadt der Habsburger fortgeht; er kehrt dem Gespenst des Kaiserreichs, in dem er geboren war, endgültig den Rücken, um an dem neuen, so verheißungsvollen Frühling der Völker teilzuhaben. In diesem Jahr 1921 begriff er noch nicht, dass der Zweite Weltkrieg mit seinen vierzig Millionen Opfern schon heraufzog. Damals sah er nur eines: Er kam in eine Stadt, in der die jüdische Bevölkerung über 300 000 Seelen zählte, in die neue Hauptstadt eines Landes, in dem fast drei Millionen Juden lebten, und die große Mehrheit von ihnen sprach die Sprache, in der er seine Gedichte schrieb. Melech wollte seine Feder in das Tintenfass von J.-L. Peretz tauchen und schloss die Parenthese, die ihn für ein Dutzend Jahre zum Bankangestellten gemacht hatte.

34

Würde ich eines Tages die Parenthese schließen, die mich zum leitenden Bankangestellten gemacht hatte? Wer würde mir helfen, diesen Fehler wieder gutzumachen? Wenn ich versuchte, mich außerhalb dieser Bank zu sehen, sah ich nichts. Als läge ein riesiger schwarzer Schleier über meiner Zukunft. Ich hatte nicht die geringste

Ahnung, wie mein Leben in fünf oder zehn Jahren aussehen würde, und wusste nicht, wohin ich ging. Wer hatte mich zu diesem Bouquinisten und dann in diese Bibliothek getrieben? Warum wartete ich mit solcher Ungeduld auf die Briefe aus Rom, als müsste etwas in dieser Geschichte meinem Leben einen Sinn verleihen? Hat sich Melech dieselben Fragen gestellt, bevor er die Union-Bank verließ? Und Perez? Und Uri-Zwi? Hatten sie etwas zu verlieren, als sie ihr Geburtsland verließen? »Die Toten herrschen über die Lebenden.« Dieser Satz aus dem letzten Brief ging mir nach. Und wenn all die über meinem Kopf hängenden Toten über mein Leben herrschten? Mein Vater mit seinem Wunsch, dass ich Bankier würde, diese Anna Janowska, von der ich nichts wusste? War es nicht Zeit, ihr Grab zu suchen? Und Christophe? Als ich den letzten Brief von Sulamita las, begriff ich, wie sehr ich meinen Freund in seinem Grab allein gelassen hatte. Wenn man die Toten beerdigt, einen Stein auf die Stelle setzt und ihren Namen eingraviert, tut man das nicht, um sie zu besuchen, damit sie nicht auf ewig allein bleiben? Oder tut man es im Gegenteil, damit sie weiter über uns herrschen?

35

Sie brennen darauf, junger Mann, zu erfahren, was mit unseren drei jungen Leuten nach ihrem Zusammentreffen in Warschau geschehen ist. Sie müssen mir verzeihen. Ich bin alt, ich kann nicht schneller erzählen. Glauben Sie nicht, dass ich diese Geschichte für Sie einfach so herunterschreibe, jeder meiner Briefe kostet mich viele Stunden Mühe. Da ist das, was ich weiß, meine Erinnerungen, das, was mein Vater mir erzählt hat, aber ich ertrage keine Ungenauigkeiten, also prüfe ich bei jeder Handlung eines meiner Dichter, ziehe drei, zehn oder fünfzig Bücher zu Rate, vertiefe mich in meine Archive, lese ihre Korrespondenz wieder oder die Memoiren anderer, die sie gekannt haben. Ich rufe meine Haushälterin und bitte sie, mir dies oder jenes Buch oben aus dem Regal zu holen. Vor Warschau war Perez in Odessa, Jekaterinoslaw, Kiew und Wilno. Ich kann keine Etappe überspringen, Sie müssen Geduld haben und die Punkte auf der Karte verbinden, bevor wir zur Hauptstadt der jiddischen Literatur kommen.

Der Krieg überrascht Perez in Odessa. Wenn man »der Krieg« schreibt, denkt man an den Zweiten, aber ich rede vom Ersten, in dem die Menschheit sich schon ins Verderben gestürzt hatte. Er wurde in die Armee einberufen, die zu anderen Zeiten unter der Hand die Pogrome befahl. Der Feind jener anderen, in der Uri-Zwi und Melech dienten. Perez musste den Befehlen des Zaren gehorchen, sonst drohte ihm die Todesstrafe. Er kam an die deutsche Front. Fragen Sie mich nicht wohin genau, ich weiß es nicht. Ich habe vergeblich gesucht, ich habe den Namen seiner Division nicht gefunden. Perez hat alle Spuren verwischt. Aber davon später. Gehen Sie in Moskau ins Militärarchiv, dort finden Sie sicher eine vergilbte Karteikarte, auf der in schöner Gänsekielschrift in kyrillischen Buchstaben der Name Markisch, Perez Dawidowitsch und sein Dienstverhältnis verzeichnet sind. Ich vertraue diese Aufgabe Ihnen an, ich habe nicht mehr die Kraft dazu. Eines ist sicher: Er hat dort genauso viele Abscheulichkeiten gesehen wie Uri-Zwi in Serbien, denn in diesem Krieg kämpften an allen Fronten Europas Millionen von Menschen gegeneinander, und sie erlebten dasselbe Grauen, gleich welche Farbe ihre Uniform hatte oder in welcher Sprache man sie befehligte. Ob Franzose am Chemin des Dames, Russe in Tannenberg, Engländer in Ypern, K. u. k.-Österreicher in Lemberg oder Deutscher an den Masurischen Seen, man musste den wahnwitzigen Befehlen von Generälen und Offizieren gehorchen, für die einhunderttausend Menschen ein Klacks waren neben dem Stolz eines Herrschenden, ein Klacks das den Aasgeiern vorgeworfene Fleisch, die Kälte und der Regen in den Schützengräben, der Dreck, der die Haut rissig und brandig machte, der Verwesungsgeruch und der Verlust der Menschlichkeit.

Perez wurde 1916 schwer verwundet. So heißt es jedenfalls. Es steht in den offiziellen Biografien, aber manche bezweifelten es. Seine Freunde haben ihn nie mit nacktem Oberkörper gesehen, er hatte einen Widerwillen dagegen, das Hemd auszuziehen, und seine Verletzung soll eine große Narbe am Bauch hinterlassen haben. Als der Zar gestürzt wurde, befand sich Perez in Jekaterinoslaw, vermutlich zur

Genesung. Dort erlebte er die Hoffnung auf eine bessere Zukunft. Aber am Dnjepr hatte sie eine andere Färbung als in Moskau und Petrograd. Die Stadt war eine der größten der Ukraine, und das Land kämpfte sowohl für den Sturz des Zaren als auch für seine nationale Unabhängigkeit. Perez erlebte den kurzen Frühling der unabhängigen Ukraine, die die Rechte aller achtete, angefangen bei der jüdischen Bevölkerung. Konnte man überhaupt von einer Minderheit sprechen? In den meisten mittelgroßen Städten und Marktflecken waren die Juden in der Mehrheit. Sie erinnern sich, ein Ukas verbot damals den Juden, in Dörfern zu leben, ihnen blieben nur die Städte.

Dieser kurze Frühling war die Zeit, in der man Banknoten in vier Sprachen druckte, Ukrainisch, Russisch, Polnisch und Jiddisch, ich habe noch eine in meinem Erinnerungspalast, ein Stückchen Papier, das in einem weiß der Himmel wo aufgetriebenen Buch lag, es hat wohl als Lesezeichen gedient. Wozu war dieser Schein auch noch gut, nachdem die unabhängige ukrainische Regierung durch die Roten Garden gestürzt und das ukrainische Geld durch den Rubel ersetzt worden war, außer um seine Lektüre da fortzusetzen, wo man sie unterbrochen hatte?

Die Revolution brachte, wie Bialik gesagt hatte, zugleich einen Frühling und ein Massaker. Die Befreiung der Ukraine war von den blutigsten Pogromen begleitet, die es in dieser Region seit Chmelnizkis Massakern gegeben hat. Der Bürgerkrieg tobte. Die Armeen des Unabhängigkeitskämpfers Petljura und des General Denikin standen den von Lew Trotzki geführten Roten Garden gegenüber. Und wer zahlte zuerst? Die Juden. Über 100 000 wurden innerhalb weniger Monate ermordet, und der ukrainische Nationalheld Petljura, der die aus dem Osten heranströmende rote

Flut aufzuhalten versuchte und Namensgeber der ukrainischen Bibliothek in Paris wurde, gilt den Juden als einer ihrer größten Schlächter.

Perez meldete sich zu einer Selbstschutzgruppe in Jekaterinoslaw. Wissen Sie, wer mir von dieser Epoche seines Lebens erzählt hat? Menachem-Mendel Schneerson, der siebte Rabbi aus der Dynastie der Lubawitscher Chassidim. Ich habe ihn kurz vor seinem Tod in seinem Heim in Brooklyn besucht. Ich sage Tod, doch manche seiner Schüler glauben, dass er immer noch am Leben ist, sie halten ihn für den Messias. Sie brauchen nur in eine jüdische Metzgerei in Ihrer Nähe zu gehen, und Sie stoßen auf die Fotografie dieses lächelnden Greises mit weißem Bart und schwarzem Filzhut. Er ist in Jekaterinoslaw aufgewachsen. Sein Vater, Levi-Jitschok, war dort Rabbiner. Während der Revolution verteidigte auch Menachem-Mendel die Juden der Stadt gegen die ukrainischen Mörderbanden. Das Gerücht ging um, Perez sei bei diesen Kämpfen umgekommen, das war nicht der Fall, aber es machte seinen aufkeimenden Ruhm nur noch größer: Held des Krieges, Opfer der ukrainischen Horden, nichts ziert eine Biografie mehr.

Perez genoss schon eine gewisse Bekanntheit, denn er hatte seine ersten Gedichte in einer glanzvollen literarischen Zeitschrift veröffentlicht, die von dem Schriftsteller Dovid Bergelson geleitet und mit finanzieller Unterstützung durch die neue ukrainische Regierung von der *Kulturlige* herausgegeben wurde. Zum ersten Mal in der Geschichte erhielt eine jüdische Organisation staatliche Subventionen.

»Er ist ein aufgehender Stern der jungen revolutionären Dichtung.«

»Der jiddische Majakowski.«

Und Perez dachte: Majakowski ist der russische Markisch.

Er veröffentlichte da und dort, aber was ihn wirklich bekannt machte, war sein Gedicht *Der Haufe,* das er mit fünfundzwanzig Jahren schrieb. Allerdings ist dieses monumentale Werk seit seiner Kindheit in ihm herangereift. Die Berichte seiner Großmutter hatten den Ton vorgegeben, später hatten die Ereignisse und dann die Literatur sie abgelöst. Als die Schlächter in den ukrainischen Städtchen, bis in seinen Geburtsort Polonnoje, wieder die Messer zückten, brauchte Perez nur zur Feder zu greifen und seinem Zorn freien Lauf zu lassen, um die Bilder zu beschreiben, die er seit jeher vor Augen hatte:

Weg da! An mir haftet Gestank und auf mir kriechen Frösche!
Suchst du den Vater und die Mutter hier? Suchst du den Freund?
Sie sind ja hier! Sie sind ja hier! Doch sie verströmen einen scheußlichen Geruch!
Weg da! Sie lausen sich, die Vogelscheuchen, mit krummen Messinghänden …

Bis hoch zum Himmel reicht die Schmutzwäsche.
Da! Was immer du willst, du Irrsinnswind, kratz es hervor und nimm es mit!
Da drüben steht die Kirche wie ein Stinktier neben einem Berg gemeuchelter Hühner.

Als Perez in Warschau ankam, war sein Ruhm ihm vorausgeeilt: Der Autor des *Haufe,* der ungestümste Dichter, den die jiddische Literatur kannte, kam aus der Ukraine hierher. Er war wie der Ostwind, im Winter eisig, in der schönen Jahreszeit sengend, und Perez kam im glühendheißen Sommer 1921 an. Er wollte Warschau erobern und zum Fürsten der Stadt werden. Jitschok-Lejbusch Peretz war seit sechs Jahren tot, und Warschau wartete auf einen neuen Perez. In Kiew besetzte Bergelson den Thron, und Perez würde sich nie mit diesem vernünftigen, strengen Mann verstehen, der viel zu sehr an der alten Welt hing, um sich von den Jungen ins Handwerk pfuschen zu lassen, zu eifersüchtig über seine Vorrechte wachte und zu hässlich war – Perez dagegen war schön.

Er fuhr nicht direkt nach Warschau. Er ließ sich zunächst in Wilno nieder, das wegen der neuen Grenzen nicht die Hauptstadt eines unabhängigen Litauen, sondern eine Provinzstadt der Republik Polen war.

Ein Kritiker schrieb: »Aus seinem Mund kommen nicht Worte, sondern Feuer.«

Zur Eroberung Warschaus musste er diesen Umweg machen: Den Warschauern sollte das Wasser im Mund zusammenlaufen. Melech las in seiner Wohnung in der Hahngasse in Wien den Bericht über eine öffentliche Lesung von Perez und brannte darauf, ihn kennenzulernen. Und Uri-Zwi fragte sich in seinem Zufluchtsort Lwów, wer dieser Flammenbruder war.

36

Ich habe mir ein Auto gemietet und Christophes Grab besucht. An diesem Tag schneite es, es war unvernünftig bei diesem Wetter, das Radio empfahl, Autofahrten auf später zu verschieben, aber ich konnte nicht mehr warten. Ich hatte Mühe, das Grab zu finden. Er war allein darin. Ich schloss daraus, dass seine Mutter und sein Stiefvater noch lebten. Ich wischte den Schnee weg, um die Inschrift zu lesen. Weiß umrahmt erschien sein Name wie das Gesicht eines dick eingemummelten Babys. Ich stand da, es war kalt, aber mir war warm, ich war bei ihm.

Sollte ich immer noch geduldig auf weitere Briefe warten, oder wurde es Zeit, den Nachtzug nach Rom zu nehmen? Ich hätte die Haushälterin vertreten, auf Holzleitern steigen und die Bücher herunterholen können, in denen meine Gastgeberin die genauen Einzelheiten für ihren Bericht finden würde. Ehrlich gesagt, hatte ich fast die gleiche Bibliothek in Paris. Man konnte frei zwischen den Regalen herumspazieren, nach Belieben ein Werk herausziehen. Aber konnte ich denn allein suchen? Ich konnte Jiddisch allmählich ganz gut entziffern, aber ein ganzes Buch zu lesen würde mich Monate kosten. Ich hätte meinen Lehrer, eine wandelnde Enzyklopädie, zu Rate ziehen können. Aber das wagte ich nicht. Ich erinnerte mich an ein Sprichwort, das die Großmutter eines Freundes bei jeder Gelegenheit wiederholte: Man kann nicht zwei Herren zugleich dienen. Ich beschloss, Sulamita zu schreiben, dass ich sie besuchen wollte. Sie antwortete mir postwendend: »Wenn Sie das tun, höre ich auf. Ich verriegle meine Tür, und Sie werden nie mehr von mir hören.«

Ich antwortete hastig: Ich bitte tausendmal um Verzeihung, Madame, fahren Sie fort, ich bitte Sie.

37

Jetzt ist es soweit: Sie treffen in Perez' Schlepptau in Warschau ein. Sie sind unterwegs zur Nalewkes, der Krochmalna, dem Sächsischen Garten, dem Vorort Praga, wo mein Vater sein letztes Atelier hatte, und natürlich zum Allerheiligsten, in die Tłomackie 13, zum Jiddischen Literaten- und Journalistenverein.

Perez begegnet Melech und Uri-Zwi gleich bei seiner Ankunft, aber sie sind nicht vom ersten Tag an unzertrennlich. Perez schaut sich erst einmal allein um. Er wird in die Arbeiterklubs eingeladen und erklärt überall:

»Ich bin der Botschafter der Literatur der Sowjetunion, die Schwalbe, die den Frühling der Revolution ankündigt.«

Zu jener Zeit glauben alle an sie, sie hat noch kaum jemanden enttäuscht und nicht die Millionen ermordet, die später umkamen. Sie hat ihr gründliches Todeswerk bereits begonnen, aber das weiß man nicht oder betrachtet die Vorfälle, von denen man gelegentlich hört, als die kleinen Opfer, die für die Veränderung gebracht werden müssen. Diese Linken, die noch nicht zu Menschenfressern geworden sind, behandeln die Juden gleichberechtigt, das hatte es im ehemaligen Zarenreich nie gegeben. Der Feind ist nicht mehr der Jude, der Zigeuner, der Tartar; das zu schlachtende Vieh ist der Aristokrat, der Bourgeois, der Reiche, der keinen mehr knechten kann, aber den man daran hindern muss, noch mehr Schaden anzurichten.

Nie hatte man einen so schönen Dichter gesehen. Wenn Sie nicht überzeugt sind, junger Mann, haben Sie nie Fotos von Perez aus jenen Jahren gesehen. Auch wenn Sie für die Schönheit von Männern nicht empfänglich sind – mancher behauptet das aus Angst vor ich weiß nicht was –, diese wird Sie überwältigen. Sein glühender Blick verschlingt das Objektiv. Die klaren Linien seines Gesichts erschüttern mich. Und seine *tschuprine* ... Wie sagen Sie? Seine Tolle? Seine Mähne? Seine Locke? Sein Schopf? Mir gefällt Schopf am besten, das passt so gut zu ihm. Es ist der eines orientalischen Prinzen mit lockigem Haar. Ich bin heute eine sehr alte Dame, aber wenn ich dieses Porträt betrachte, erwachen meine Sinne wieder. Nehmen Sie jedes beliebige Foto von ihm, allein oder in der Gruppe. Er weiß, dass er großartig ist und die kaum vom Krieg genesene Welt eine zu erobernde Jungfrau. Die Revolution wird zu nichts führen, und wenn er es nicht tut, werden sich andere darum kümmern, das unruhige junge Mädchen zu entjungfern.

Die Inbesitznahme Warschaus beginnt mit der Eroberung von zwei Schwestern aus gutem Haus, Pessa und Estera. Pessa ist die Ältere, aber die beiden gleichen sich wie Zwillinge: langes schwarzes Haar und azurblaue Augen. Sie laufen in jedes Theater und jeden Arbeiterklub, wo Perez seine Gedichte liest, die aus dem Mund des Autors noch eindrücklicher klingen als auf dem Papier. Seine Sprache ist schwierig, viele Wörter stammen aus Wolhynien. Die Warschauer Juden verstehen nicht alles, aber der poetische Atem reißt sie mit. Die Schwestern in der ersten Reihe würden am liebsten die Augen schließen, um sich von der Stimme des einstigen Chorknaben ergreifen zu lassen, aber Perez zuzuhören heißt auch, seinen Anblick zu bewundern, denn die Feinheit seiner Gesichtszüge steht seinem Dichtertalent in nichts nach, also schließt man die Augen nicht, man muss sie vielmehr aufreißen, um dieses Wunder der Natur zu betrachten. Eines Abends nehmen sie all ihren Mut zusammen und warten nach der Lesung auf ihn, im Literatenverein, im Vortragssaal mit dem glänzenden Parkett. Sie laden ihn ein, seine Gedichte im Salon ihres Vaters vorzutragen. Denn die jungen Damen, die in den besten Schulen Polens erzogen wurden und erst seit kurzer Zeit für jiddische Dichtung schwärmen, sind in die Literatur vernarrt und sähen sich gern als Juliette Récamier, die in ihrem Salon die Blüte der jiddischen Dichtung und der schönen jungen Warschauer empfängt. Wenn die Arbeiter unter den hohen Fenstern der väterlichen Wohnung am Anfang der Nowolipkistraße vorbeigingen, ich erinnere mich nicht mehr genau ... Nummer 4 vielleicht oder 6 (auf jeden Fall sehe ich das prächtige Haus mit seinen von Kristalllüstern erleuchteten großen Wohnungen vor mir), dann hörten sie bis spät in der Nacht Perez für diese jungen Damen Gedichte deklamieren und jiddische Lieder singen. Denn er bleibt Pragmatiker, keine Revolution ohne Brot: Der Vater der kapriziösen jungen Damen sorgte für seinen Lebensunterhalt und finanzierte mehr als einmal seine verlegerischen Unternehmungen.

Ich könnte Ihnen nacheinander alle Eroberungen aufzählen, die Perez in der Hauptstadt der frischgebackenen polnischen Republik macht, aber Sie würden es bald satt haben, denn sie folgten in schwindelerregendem Tempo aufeinander. Lesen Sie lieber Casanovas Memoiren, das ist so ähnlich, vielleicht etwas sportlicher. Seine Begeisterung für die Frauen steht außer Zweifel, über seinen Appetit jedoch gehen die Meinungen auseinander. Er verführte mühelos, aber schritt er auch zur Tat? Perez liebte vor allem Trinkgelage. Am späten Nachmittag gab er für alle die Losung aus: »Heute Abend, um zehn Uhr bei der Königin Król«. Sie verstehen das Wortspiel nicht, junger Mann, aber auf Polnisch heißt *Król* König. Sie werden auch diese Sprache lernen müssen, wenn Sie mein Universum begreifen wollen. Madame Król führte in der Nowolipiestraße eine Pension für mittellose junge Männer, Perez hat lange dort gewohnt. Es waren zwei Räume, in denen sich ein Dutzend Personen drängte, meistens junge Männer, die nach der Revolution aus Russland gekommen waren. An den Abenden, wenn Perez eine Sauferei verfügte, wenn er alle zu einer *Bibke,* wie er sagte, einberief, wussten die anderen Pensionsgäste, dass sie nicht zum Schlafen kommen würden. Also legte jeder seinen Złoty dazu, und sie kauften Hering, saure Gurken, etwas Käse und vor allem *Monopolka,* einen billigen Wodka. Sie tranken bis zum frühen Morgen und deklamierten. Am Anfang des Abends waren es Gedichte, am Ende Trinklieder, wie das, dessen Melodie ich immer noch im Ohr habe, denn die gleichen trunkenen Nächte wiederholten sich ein paar Jahre später im Landhaus meines Vaters:

Du bist mir so teuer, du Wodka mein,
Sollst die Weisheit meines Lebens sein ...

Melech blieb nüchtern: Er war seit ein paar Jahren Vegetarier, er hatte sogar Gedichte darüber geschrieben, und trank keinen Tropfen Alkohol mehr. Die Serviererinnen im Literatenverein hielten ihn für einen Wiederkäuer:

»Los, bringt dem Ochsen sein Heu!«

Da Melech nichts trank, sah er zu, wie sich die anderen betranken. Im Morgengrauen verzogen sich die Pensionsbewohner auf ihre Pritschen, und die Gäste legten sich auf den Fußboden, um ein paar Stunden zu schlafen. Eines Abends legte Markisch Pessa neben sich. Estera war verreist, die Ältere hatte freie Bahn. Alle schliefen schon, bis auf Melech, der den Freund verstohlen beobachtete, vielleicht war er eifersüchtig auf diesen Bruder, dem alles gelang. Das Mädchen suchte Perez zu verführen, aber er nutzte die Situation keineswegs aus: Nach ein paar Liebkosungen schlief er ein. Melech bekam seine Narbe nicht zu sehen. Hatte Perez sie erfunden, um seine Heldenbiografie zu würzen? Manche, darunter meine Mutter, glaubten lieber, es sei eine Verletzung anderer Art: Der junge Dichter leide an einer Wunde der Liebe, er habe ein junges Mädchen angebetet, und diese unerfüllbare Leidenschaft erkläre seine Abreise aus Russland. Warum sonst hätte ein Rebell das Land der Revolution verlassen? Ich habe die Spuren dieser Liebe woanders als auf der Brust des Dichters gesucht, aber ich habe nichts gefunden, kein Wort, kein Zeugnis, sogar seine Verse sind stumm.

Perez spielt mit den Schwestern. An einem Abend küsst er Estera, am nächsten Pessa, und am Wochenende kehrt er zur ersten zurück. Das macht sie verrückt. Der Dichter sät Zwietracht, sie zerstreiten sich, aber wenn er verschwindet, um eine Dritte zu verführen, weinen sie gemeinsam und schwören sich, ihn schwesterlich zu teilen, wenn er zu ihnen zurückkommt. Als er wieder auftaucht, prügeln sie sich erneut um ihn, vergebens: Perez gehört keiner Frau. Seine wahre Begegnung in Warschau ist nicht ein Mädchen, es sind auch nicht zwei Schwestern oder viele Jungfrauen, die bereit sind, sich hinzugeben, um in den Armen des schönsten, hitzköpfigsten, begabtesten und unverständlichsten jiddischen Dichters seiner Zeit zu liegen. Perez verliebt sich in Warschau in zwei junge Männer. Oh nein, bilden Sie sich nichts ein, auch wenn es nicht erst seit heute vorkommt, dass Männer Männer lieben. Imber, der Mentor in Lemberg, ich will ja nichts sagen ... Manche haben in seinen Gedichten Verse entdeckt, in denen sich als Akronym der Name eines Jünglings verbirgt. Man erzählt sich sogar, dass der Rabbi von Kozhnitz nichts gegen junge Männer einzuwenden hatte. Aber nicht diese drei, das glaube ich nicht, nicht sie, nicht so, diese jungen Männer liebten sich, aber anders; ihre Liebe war ein Pakt, wie ihn zu ihrer Zeit vielleicht Friedrich II. von Preußen, Kaiserin Maria-Theresia und Katharina II. geschlossen haben, um Polen unter sich aufzuteilen. Perez begegnete Melech und Uri-Zwi, und die drei wurden unzertrennlich. Was konnten der ehemalige Bankangestellte aus dem kleinbürgerlichen Radymno, der Sohn eines chassidischen Rabbiners aus Galizien und der junge Revolutionär und einstige Chorknabe aus der Ukraine miteinander machen? Natürlich die Revolution. Es war Zeit, *Balagan* zu stiften, die Welt auf den Kopf zu stellen und dann so wieder aufzubauen, wie sie es für richtig hielten. Zwei hatten mit ihren Gedichten schon für Aufsehen gesorgt, Perez mit dem *Haufe,* Uri-Zwi mit *Mefisto:*

Götter sterben, Völker gehen dahin.
In Abgründe stürzen die höchsten Berge.
Fruchtbare Gärten werden zu Steppen.

Doch Mephisto lebt und lacht über jedes Geschöpf,
lebt fort in jedem kleinsten Stück der Welt!
Und in die Tiefen wüster, siecher Wälder hängt er
Den betörenden Stern der Verführung:
Die Liebe der Frauen.

Funkelnd lockt der Stern das Auge in seine Elendswelten.
Da ist ein Meer (misslich, denn es lädt zur Umkehr ein!)
Über Meer und Abgrund legt Mephisto Brücken aus Gespinst:
Es gehen Junge,
Es gehen Alte,
die Brücken zerfallen.
Und das O weh derer, die fallen, hört der Himmel nicht,
Denn das Ha-Ha-Ha- Mephistos dröhnt durch alle Welten!

Melech hatte zahlreiche Texte veröffentlicht, vor allem Gedichte, die von seiner Leidenschaft für Spinoza inspiriert waren, aber dichtet man mit dem Kopf? Die Literatur ist Sache des Körpers, nicht wahr? Melech wird sein Leben lang ein fleißiger Arbeiter mit einer hohen Meinung von sich selbst bleiben, und man muss zugeben, dass er vom Licht seiner Kameraden profitierte, um selbst zu glänzen. Ich mag ihn gern, aber er fesselt mich nicht so wie die beiden anderen. Zu vernünftig. Vegetarier. Wie kann man sich mit Linsen begnügen, wenn die Welt nur darauf wartet, verschlungen zu werden? Die Nahrung vom Ausgang her betrachten, beim Essen an den Kompost denken, den man mit seinem Kot produziert? Armer Melech, hört er mich dort oben? Er war kein schlechter Kerl. Noch etwas anderes spricht für ihn: Seine Langlebigkeit und sein Sinn für das Bewahren. Nur dank ihm, seinen Memoiren, seinem Archiv und seinen Artikeln habe ich so viel über diese kleine Bande erfahren.

38 Sulamita hatte sich in mir festgesetzt. Ich wartete auf ihre Briefe wie auf die einer Geliebten, wenigstens stellte ich es mir so vor, ich kannte ja die Liebe nicht. Ich kannte nur die grenzenlose Freundschaft, die mich mit Christophe verbunden hatte. Diesmal war es kein junger Mensch mit verhängnisvollem Körper. Sulamita hatte mich ohne Umarmungen erobert. Was hatte ich von einer fast Hundertjährigen zu befürchten, die mir die Schlüssel zu einer vergangenen Welt in die Hand gab und mich langsam zu Anna Janowska führte? Vielleicht hatte sie recht, mir ein Treffen zu verweigern: Unsere Beziehung bestand im Schreiben. Sie schenkte mir ihre Erinnerungen, und ich lebte davon.

39 Bald schon machten sich die drei ans Werk. Perez ordnete an, Melech führte aus und Uri-Zwi träumte. Oder er schimpfte. So wird es ihr ganzes Leben lang bleiben: Perez wird der Anführer sein, bis er fällt, Melech der Schreiber und Uri-Zwi

der Prophet. Ich beschreibe sie Ihnen, als sähe ich sie durch die Straßen von Warschau schlendern, die Marszałkowska, Nowolipki, Nowolipie, Nalewkes, Krochmalna, aber rechnen Sie nach: 1921, 1922, spätestens 1923, denn da verlässt Uri-Zwi Polen, wie könnte ich mich da an die drei zusammen in Warschau erinnern? Sie werden nie mehr vereint sein. Ich sehe sie mit meinen eigenen Augen, dabei habe ich ihre Geschichte in Büchern gelesen. Ich bin Ihnen nur um wenige Lektionen voraus. Ich habe vor allem aus einer Quelle geschöpft, den Memoiren, die Melech nach dem Krieg veröffentlicht hat. In seinem adretten kleinen Büro in Montreal erzählte er von den reichen Stunden ihrer Begegnung, der Fackel, die meine Welt in Flammen setzte, einem ebenso starken wie kurzen bengalischen Feuer.

Sie hätten die Wohnung auf dem Mont Royal sehen sollen, wo Melech am Ende mit seiner letzten Liebe zusammenlebte. Sie war zweistöckig, aber stellen Sie sich bloß keinen Palast vor. Oben waren die Wohnräume und unten das Allerheiligste: das Archiv. Kartons über Kartons und viele Regalbretter voll mit Vorkriegsbüchern. Melech hatte alles verschickt, als er Polen in den dreißiger Jahren verließ, und seine Kisten folgten ihm auf seinen Irrfahrten durch die Welt, nach Australien, dann nach Kanada. Sind sie auch in China, Hongkong, Singapur, dann Argentinien, Chile, Mexiko und New York gewesen oder direkt nach Melbourne gereist und von Melbourne nach Montreal? Muss man nicht eine Sekretärsmentalität haben, um so viel Energie darauf zu verwenden, mit Tonnen von Papier umzuziehen? Tausende Briefe, Hunderte Fotos, alphabetisch geordnet in kleinen Umschlägen, Plakate, Flugblätter, Theaterprogramme, Lotterielose, Zeitungsartikel, ganze Dossiers über Städte, Länder, wer weiß, wozu er die brauchte, persönliche Dokumente, Militärausweise, Passierscheine, Zollfreischeine, Diplome und so weiter. Ich habe die Urinanalysen vergessen. Sein ganzes Leben lang hat Melech gesammelt. Nach seinem Tod hat sein Sohn in Tel Aviv das Archiv der Israelischen Nationalbibliothek überlassen. Ich konnte alles kopieren. Das war illegal, aber ich habe es geschafft: Ein Bibliothekar war ein ehemaliger Warschauer Klassenkamerad. Es hat mich ein Vermögen gekostet, aber Geld hatte ich ja. Wenn nicht genug auf meinem Konto gewesen wäre, hätte ich eine Skizze von Raffael verkauft, denn die Summe war nichts gemessen am Wert dieser Papiere, mit ihrer Hilfe konnte ich die Welt meines Vaters wieder aufleben lassen: Atlantis.

In jenem Winter 1922 brach eine Polemik aus, die so lange dauerte, wie eine Sternschnuppe braucht, um den Augusthimmel zu durchqueren. Sie hatte mit einer öffentlichen Lesung begonnen, unter den Augen des größten Literaturkritikers Polens, Hillel Zeitlin, ich habe ihn schon erwähnt. Alles spielte sich in seinem winzigen Büro ab. Die Redaktion von Zeitlins Zeitung lag mitten in der Nalewkes, Nummer 38, und unsere drei Freunde gingen jeden Tag daran vorbei. In dieser kleinen Welt traf man alle und jeden im Literatenverein. Man prügelte in den verschiedenen Zeitungen aufeinander ein und versammelte sich jeden Tag in dem verrauchten Saal mit den roten Sesseln. Der Raum war voll genug, dass sich zwei Personen gleichzeitig darin aufhalten konnten, ohne miteinander zu sprechen. Darin waren meine Warschauer Juden Spezialisten: einen Abend im gleichen Raum mit dem Intimfeind zu verbringen und so zu tun, als hätte man ihn nicht gesehen. Sie hatten diesen speziellen Sinn entwickelt, der für kleine Gesellschaften typisch ist.

Wenn man diese Fähigkeit nicht besitzt, ist jede Koexistenz unmöglich, denn man begegnet seinen Gegnern fortwährend, auf der Straße, im Theater, auf der Restauranttoilette.

Das Trio beauftragte ein paar Kinder, auf der Straße Flugblätter zu verteilen und Plakate zu kleben, die für den folgenden Samstagmorgen eine öffentliche Lesung ankündigten. Zu der Stunde, da die Väter zum Gottesdienst in die Synagoge gingen, würden die Söhne Verse deklamieren. Sie hatten den großen Saal des *Central-Theaters* in der Lesznostraße 1 gemietet, einen Raum, der mehrere Hundert Personen aufnehmen konnte. Was für eine Dreistigkeit! Sich einzubilden, dass man sich darum drängen würde, ein paar Grünschnäbel Verse deklamieren zu hören! Aber genau das geschah. Die Plätze waren in wenigen Tagen ausverkauft. Alle wollten diese Bande von Fantasten hören. Die großen Schriftsteller warteten vergeblich auf eine Einladung. Melech hatte welche verteilen wollen, aus Respekt. Aber Perez hatte verkündet:

»Auf keinen Fall. Sie sollen kommen und uns aus der Hand fressen. Und wenn sie schmollen, geht es auch ohne sie.«

Sie kamen. Siebenhundert Personen fanden Einlass, viele mussten stehen, und hundert drängten sich im Schnee schlotternd auf der Straße. Scholem Asch, sicher der einzige jiddische Dichter, der durch seine Feder reich geworden war und dessen Gesammelte Werke in zwölf Bänden soeben in New York erschienen waren, ließ durch einen Strohmann eine Eintrittskarte kaufen. Der Bote konnte sich nicht beherrschen und verriet dem Kassierer, dass der Platz für den berühmten Schriftsteller bestimmt sei. Als der Kassierer Perez fragte, ob er ihm eine Ermäßigung geben solle, erhielt er zur Antwort:

»Warum denn nur?«

Die Lesung begann. Die Stimmung im Saal war überhitzt. Melech, Uri-Zwi und Perez standen auf der Bühne. Broderson war extra aus Łodź gekommen. Er deklamierte als Erster:

Wir Jungen – eine fröhlich lachende Bande –
Gehen auf unbekannten Pfaden
An tief melancholischen Tagen
In schrecklichen Nächten:
Per aspera ad astra!

Stellen Sie sich die Wirkung des lateinischen Satzes auf das Publikum vor. Der halbe Saal sprach nur Jiddisch und hatte schon Mühe, auf Polnisch nach dem Weg zu fragen, und jetzt Latein! Der Ton war gegeben: Man wollte den Leser überraschen, provozieren, aus seiner Lethargie reißen.

Melech steht auf der Bühne, er beobachtet das Publikum im Parkett. In der ersten Reihe sitzen die Freunde vom Literatenverein, die Weggefährten der Bande: Israel-Joschua Singer, Oser Warschawski und natürlich meine Eltern. Die Chefredakteure der großen Zeitungen sitzen mit anderen Schriftstellern in den Logen. Ganz hinten erkennt er Scholem Asch, der im Schatten des Rangs sitzt, um unbemerkt zu bleiben. Spazieren Sie durch die Allee der Schriftsteller auf dem *Genscher bejs-ojlem,* und Sie werden die Teilnehmer an dieser verrückten Matinee finden, freilich nicht alle, denn einige haben Polen später verlassen, und andere, die meisten, haben keinen Grabstein. Melechs Blick ging hinauf zum Rang. Er sah dort ganz junge Leute, dicht zusammengedrängt, Jungen und Mädchen, und er erinnerte sich an jenen Abend in Lemberg, als er dem großen Jitschok-

Lejbusch Peretz zugehört hatte. Und nun war er, Melech, in Warschau, der Stadt, von der das Licht über die Welt gekommen war. Jetzt war er der Zeremonienmeister.

Perez war an der Reihe:

Weh euch, ihr Schultern, ihr tragt den gespaltenen Globus
des Kopfes halb gen Westen und halb gen Osten
Mit Meeren von Hirn und Wäldern von Adern als Dornen-
kronen;
Weh euch, ihr wieder vernähten Schädel, oh Knochen-Katafalke
für das Hirn aus schäumendem blutigen Tau, aus siedendem
Wahnsinn – hin zu den ewigen Hochzeiten, zu den Begräbnis-
tänzen.

Der Saal war niedergeschmettert: Markisch hatte seine ganze Aufsässigkeit in diesen Vortrag gelegt, aber was konnte das Warschauer Publikum von diesen Versen verstehen?

Nach ihm kam Uri-Zwi:

Mutter, die Nächte in diesem grausamen Land
Sind wie Scharlach so rot.
Die Gesichter wandeln sich bei Nacht,
Die Mutter erkennt nicht ihr einziges Kind,
Der Vater nicht seine ihm angetraute Frau.
Entfesselt summt es, brummt es in der Nacht.
Mutter, dein Sohn ist der Lustschrei in verruchten Nächten,
Mutter, dein Sohn ist der nackte, brennende Dornbusch in
hitzigen Nächten,
Und eine Tochter aus diesem verhurten Land
Mit giftigem Odem
Ist die Frau deines Sohns.

Kein Rabbi hat seinen Segen gegeben,
Kein Priester ist auf die Knie gefallen
Vor den heiligen Drei.

Dann ergriff Melech das Wort und las einen Text über expressionistische Dichtung. Jemand im Saal unterbrach ihn:

»Expression, Expression, immer habt ihr nur dieses Wort im Mund. Aber wir verstehen euer Gewäsch nicht. Expression ... Wüstes Zeug schreibt ihr, das verstehen wir. Ihr wollt alles sagen dürfen, aber hört euch doch an! Ist das eure Revolution?«

Und Uri-Zwi entgegnete lachend:

»Begreift ihr nicht, dass von heute an ein Tisch ein Bett sein wird und eine Hand eine Nase? Ein Schuh wird zur Wanduhr, und der Bauch einer Frau ist der Altar des Opferpriesters!«

Tumult erhob sich im Saal. Einige Zuschauer waren außer sich, andere im siebten Himmel. Es dauerte, bis wieder Ruhe einkehrte, und die Matinee ging im gleichen Ton weiter. Sie endete in vollkommener Kakophonie. Perez brüllte:

»Unser Maß ist nicht die Schönheit, sondern das Grauen.«

Uri-Zwi, wie ein Echo:

»Deshalb die Grausamkeit im Herzen des Gedichts, deshalb das Chaos der Bilder, deshalb fordert das Blut sein Recht!«

Und Melech:

»Spürt bis ins Blut die Schramme der Weltenuhrzeiger auf eurem Körper, sie ist wie das quälende Kratzen der schmierigen Hände eines verrückt gewordenen Vagabunden.«

Hillel Zeitlin war nicht im Saal. Er gehörte zu den frommen Juden, die den Morgen dem Gottesdienst widmeten und erst nach dem Essen zur Literatur zurückkehrten, dann, wenn die anderen ihren Mittagsschlaf hielten. Es war eine Zeit, in der man Bart und Schläfenlocken tragen und zugleich Verse lesen konnte. Es ist anzunehmen, dass man ihm erzählte, was sich im *Central* abgespielt hatte, von der überhitzten Atmosphäre, von den Gedichten, deklamiert wie Granatfunken des Krieges, von dem Europas Erde noch rauchte, Wörter wie blutige Klumpen aneinandergeklebt. Und vor allem von den empörenden Gegenüberstellungen, von dem Mond, der schön und groß am Himmel auf eine von der Schlacht verwüstete Landschaft, ein Städtchen am Abend nach einem Pogrom strahlt. Und von Melech mit seiner Eloge auf den menschlichen Körper:

Und da sind Brüste, zart wie Rosenknospen,
Mal in der Mitte rosenrot
so wie ein frischer Tropfen Blut,
Mal braun und imposant wie große Kupfermünzen
Und in der Mitte schwarz ein Tropfen Kirschblut.
Nicht nur die Rose, auch der Krebs wächst auf den Brüsten,
Dann sind sie aufgeblüht wie eine überreife Frucht und fieberrot,
geschwächt von krankem Blut und aufgedunsen – ein Berg, auf den
der beinerne Engel bald das Kreuz des Todes für den ganzen
Körper setzt.

Zeitlin beschimpfte diese jungen Leute als Konterbande, die die Literatur verunstalten wollten, indem sie widerwärtige Bilder einschmuggelten. Er hatte die Kugel pfeifen hören: Sein Sockel wankte, denn er hatte es mit drei ehrgeizigen jungen Talenten zu tun, drei Heißspornen, die die etablierte Ordnung auf den Kopf stellen würden. Man sah sie zusammen spazieren gehen:

»Das ist Markisch, das ist Rawicz, das ist Grinberg.«

Sogar diejenigen, die nie eine Gedichtzeile lasen, drehten sich um, denn schon ihr Gang kündete von ihrer Entschlossenheit: Da pflügte ein Ozeandampfer mit drei Schornsteinen durch die Menge der Nalewkes. Zeitlins Antwort ließ nicht auf sich warten. Vor mir liegt die Ausgabe des *Moment* vom 3. Februar 1922: *Die verdorbene Ästhetik und das Geschäft mit der Kunst.* Oder hier, eine Woche später: *In den Abgründen der Armseligkeit.* Und am 10. März: *Die Allianz der Schreibwütigen und Chefredakteure.* Am 31. desselben Monats titelt Zeitlins Chronik: *Was ist das für eine Clique?* Eine letzte Brandschrift unterzeichnet Zeitlin am 7. April, *Die Wahrheitssucher und Helden der geistigen Leere.* Später beruhigt sich das Feuer. Heutzutage wagen die Zeitungen nicht mehr, etwas anzuprangern, sie bleiben unentschieden. Man liest eine Rezension, und am Ende des Artikels fragt man sich: Hat dem Journalisten das Buch nun gefallen oder nicht?

Beim großen Zeitlin hat das Wort Pamphlet noch Gewicht. Er verabscheut diese jungen Leute, aber seine Heftigkeit verrät seine Intuition. Er hat verstanden, dass ein guter Chronist sie nicht ignorieren kann. Was für ein Talent! Obwohl er ihnen stets widerspricht, bleibt sein Name für immer mit diesen Avantgarde-Dichtern verbunden. Denn trotz der Tausende von Seiten, die er dreißig Jahre lang im *Moment* veröffentlichte, ist Zeitlin seit dem Tag vergessen, als die Schornsteine von Treblinka zu rauchen aufhörten. Zeugen erzählten, er sei mit seinem Gebetsschal und seinen Gebetsriemen in den Viehwaggon gestiegen und habe das *Schma Jisro'el* rezitiert. Wer, wenn nicht ich, erinnert sich noch daran?

Die Angriffe von Hillel Zeitlin freuten die jungen Männer. Nichts wäre ihnen unerträglicher gewesen als Gleichgültigkeit. Die Revolution muss auf den Widerstand reaktionärer Kräfte treffen, sonst ist sie nichts. Zeitlin warf unseren drei Freunden vor, sie seien Angeber. Er hatte nicht so Unrecht, vor allem bei Perez. Bei Uri-Zwi war es etwas anderes, er war erfüllt von der Seele seiner chassidischen Vorfahren, fühlte sich als Wahrer dieses Erbes, schob es aber für den Moment beiseite: Er lehnte Priester und Rabbiner, Moses und Jesus gleichermaßen ab. Er war ein Rabbi, der Kaftan und Zobelhut abgelegt hatte. Zeitlin wagte ihn nicht allzu heftig anzugreifen. Was ihn am meisten störte, war: Man konnte sich ja noch damit abfinden, dass diese jungen Männer Gedichte ohne Hand und Fuß schrieben, strukturiert wie eine Collage von Braque. Täten sie es nach Art der Deutschen oder der Polen, hätte man ihnen verzeihen können. Aber ihre große Sünde war, dass sie die jüdische Kultur nicht aufgaben. Ihre Gedichte waren voll von Anspielungen auf die Bibel, auf die tausendjährigen Feste ihres Volkes und auf die Sitten der einfachen Juden vom Lande. Sie machten Gott verantwortlich für das Unglück, das die Juden traf, und das war zu viel für Rabbi Zeitlin, der jeden Morgen die Gebetsriemen anlegte und seinen Kopf mit dem schwarz gestreiften weißen Schal bedeckte, um das Lob Gottes zu singen.

Literaturzeitschriften waren in Mode, auch wenn sie nur ein paar Nummern erlebten. Im selben Jahr hatte jeder der drei seine eigene. Melech gab mit meinem Vater *Ringen* heraus. Markisch bestimmte das Schicksal von *Khaliastra, Die Clique.* Er hatte Zeitlin beim Wort genommen und aus seiner Beschimpfung ein Emblem gemacht, so wie sich heute Neger ganz bewusst mit diesem entehrenden Attribut aus der Sklavenzeit bezeichnen. Und Uri-Zwi brachte die erste Nummer von *Albatros* heraus. Papier war teuer. Niemand hatte Geld. Man sah zu, wie man welches auftrieb. Markisch konnte auf den Vater von Estera und Pessa zählen, aber die anderen? Sie schlugen sich irgendwie durch. Das Leben in Warschau war hart, aber es fehlte nicht an Lesern. Die Redakteure hofften, ihre Zeitschriften wie warme Semmeln zu verkaufen. Aber *Khaliastra* verkaufte sich ebenso wenig wie *Albatros.* Man kaufte lieber die Erfolgsautoren.

»Diese Zeitlins sind wie Hunde in ihrem Zwinger, und was bewachen sie? Müllhaufen.«

»Die Welt steht am Abgrund.«

40

Immer wenn Sulamita einen Titel nannte, lief ich in die Bibliothek und bat Sonia um das Buch. Ich legte *Khaliastra, Albatros* und *Ringen* auf einen Tisch im Lesesaal und betrachtete sie. Dann versuchte ich, sie zu lesen. Ich legte Sulamitas Briefe daneben, schlug die Bücher auf, suchte nach den Stellen, die sie mir übersetzt hatte, und verglich die beiden Texte, um die Kraft des Originals zu ermessen. Manchmal schaffte ich es, aber die Sprache leistete mir noch immer Widerstand.

Sulamita hatte mir verboten, sie zu besuchen, aber ich habe ihr nicht gehorcht. Ich bekam diese Briefe sehr gern, aber sie reichten mir nicht mehr. Ich beschloss, zu ihr zu fahren. Selbst wenn Sulamita mir die Reise untersagte, wollte ich es versuchen. Zum ersten Mal im Leben überschritt ich ein Verbot, und das gefiel mir. Mein Vorgesetzter in der Bank schätzte mich. Ich glaube, er amüsierte sich über mich. Auch er langweilte sich in der Bank, und er hatte mich eingestellt, weil ich den grauen Anzug anders trug als die anderen. Eines Tages erzählte ich ihm beim Mittagessen ein bisschen von den Briefen.

»Das ist Ihre Art von Flucht, so etwas braucht man.«

»Am Anfang habe ich eine Welt gesucht, aber dann hat mir das Spiel gefallen. Die alte Dame fasziniert mich: allein in ihrem Palast, umgeben von Büchern. Ich denke ständig an sie.«

»Sie sind wohl verliebt?«

»Glauben Sie? Ist das Liebe?«

»Wenn man jemanden nicht mehr aus dem Kopf bringt, sieht das ganz so aus!«

Er fragte mich oft: »Wie geht es Ihrer Dame?« Er hatte mehr Angst als ich, dass der Faden riss. Sulamita war alt, ich fürchtete, dass sie plötzlich starb, und er teilte meine Besorgnis.

»Haben Sie nicht einen Auftrag für mich in Rom?«

»Wenn Sie London gesagt hätten, wären Sie schon da. Rom ist kein bedeutender Finanzplatz, aber geben Sie mir ein paar Tage, ich werde schon etwas finden.«

Ich nahm den Schlafwagen, wie ich es mir ausgemalt hatte. Frühmorgens kam ich in Rom an. Es blieben noch ein paar Stunden, bevor ich mein Hotelzimmer beziehen konnte.

Also ging ich spazieren, ich war schon jahrelang nicht mehr in Rom gewesen. Zum letzten Mal eine Woche während des Studiums, mit Christophe. Seine Cousine machte ein Praktikum in der italienischen Filiale einer großen Ölfirma. Sie hatte eine Dienstbotenkammer in einer Villa mitten in der Stadt, die in Wohnungen unterteilt worden war. Christophe und ich liefen den ganzen Tag durch Rom und sanken abends erschöpft ins Bett, das heißt: er ins Bett und ich auf eine Matratze auf dem Boden. Am nächsten Morgen zogen wir wieder los. Wir besichtigten die Kirchen, den Vatikan, die Sixtinische Kapelle, das Pantheon, die Villa Borghese, das ganze touristische Programm, aber am meisten berührten mich die Überreste des Imperium Romanum. Damals dachte ich, dieses Gefühl sei auf die Lateinstunden zurückzuführen, die ich am Gymnasium so geliebt hatte: Endlich stand ich am Schauplatz der Ereignisse, sah Cicero vor dem Senat seine Reden halten, Caesar, wie er von Brutus erdolcht wurde, die Verurteilten, die vom Tarpejischen Fels gestürzt wurden, der viel niedriger war, als ich ihn mir vorgestellt hatte. Mir war nicht klar, dass meine Erregung woandersher rührte, das entdeckte ich bei diesem Besuch in Rom.

Nach dem Morgenspaziergang zum Forum lief ich zur Piazza Venezia. Diesmal war ich allein, doch in Gedanken war Christophe bei mir. Sein in Marmor gemeißelter Name begleitete mich durch die Ruinen, aber auch die bevorstehende Begegnung beschäftigte mich. Wäre Sulamita bereit, mich zu sehen? Wenn nicht, müsste ich bis zum Ende meines Auftrags allein durch Rom irren.

Ich bezog mein Hotelzimmer, aß im Hotelrestaurant zu Mittag, ließ die Siesta verstreichen, die eine alte Dame in meiner Vorstellung braucht, und ging gegen drei zu dem Palazzo, der in allen Reiseführern beschrieben ist. Dort fragte ich den Wärter, wie ich zu Sulamita käme. Er zeigte auf eine seitliche Treppe, ein Stück von dem majestätischen Eingang mit Säulen aus Carrara-Marmor entfernt. Also gelangte man zu meiner alten Dame nicht nur durch die hinter einem Schrank versteckte Öffnung, von der sie mir geschrieben hatte. Eine Tür führte auch in die Welt hinaus. Ich dachte mir, dass dieser Eingang vor allem ein Ausgang war, für den Fall, dass ... Mir fiel wieder ein, wie ich eines Tages der Tante von Annette, die für den Sommer gekommen war, meine Wohnung vermietet hatte. Ich rühmte die Qualität des massiven Eichenparketts, die Zierleisten und den funktionierenden Kamin, und als wir in die Küche kamen, ließ ich sie die komplette Einrichtung bewundern, doch sie hatte nur Augen für den Dienstboteneingang.

»Und diese Tür?«

»Die benutze ich nicht.«

»Haben Sie den Schlüssel?«

»Sie brauchen ihn nicht. Die Treppe ist uralt, und es gibt keinen Fahrstuhl.«

»Aber man kann sie aufmachen?«

»Natürlich!«

»Dann seien Sie so gut, geben Sie mir den Schlüssel.«

»Haben Sie Angst vor einem Feuer?«

»Genau, vor einem Feuer.«

Zu meiner großen Überraschung ließ mich die Haushälterin ohne Schwierigkeiten herein und bat mich, im Vorzimmer zu warten, ein paar Minuten später führte sie mich in den Palast der Erinnerung. Er war, wie ich ihn mir vorgestellt hatte: eine Art Kathedrale, in der statt Kreuzweg, Heiligenstatuen und Votivkapellen hohe Holzregale voller Bücher standen, deren Schnitt im Lauf der Jahre pergamentartig geworden war. Es sah aus wie fünf- oder sechstausend

Bücher, aber wenn man sich die Mühe gemacht hätte, sie alle zu zählen, wäre man sicher auf zehn- oder zwanzigmal so viele gekommen. In der rechten Wand befanden sich fünf hohe Fenster und dazwischen vier riesige Schwarz-Weiß-Porträts; darauf blickten ein bärtiger Mann mit Mütze, eine gebeugte alte Frau und zwei andere Personen, die ich mir beim ersten Mal nicht die Zeit nahm anzuschauen, ins Innere der Kathedrale.

Ich blieb auf der Schwelle stehen, mit erhobenem Kopf, in die Betrachtung des Raums versunken. Den roten Sessel in der Mitte bemerkte ich nicht gleich, denn die Bibliothek war so groß, dass sein Stoff mit dem Teppich auf dem Boden verschmolz.

– Sie haben lange gebraucht, um zu mir zu kommen.

Die Stimme, leise, aber fest, kam vom Sessel.

– Kommen Sie näher, junger Mann.

Ich ging die fünfzehn oder zwanzig Meter, die mich von der Stimme trennten, und um den Lehnsessel herum, bis ich ihr gegenüberstand.

– Wer sind Sie?

– Pierre.

Die alte Dame, sehr mager, aber majestätisch, betrachtete mich prüfend.

– Sie sind schön.

Ich errötete: So viel Direktheit von einer so alten Frau, aber hatte sie noch Zeit für Rituale der guten Erziehung?

– Sie sehen großartig aus.

– Überrascht Sie das?

– Ich habe mir kein Bild von Ihnen gemacht. Ich wusste, dass Sie eine schöne Seele haben, aber der Honigton Ihrer Haut rührt mich. Die Farbe von Mahagoni. Kommen Sie her.

Sie streckte ihre geäderte Hand aus und strich mir übers Gesicht, den Hals hinunter bis zur Öffnung des Hemds. Dort lösten sich ihre Finger von meiner Haut und wanderten auf dem Stoff weiter, sie tastete über meinen durch jahrelanges Schwimmen gestärkten linken Brustmuskel und verharrte dort. Diese selbstbewusste Liebkosung war angenehm. Mein Herz raste.

– Sie sind aufgeregt.

– Man hat nicht jeden Tag die Ehre, von einer großen Dame berührt zu werden.

– Sie sind Esra.

– Esra?

– Der Lehrling meines Vaters. Kacyzne war Schriftsteller, aber auch Fotograf. Vor allem Fotograf. Oder vor allem Schriftsteller. Ich weiß nicht, ob er mehr das eine oder das andere war, das kam immer darauf an. Wenn das Monatsende kam, war er Fotograf, denn mit dieser damals ganz neuen Kunst ernährte er seine Familie. Er hat halb Warschau porträtiert, er ist die ganze Zwischenkriegszeit durch die polnische Provinz gefahren, um den Blick eines Melamed oder die Gestalt eines Wasserträgers einzufangen. Die Gesichter dort an der Wand sind von ihm. Die alte Frau ist Itke, die Frau des Glasers von Wischkewe. Ich spreche von der Zeit vor dem Fernsehen, auch das Kino war noch kaum bekannt. Ein Verliebter sagte zu seiner Braut: »Du bist schön wie ein Porträt von Kacyzne.« Bei meiner Geburt wohnten wir in der Nowolipiestraße, direkt gegenüber den Büros der *Folks-tsaytung*, der Tageszeitung der jüdischen Sozialisten. Das Studio meines Vaters lag etwas weiter entfernt, in der Długastraße, ich erinnere mich kaum daran, denn er ist 1926 in die Bielánska umgezogen, immer noch im jüdischen Viertel. An das in der Bielánska erinnere ich mich noch gut:

ein großer Raum zur Straße, mit allen Gerätschaften, die man zum Fotografieren brauchte, den Apparaten, Reflektoren und Schirmen. In einer Ecke lagen zusammengerollte Leinwände, sie wurden als Hintergrund aufgespannt, je nachdem, was sich der Kunde wünschte. »Wollen Sie ein Foto auf dem Land? Wir haben eine blühende Wiese auf einer Lichtung, mit einer Brücke über den Bach in der Ferne. Sie können auch im Flugzeug sitzen, hier ist ein Behang mit Schlitz, um die Illusion zu erwecken, Sie säßen mit Ihrer Frau und Ihrem Sohn in einem Dreisitzer.« Mit einigem Zubehör konnte man das Bild vervollständigen: drei Rohrstühle, eine kleine Bank wie in öffentlichen Parks, die vor waldigem Hintergrund aufgestellt werden konnte, eine falsche römische Säule, ein paar Sonnenschirme und hübsche Kleider für die Mittellosen. Das waren viele, sie zogen sich hinter einem Paravent um. Denn damals ging man sich fotografieren lassen. Man bereitete sich darauf vor. Oft wartete man, bis das Wetter schön war und man leichtere Kleidung trug, deshalb hatte mein Vater im Frühjahr viel zu tun. Das Hinterzimmer war zum Labor umgebaut. Die Wände waren schwarz getüncht, die Fenster durch massive Läden abgedunkelt. In großen Wannen standen widerwärtige Substanzen: der Entwickler und der Fixierer, in denen Platten, Filme und Papier ihre Metamorphose erlebten. Die lichtempfindlichen Oberflächen kamen undurchsichtig hinein und mit der Gestalt einer Frau oder dem Porträt einer Kindergruppe wieder heraus. Es war faszinierend, diese Personen in Miniatur langsam erscheinen zu sehen, auf den Augenblick zu warten, wo man erkennen konnte, ob ein junges Mädchen oder ein Greis auftauchen würde. Zuerst war es nur ein Umriss mit kaum wahrnehmbaren Konturen, aber sehr schnell begegnete Ihnen der Blick, noch bevor um diese auf Sie gerichteten Augen herum der Rest der Fotografie Gestalt annahm, die Gesichtszüge, der Mund, die Schläfen, die Hände, die Kleider und schließlich der Hintergrund. Soll ich Ihnen etwas sagen? Ich hasste den Geruch in diesem Labor, ich hielt mir die Nase zu, wenn ich hineinging, aber ich kam immer wieder, um diese Geburt mitzuerleben. Andere Kinder spielten mit Figürchen, kleinen Soldaten oder Tieren, die sie auf dem Boden oder dem Tisch hin- und herschoben, aber ich brauchte das nicht. Ich hatte Papas Labor, wo ich Ratespiele machte. Wer würde erscheinen? Der Advokat Laki und seine Frau aus der Marszałkowska, der Hausmeister Darek aus der Lesznostraße? Ich ging fast jeden Tag dorthin, trotz des widerwärtigen Geruchs. Dabei war unsere Luft überall voller Gestank. Manche Straßen waren ständig verpestet, heute würden wir das nicht mehr aushalten, die Leute verströmten ohne Scham alle Ausdünstungen ihres Körpers, was heute, da wir an berauschende Parfums und Deodorants gewöhnt sind, als unmöglich gilt. Die Metzgereien stanken nach Fleisch, die Fischläden nach Fisch. Sagen Sie nicht, junger Mann, das hätte sich nicht geändert. Wer nie durch die Miłastraße gegangen ist, weiß nicht, wie Fisch riecht. Und wir hatten den Geruch von Pferdemist, in der Stadt wie auf dem Land, ich spreche von einer Zeit, als es noch nicht Millionen von Autos gab. Die bitteren Salze des Fotografen waren mir zuwider, aber heute vermisse ich sie. Wenn ich sie rieche, bin ich wieder im Labor meines Vaters, deshalb habe ich früher oft einen Umweg an der Kodakfabrik vorbei gemacht, wenn ich aus meinem römischen Palazzo ins Stadtzentrum ging. Ich lief eine lange, fensterlose Mauer entlang, ich war allein auf dem wenig verlockenden Gehweg, die Fußgänger nahmen lieber die andere Straßenseite, die in der Sonne lag, und aus den Kellerluken der

Kodakfabrik drang der gleiche Geruch, der mir einst im Labor meines Vaters in die Nase stach. Ein paar Sekunden lang packte mich Warschau mitten in Rom. Dieser Geruch ist in meinem Erinnerungspalast festgehalten, man muss eine Treppe hinabsteigen, um zu ihm zu gelangen, ich sehe eine Sackgasse, dunkel wie ein Labor, ja, das ist es, die Fotosalze durchdringen einen der schwärzesten, ganz tief vergrabenen Winkel meines Gedächtnisses, in den ich mich zurückziehe, um allein zu sein und an meinen Vater zu denken.

In der Dunkelkammer trockneten die Fotografien an einer Wäscheleine. Ich konnte die Abzüge vor allen anderen sehen. Ich habe viel Zeit in diesem abgeschiedenen Raum verbracht. Mein Vater hielt sich selten dort auf. Er empfing die Kunden im Studio oder trieb sich auf den Straßen Polens herum. Ich setzte mich neben den Lehrling. Eine Zeitlang war das Israel-Joschua Singer. Er hat in den zehner Jahren bei meinem Vater gearbeitet. Zu meiner Zeit gab es mehrere Lehrlinge nacheinander, aber ich mochte nur einen, Esra. Seinen Familiennamen könnte ich Ihnen nicht sagen, alle riefen ihn nur beim Vornamen, ein großer junger Mann mit fuchsrotem Schopf aus Falenica, einem Dorf ein paar Kilometer südöstlich von Warschau. Er hatte sehr früh seine Eltern verloren und schickte Geld an seine Großmutter, die im Schtetl geblieben war. Ich war sechs, vielleicht sieben, und ich war verliebt. Ich blieb stundenlang neben ihm im Dunkeln. Das Rotlicht erhellte sein Gesicht und entflammte sein Haar. Er beugte sich über die Fotos, passte den Moment ab, da man sie aus dem Becken nehmen musste, wie eine Konditorin über ihr Brioche wacht, das golden und innen zart sein muss, aber das eingeweichte Foto stank und klebte, während das Brioche Sie betört. Ich schaute ihm zu, ich bewunderte sein rötliches Profil, das sich kaum von dem glühenden Licht im Atelier abhob. Dann tat ich es ihm nach und blickte auf das langsam auftauchende Porträt. Man sagt, dass nichts aus dem Nichts kommt, aber wie erklären Sie die Fotografie? Das Papier ist weiß, und plötzlich ist da ein Bild. Ist das nicht ein Schöpfungsakt?

– Es gibt …

– Seien Sie still! Sie wollen mir die Gesetze der Chemie erklären, aber ich bleibe lieber bei meinen kindlichen Träumereien, ganz hinten in der Camera obscura, nur mit diesen aus dem Nichts kommenden Gesichtern, und Esra und mir stockt bei ihrer Offenbarung der Atem. Esra war achtzehn. In der Dunkelheit des Labors erzählte er mir Geschichten, die er von seiner Großmutter hatte. Ich erinnere mich nur an eine, ich hätte gern keine von ihnen vergessen, aber das war unmöglich, ich war zu klein, als er sie mir erzählte, wie könnte ich mich an sie erinnern? Sie wünschten, ich würde sie Ihnen alle erzählen? Verzeihen Sie, das kann ich nicht. Sie sind hinter einem Wandbehang im Labyrinth meines Gedächtnisses verloren gegangen, und ich bin nicht Scheherazade, das habe ich Ihnen schon einmal gesagt, mein Leben hängt nicht davon ab. Ich werde bald sterben, aber vielleicht halten diese Geschichten aus Atlantis mich am Leben, bis ich am Ende bin; werde ich eines Tages damit fertig sein? Das muss ich wohl. Der Tod wird das entscheiden, ich werde mit mir nehmen, was ich Ihnen noch nicht überlassen habe, Esra, die Erinnerung an ihn, die Geschichten seiner Großmutter. Ich erinnere mich an die Königin von Saba, die König Salomon besucht. Esra fing an mit *A mol is geven*, es war einmal. Aber bei der Königin von Saba sagte er nur *A mol*, einmal, denn die Geschichte kam nach anderen Geschichten von König Salomon. Kommen Sie morgen wieder, ich werde sie Ihnen erzählen.

41

Mit sieben Jahren hatte sich Sulamita in einen zehn Jahre älteren Jungen verliebt. Ich hatte über dreißig Jahre gebraucht, um mich von diesem Gefühl überwältigen zu lassen, aber kann man überhaupt sagen, dass man in eine fast Hundertjährige verliebt ist? Es war kein Begehren, natürlich nicht. Eher Abhängigkeit, ich konnte kaum noch ohne sie sein.

Als sie mich in mein Hotel zurückschickte, hätte ich am liebsten gesagt: »Nein, noch ein bisschen, ich flehe Sie an.« War das nicht die Liebe? Noch ein bisschen.

Sie verhieß mir ihren Tod, und ich fürchtete mich davor. Und wenn Sulamita in dieser Nacht starb, gleich nach unserer ersten Begegnung? Christophes Tod hatte mich gelehrt, dass die Natur kein Erbarmen kennt, man konnte einen Menschen verlieren, den man so furchtbar gern noch viel besser kennengelernt hätte.

Was war das für eine Liebe von Sulamita für Esra? Bewunderung. Die uneigennützige Leidenschaft eines Kindes, ohne irgendeinen Hintergedanken an etwas Körperliches, denn diese Liebe kam vor dem erotischen Erwachen in der Pubertät.

42

Eines Tages entsandte König Salomon Boten in alle Länder rund um das Land Israel, um die Könige des Ostens und des Westens in seinen Palast einzuladen, damit sie seine Größe schauten.

Der Auerhahn kam und sprach:

»Herr, seit drei Monaten geht mir ein Gedanke im Kopf herum und lässt mir keine Ruhe. Ich habe weder gegessen noch getrunken, bin pfeilschnell rund um die Welt geflogen und habe ein Land gesucht, das nicht unter deinem Befehl stünde. Im Osten fand ich ein schneeweißes Reich, dessen Hauptstadt Kitor heißt. Dort ist der Sand kostbarer als Gold und die breiten Straßen sind übersät von Silber. Die Bäume wachsen seit Urgedenken, sind sie doch zu Anbeginn der Schöpfung gepflanzt worden. Die Bewohner trinken das Wasser des Gartens Eden. Es gibt dort eine große Armee, aber sie schießt nicht mit dem Bogen und versteht sich nicht auf den Krieg. Über das Land herrscht eine Frau, ihr Name ist Königin von Saba. Deshalb will ich, wenn es meinem Herrn gefällt, nach Kitor zurückkehren. Ich will die Mächtigen einschließen und die Königin von Saba zu dir bringen.«

Die Sache gefiel dem König, man schrieb einen Brief und band ihn an den Krallen des Vogels fest.

Der Auerhahn schwang sich in die Lüfte, zog große Kreise über dem Palast und flog davon zum Königreich von Saba, und alle Vögel begleiteten ihn. Sie flogen tagelang bis nach Kitor. Am Morgen trat die Königin von Saba auf ihren Balkon, um sich vor der Sonne zu verneigen, aber sie sah, dass der Himmel sich verdunkelt hatte: Die Vögel verbargen mit ihren Flügeln das Licht.

Der Auerhahn flog zu ihr. Sie sah den Brief, entfaltete ihn und las:

»Von mir, König Salomon,

Friede sei mit Dir und Glückseligkeit bei Deinen Vornehmen!

Wisse, dass der Allerhöchste mir erlaubt hat, über alle Tiere auf den Feldern und alle Vögel am Himmel zu herrschen, ebenso wie über die Dämonen, Geister und Teufel, und die Könige im Osten und im Westen, im Süden und im Norden leisten mir den Treueeid.

Wenn Du nun zu mir kommst, werde ich Dir größere Ehren erweisen als jedem anderen Herrscher, und wenn Du nicht kommst, werde ich meine Vasallen, Reiter und Legionen schicken. Sie werden Euch in Euren Betten ersticken, die Geister werden Euch auf den Feldern zerfleischen, und die Vögel werden Euer Aas fressen.«

Als die Königin den Brief zu Ende gelesen hatte, rief sie ihre Seeleute zu sich und ließ ihre Schiffe mit kostbaren Hölzern, Ambra und Korallen, Perlen und Diamanten beladen; sie schickte König Salomon sechstausend Jünglinge und sechstausend Jungfrauen, die alle am selben Tag und zur selben Stunde geboren und alle gleich groß und in die gleiche purpurne Wolle gekleidet waren.

Sie vertraute ihnen einen Brief für den Herrscher an:

»Die Reise von Kitor ins Land Israel dauert sieben Jahre, ich aber werde nur drei brauchen.«

Drei Jahre später erschien sie, und König Salomon befahl, dass man vor ihr her ging. Man führte sie zu ihm in seinen Palast.

Sie legte dem König ein Rätsel vor:

»Es kommt aus der Erde
Es fließt wie Wasser
Es füllt das Heim.«

Salomon antwortete: »Das Erdöl.«

Weiter sagte sie:
»Wenn der Wind bläst,
Neigt er schnell den Kopf
Und ächzt:
Schmuck für die Reichen, nützlich den Armen;
den Lebenden ein Ziel; den Toten eine Strafe;
Für die Vögel eine Freude; für die Fische eine Wunde.«
Auch dieses Rätsel konnte er lösen.

– Und wie ist die Lösung?
– Lassen Sie mich bitte zu Ende erzählen.

Abermals wollte sie ihn prüfen und sprach:

»Rate, wer von den jungen Leuten, die ich dir geschickt habe, Jünglinge und wer Jungfrauen sind.«

Er ließ den jungen Leuten Nüsse und geröstete Körner zuwerfen.

Die Jünglinge hoben den Saum ihrer Kleider, und die Jungfrauen, die von Natur aus schamhafter sind, streckten ihre Hauben vor.

»Nun sehe ich mit eigenen Augen, wie weit Eure Weisheit reicht.«

Sie übergab dem König kostbare Geschenke, und er gab ihr alles, was sie begehrte.

Esra blieb vier Jahre bei meinem Vater. Zwischen zwei Geschichten erzählte er mir von der russischen Revolution, die die ganze Welt erobern würde. Er hatte ganz recht, an sie zu glauben: Die Zeiten waren dermaßen ungerecht! Er sagte, für die Juden gebe es in Polen keine Zukunft. Wie sollte man ihm heute widersprechen? Er hätte sich für Palästina entscheiden können wie Uri-Zwi oder für Amerika wie Melech, aber der Stern, der ihn leitete, war die Sowjetunion, wie bei Perez. Nach der Arbeit ging er abends in einen Arbeiterklub, wo er alles Mögliche lernte. Als Kind hatte ihn seine Großmutter in Falenica in den *Cheder* geschickt. Jeden Sonntag brachte er die paar *Groschn* mit, die die Schule wöchentlich kostete, aber eines Tages hatte seine Großmutter kein Geld mehr, Esra kam mit leeren Händen, und der *Melamed* schickte ihn weg und sagte, er solle wiederkommen, wenn er bezahlen könne; da war er acht. So glich er mit Marx aus, was er von der Torah nicht hatte lernen können. Denn im Arbeiterklub lehrte man ihn vor allem die Revolution, und am nächsten Tag erzählte er mir von Lenin, dem Erwachen der Unterdrückten, der klassenlosen Gesellschaft; bei diesen Themen bin ich unschlagbar, die hatten nichts mit der Königin von Saba zu tun, aber Esra hätte mir in der Heimlichkeit des Labors erzählen können, was er wollte, er war mein Gott, der große Bruder, den ich nicht hatte. Ich war ein Einzelkind, meine Tante Małgorzata war kinderlos, und meine Cousins wohnten weit weg, im unabhängigen Litauen, in New York, Antwerpen und in einem Kibbuz in der Jesreel-Ebene. Ich war das einzige Kind in der Familie und suchte nach Geschwistern. Wäre ich ein paar Jahre älter gewesen, hätte ich mir einen Liebsten gesucht.

Als ich eines Tages nach der Schule ins Studio kam, erfuhr ich, dass Esra hatte ins *Schtetl* zurückkehren müssen, weil es seiner Großmutter sehr schlecht ging. In seiner Abwesenheit blieb das Labor geschlossen. Also leistete ich meinem Vater Gesellschaft. Ohne Esra langweilte ich mich. Zwei Tage später erhielt Kacyzne einen Brief: Esras Großmutter war gestorben, er blieb die Trauerwoche über im Dorf. Am folgenden Sonntag kam er wieder. Er sagte zu mir: »Ich habe den Menschen verloren, der mir am liebsten war auf der Welt, erinnere dich an ihre Geschichten, denn sie kommen von sehr weit her, und ich werde sie dir nicht mehr erzählen können.« Am nächsten Morgen war er verschwunden. Mein Vater wartete ein paar Tage, dann stellte er einen neuen Lehrling ein, einen schüchternen Jungen, der keine Revolution machen wollte. Ich war verzweifelt. Es war der erste Schmerz meines Lebens, ein entsetzliches Verlassenheitsgefühl. Ich weiß nicht, ob Alter Kacyzne wusste, was aus seinem Lehrling wurde, nicht einmal, ob ihm daran lag, es zu erfahren. Wir haben nie mehr über ihn geredet. Dabei war er sein bester und begabtester Lehrling gewesen, der einzige, dem er die Entwicklung der Negative anvertraute. Die anderen durften nur die Becken füllen, das Studio ausfegen und die Fotos pressen, wenn sie getrocknet waren. Er ist in die Sowjetunion gegangen, das ist klar. Nach dem Tod seiner Großmutter hielt ihn nichts mehr in Polen zurück. Ich habe nächtelang geweint. Ich liebte Esra, und ich hatte ihn nicht zurückhalten können. Sicher, ich war ein kleines Mädchen, und es war mir nicht bewusst. Ich hatte ihn nicht verhexen können, wie die Königin von Saba Salomon verführt hatte.

Vor seinem Verschwinden hatte mir Esra ein Rätsel aufgegeben:

»Wenn der Wind bläst,
Neigt er schnell den Kopf
Und ächzt:
Schmuck für die Reichen, nützlich den Armen;
den Lebenden ein Ziel; den Toten eine Strafe;
Für die Vögel eine Freude; für die Fische eine Wunde.«

Ich hätte meinen Vater oder einen Lehrer nach der Lösung fragen, in die Bibliothek laufen und in einem Märchenbuch nachschauen können. Stattdessen legte ich ein Gelübde ab: Wenn es mir allein gelang, das Rätsel zu lösen, würde Esra zu mir zurückkommen, mich um Verzeihung bitten und mich anflehen, ihn zu heiraten.

– Und?
– Da sind Sie!
– Ich bin nicht gekommen, um Sie um Ihre Hand zu bitten.
– Sie bitten mich um viel mehr. Es ist unglaublich, wie ähnlich Sie ihm sehen, die gleiche üppige rote Mähne.
– Haben Sie ein Foto von ihm?
– Mein Vater hat ganz Polen fotografiert, nur Esra nicht. Lassen Sie mich jetzt allein.
– Schon? Ich bin doch gerade erst gekommen.
– Diese Geschichte hat mich erschöpft. Vielleicht hätte ich Ihnen die Tür nicht aufmachen sollen. Sie verwirren mich … Ich dachte, Esra hätte aufgehört, mich zu quälen.
– Ich komme morgen wieder.
– Um zehn, ich erwarte Sie.

43

Was haben Sie gestern gemacht, nachdem Sie gegangen sind?

– Ich bin auf dem Forum gewesen.

– Sieh an, Sie lieben diesen Ort also auch?

– Ich bin ein Nostalgiker. Er erinnert mich an einen lieben Freund.

– Sie haben auch Ihren Esra?

– Wenn Sie so wollen. Aber meiner ist tot, ich weiß, dass ich ihn nicht mehr wiederfinde.

– Wie hieß er?

– Christophe.

– Träger Christi. Esra bedeutet »Gehilfe«. Das ist fast das gleiche, derjenige, der unterstützt.

– Wir sind uns ziemlich ähnlich.

– Ich glaube, ich hätte nicht in einer anderen Stadt leben können. Haben Sie den Titusbogen gesehen?

– Nein.

– Gehen Sie nachher hin.

– Warum?

– Sie werden schon sehen. Was wollen Sie heute von mir?

– Die Fortsetzung der Geschichte.

– Ich lasse Ihnen einen Stuhl bringen.

– Ich setze mich lieber zu Ihren Füßen.

– Wissen Sie, wie viele Jahrzehnte mir kein Mann mehr zu Füßen gesessen hat? Ich war eine schöne Frau, aber es kommt eine Zeit, wo das aufhört.

– In einer anderen fängt es wieder an.
– Wir waren in Warschau, nicht wahr?
– Genau.
– Dann führe ich Sie jetzt in eine andere Hauptstadt. Von den dreien war Melech der Einzige, der Arbeit hatte: Er war der Sekretär der Zentralorganisation der jiddischen Schulen, und diese Arbeit nahm ihn den ganzen Tag in Beschlag, nur abends trieb er sich mit seinen Freunden herum.

»Wollt ihr hier Wurzeln schlagen?«

»Aber Perez, wir sind doch gerade erst angekommen!«

»Er hat recht, was sollen wir mit diesen Hinterwäldlern, die sich mit Knittelversen begnügen?«

»Habt doch Geduld. Überall im Land werden jiddische Schulen gegründet. Zum ersten Mal bringt man unseren Kindern die Grammatik bei. Hört ihr nicht, wie sie Gedichte von Jitschok-Lejbusch Peretz und Avrom Reisen rezitieren?«

»Sollen wir warten, bis sie erwachsen sind?«

»Ihr seid beide zu ungeduldig.«

»Und du arbeitest zu viel! Wie lange willst du noch deine Schülerkarten ordnen? Wir müssen ein Werk verfassen, die Welt erobern! Sieh dir Chagall an, er schafft es. Warum nicht wir? Aber hier ist es unmöglich. Wir müssen weg.«

»Ich liebe Warschau.«

»Wenn du liebst ... musst du gehen. Das ist nicht von mir.«

Und Perez geht. Er geht dahin, wo er sich geschworen hatte nie hinzugehen, in die moderne Hauptstadt im dekadentesten Sinn des Wortes: nach Berlin. Ein Jahr zuvor hat er noch über seine Kollegen aus Kiew geschimpft, die sich dorthin aufgemacht hatten:

»Sie haben ihr neues Jerusalem gefunden. Ihr Allerheiligstes ist das *Romanische Café*. Sie bilden sich ein, sie könnten in Berlin die *Kultur-lige* von Kiew aufleben lassen, aber sie träumen. Sehen sie nicht, dass Deutschland nichts von ihnen wissen will? Hier passiert es, inmitten der Juden, oder in Kiew, wenn sich die Situation beruhigt hat und man dort wieder drucken kann.«

Und nun rannte er selbst dorthin. Geben Sie mir die Mappe dort.

Perez Markisch
Berlin Charlottenburg
c/o Dehmel, Bismarckstraße 13

an
Uri-Zwi Grinberg
Jiddischer Literatenverein
Tłomackie 13
Warschau

Rabbi Uri von Strelisk!

Seit drei Tagen bin ich Berliner. Ich habe schon das Privileg genossen, zweimal ins Romanische Café zu gehen, das wir uns so großartig ausgemalt haben, als wir gemeinsam die Nalewkes entlangliefen. Ich habe mir von ein paar guten Freunden die Leviten lesen lassen, natürlich ging es wieder um meinen Brandartikel vom letzten Jahr. Ich habe den Albatros *den Seevögeln des Zoologischen Gartens übergeben, ich musste sogar Zoll bezahlen für das Paket mit Zeitschriften, die mir Melech mitgegeben hat, damit ich sie verteile, und zwischen all dem habe ich immerhin ein paar Lobeshymnen für unser* Khaliastra *erhalten. Es wurde auch Zeit.*

Jetzt kann ich es Dir verraten: Was man über Berlin sagt, ist übertrieben. Im Romanischen Café sitzen ein paar Dutzend verrückte Deutsche, und die Jüdlein unter ihnen müssen nur noch ihr Jiddisch runterschlucken, während sie den Qualm der drittklassigen Zigarren einatmen, die dort geraucht werden. Von den echten Deutschen will ich gar nicht reden. Die finden nämlich die Affen im Zoo interessanter als die im Romanischen Café. Sie spielen »Kultur« wie die Kinder Vater-Mutter-Kind. Höchstens ein paar wohlhabende Händler betrachten sie als nationale Bereicherung: Von ihren Marmorbalkons werfen sie diesen Musikanten ein paar in Geldscheine (immer noch besser als in Zeitungspapier) gewickelte Brotkanten zu. Diese Künstler sind wie die Statisten auf einer Theaterbühne. Während des ganzen Stücks würdigt man sie keines Blickes. Ach mein lieber Uri-Zwi, ich habe keine Lust, Dir von den hochnäsigen Deutschen und den arbeitsamen Juden à la Melech zu erzählen, die sich um zwei Uhr morgens von den Kellnern des Romanischen Cafés vor die Tür setzen lassen. Einige treiben sich danach sonstwo herum, um zu sehen, ob sie nicht irgendwelche Arbeiten erledigen können, um ein paar Heller zu verdienen. Sie sind schon fast so weit, dass sie auf dem jüdischen Friedhof herumlaufen und darauf warten, dass eine Witwe sie engagiert, um an einem Grab das Kaddisch zu sprechen. Wer will schon ihre Gedichte auf Jiddisch oder ihre Prosa auf Hebräisch, im Land der Deutschen Juden? *Bergelson muss bald betteln, Bialik den Ladenbesitzern am Potsdamer Platz um den Bart gehen, damit er sich ein Schnitzel leisten kann.*

Ich habe Chagall gesehen. Er war auf der Durchreise. Ihm geht es gut. Wenn wir uns ans Malen machen würden, wäre sicher alles anders, denn ich frage mich allmählich, ob unser Heil nicht von den Gojim kommen wird, man muss ihnen nur erstmal Jiddisch beibringen. Na gut, umarm trotzdem Melech von mir.

Perez

Perez und Uri-Zwi predigten die Revolution, aber nicht dieselbe. Sie lästerten gern, aber nicht über dasselbe. Perez prangerte das Gehabe der Rabbiner an. Die Rabbiner von Warschau hassten ihn, sie fürchteten seinen Einfluss auf einen Teil der jüdischen Jugend, aber was sollten sie tun? Sie versuchten zwar, ihn wegen Gotteslästerung anzuzeigen, aber die polnische Staatsmacht interessierte sich nicht für eine Polemik unter Juden. Uri-Zwi hingegen griff das Kreuz, Jesus, die Jungfrau an. Und so kam, was kommen musste: Als er die zweite Ausgabe des *Albatros* herausbrachte, schätzte die Staatsmacht einige seiner Verse überhaupt nicht, obwohl er sie wohlweislich unter dem Pseudonym Mustafa Zahib veröffentlicht hatte. In diesen Versen ließ er einen Soldaten auftreten, der eine Frau vergewaltigt, und die Frucht dieses Verbrechens war Jesus. *Albatros* wurde verboten, die Auflage beim Drucker beschlagnahmt und vernichtet, deshalb ist die zweite Nummer der Zeitschrift so selten. Es gibt nur ein paar Exemplare auf der ganzen Welt, vielleicht zehn, und ich habe eins davon aufgetrieben. Durch Zufall. Ich saß in einem Café in Tel Aviv und kam mit einer Frau am Nachbartisch ins Gespräch. Sie hieß Schira und betreute die Bibliothek eines Kibbuz im Jordantal, ein Amt, das sie von ihrem Vater geerbt hatte, einem der Gründer des Kibbuz. In den zwanziger Jahren hatten eines Abends etwa zwanzig junge Leute aus Polen und Litauen feierlich ihren Besitz zusammengetan. Sie hatten sich um ein Lagerfeuer gesetzt, jeder hatte sein Bündel geöffnet, seine persönlichen Sachen ausgepackt und sie von diesem Tag an zum Gemeinschaftseigentum erklärt, mit dem rituellen Satz: »Es war mein – es ist unser.« Im Koffer von Schiras Vater lag ein Exemplar des *Albatros,* das auf diese Weise Kibbuzeigentum wurde. Als ich Schira kennenlernte, waren sechzig Jahre vergangen. Ihr

Vater war tot und mit ihm seine ganze Generation. Schira suchte eine Bibliothek, die bereit wäre, die jiddischen Bücher zu nehmen, die am Ufer des Jordan niemand mehr lesen würde. So begegneten sich zwei Frauen, die von töchterlicher Pietät getrieben wurden. Am nächsten Tag nahm ich ein Taxi und kam mit mehreren hundert Büchern zurück, von denen einige, wie *Albatros,* sehr selten waren. Kommen Sie, helfen Sie mir aufzustehen.

Sulamita ging zu einem Regal und holte einen Band heraus.

– Jedes Buch meines Erinnerungspalastes trägt die Spuren seiner Irrfahrten. *Albatros* hat den Stempel jener Kibbuzbibliothek, sehen Sie?

Ich erkannte das Werk, in dem ich ein paar Wochen zuvor in der Bibliothek in Paris geblättert hatte, das gleiche, nur etwas zerlesener. Aber ich sagte es nicht, womöglich hätte sich die alte Dame geärgert, dieses Juwel nicht als Einzige zu besitzen.

– Uri-Zwi erhielt eine Vorladung. Als er zum letzten Mal einen polnischen Staatsvertreter vor sich gehabt hatte, richtete dieser das Gewehr auf ihn und wollte abdrücken. Er war nicht bereit, sich von einem Polen Vorschriften machen zu lassen. Er stopfte ein paar persönliche Sachen und seine Manuskripte in einen Koffer und fuhr zum Bahnhof. Auf dem Weg lieh er sich von Melech ein paar Złoty, um seine Fahrkarte zu bezahlen, und Adieu, Warschau!

»Wohin gehst du?«

»Ins *Romanische Café.*«

»Gehst du wie Perez *Bizness* machen? Bist du geworden wie die anderen?«

»Ich gehe, weil uns in slawischen Ländern nichts Gutes erwartet.«

»Aber die Juden sind hier.«

»Die Juden sind wie die Schafe an den Hängen des Vesuv am Tag, bevor er ausbrach und Pompeji und Herculaneum verschlang. Die Lava fließt schnell, spürst du sie nicht kommen? Die Flammen in deinen Gedichten sind die Bäume am Berg, die sie auf ihrem Weg verbrennt.«

Perez war inzwischen nach London gefahren. Uri-Zwi kannte noch jemanden in Berlin, einen Maler, den er im Verein kennengelernt hatte.

»Mein Zimmer ist zu klein für zwei, aber die Pension nimmt mittellose Schriftsteller auf. Stell deinen Koffer ab und dann treffen wir uns im *Café*.«

Uri-Zwi zog in die Pension in der Fasanenstraße 48. Sie war einfach, aber sauber. Das Haus steht noch, es wurde im Krieg nicht zerstört. Wenn Sie eines Tages daran vorbeigehen, denken Sie einen Moment an den Dichter mit den roten Haaren.

Die alte Dame wandte mir das Gesicht zu und musterte mich:

– Jetzt verstehe ich: Sie haben alle die gleiche Haarfarbe. Das ist es also, Esra, Uri-Zwi, Sie, die ganze Geschichte handelt von Rotschöpfen. Sie haben es nicht gesehen, weil die Fotos, die es noch gibt, schwarz-weiß sind, und als die Farbfotografie eingeführt wurde, war der Dichter schon ergraut, aber ich habe es Ihnen erzählt, seine Mähne war einst so rot wie Ihre.

Ein paar Minuten später betrat Uri-Zwi zum ersten Mal das *Romanische Café*. Perez hatte nicht gelogen. Die Deutschen saßen an ihren Tischen, die Einwanderer an anderen. Und jeder Tisch hatte seine politische Farbe. In der einen Ecke versammelten sich die hebräischen Autoren, Agnon, Bialik und ein paar andere. In der nächsten die Proletarier. In einer dritten die Territorialisten, die ein Territorium in einer wenig bevölkerten Gegend der Welt verlangten, um eine autonome jüdische Heimstatt zu errichten. Die Schriftsteller aus der Ukraine scharten sich um Bergelson und den düsteren Der Nister. Die Kreise mischten sich kaum. Meinen Sie etwa, Stefan Zweig oder Gottfried Benn hätten das Wort an einen unbekannten jiddischen Dichter gerichtet, an einen Agnon aus Galizien? Diese Leute hatten eine viel zu hohe Meinung von der deutschen Kultur, um auch nur die geringste Neugier für diese *Ostjuden* zu empfinden. Vielleicht hätten sie es getan, wenn sie gewusst hätten, dass Agnon fünfzig Jahre später für seine hebräische Prosa den Nobelpreis erhalten würde.

Während sich Uri-Zwi noch fragte, ob er es wagen sollte, zu Bialik zu gehen, um ihm seine große Bewunderung auszusprechen, unterbrach ihn eine Stimme.

»He du, komm her! Du siehst aus wie ein Rabbi.«

»Ich bin einer. Oder ich hätte einer sein können.«

»Sich an! Wo denn?«

»In Bilkamin, in Galizien. Das Grab meiner Vorfahren ist eine Pilgerstätte.«

»Und was treibst du hier?«

»Ich komme aus Warschau. Die Zensoren verfolgen mich.«

» Welche Sünde hast du begangen?«

»Dichtung.«

»Du schreibst in deinem komischen galizischen Deutsch?«

»Nein, ich schreibe auf Jiddisch und Hebräisch.«

»Du bist ein Hebräer? Ein echter? Kommst du direkt vom Berge Gilboa herab?«

»Ich fliehe aus der Nalewkes.«

»Der was?«

»Warschau. Dort darf ich nicht mehr veröffentlichen. Die Juden streiten sich ohne Ende. Ich habe sie im Verdacht, dass sie mich denunziert haben. Ich suche einen Ort, wo die Welt Liebe ist.«

»Und du glaubst, den findest du in Berlin? Hier ist Ninive, Sodom.«

»Ich gehe nicht zurück nach Polen. Das Land stinkt nach Tod.«

»Ein anderer hat Europas alte Wehren vermisst.«

»Europa wird unser Golgatha sein. Mit wem habe ich die Ehre?«

»Prinz Jussuf.«

»Sie sind Else Lasker-Schüler?«

»So nannte man mich einst, jetzt aber bin ich Jussuf und heiße dich willkommen in Theben, der Stadt, deren Prinz ich bin. Ringsum herrschen die Perversen von Sodom, um meinen Tisch aber hat sich ein Lichthof gebildet, den ich zu meinem Reich gemacht habe: Theben. Seht dieses Kind, Freunde. Ich könnte seine Mutter sein. Aber er ist unser *Wunderrabbi von Barcelona.* Er gleicht dem Zaddik von Skalia, dem ich einmal in einem Badeort begegnet bin. Die gleiche Majestät. Du bist unser Wunderrabbi, mein kleiner Bruder aus Aschkenas. Du bist der Malik! Wie heißt du?«

»Uri-Zwi.«

»Uri-Zwi! Was für ein wunderbarer Name für einen Rabbi. Du bist der Großvater meines Vaters, der sein Gebet in der Synagoge am Ufer der Wupper sprach. Du bist mein Urahn, der im alten Babylon den Talmud lehrte. Komm, sag mir eins deiner Gedichte, Rabbi!«

Der Anteil Gottes in mir ist bisweilen ein Gedicht in tiefer Nacht,
Wenn hell mein Bett in Silber taucht, und zehn Paare, Mann und Weib,
In dem Gemäuer drei Stock hoch, in dem ich lebe,
Ihr von der Nacht geschenktes Glück sich teilen im hellen Sternenschein.

Und die Dichterin antwortete ihm:

Hab mich so abgeströmt
Von meines Blutes
Mostvergorenheit.
Und immer, immer noch der Widerhall
In mir,
Wenn schauerlich gen Ost
Das morsche Felsgebein,
Mein Volk,
Zu Gott schreit.

Der junge Mann und die reife Frau wurden unzertrennlich. Wenige Berliner ertrugen die Dichterin, dabei war sie eine der größten Begabungen der deutschen Literatur. Uri-Zwi liebte ihre Verrücktheit, und Else genoss die Schwärmerei ihres rothaarigen Rabbi aus Galizien. In diesem Moment kam Perez aus London zurück.

»Die Stadt Ihrer Majestät ist schön, aber wir haben da nichts verloren. In zwanzig Jahren wird dort niemand mehr Jiddisch sprechen. Sie träumen alle nur davon, ins Oberhaus zu kommen. Wenn sie ankommen, wechseln sie ihre Namen. Wenn du dort hingehen würdest, wärest du Harold Green. Uri-Zwi Grinberg, das wäre *shocking.*«

»Bleibst du in Berlin?«

»Nein, ich kehre nach Warschau zurück.«

»Warum?«

»Ich weiß auch nicht, aber dort gibt mir der Vater von Estera und Pessa wenigstens was, damit ich meine Hemden waschen lassen kann.«

»Bleib!«

»In Berlin?«

»Nein, wir können zusammen woanders hingehen.«

»Welches Anderswo will uns haben? Amerika? Willst du für den Rest deiner Tage Tapeten kleben? Oder dir in einer Pelznäherei die Lungen verderben, wo du im Maschinenlärm Knopflöcher nähst und nicht mal das Fenster aufmachen darfst? Wenn du eine bessere Idee hast, schreib mir.«

Uri-Zwi begleitete Perez zum Bahnhof. Sie umarmten sich wie zwei Brüder, die sie auch waren, und Uri-Zwi sagte:

»Ich habe eine böse Vorahnung.«

»Was für eine?«

»Sehen wir uns eines Tages wieder?«

»Was für eine Frage! Natürlich! Die Affäre wird sich beruhigen, dann kommst du nach Warschau zurück. Wir haben zwar nichts zu beißen, aber die Welt gehört uns. Genau das ist unsere Stärke: Wenn man nichts hat, ist alles möglich. Also, nächstes Jahr in Jerusalem, wo immer das auch sein wird!«

»Die Wette gilt. Nächstes Jahr in Jerusalem!«

Der Bahnhofsvorsteher pfiff. Der Zug fuhr langsam an. Perez beugte sich noch aus dem Fenster, die Zigarette im Mundwinkel. Uri-Zwi wandte sich in Richtung Ausgang, den Hut etwas schräg auf der rechten Seite. Plötzlich drehte er sich um und rannte Perez hinterher.

»Du hast ihn gefunden, den Ort unserer Zukunft: Die Stadt Davids! Jerusalem! Treffen wir uns dort wieder!«

Perez lächelte und zwinkerte ihm zu. Uri-Zwi streckte rennend den Arm aus, um ihm zum Zeichen des Schwures ein letztes Mal die Hand zu drücken, Perez reckte ihm seine entgegen, aber der Zug wurde schneller, und ihre Finger berührten sich nicht mehr.

44

Perez und Uri-Zwi waren zwar durch die enge Freundschaft verbunden, die ich gespürt hatte, als ich ihr Foto betrachtete. Aber kaum hatten sie sich kennengelernt, verließen sie sich. Warum fuhr Perez wieder weg? Das war mir unbegreiflich, trotz des Versprechens, sich bald wiederzusehen. Niemals hätte ich Christophe für neue Welten aufgegeben. Wir hatten uns selten getrennt. Die Welt zählte nur, weil wir ihr gemeinsam gegenübertraten. Aber am Ende hat er mich verlassen. Ich versuchte zwar, mich zur Vernunft zu bringen, mir zu sagen, dass er noch bei mir wäre, wenn ihn nicht die Krankheit fortgerissen hätte, aber manchmal konnte ich nicht anders, ich war ihm böse.

Am nächsten Tag ließ mich Sulamita wissen, dass sie mich erst am späten Nachmittag empfangen würde. Was für Geschäfte konnten sie von mir fernhalten? Wollte sie nur spüren, dass ich ständig in Bereitschaft war? Es ärgerte mich sehr. Ich blieb zwei Stunden auf meinem Bett liegen. Ich wollte sie ständig sehen, und auch wenn das nicht möglich war, tat es mir doch weh, mir vorzustellen, dass es noch etwas anderes in ihrem Leben gab als mich. Dass sie ein paar Stunden warten konnte, ehe sie mich wiedersah, war mir unerträglich. Ich starrte an meine Zimmerdecke und dachte über diese absurde Situation nach: Ich war von einer uralten Dame abhängig geworden. Sie hätte alles mit mir machen können oder fast alles. Aber welche Zukunft hatten wir?

Dann stellte ich mir andere Möglichkeiten vor. War sie müde? Hatte sie einen Schwächeanfall gehabt? War das verschobene Treffen ein Vorzeichen ihres nahen Todes? Der Gedanke war unerträglich und doch so plausibel.

Ich raffte mich auf, ging noch einmal zum Forum und spazierte zum Titusbogen. Ich hatte den Zusammenhang nicht gleich begriffen, aber ich kannte das Flachrelief auf der Innenseite: Es zeigt römische Soldaten mit den Gegenständen, die sie aus dem Jerusalemer Tempel geraubt haben, dem siebenarmigen Leuchter, Trompeten und anderen Kultgegenständen, deren Funktion ich nicht kannte.

45

Waren Sie dort?

– Ja.

– Wir gleichen uns, junger Mann. Auch ich bin sehr gern auf dem Forum spazieren gegangen, als ich das noch konnte. Es sieht so aus, als wäre ich nur zufällig durch Heirat Römerin geworden, aber was mich mit dieser Stadt verbunden hat, war dieser Bogen.

– Wegen des Triumphs eines Imperators?

– Eher wegen eines Desasters, denn diese Plünderung war der Anfang unseres Unglücks. Was liebe ich in Rom am meisten? Die Ruinen. Ich habe ganze Tage auf dem Forum verbracht. Ich ging die Via Sacra auf und ab, von der Basilica Aemilia zum Tempel der Vesta, und setzte mich gern eine Weile in den Schatten der dicken Pfeiler des Septimus-Severus-Bogens. Jedes Mal führten mich meine Schritte unter den Titus-Bogen. Ich breitete eine Decke aus und setzte mich vor den siebenarmigen Leuchter des Tempels. Als die Römer im Jahre siebzig Jerusalem zerstörten, nahmen sie die Schätze Judäas mit, darunter war vor allem der Leuchter, der im Tempel einen herausragenden Platz einnahm. Man weiß nicht, was aus ihm geworden ist. Haben ihn die Römer nach Konstantinopel mitgenommen? Ist er später wieder nach Jerusalem gebracht worden? Ist er eingeschmolzen worden, um neue Bauten auf dem Forum zu finanzieren? Angeblich ist er eines der wichtigsten Stücke in den Schätzen des Vatikan. Ist das so wichtig? Er ist doch mit diesem Relief am Titusbogen unsterblich geworden. Und er hat sich vervielfältigt und thront heute in allen Synagogen der Welt. Wenn ich ihn anschaue, wie er aus dem Stein hervortritt, ein Spiel von Licht und Schatten in der untergehenden Sonne, sehe ich den großen Leuchter der Synagoge in der Tłomackiestraße. Steigen Sie auf die Trittleiter dort und nehmen Sie das große, alle anderen überragende Buch aus dem vierten Fach im zweiten Regal links. Bringen Sie es her.

Sulamita durchblätterte es zielsicher und schlug es bei einer Doppelseite auf, auf der ein Foto abgedruckt war.

– Schauen Sie, es ist der gleiche Leuchter, aber wir sind 1943 in Warschau. Kennen Sie dieses Foto?

– Ich habe es noch nie gesehen.

– Dabei ist es um die ganze Welt gegangen. Warschau dem Erdboden gleich, die Synagoge zerstört, nur der Leuchter ragt schräg aus den Trümmern. Das ist meine Katastrophe, meine Untröstlichkeit. Aber so weit sind wir noch nicht. Ich fahre fort mit meiner Geschichte, wir sind immer noch in Berlin. Als Uri-Zwi die letzte Nummer des *Albatros* herausbrachte, schrieb ihm Else eine Widmung:

Ich widme das Wappen
meiner Stadt Theben dem Albatros
Prinz Jussuf

Sie war die eindrucksvollste von allen Nummern, mit ihrem prächtigen roten Einband, da hinten im fünften Fach, der größte Band.

Ich schob die Leiter weiter und holte das Buch herunter. Das Wort »Albatros« prangte diagonal auf dem Umschlag, in fetten hebräischen, im konstruktivistischen Stil der Zeit entworfenen Lettern. Sulamita kramte in einem Karton, der seit gestern zu ihren Füßen stand.

– Sehen Sie: Ein Blatt mit dem Briefkopf der Zeitschrift. Schon allein das ist ein Museumsstück.

Berlin, den 6. Oktober 1923
An Melech Rawicz
c/o Jiddischer Literatenverein
Warschau

Großer Bruder,

Du hast nicht auf meinen letzten Brief zu antworten geruht. Bist Du mir böse? Ich liebe Dich und Perez so sehr und empfange dafür nichts als Undank. Ich habe wochenlang auf Eure Texte gewartet, ich habe den Druck des Albatros *Euretwegen verschoben und musste mich dann doch dazu durchringen, ihn ohne eine einzige Zeile von meinen beiden Brüdern zu veröffentlichen.*

Ich habe Euch mehrere Exemplare geschickt, jedes Mal wenn jemand nach Warschau fuhr, weil ich dachte, dass Ihr das vorige nicht erhalten habt, und ich weiß immer noch nicht, was Ihr von dieser Nummer haltet. Keinerlei Reaktion. Die Berliner Gojim wissen die Qualität meines Albatros *mehr zu schätzen als unsere Juden in Warschau. Wenn Du die deutschen Künstler hier sehen könntest, ihre Begeisterung, als sie ihn aufschlugen – und Du, nichts! Kein Wort.*

Es wird Zeit, dass wir von uns reden machen, dass wir aus unserem judäo-jüdischen Milieu herauskommen, denn wir sind Kosmopoliten, unsere Dichtung geht die ganze Welt an. Aber Europa begegnet uns mit tödlichem Hass, es will uns nicht kennen. Wenn Du die Immigranten hier sehen könntest, jeder geht nach Hause zurück: der eine nach Serbien, der andere nach England, Bulgarien oder in die Türkei. Nur die Juden bleiben. Wohin können sie gehen? Zum Teufel! Nach Paris? In die Niederlande?

Oder wohin? Wir erleben eine Tragödie. Man muss uns nur anschauen, hier, im Herzen Europas verloren. Wo sind wir zu Hause? In Amerika? Das ist gut für die Bourgeois, die ihre Heimat im Dollar sehen. Wir stehen noch unter den Zigeunern, denn die singen ihrem Volk schöne Lieder. Die Juden wollen unseren Gesang nicht einmal hören. Schreib mir, ich bitte Dich, sag mir, was Du von meinem Albatros *hältst. Und erzähl mir, wie Du zurechtkommst. Kannst Du Deine Familie ernähren? Wie geht es Deinen Kindern? Schau Dir das Leben an, das wir führen. Dabei sind wir große Dichter, das wissen wir. Wir sind Wilde, wilde Juden! In alle vier Winde zerstreut. Und vergiss nicht: Die Liebe ist der einzige Weg, um das Gebirge des Geistes zu erklimmen.*

Dein Bruder, Uri-Zwi.

Melech scheint auf diesen Brief nicht geantwortet zu haben, denn ein paar Tage darauf folgte ein weiterer:

Warum sind wir nicht Brüder auf Leben und Tod? Wenn schon wir Dichter und Zeitschriftenherausgeber keine Achtung vor unserer Arbeit haben, wer dann? Auf wen können wir zählen, wenn nicht auf uns selbst? Warum praktizieren die frommen Juden die Liebe zu ihrem jüdischen Nächsten, warum bezeugen sogar die Kommunisten eine gewisse Achtung für den Rabbi von Gur, aber keine für uns? Was sind wir für die Juden? Kuhfladen.

Warum schreibt Perez mir nicht? Die Liebe ist unser einziger Reichtum, Melech! Die Erschütterungen der Erde kommen nur vom Hass. Nicht die Römer haben den Tempel in Jerusalem zerstört, sondern der grundlose Hass der Juden untereinander. Ohne ihn wäre es Rom nie gelungen, die kleinste Bresche in die Mauer zu schlagen. Warum verweigert Ihr mir diese Brüderlichkeit? Sind wir zur Einsamkeit verdammt, bis wir darüber verrückt werden? Unsere polnischen Kollegen werden von ihrem

Publikum gelesen und gehört. Und wir? Nichts. Aber vergiss nicht! Wenn ich einst nicht mehr auf dieser Erde bin, ist das Einzige, was für den Mann an der Gebirgsflanke zählt: Der Geist ist Liebe, so sprach Uri-Zwi, Sohn der Batschewa.

Dein Bruder, Uri-Zwi.

Nach diesem Zarathustra wochenlang nichts, dann:

Mein Bruder, den ich liebe,

Ich habe eine sehr schwere Zeit durchgemacht. Aber in diesen Momenten der Niedergeschlagenheit ist mir ein ungeheures Glück widerfahren: der Orient. Ich werde bald nach Italien aufbrechen und von dort nach Eretz Israel fahren. Das muss ein Geheimnis bleiben. Ich kann Dir und nur Dir sagen, was mir, als ich ganz am Boden war, die Kraft gegeben hat, mich wieder aufzurichten. Ich sah einen neuen Tag kommen. Der von Europa hypnotisierte, faszinierte Mensch kehrt an den Ort zurück, von dem sein Blut stammt: das Blut des Hebräers. All das ist mir jetzt sonnenklar. Ich vertraue Dir dieses Geheimnis an, weil Du mein Freund bist. Höre auf meine Worte wie auf die Stimme, die aus Deinem eigenen Blut aufsteigt. Wenn ich den Mut dazu hätte, würde ich Dich besuchen kommen. Aber ich kann nicht, ich habe weder die Kraft noch die finanziellen Mittel dazu. Ich schaffe es nicht, die Reise in umgekehrter Richtung zu machen.

– Und er wird diese Reise nie machen?
– Nicht sofort. Er hat einen langen Umweg gemacht, aber so weit sind wir noch nicht. Inzwischen war ich geboren und wuchs unter den Warschauer Schriftstellern auf. Am besten kannte ich damals Melech. Er war oft bei uns zu Hause. Aber Sie dürfen nicht glauben, dass ihm, weil er in Warschau blieb, nichts zugestoßen sei.

Es wurde dunkel, ich saß wieder auf dem Teppich zu Sulamitas Füßen. Die Haushälterin brachte einen Kerzenständer mit fünf Kerzen, keinen jener typischen jüdischen Leuchter, bei denen die Kerzen in gerader Linie angeordnet sind, sondern einen Zinnkandelaber, wie man ihn in bürgerlichen Häusern sieht, auf dem die Kerzen sternförmig um die Mittelachse stehen.

– Ich habe hier nie Strom legen lassen, nur in meinem Arbeitszimmer, für den Computer. Kerzenlicht passt besser zu diesem Ort, finden Sie nicht?

Wir saßen in der Mitte des weiten Raums, unsere Gesichter wurden von den Kerzen erhellt, und die Bibliothek verschwand im Dunkeln. Ich saß den Porträts zwischen den Fenstern gegenüber. Vier Menschen aus der polnischen Provinz, seit Ewigkeiten tot, betrachteten mich aus ihren vom Fotografen unsterblich gemachten Augen.

– Uri-Zwi war ein Liebender.

– Ja, von Natur aus. Er war zum Lieben geschaffen.

– Wie muss er gelitten haben!

– Was wissen Sie darüber? Was wissen Sie von der Liebe?

Was sollte ich darauf antworten? Sollte ich ihr sagen, dass ich sie liebte? Würde sie mich nicht fortjagen, wenn ich ihr gestand, dass ich nicht mehr ohne sie leben konnte?

– Ich habe bis zur Selbstverleugnung geliebt.

– Warum die Vergangenheit?

– Ich war sehr glücklich, aber es ist vorbei.

– Die Liebe?

– Nein, mein Freund ist gestorben. Der liebste, den ich je hatte.

– Auch Sie haben also Ihre Ruinen.

– Aber jetzt habe ich Sie.

Sulamita wendete den Blick ab.

– Bleiben Sie ernst. Was kann mein verwelkter Körper Ihnen bieten?
– Ich habe nie den Körper gesucht. Ich will Sie. Ihre Seele. Ihre Erzählung ist wie eine Liebkosung an meiner Wange.

Sulamita zog ein kleines Spitzentaschentuch hervor, in das sie ihr Gesicht tauchte, als wollte sie sich die Nase putzen, und wischte mit dem Finger eine Träne weg. Dann redete sie weiter:
– Also Warschau. Und Melech. Die Szene spielt sich im Literatenverein ab, wo für die Menschen, die meine Kindheit bevölkerten, immer alles anfing. Eine Frau tritt auf:

»Ich heiße Rochl, ich schreibe Gedichte. Ich konnte nicht ins *Central*-Theater kommen, ich habe eure Zeitschrift gelesen und Zeitlins beißende Kritik in *Der Moment*.«

»Dann kommen Sie das nächste Mal.«

»Aber ich wohne nicht in Warschau, ich komme aus Przemyśl. Und ich schreibe selbst Gedichte.«

»Oh! Dann sind wir Landsleute! Ich bin aus Redim.«

»Ich weiß, ich kenne Ihre Cousine Genia gut.«

»Wie geht es ihr? Ich habe sie seit dem Krieg nicht mehr gesehen. Aber warum Przemyśl? Für die Dichtung gibt es nur Warschau.«

»Ich bin verheiratet.«

»Ich auch! Aber ich bin mit Sack und Pack hierher gezogen.«

»Mein Mann ist Industrieller. Da zieht man nicht so leicht um. Ich komme nur von Zeit zu Zeit hierher und wohne dann bei meiner Schwester.«

»Lassen Sie mich Ihre Gedichte lesen?«

»Nur allzu gern.«

Melech lebt mit seiner Frau zusammen, aber ihre Ehe ist nicht glücklich. Fania ist zänkisch geworden. In Warschau hat sie ihre Karriere als Sängerin nicht fortsetzen können, kein Theater wollte sie, ich weiß nicht warum. Dabei hatte sie eine schöne Stimme, hieß es. Fania hatte zwei Kinder, aber sie war nicht für den Haushalt geschaffen. Vielleicht hatte sie davon geträumt, in Wien, der Hauptstadt der Oper, in einer großen Wohnung als Bankiersgattin zu leben, und war nun in einer Mansarde in der Metropole des jüdischen Elends gelandet. Die Familie lebte auf Pump und fror im Winter an einem oft erloschenen Ofen. Melech liebte die Frauen, und er hatte viele. Fania war rasend eifersüchtig. Wenn er abends, öfter noch mitten in der Nacht von endlosen Sitzungen in der Zentralorganisation der jiddischen Schulen heimkam, entlud sich ihr Groll, manchmal schlug sie ihn auch, und er machte oft auf dem Absatz kehrt und verbrachte den Rest der Nacht, in eine Decke gewickelt, auf dem Boden seines Büros.

Lange nach dem Krieg habe ich Melechs Sohn Jossl in seinem Künstleratelier in Israel besucht. Wir hatten unsere Kindheit zusammen in Warschau verbracht. Er ist um 1935 nach Australien gegangen, und ich wurde von den Wirren des Krieges erfasst. Wir sahen uns erst Mitte der sechziger Jahre wieder, durch ein Wunder aus Atlantis errettet. Als ich ihn nach den Liebschaften seines Vaters fragte, sagte er nur:

»Ach, mein Vater und die Frauen.«

Das war alles. Melech war natürlich nicht so schön wie Perez, er war sogar überhaupt nicht schön. Bei seiner Ankunft in Warschau hatte er die komische Idee, sich einen Bart wachsen zu lassen. Aber es genügt, dass ein Mann die Frauen liebt, um sie zu verführen. Doch von allen, die er in der polnischen Hauptstadt traf, zählte nur eine, die Dichterin Rochl Korn. Der Blickwechsel zwischen Rochl und Melech im Literatenverein war der Beginn einer großen Liebesgeschichte, die ich in fast allen Einzelheiten kenne. Rochl blieb bis Anfang des Krieges in Przemyśl, und in all den Jahren schrieben sich die Liebenden. Sie schrieben sich täglich, außer wenn Rochl nach Warschau kam, offiziell um ihre Schwester zu besuchen. Melech war die einzige Liebe in Rochls Leben. Sie war mehr oder weniger gegen ihren Willen verheiratet worden und hatte Herrn Korn nie geliebt. Mehrmals bat Melech sie:

»Mein Leben mit Fania ist zu Ende, wir werden uns trennen. Verlass deinen Mann und lass uns zusammenleben.«

»Ich kann nicht. Ich habe eine Tochter, der ich eine gute Erziehung schulde. Und wovon sollten wir leben?«

»Von Liebe und Dichtung. Du bist die größte jiddische Dichterin Polens. Du kannst Literatur unterrichten.«

Wo sie sich trafen? Überall, wo Liebende sich treffen können: in einem Hotel an der Jerozolimskie-Allee, das Rochl bezahlte, im Zimmer eines unverheirateten Freundes, auf einer Bank im Sächsischen Garten. Die Abende verbrachten sie im Literatenverein, alle wussten von ihrem Verhältnis, sie versteckten sich nicht. Melech dachte gern, er hätte das Talent seiner Liebsten geformt, und Rochl ließ ihn in dem Glauben. Aber es stimmte nicht. Rochl war eine feinfühlige Dichterin, die die Mäander der weiblichen Seele beschreiben konnte wie niemand sonst.

Wenn Rochl nach Przemyśl zurückfuhr, zerriss es beiden das Herz. Sie liebten sich, als würden sie sich nie mehr wiedersehen. Es war ein Moment wilder Erotik, völliger Hingabe, dann setzte Rochl ihren Hut auf, Melech begleitete sie zum Bahnhof und weinte, wenn der Zug abfuhr. Rochl fühlte sich vielfach schuldig. Dieser Mann litt ihretwegen, und genauso der, der sie bei ihrer Ankunft erwartete, Herr Korn. Sie war der Peiniger dieser beiden Menschen, und eines dritten: ihrer selbst. Aber sie konnte nicht anders. Am Tag nach ihrer Heimkehr kam wieder ein begeisterter, verliebter Brief an, der sie beschwor, wiederzukommen, für immer. Und Rochl kam wieder, aber nie für immer. Ihr Verhältnis dauerte zehn Jahre, ein Jahrzehnt voller Briefe, voller Glück bei der Einfahrt des Zuges und Verzweiflung bei der Abfahrt, voller Gedichte und leidenschaftlicher Nächte. Bis zu dem Tag, als einer der Liebenden wirklich ging. Aber das war nicht Rochl, sie war nicht imstande, mit ihm zu brechen. Hören Sie sich diesen Brief an:

Warschau, den 21. Januar 1933

Werter Herr,

Ich bereite mich darauf vor, Polen zu verlassen, zuerst nach Australien und dann nach Amerika. Es kann sein, dass ich sechs Monate, ein Jahr, mehrere Jahre oder für immer abwesend sein werde. Vor meiner Abreise möchte ich mein Archiv zusammenstellen.

Mein Verhältnis zu Ihrer Frau ist Ihnen nicht verborgen geblieben, es verbindet Sie und mich.

Unsere Korrespondenz ist die von zwei genialen Dichtern, von höchster Bedeutung für die Nachwelt.

Ich will nicht behaupten, dass ich sie zur Dichterin gemacht habe. Sie ist es dank ihrem unermesslichen Talent geworden, aber meine Briefe haben sicher ihr Teil zu seiner Entfaltung beigetragen. Sie wissen es, weil Sie fast alle gelesen haben. Vielleicht wird nur das von uns, von unserem Leben bleiben, sie müssen bewahrt werden wie Reliquien.

Rochl ist einverstanden, sie mir zurückzugeben. Ich bitte Sie, sie einzupacken – das ist in einer Stunde geschehen – und sie mir eingeschrieben zuzuschicken. Machen Sie bitte drei Pakete für den Fall, dass eines verloren ginge.

Ihr Melech

Das Unglaublichste ist, dass der betrogene Ehemann die Briefe geschickt hat. So befinden sich in Melechs Archiv sowohl die Briefe der liebenden Frau an ihren Liebsten als auch die, die Melech an seine Geliebte schickte und die seine legitime Gattin in den Wahnsinn trieben.

Melech verließ Polen nicht zum ersten Mal. Woher ich das weiß? In seinem Archiv in der Bibliothek in Jerusalem befinden sich bei den Briefen an die Dichterin Rochl auch die Umschläge, und sie erzählen von seinen Reisen. Zum ersten Mal bricht er im Februar 1931 auf. Frauen begleiteten ihn zum Bahnhof, aber Rochl ist nicht dabei. Sie ist in ihrer Provinz bei ihrem Ehemann. Melech fährt mit dem Zug durch Berlin, ohne anzuhalten, er macht erst in Köln Station, um den Dom anzuschauen, schifft sich in Oostende nach Dover ein, übernachtet bei einem jiddischen Schriftsteller in London, reist nach Southampton und geht an Bord der Winchester, um nach Cape Town zu fahren. Er macht einen Zwischenstopp in Madeira und fährt von Südafrika aus nach Mosambik. Im Oktober 1931 schreibt er aus der Hauptstadt Lourenço Marques, die heute Maputo heißt. Sie sehen: Nicht nur bei uns zerfielen Reiche und wurden Hauptstädte umbenannt. Aus Marques erzählt er vom Leben der Neger und der Kolonialherren. Er würde gern an seinen Freund Perez schreiben: »Ich bin in der Hauptstadt, die den Namen deines entfernten Vorfahren trägt, des Marranen Lourenço Marques«, aber er tut es nicht. Perez ist schon seit einigen Jahren in der Sowjetunion, aber diese Geschichte erzähle ich Ihnen, wenn es an der Zeit ist, und Melech weiß, dass es besser ist, seinem Freund nicht zu schreiben, denn es könnte ihm schaden.

Im Sommer darauf kehrt er nach Warschau zurück. Aber er fährt wieder weg. Im Mai 1933 ist er in Paris, in der Rue Delambre 33 im vierzehnten Arrondissement, bei Estera. Ja, das ist sie, eine der Schwestern aus Warschau. Was machte sie in Paris? Ich weiß es nicht, diese Spur habe ich noch nicht verfolgt. Wenn Sie wieder in der Stadt der Lichter sind, gehen Sie in die Rue Delambre und denken Sie an Estera, deren Schicksal ich nicht kenne. Erinnern Sie sich auf diesem Pilgergang an Melech und Perez. Und vielleicht denken Sie auch an mich ...

– Das verspreche ich Ihnen.

– Im Dezember 1933 ist Melech in Melbourne und im Januar 1934 in der Bronx bei dem Schriftsteller Opatoshu, in der Prospect Avenue 1791. Dann in Montreal. Nach seiner Moskaureise konnte ich seiner Spur leichter folgen: Mai 1935 in Hongkong, dann Shanghai; November 1935 Harbin in der Mandschurei. Im September 1936 ist er wieder in Australien, aber diesmal in Sidney. Er bleibt eine Zeitlang in Melbourne und fährt im selben Jahr noch einmal nach Paris, aber der Stempel ist unleserlich, ich kann nicht sagen, in welchem Monat. Der Brief ist an die Büros jüdischer Hilfsorganisationen adressiert, Rue Roussel 4. Was war aus Estera geworden? Vielleicht hatte sie Paris verlassen. Aber es war logisch, dass Melech sich seine Post an den Pariser Sitz dieser jüdischen Organisationen schicken ließ. Melech hat seine Reisen rund um den Globus nicht etwa von seinen mageren Einkünften bezahlt. Er hat sie sich von diesen Hilfswerken und von der Zentralorganisation der jiddischen

Schulen bezahlen lassen, um Geld zu sammeln. Er reiste zu den bürgerlichen Hütten der jüdischen Gemeinden in der ganzen Welt, um über das Los der armen jüdischen Kinder in Polen zu klagen.

Im Oktober 1937 lässt er sich die Post an die Presse schicken, die jiddische Tageszeitung von Buenos Aires. Im November 1938 ist er immer noch in Buenos Aires, aber am 30. Dezember wird ihm die Post nach New York geschickt und im März 1939 nach Chicago. Im Dezember 1940 geht seine Post an die Adresse der Redaktion der Zeitschrift *Der Veg* in Mexiko. Aber zu der Zeit ist Warschau nicht mehr Warschau. Die Stadt ist seit fünfzehn Monaten von den Nazis besetzt, und die Juden sind seit zehn Wochen im Ghetto zusammengepfercht. Was ist aus Rochl geworden? Przemyśl war im September 1939 an Stalin gefallen. Aber nicht ganz: Die Stadt wurde geteilt, der Fluss San bildete die Grenze, und Rochl befand sich auf der richtigen Seite, wenn ich so sagen darf, auf der sowjetischen.

Sulamita verstummte minutenlang. Sie hatte das Gesicht abgewandt, so dass ich ihre Augen nicht sehen konnte. Ich traute mich nicht, das Schweigen zu brechen. Wie lange blieben wir so, ohne ein Wort zu sagen?

– Weinen Sie?
– Ja.
– An wen denken Sie?
– An Warschau.

Um meine Verlegenheit zu kaschieren, griff ich mechanisch zu einem Band, der neben dem Sessel auf dem Teppich lag.
– Das ist eine Novelle von Scholem Alejchem, die ich mir anschaute, bevor Sie kamen. Sie ist 1901 erschienen. Sehen Sie

den Stempel auf dem Vorsatzblatt? Wer war dieser Zygmunt Szpigielman, Hutmacher in der Długastraße 4, der Straße, in der ich geboren bin? Hat er Nachkommen, die noch leben? Haben sie Polen vor dem großen Massaker verlassen oder drei Jahre in einen Holzschober versteckt irgendwo auf dem masowischen Land verbracht, ohne sich zu mucksen und je das Tageslicht zu sehen? Dieser Zygmunt besaß ein jiddisches Buch, aber er trug lieber einen polnischen Vornamen statt des hebräischen, den er bei der Geburt erhalten hatte. Ist einer seiner Söhne zwischen den beiden Kriegen konvertiert? Ist er, nachdem er den Katholiken ins Netz gegangen war, in die Kirche in der Nowolipkistraße gegangen wie die anderen ursprünglich jüdischen Katholiken im Ghetto? Und schauen Sie sich den anderen Stempel an: Sochaczew. Wie ist das Buch in die Bestände der Bibliothek in Sochaczew gelangt? Das Städtchen liegt etwa fünfzig Kilometer westlich von Warschau. Heute hat es 40000 Einwohner, alle katholisch, aber vor dem Krieg war ein Drittel der Bevölkerung Juden. Es war die Wiege Frédéric Chopins, aber für mich ist es die von Oser Warschawski, einem der sechs auf dem Foto im Sächsischen Garten. Sein erster Roman hatte Aufsehen erregt. Das war 1920. Er erzählt von Ganoven und Prostituierten in Warschau während des Ersten Weltkriegs, stellen Sie sich vor, ein Buch auf Jiddisch zu diesem Thema, das konnte nur Aufsehen erregen. Haben Sie es gelesen? Es ist ins Französische übersetzt worden. Haben Sie gedacht, wir hätten weder Diebe noch Straßenmädchen gehabt, die jüdischen Viertel seien von frommen Männern und tugendhaften Frauen bevölkert gewesen? Aber was glauben Sie denn! Was ging in der Ostrowskastraße vor? Meine Eltern mieden sie immer, sie zogen die Miłastraße vor, *di Mile-gas,* Ulica Miła heißt sie heute, aber täuschen Sie sich nicht, das ist nicht mehr dieselbe Straße. Wenn wir von Zuhause zum Friedhof gingen, nahmen wir die Zamenhof und bogen links in die Miła ein, den Teil, den wir *di brejte Mile* nannten, denn rechts war *di schmole Mile,* die kleine Miła, wo man Markt hielt. Meine Eltern nahmen die Miła, um mir die Ostrowska zu ersparen, denn, stellen Sie sich vor, dort boten halbnackte Jüdinnen ihren Körper dar! Ich sage halbnackt, aber wenn ich mir die Frauen heute ansehe ... Sie zeigten ein paar Zentimeter Bein über dem Knie, und ihr Korsett stand bis zum Brustansatz offen, nicht zu vergleichen mit den hybriden Geschöpfen, die nackt sind unter dem Mantel, den sie weit öffnen, wenn man auf den Waldwegen am Stadtrand an ihnen vorbeigeht. Der Körper wurde nicht so zur Schau gestellt wie heute, denn das war *vorher.* In den Schützengräben des Ersten Weltkriegs war das Fleisch zerfetzt worden, aber man hatte den menschlichen Körper noch nicht zu Abfall degradiert, wie das in den Leichengruben von Treblinka geschah. Unsere Leichen waren noch kein Rohstoff. Zu dieser Zeit wurden die Toten noch feierlich beigesetzt. Deshalb bewahrte sich die Menschheit die Achtung vor dem Körper. Heute stellt man ihn zur Schau und misshandelt ihn zugleich. Die Huren unserer Städte, die bürgerlichen Damen, die sich unters Skalpell legen, die Männer in Unterwäsche an den Bushaltestellen sind Zeichen dieses Verfalls. Und diese Teile, die man recycelt, die Menschen, die mit einem Stück von einem anderen leben, Nieren, Herz, Händen und neuerdings auch das Gesicht! Man glaubt, einen Lebenden zu retten, indem man ihm das Organ eines anderen einpflanzt, man verlängert sein Leben, aber was für ein Leben? Eine Existenz mit einem kleinen Stück Tod im Inneren, als ob eine Frau nach einer Fehlgeburt den abgestorbenen Embryo in sich behielte. Sind wir austauschbar wie Sofas, die man abzieht und neu bezieht?

Die jüdische Bibliothek in Sochaczew war die einzige in der Stadt. In anderen Orten gab es mehrere, denn jede politische Partei hatte ihre eigenen kulturellen und sportlichen Aktivitäten. Den zionistischen Arbeitern des *Poalej-Zijen* war es nicht recht, wenn ihre Jugend mit den revolutionären Diasporisten vom *Bund* verkehrten, obwohl sie sich dann auf denselben Barrikaden trafen, um auf die russische Regierung zu feuern, ich rede von der Zeit vor dem Ersten Weltkrieg. Aus diesem Europa stamme ich, ich bin mit den Geschichten aus der Kindheit meiner Eltern großgeworden. Meine Großmutter war 1862 geboren, und sie erzählte mir die Geschichten ihrer eigenen Großmutter, die um 1815 geboren war, so dass ich Anekdoten kenne, die bis in die Zeit des Wiener Kongresses zurückreichen, ohne dass ich sie in einem Buch gelesen hätte, Geschichten, die für mich Familienerzählungen und Kindheitserinnerungen sind. Sie stellen sich die jüdische Welt in Polen wie ein Bild vor, das jahrhundertelang gleich geblieben ist, aber da liegen Sie falsch, der Horizont meiner Großmutter ist ganz anders als der meine.

In Sochaczew war es den Juden gelungen, sich zu einigen und über die politischen Differenzen hinweg eine gemeinsame Bibliothek zu schaffen, es war ein Kraftakt. Sie enthielt alle möglichen Bücher auf Jiddisch, Hebräisch, Russisch. Und wie ist nun die Novelle von Scholem Alejchem aus dem Besitz von Zygmunt Szpigielman in die Regale der vereinten jüdischen Bibliothek in Sochaczew gelangt? Ich weiß es nicht. Vielleicht hatte er dieses Bändchen für seinen Vater gekauft, der bei ihm wohnte, und als er starb, seine jiddischen Bücher der Bibliothek überlassen. Denn er stammte aus Sochaczew, dieser Szpigielman, das weiß ich. Ich habe nachgeforscht und es herausgefunden. Ich konnte es nicht ertragen, nicht zu wissen, wer sich hinter diesem Ex-libris verbarg. Ich bin eine sehr alte Frau, aber der Krieg hat mich eines gelehrt: Wenn man überleben will, darf man sich nie überfordert fühlen. Wenn ein SS-Mann fragt: »Gibt es hier einen Zimmermann?« und Sie sind Schneider, müssen Sie vortreten und behaupten, Zimmermann zu sein, denn an diesem Tag wird jemand zum Nägeleinschlagen und Brettersägen gebraucht, und die, die stumm bleiben, weil sie denken, dass sie nur mit Nadel und Faden umgehen können, enden mit einer Kugel im Kopf im Massengrab, zwischen zwei Schichten Juden, von denen einige noch nicht ganz tot sind, aber schnell ersticken werden. Ich hatte als eine der Ersten in Rom einen Computer. Da war ich zweiundachtzig. Schon als die ersten PC-Modelle auftauchten, begriff ich, wie wichtig sie im Alltag werden würden. Um in dieser Welt zurechtzukommen, musste ich dieses neue Gerät bedienen lernen, das die Menschheit revolutioniert hat und sie eines Tages ersetzen wird, später, wenn ich nicht mehr da bin, wenn die Menschen endgültig Maschinen und die Maschinen Menschen geworden sind. Als das Internet aufkam und noch bevor es sich über die ganze Welt verbreitete und uns mit seinen Fäden fesselte, bis wir keinen Finger mehr rühren konnten, war ich eine der Ersten auf der Halbinsel, die http://www auf meiner Tastatur tippte, ich hatte begriffen, dass es eine Frage auf Leben und Tod war; wie damals, als meine Eltern und ich aus Warschau nach Galizien geflohen waren, um uns in den sowjetisch besetzten Teil Polens zu retten, und wir, den Säuberungen entgangen, abermals unter deutsche Besatzung gerieten. Damals behauptete ich abwechselnd, nähen, kochen, Nägel einschlagen und hobeln zu können, obwohl ich noch nie im Leben eine Nadel, eine Schöpfkelle, einen Hammer und schon gar keinen Hobel angerührt hatte. Ich habe mein Leben gerettet. Mein Vater war nicht so geistesgegenwärtig, er wurde von einem Ukrainer totgeschlagen, der einen Juden erledigen wollte und glaubte, sich für die Leiden zu rächen, die ihm tatsächlich die Roten während der Besatzung zugefügt hatten. Weiß Gott, warum mein Vater für Stalin büßen musste, hatten wir nicht gleichfalls unter der Sichel gelitten, auch wenn wir sie dem Hakenkreuz vorzogen? Vielleicht ist er an diesem Tag gestorben, weil er eine Brille trug, aber andere, die hervorragend sahen, sind liquidiert worden, weiß man je, welchen Grund die Grausamkeit der Menschen hat?

Eines Tages werden Sie mein Arbeitszimmer sehen. Es sieht aus wie das eines Halbwüchsigen. Ich habe den allerneuesten Computer. Aus einem Regal der New York Public Library hole ich das Erinnerungsbuch aus Sochaczew, 1962 in Israel vom Verein der einstigen Einwohner des Städtchens herausgegeben. Wie werden meine Arme zu Tentakeln, die über den Ozean hinweggreifen? Wie kann ich, ohne mich vom Fleck zu rühren, in diesem Wälzer blättern? Die Antwort darauf liegt in der esoterischen Zeile: http://yizkor.nypl.org/index.php?id=1263. Dank ihr konnte ich diese achthundertsechsundsiebzig Seiten überfliegen und auf der fünfhundertvierundsiebzigsten die Spur der Familie Szpigielman finden. Ein gewisser Avrum war dort Ende des neunzehnten Jahrhunderts Scherenschleifer, und man erzählt sich, dass er samstags in der Synagoge sang, wenn der *Chasn* krank war. War Zygmunt Avrums Sohn? Das ist eine Lücke, die ich noch nicht habe füllen können, ich versuche es, ich forsche weiter, jeden Tag entdecke ich eine neue Website, Archive, die man ins Netz gestellt hat, und ich frage mich, warum es so wichtig ist, diese Information zu bekommen und in meinem Erinnerungspalast aufzubewahren. Ich weiß auch nicht, wie dieses Bändchen nach dem Krieg in die Bibliothek des Lagers für *Displaced Persons* im bayrischen Feldafing gelangt ist. Wer hat es mitgebracht? Ein Überlebender aus Sochaczew? Wie hat er überlebt? Ist er im September 1939 in Richtung Sowjetunion geflohen wie wir und so viele andere? Ich stelle mir vor, dass das Bändchen in der Innentasche eines Mantels Europa durchquert hat, Sochaczew – Warschau – Białystok – Minsk – Moskau – Kuibischew – Magnitogorsk, und 1945 über Łódź oder Wrocław zurück nach Feldafing kam. Nach der Befreiung konnten die in die Sowjetunion geflohenen Polen in ihr Land zurückkehren. Nur wenige gingen in ihren Heimatort zurück, zumal ein Teil Polens nicht mehr polnisch war. Der ganze Osten wurde ukrainisch, und die Polen aus dieser Gegend wurden taktvoll aufgefordert, sich im neuen Polen niederzulassen, vorzugsweise im Westen, um das Terrain zu besetzen. Welches? Das, das die in den Westen vertriebenen Deutschen zurückgelassen hatten, die gebeten wurden, in ihr tausendjähriges Vaterland zurückzukehren. Um zu verhindern, dass aus Wrocław eines Tages wieder Breslau würde, vertrieb man Hunderttausende von Deutschen und ersetzte sie durch aus dem Osten heimgekehrte Polen, darunter ein paar Tausend überlebende Juden. Aber viele von ihnen packten gleich wieder ihre Koffer. Sie hatten den Stalinismus in der Sowjetunion genossen, und als die Kommunistische Partei in Polen die Macht übernahm, brachen viele wieder auf – aber wohin? Palästina war ihnen noch verschlossen, ich rede von den Jahren 1946 und 1947, und die Tore Nord- und Südamerikas standen nur halb offen. Einstweilen blieben nur die Lager für *Displaced Persons* in Deutschland. Ein paar Monate nach der Befreiung fanden sich viele polnische Juden, zum großen Teil Überlebende der Todeslager, in Deutschland, in Lagern und hinter Maschendraht wieder. Dort warteten sie auf Visa für andere Länder und richteten Bibliotheken ein. Deshalb trägt dieser Scholem Alejchem direkt unter dem Stempel der *Ssochatschewer farejnikte jiddische bibliotek* den der Lagerbibliothek in Feldafing. Genaue Untersuchungen fördern die lange Reise eines Buchs zutage. Polen gerät zwischen die Seiten. Wenn mein Scholem Alejchem durch Zentralasien gekommen ist, hat er mikroskopische Spuren der Steppe bewahrt, und DNA-Analysen könnten nachweisen, wessen Finger ihn berührt haben, sofern man in den Massengräbern die Überreste der Leser der Bibliothek von Sochaczew fände, falls diese Leichen irgendwo liegen, denn die Bewohner des Orts sind im Januar 1941 in ein Ghetto gepfercht worden und ab Februar, nicht einmal zwei Monate nach der Eröffnung des Ghettos, wurden all diese Juden zu Fuß nach Warschau getrieben, genau wie die aus Karczew, Jeziorna, Piaseczno, Pruszków, Błonie, Żyrardów, Mszczonów, Błedów und Bolimów, den benachbarten Städtchen. Einige, die versuchten, sich diesem Marsch zu entziehen, sind an Ort und Stelle erschossen worden. Was ist mit diesen Rebellen geschehen? Sind sie auf dem jüdischen Friedhof des Städtchens begraben worden? Hat man irgendwo eine Grube ausgehoben, um sie zu verscharren, oder hat man ihre Leichen den Raben überlassen? Ich müsste dorthin und die Überreste des Friedhofs suchen, die Grabsteine entziffern, bis ich die Stelen finde, auf denen als Todesdatum jene eisigen Tage im Februar 1941 stehen, oder ich müsste im Internet ein polnisches Buch über die jüdischen Friedhöfe bestellen; aber das tue ich nicht, ich fürchte mich vor den Spuren, die man im heutigen Polen ausgräbt, ich habe Angst vor dem Gedanken, dass es heute noch Friedhöfe und Synagogen gibt, lieber glaube ich, dass alles zerstört ist, ich will es nicht sehen, obwohl ich es weiß, dass heute noch Juden an der Weichsel leben, denn das ist nicht mehr mein *Pojln,* das ist ihre *Rzeczpospolita Polska.*

Die Einwohner von Sochaczew, die nach Warschau kamen, erwartete das gleiche Los wie die anderen im Ghetto eingesperrten Juden: Hunger, Epidemien, die *Aktionen,* die zwischen Juli 1942 und Januar 1943 nach Treblinka führten, wo sie sofort bei der Ankunft ermordet wurden, vergast, vergraben und sechs Monate später wieder ausgegraben, die verwesten Körper wurden verbrannt und ihre Asche zuerst mit allen möglichen Produkten vermengt, um herauszufinden, ob man den Boden mit dem Blut von Männern und Frauen verbessern konnte, und schließlich in riesigen Gruben mit Sand vermischt – da kann man lange nach DNA-Spuren suchen. Von den Sochaczewer Juden bleibt als einzige physische Spur nur der Stempel in meinem Bändchen von Scholem Alejchem und mikroskopische Spuren von mit anderem vermischter Asche in der masowischen Landschaft um Treblinka. Pflücken Sie im Sommer eine Margerite, riechen Sie ihren Duft, ist das nicht Tante Margarita, Małgorzata laut ihrem Pass und Malkele für ihre Großmutter? Sie trug oft ein Organdykleid, wenn sie abends am Arm ihres kapriziösen Mannes ausging. Die Leichtlebigkeit dieses Paares machte meinen Vater zornig, die Sorglosigkeit verschlug ihm die Sprache. Ich hatte Tante Małgorzata gern, denn sie roch so gut, genau wie die Margerite, die in der Nähe von Treblinka wächst, wo wir im Sommer Freunde besuchten. Es ist genau dieser Duft, an den ich mich aus der Kindheit erinnere, der flüchtige Geruch dieser fröhlichen Frau in ihrem modischen Kleid, eine Zigarettenspitze im Mund, das Parfum des Foxtrott. Małgorzata wollte mich zum Tanzen mitnehmen, aber Papa hat es verboten. Nichtige Zerstreuungen! Man hatte Besseres zu tun im Leben: lesen, ganze Bibliotheken verschlingen, aber wusste er, dass er mir befahl, die ersten Bände in die Regale meines Erinnerungspalasts zu stellen? Ahnte er, dass einige Jahrzehnte später niemand oder fast niemand mehr von den Schriftstellern reden würde, die er mich lesen ließ, Jisro'el Schtern, Kadye Molodovsky, Mendele Mojcher-Sforim? An diesem Abend ging ich in mein Zimmer und weinte, denn ich wäre so gerne tanzen gegangen, aber das war unmöglich: Ich komme aus einer Zeit, in der man auf seinen Vater hörte. Ich habe ihm nur einmal nicht gehorcht, im Krieg. Er wollte, dass wir zusammenbleiben, aber ich spürte, dass wir uns trennen mussten, um eine größere Überlebenschance zu haben. Ich habe überlebt, er ist ermordet worden, und seitdem werfe ich mir das vor. Wenn ich bei ihm geblieben wäre, hätte ich ihn vielleicht retten können. Der Duft von Tante Małgorzata gehört auch in den Palast der Erinnerung, er ist einer der vielen darin, er erfüllt ein Boudoir mit türkisen Wänden; in der Mitte thront ein Tischchen mit einer Vase darauf, die eine einzige Blütenkrone enthält, eine auf einem Feld in der Nähe Treblinkas gepflückte Margerite, diese Margerite ist Tante Małgorzata, ich erkenne sie an ihrem Duft, aber sie verwelkt nicht, sie ist für immer erblüht, zumindest bis meine Seele und meine Erinnerungen mich verlassen; ich werde noch genug Zeit gehabt haben, sie Ihnen weiterzugeben, Tante Małgorzata ist jetzt auch ein wenig die Ihre, nicht wahr?

Sie werden Spuren der Juden von Sochaczew im *Erinne-*

rungsbuch finden, sie flüstern im Untergebälk der Hütte, in der der große Nationalkomponist geboren wurde, die Touristen hören sie nicht, aber ich vernehme die Seufzer der Sochaczewer Juden, ihre Seelen, ihre zwischen Erde und Fußboden eingesperrten *Dibbuks* warten darauf, aus ihrem Gefängnis befreit zu werden. Wenn der Enkel einer jüdischen Familie aus Sochaczew heute dorthin reist, Sie vielleicht, woher sind Sie, woher kommt Ihre Mutter, Ihr Vater?, wenn dieser Junge an der Gare de l'Est eine Fahrkarte nach Sochaczew verlangt, fährt er von Paris über Brüssel, Köln und Berlin und steigt in Warschau in den Omnibus nach Sochaczew. Und wenn der Omnibus am Bahnhof ankommt, wird der junge Mann den Namen auf einem Emailleschild am Bahnsteig entdecken:

SOCHACZEW

»Der Ort existiert also. Er ist also nicht nur in meinem Kopf und in den Erzählungen meiner Großmutter. Aber was ist das für ein Ort? Dort spricht man eine Sprache, die ich nicht verstehe, und doch kam ich eines Tages aus diesem Ort.« Nein, der junge Mann ist nicht von dort, weder aus Sochaczew noch aus Kałuszyn, Chmielnik, Pabianíce oder Wieluń. Er ist aus Paris, Caracas oder Beverly Hills. Diese Orte sind nicht seine Ursprungsorte, sondern die meinen. Ich komme aus diesen Städten und Dörfern, den heißen Sommern und strengen Wintern, ich kenne den Dunst, der an schönen Wintertagen aus den Feldern steigt, ich gehöre zum Duft der Margerite. Ich fühle mich wohl in den Straßen der Ewigen Stadt, unter dem Gold ihrer Paläste, und selbst wenn die Ruinen des alten Rom mir gut zu Gesicht stehen, denn diese Tempel mit den eingestürzten Dächern, ihren Säulenstümpfen, ihrem von Jahrhunderten und Kriegen gezeichneten Pflaster erinnern mich an die Ruinen meines Warschau, bin ich doch eine Fremde und die Margerite riecht hier nicht wie auf der masowischen Erde. Hier sind die Städte nicht aufgetürmt. Im Zentrum wurde Platz gelassen für die Überreste einer versunkenen Zivilisation, Atlantis ist ganz nah, jeder kann in den Überresten seiner Alleen spazieren gehen. Meine Geburtsstadt ist auf andere Art gezeichnet: Über drei Viertel Warschaus waren 1945 dem Erdboden gleich gemacht. Die Deutschen wollten das Ghetto zerstören und die letzten Aufständischen in den Flammen umkommen lassen. Sie zündeten die Häuser an, und die Leute sprangen aus den Fenstern ins Leere, sie haben die Keller ausgeräuchert, damit die Familien herauskamen; die deutschen Soldaten und ihre ukrainischen Schergen gingen mit dem Flammenwerfer vor, das Ghetto brannte, das war nicht Rom, sondern Pompeji, die letzten Männer, Frauen und Kinder kamen mit erhobenen Armen heraus, Sie erinnern sich an diese Fotos, jeder kennt sie, sie sind berühmt, aber wenn Sie sie anschauen, denken Sie: eine Frau, ein Kind, ein Greis; ich hingegen sage mir: Die Frau ist Regina Polonska, die Klavierlehrerin aus der Karmelickastraße; der Greis mit den erhobenen Händen ist Grynbaum, der Sekretär der Klempnergewerkschaft. Und das Kind, dieses kleine, vom Hunger verzehrte Gesicht, diese Augen, die ins Objektiv des deutschen Fotografen starren und sechzig Jahre danach noch von uns Rechenschaft verlangen: »Was habt ihr aus meinem Opfer gemacht?«, dieses Kind kenne ich nicht. Es war noch nicht geboren, als ich 1939 die Stadt verließ. Ist es der Sohn von Mandelsztern, von Janower? Von Chanele, der Geflügelverkäuferin aus der Miłastraße? Er mag vier Jahre alt sein, ist er im Ghetto geboren oder ein paar Monate vor dem Bau der Mauer? Ist er später gekommen, in einem

Kinderwagen, geschoben von seiner Mutter, die aus dem Ghetto von Sochaczew, Karczew, Jeziorna, Piaseczno, Pruszków, Błonie, Żyrardów, Mszczonów, Błędów oder Bolimów gejagt worden war? Kam er aus Magdeburg, mit seinen Eltern am 14. April 1942 aus Deutschland nach Warschau deportiert? Was hat er vom Leben erfahren? Entbehrungen, Demütigungen, Todeskampf. Angeblich hat er überlebt, aber was ändert das? Sein Blick aus dem Jahr 1943 spricht für alle Gemarterten. Nachdem die letzten Aufständischen sich ergeben oder sich in ihrem Behelfsbunker umgebracht hatten oder durch die Abwasserkanäle *ojf der arischer sait,* wie man in meiner Sprache sagt, entkommen waren, haben die Deutschen alles dem Erdboden gleich gemacht. Es sollte nichts bleiben vom Ort ihrer Demütigung. Ein paar Dutzend zerlumpte Juden hatten achtundzwanzig Tage lang ihren Panzern getrotzt, das war zu viel. Sie haben alles niedergewalzt, bis dieser Ort nur noch eine trostlose Öde war. Es blieben noch ein paar Mauerreste da und dort, vor allem von der Kirche in der Nowolipkistraße 48. Sonst nur Berge von Ziegeln und verrußte Steine. Die Deutschen ließen Deportierte aus Auschwitz kommen, um die Trümmer zu durchsuchen, wochenlang mussten ein paar Hundert Juden in gestreiften Anzügen die Trümmer durchsieben, damit Deutschland sein Geld wieder reinbekam. Denn die Vernichtung des Ghettos war teuer gewesen. Also hat man die Leuchter ausgegraben, die Reste des Silbers, die Habseligkeiten von vierhunderttausend Juden, von denen keine lebende Seele übrig war. Obwohl die meisten Ghettobewohner ihre Wertsachen nach und nach gegen Nahrungsmittel getauscht hatten, der kleine silberne Gewürzbehälter für den Gottesdienst zwei Wochen die Pension für das auf der arischen Seite versteckte Kind bezahlte, alle Wertgegenstände aus dem Ghetto verschwunden waren und die allerletzten von den Juden nach Treblinka mitgenommen wurden, wo sie vor der Gaskammer sorgfältig konfisziert und an die Reichsbank geschickt wurden, gruben die zwangsrekrutierten Deportiertenbrigaden weiter in den Trümmern. Sie gruben nicht tief genug, um die Metallkisten zu finden, die die Mitarbeiter des Doktor Ringelblum ein paar Monate zuvor vergraben hatten, der die Chronik des Ghettos geführt hatte, damit man eines Tages erfuhr, wie das Alltagsleben im Ghetto ausgesehen hatte, ich sollte sagen, das Alltagssterben zwischen diesen Mauern und dem Stacheldraht. Sie sind drei Jahre später aufgetaucht, als man nach der Befreiung aufzuräumen begann und blecherne Milchkannen fand, die den genauen Bericht über die letzten Lebensjahre einer der größten jüdischen Gemeinden der Welt, meines *Varsche,* enthielten. Warum sage ich Ihnen das? Sie kennen diese Geschichte, alle kennen sie. Man weiß von der Tragödie der Warschauer Juden und wie sehr der Aufstand einiger weniger einem ganzen Volk Ehre gemacht hat. Warum muss ich an diese tragischen Stunden im Leben der Menschheit erinnern? Gibt es nicht noch Schlimmeres, Dringenderes in unserer Zeit? Aber als kleines Kind urteilt man subjektiv. Ihr Philosoph riet, seinen Garten zu pflegen, und das tue ich: meinen Ruinengarten. Mein Leben ist ein Trümmerfeld. Diese Visionen verfolgen mich, ich komme ständig auf sie zurück. Ich war in dieser Zeit nicht in Warschau. Wir hatten die Stadt am 23. September 1939 verlassen. Ich war bei meinem Vater, als er sein Fotostudio schloss. Er nagelte große Holzwände vor die Schaufenster, er drehte den Schlüssel zweimal um, trat ein paar Meter zurück, betrachtete die Aufschrift »Zakład fotograficzny Kacyzne« und sagte: »Wer weiß, wann wir wiederkommen?« Ich rede von seinem letzten Studio in der Wilénskastraße im Praga-Viertel, auf der anderen Seite der Weichsel. Mein Vater ist nie wiedergekommen.

Ich dagegen war im Dezember 1945 wieder in Warschau. Die Stadt lag in Schutt und Asche. Ich habe Ihnen vom Ghetto erzählt, aber später, im August 1944, haben die nichtjüdischen Warschauer revoltiert. Die Deutschen schlugen den Aufstand brutal nieder, sie haben die Stadt wochenlang bombardiert. Die Rote Armee stand schon am anderen Ufer der Weichsel. Sie hätte sie überqueren und den polnischen Aufständischen zuhilfe kommen können, aber sie ließ lieber die Deutschen ihre Arbeit zu Ende bringen, tage-, wochenlang. Die Russen hatten beschlossen, in Warschau einzumarschieren, wenn es auf den Knien lag. Also ließen sie die jetzigen Feinde und einstigen Freunde die Aufständischen liquidieren. Es gibt noch eine andere Version, die Polen sollen zu den Russen gesagt haben: »Bleibt am anderen Ufer, wir wollen uns allein von der Geißel der Nazis befreien, wir sind ein großes Volk.« Wem glauben? Das Ergebnis jedenfalls war dasselbe. Die Rote Armee blieb wochenlang jenseits des Flusses, und Hunderttausende von Warschauern sind zugrunde gegangen. Das war der Preis des Heldentums.

Ich bin an einem Freitag angekommen. Ich wohnte bei Bekannten in Praga, am anderen Ufer. Noch am gleichen Tag bin ich durchs Viertel gelaufen. Praga stand noch, aber »Zakład fotograficzny Kacyzne« war verschwunden. An der Stelle war jetzt ein Laden. Das Archiv meines Vaters war verschwunden. Am Samstagmorgen sagte ich, ich wolle die Stadt anschauen gehen. Welche Stadt? Eine einzige Wüste. An manchen Stellen rauchten die Trümmer noch. Man erkannte nichts mehr. Ich versuchte, die Straßen meiner Kindheit wiederzufinden, die Długa, die Nowolipie, die Leszno. Wo waren die Pawia, die Dzielna, die Smocza? Unmöglich. Es gab nur Steine. Nur das Skelett der Kirche half mir, mich zu orientieren. Ich sagte mir: Wenn dort der Kirchturm ist, ist die Nowolipki hier, und die Karmelicka verläuft quer dazu. Ich habe die Tłomackie gesucht, aber ich konnte die Stelle nicht finden, wo die Straße lag, was kann ich Ihnen da von der Nummer 13 erzählen? Es war nichts mehr übrig vom Gebäude des Literatenvereins. 670 000 Warschauer sind in diesem Krieg umgekommen: fast alle 375 000 Juden, außer den wenigen Überlebenden des Ghettos und den paar Zehntausend, die wie ich 1939 geflohen sind; und fast 300 000 Polen. Denn der Rest der Stadt war in kaum besserem Zustand. Auch wenn die Juden es »die arische Seite« nannten, die Deutschen hatten auch dort ein Massaker veranstaltet. Aber hier fand man noch ein paar verschonte Gebäude und bei einigen fehlte nur die Fassade. Manchmal ragte eine einzige Mauer in den Himmel. Als ich dreißig Jahre später wiederkam, war Warschau wieder aufgebaut worden, aber auf eine sehr seltsame Art. Die Altstadt wurde genau rekonstruiert. Die Pläne waren beim Brand der Nationalbibliothek verschwunden, aber die Architekten verließen sich auf die Gemälde von Canaletto aus seiner Zeit als Hofmaler des polnischen Königs. Dank dieser monumentalen Bilder aus dem achtzehnten Jahrhundert hat man den alten *Rynek,* das Schloss des Königs, und ein paar andere Schmuckstücke wieder aufgebaut. In der Altstadt tat man, als wäre nichts geschehen, man kopierte das Alte so gut, dass selbst ein geschultes Auge sich täuschen ließ, aber wo einst das Ghetto und die jüdischen Viertel standen, baute man Wohnblocks. Créteil-an-der-Weichsel, sagt Ihnen das etwas? Sie gehen zwischen zwei Reihen Wohnblocks aus den fünfziger Jahren hindurch. Sie bleiben an einer Straßenecke stehen und lesen: *Ulica Miła.* Musste man den Straßen denn wirklich die Namen geben, die sie vor dem Krieg hatten, da sie doch verschwunden waren? Denn die Miła, Wołyńska, Ostrowska, Muranowska, Gęsia, Pawia, Zamenhofa, Dzielna waren nicht diese breiten, etwas trostlosen Straßen, sondern ein Gewirr vor Leben überquellender Gassen, wo geschrieen und gelacht wurde, und nie hätte man den Wind pfeifen hören wie heute in diesen Boulevards, wo er auf kein Hindernis triff. Das Mahnmal für die Ghettokämpfer steht mitten auf einem weiten Platz, aber damals standen dort mehrere Häuser mit Hunderten von Wohnungen, und zur Zeit des Ghettos drängten sich sechs Familien zusammen, wo einst eine gelebt hatte.

Sulamita verstummte wieder. Nach einer ganzen Weile sagte sie:
– Lassen Sie mich jetzt allein, ich bin müde.

46

Sulamita hatte mich hinausgeworfen, obwohl ich noch bei ihr bleiben und ihr weiter zuhören wollte. Stundenlang irrte ich durch die Stadt. Würde ich sie wiedersehen? War diese Müdigkeit endgültig?

Als ich am nächsten Tag wiederkam, verkündete Sulamita, noch bevor ich mich auf dem Teppich niedergelassen hatte, als sei am Vortag nichts Besonderes geschehen:

– Von den Porträts an der Wand habe ich Ihnen bisher nur Itke vorgestellt, es wird Zeit, dass Sie die anderen kennenlernen. Ganz links ist Leiser Segal, der *Melamed* von Długolsiodło, dann kommt Naftule Grinband, der Uhrmacher von Gôra Kalwaria, und als nächster Jisro'el Lustman, der Weber von Wąwolicaś. Und ganz rechts die besagte Itke. Das Foto von Esras Großmutter, der Kurzwarenhändlerin von Falenica, habe ich nie wiedergefunden. Sonst hätte sie Itkes Platz eingenommen. Mein Vater war extra zu ihr gegangen, um sie zu fotografieren. Ich erinnere mich noch an den Tag, als Esra und ich das Bild in der Dunkelkammer entwickelt haben. Ganz allmählich tauchte das Gesicht der alten Frau auf, und Esras Augen füllten sich mit Tränen. Ich hätte ihn so gern umarmt, aber ich traute mich nicht.

Während Sulamita sprach, betrachtete ich die Porträts, denen nichts von dem entging, was in diesem Zimmer geschah.

– Sie sehen Itke an, die Frau des Glasers von Wischkewe? Ich sage Wischkewe, weil wir das Städtchen so nannten, aber machen Sie sich nicht die Mühe, diesen Namen in einem Atlas zu suchen. Wischkewe hat es nur für die Juden gegeben. Dafür finden Sie Wyszków, östlich von Warschau, 26 948 Einwohner bei der letzten Volkszählung. Die Fotografie ist von 1927. Damals machten die Juden die Hälfte der neuntausend Einwohner aus. Itke war achtzig, als das Foto aufgenommen wurde. Lebte sie noch, als die deutsche Luftwaffe die Stadt am 5. September 1939 bombardierte? Hatte sie noch Zeit, mit den anderen Einwohnern in den nahen Wald zu flüchten? Eine Frau von zweiundneunzig kommt nicht so schnell vorwärts. Vielleicht ist sie an jenem 5. September beim Brand ihres Hauses umgekommen. Aber vielleicht hat sie auch überlebt, die Stadt wurde nicht vollständig zerstört. Viele Juden kehrten nicht in ihre Häuser zurück, sie überquerten die nahe Linie, die noch keine richtige Grenze zwischen der von den Deutschen besetzten und der sowjetischen Zone war. Itke konnte nicht mitgehen, das steht fest, sie war zu alt.

Als die Deutschen am 9. September Wischkewe besetzten, war sie vielleicht zu Hause. Die Chance ist gering, dass sie dann noch lange gelebt hat. Vielleicht wurde sie auf der Straße getötet, denn manche Soldaten haben sich einen Spaß daraus gemacht, auf die Juden zu schießen, die sich nicht in ihren Häusern verkrochen. Oder sie gehörte zu der Gruppe von Scherenschleifern, Gemüsehändlerinnen, Chederschülern, einem Kutscher und einer Milchfrau, die von den Soldaten in einem Haus zusammengetrieben und lebendig verbrannt wurden. Auch am 9. September. Am selben Tag erschossen die Deutschen die meisten Männer, die in der Stadt geblieben waren, Frauen und Kinder ließen sie gehen. Sie flohen zu Fuß in Orte in der Umgebung. Glauben Sie, dass es eine Zweiundneunzigjährige bis Wołomin, Nowy Dwór oder Tłuszcz geschafft hat? Eher ist sie eine der Leichen gewesen, die am nächsten Tag am Straßenrand lagen und die, nachdem sich die Raben an ihnen gütlich getan hatten, am Ort ihres Sterbens vergraben wurden. Wo ruht Itke? Wenn sie vor dem Krieg gestorben ist, hat sie ihr Grab erhalten, aber die Steine des jüdischen Friedhofs dienten nach der Invasion dazu, den Boden der Häuser zu pflastern, die sich die Gestapo dort bauen ließ. Auch wenn man eines Tages einen Grabstein findet, der auf Hebräisch die Aufschrift trägt: »Hier ruht die bescheidene und gerechte

Itke, Tochter des Avrum«, wird doch niemand wissen, wo sie ruht, ob sie eins der Skelette ist, die man an der Stelle des jüdischen Friedhofs gefunden hat, oder eins von denen, die man später ausgrub, bei der Erweiterung der Nationalstraße 62 Wyszków-Łochów, die Sie, wenn Sie links die Fernstraße 50, dann die 694 und schließlich die 677 nehmen, nach Treblinka führt, aber wenn Sie dahin wollen, ist es schneller, den Zug in Łochów zu nehmen, der fährt direkt.

Gibt es noch Nachkommen? Vielleicht ist einer von Itkes Söhnen dem Massaker entkommen. Er ist in die Sowjetunion gegangen. Er ist in die Rote Armee eingetreten und hat an der Eroberung von Berlin teilgenommen. Ist er es, der auf dem berühmten Foto von Jewegeni Chaldej auf dem Reichstag die Fahne mit Hammer und Sichel hisst? Ich denke unwillkürlich, dass mein Vater dieses Foto hätte machen können, obwohl er eher für Porträts und Alltagsszenen begabt war, aber der Krieg zwingt jeden, sich anzupassen.

Von Berlin ist Itkes Sohn dann wieder nach Wischkewe gefahren, gerade lange genug, um festzustellen, dass nichts mehr geblieben ist; dann ist er aus dem Städtchen geflohen, aus Angst, der polnische Glaser, der sich in der Werkstatt seines Vaters eingerichtet hatte, werde ihm vorwerfen, überlebt zu haben. Er hat mehrere Jahre in einem Lager für *Displaced Persons* gehaust und Europa verlassen, mit einem Visum für Kanada, Australien, die USA, Palästina oder vielmehr Israel, denn wir sind jetzt im Jahr 1949. Inzwischen ist er tot, ich bin die Einzige, die so alt geworden ist, er hatte Kinder, Enkel, ein Dutzend Nachkommen, die nichts wissen, weil er nichts erzählt hat.

Eines Tages machen sie sich auf die Suche, vielleicht haben sie es schon getan, haben das Grab von Itke gefunden, die sie nicht ihre Großmutter zu nennen wagen, weil sie eine Fremde ist. Haben sie erfahren, dass Itke von einer Salve niedergestreckt wurde, dass sie vor Erschöpfung am Rand der Straße nach Nowy Dwór gestorben ist? Vielleicht. Oder haben sie es nicht erfahren, weil es unmöglich ist, das zu erfahren? Hunderte Juden wurden an jenem Tag in Wischkewe ermordet, Sie können sich vorstellen, dass die alte Itke niemanden interessiert hat! Aber doch, sie beschäftigt ihre Nachkommen, einen ganzen Zweig, der schief wächst, wie ein Bohnentrieb ohne Stütze, und der immer weiter schief und krumm sein wird, so lange man nicht weiß, wann und wo Itke ihren letzten Seufzer getan hat. Denn es gibt einen Ort auf Erden, an dem sie ruht, das ist die einzige Gewissheit. Dieser Ort ist ein Allerheiligstes, ob nun ein Grab oder ein Feldrain, er könnte die Krypta werden, an der sich eine ganze Familie versammeln würde, um die Augen zu schließen und an die Urahnc zu denken, aber so lange dieser Ort nicht bekannt ist, ist diese Urahne undenkbar und unvorstellbar.

Die Leute glauben, man könne nichts erfahren. Sie denken, Polen sei ein entlegenes Land. Euer Jarry war lustig, aber an dem Tag, als er schrieb: »Die Szene spielt in Polen, also nirgendwo«, wäre er besser im Bett geblieben. Polen ist irgendwo, Pierre. Man erreicht es per Zug, Flugzeug, Auto, von mir aus auch mit dem Fahrrad, aber es existiert. Im Stadtarchiv von Wyszków wird ein Beamter, der allen Bürohengsten der Welt gleicht, Itkes Todesdatum für Sie herausfinden, wenn sie vor dem Krieg gestorben ist. Wenn nicht, gehen Sie durch die Straßen der Stadt! Lächeln Sie, reden Sie mit den Leuten, sagen Sie, dass Sie jemanden suchen, der Itke gekannt hat, die Frau des Glasers von Wischkewe, aber erklären Sie ihnen gleich, dass Sie nicht gekommen sind, um das Haus zurückzufordern, Sie brauchen keine Datscha in Mitteleuropa, sie haben einen Bauernhof in der Provence, ein Fischerhaus an der Amalfiküste, ein Chalet in Gstaad, eine Zweitwohnung in Neuengland. Die Leute werden den Kopf schütteln, nein, Sie haben sie nicht gekannt, das ist schon so lange her, wissen Sie. Wie sagen Sie? Itke? Ihr Familienname? Sie war Jüdin? Ach wissen Sie, damals gab es so viele Juden in Wyszków. Nein, wirklich, das sagt uns nichts. Und außerdem waren viele der heutigen Einwohner damals gar nicht hier, sie wurden 1945 aus der Ukraine umgesiedelt. Bis Sie das junge Mädchen treffen. Es hat auf Sie gewartet und heißt Katarzyna, Natalia oder Karolina. Ganz jung. In Wyszków geboren. Nie hat ihr jemand gesagt, dass jahrhundertelang Juden in ihrer Heimatstadt gelebt haben. Als Kind dachte sie, der Glaser hätte die Werkstatt von seinem Vater geerbt. Sie glaubte sogar, ihre Eltern hätten immer in ihrem Geburtshaus gewohnt, sie wusste nicht, dass vor dem Krieg dort die Morgensterns lebten. Sie hatte sich nie gefragt, warum es im Stein oder im Holz der Türrahmen, wenn man hereinkommt rechts in Augenhöhe eines Erwachsenen, eine Aushöhlung gab, wie eine Kerbe. Sie dachte, das sei die Zeit oder der Tick eines Tischlers oder Steinmetzen gewesen. Sie dachte, es sei Zufall. Sie dachte gar nicht. Sie hatte ihre Großmutter nicht gefragt, die alte, fast hundertjährige Justyna, auch nicht ihren Vater, als er im Garten einen Apfelbaum pflanzen wollte und auf einen Stein gestoßen war, Granit, das Loch eilig wieder zugeschüttet und seinen Apfelbaum am anderen Ende des Rasens gepflanzt hatte. Aber an dem Tag, an dem Sie kommen, der Enkel von Itke, der Frau des Glasers von Wischkewe, und fragen, ob jemand weiß, was aus Ihrer Großmutter geworden ist, schaut sie Sie an, mit prüfendem Blick, und lächelt, es ist das erste Lächeln, seit Sie in der Stadt angekommen sind, sie sagt zu Ihnen: Kommen Sie, wir gehen zu meiner *Babka*. Sie führt Sie in ein altes Haus, das keine Kerbe rechts in Augenhöhe hat, am Türrahmen war nie eine *Mesusa* befestigt, hier haben immer schon Polen gewohnt, sie sagt etwas zu ihrer Großmutter, in der Sprache, die Sie nicht gelernt haben, einen Satz, der mit einem Fragezeichen endet und das Wort Itke enthält, das Sie erkannt haben, Katarzyna/Natalia/Karolina hat Itka gesagt, aber Sie haben es verstanden. Die Großmutter antwortet, die Enkelin übersetzt für Sie, und an jenem Tag erfahren Sie ein kleines bisschen mehr über Itke, weil Justyna, die alte Polin, da war, als die Nazis in die Stadt kamen, sie war jung, um die Dreißig, sie hatte gerade ihr drittes Kind zur Welt gebracht, den Vater von Karolina, sie hat sich gehütet, auf die Straße zu gehen, aber sie hat gesehen, wie die Nazis Juden töteten, sie hat die Synagoge brennen sehen.

Ich habe gesucht. Ich habe seit Kriegsende bis heute den größten Teil meines Lebens damit verbracht. Aber es war eine ganz andere Suche als die der Enkelin von Itke, der Frau des Glasers, denn ich spreche Polnisch, ich kann Jiddisch, ich lese Russisch. Ich bin von dort, ich bin vor der Sintflut geboren. Aber ich habe alles verloren: das Archiv meines Vaters, seine Fotografien, seine Manuskripte, die Zeitschriften, die er gegründet hat, seine Drehbücher, seine Theaterstücke, die Spielanweisungen für die Schauspieler, die Briefe, die er von Schriftstellern und Regisseuren aus der ganzen Welt bekam, mehrere Briefe jeden Tag, die ich für mein Leben gern lesen würde, was mir für immer verwehrt bleiben wird. Mir blieb nur der Geruch seiner Pfeife, der unsere Wohnung erfüllte, und der Gestank der Laborchemikalien. Die Exemplare der Tageszeitung, deren Redakteur er war, waren verschwunden, auch sein Ausweis als Gründungsmitglied des Jiddischen Literaten- und Journalistenvereins in Warschau. Und seine Fotoapparate. Ich hatte die Spur meines Vaters verloren, ich wusste nicht, was aus ihm geworden war, nachdem Mama und ich ihn in Lwów verlassen hatten, verzeihen Sie, ich weiß, dass es heute Lviv heißt. Die dort ansässigen Juden sagen mit ihrem galizischen Akzent immer noch *Lemberik.* Aber was heißt dort ansässig, ich sollte die dort geborenen sagen, denn wie viele leben heute noch dort? Sie finden sie in Los Angeles, Antwerpen oder Johannesburg, aber beeilen Sie sich, die aus der großen Zeit werden bald verschwunden sein, aber ich bin ja dumm, das brauche ich Ihnen ja gar nicht zu sagen, eben darum haben Sie sich ja an mich gewandt, um das letzte Licht eines fast schon erloschenen Sterns einzufangen, den letzten Atemzug eines mitten im Sprung geschossenen Rehs, nicht wahr?

– Ich bemühe mich.

– Was meinen Sie, was ich tue?

Sulamita drehte den Kopf zu mir, denn meistens sprach sie, ohne mich anzuschauen, und verstummte jäh.

– Sie weinen.

– Jetzt bin ich dran.

– Was macht Sie so traurig?

– Eher bewegt. Ich bin Itkes Enkel.

– Aber Sie sind kein Jude!

– Ja und?

– Dann ist dies nicht Ihre Geschichte.

– Warum sagen Sie das?

– Kann denn ein Volk die Erinnerung eines anderen tragen?

– Meine Großmutter hieß Anna Janowska. Sie ist in Warschau geboren.
– Oh! Eine Janowska war in meiner Klasse, sie hieß Sarah. Ich frage mich, ob ihre kleine Schwester nicht Ania hieß ...
– Meine Großmutter hieß Anna.
– Das ist dasselbe. Ania ist das Diminutiv. Sie war ein entzückendes Kind. Einmal war die ganze Familie bei uns, um sich fotografieren zu lassen.
– Haben Sie das Foto wiedergefunden?
– Ich müsste nachsehen.
– Können Sie das jetzt gleich tun?
– Ich habe so viele. War Ihre Anna Janowska Jüdin?
– Keine Ahnung, und so lange ich es nicht weiß, habe ich die Wahl: Entweder bin ich der Enkel von Itke, oder ich bin Ihre Katarzyna, Natalia, Karolina.
– Wir haben heute gar nicht über unsere Dichter gesprochen.
– Morgen.
– Morgen gehen wir weiter zurück, in die Zeit, als *Warsche* noch stand.

Ich hatte Sulamita gesagt, ich weine um Itke, aber ich weinte auch um sie. Ich hörte ihr zu, aber ich dachte unwillkürlich daran, dass sie nicht immer da sein würde. Eines Tages wäre sie fort, sie würde mich verlassen, und diese Aussicht trübte mir manchmal die Freude an ihrer Gesellschaft.

47

Den Fotoplatten erging es genauso wie den Menschen: Einige wurden vom Zufall gerettet, andere, die meisten, sind verschwunden. 1921 bat eine jüdische Organisation in Amerika meinen Vater, Aufnahmen der polnischen Juden zu machen, um die Philanthropen der Neuen Welt in ihren Hütten zu Tränen zu rühren, damit sie die Emigration der Juden finanzierten. Seine Fotografien waren so schön, dass der New Yorker *Forverts,* die größte jiddische Tageszeitung, die es je gegeben hat, mit Büros in allen Städten der USA, meinen Vater anstellte. Bis zum Krieg erschienen seine Aufnahmen jeden Sonntag in der Kulturbeilage der Zeitung. Alter Kacyzne erhielt für diese Arbeit fünfhundert Dollar im Monat. Das war viel Geld, deshalb gab es in Warschau viele Neider, vor allem unter den Schriftstellern, von denen die meisten nichts hatten. Wir lebten in einer schönen Wohnung. Auf einem Foto tragen meine Mutter und ich Pelzmäntel, ich bin ungefähr zwei, und das waren keine Requisiten vom Fotografen! Dieser Mantel war so weich, ich weiß nicht mehr, was es für ein Tier war, vielleicht Seehund, bestimmt teuer. Oder nur Lammfell, aber auch das war schon etwas in einer Stadt, wo viele Kinder noch barfuß herumliefen.

Die meisten der Vernichtung entgangenen Fotos sind solche, die mein Vater an den *Forverts* geschickt hat: etwas mehr als siebenhundert. Die Originale sind in New York, aber ich habe sie kopieren lassen.

– Haben Sie die Familie Janowski wiedergefunden?
– Ich war gestern Abend zu müde, ich habe nicht gesucht.
– Können wir das heute tun?
– Wenn ich sie Ihnen zeige, kommen Sie dann trotzdem wieder? Haben Sie dann nicht das Gefühl, im Hafen angekommen zu sein? Ich will Sie noch mitnehmen in meinen Sturm. Lassen Sie mich meine Geschichte fertig erzählen, Ihre Fotografie kommt zum Schluss.
– Ich werde da sein, so lange Sie wollen.
– Das glauben Sie. Sie sagen, Sie lieben mich, aber was lieben Sie an mir? Meine Stimme? Meinen Bericht? Meine Verzweiflung? Die Hoffnung, Ihre Großmutter wiederzufinden?

Sie schaute mich forschend an, und ich konnte ihrem Blick nicht standhalten.
– Überrascht es Sie, wenn ich Ihnen erzähle, dass meine Eltern ein Landhaus besaßen? Ja, ich komme aus einer Welt, in der man in die Sommerfrische fuhr. Mit den Dollars des *Forverts* konnten wir eine schöne Villa mieten, ungefähr zwanzig Kilometer von Warschau entfernt, in Świder. Die Tochter des Fotografen war eigentlich schon eine Prinzessin, bevor ihr das Gold der römischen Paläste in den Schoß fiel. Ich muss nur mein Foto mit dem Lammfellmantel betrachten: derselbe Blick wie der von Anastasia und ihren Schwestern, den Töchtern von Zar Nikolaus II. Ich bin als Prinzessin geboren.

Świder lag direkt vor Otwock, einem von Kiefernwald umgebenen bekannten Ausflugsort am Ufer der Weichsel, flussaufwärts von Warschau. Ein Sandstrand schmiegte sich in die Flussbiegung. Viele Familien fuhren hierher ins Grüne, um den Kieferduft zu inhalieren, der, wie es hieß, die Atemwege heilte. Man gelangte mit dem Zug Warschau–Otwock dorthin, den wir einfach *Di linje* nannten. Wir stiegen am Hauptbahnhof ein und rochen nach einer Viertelstunde trotz dem Kohlenruß der Dampflokomotive die frische Landluft. Als wir aus dem Zug stiegen, umfing uns der Kieferndduft, und ich freute mich schon aufs Schwimmen in der Weichsel, zusammen mit den bekanntesten Schriftstellern. Die Villa war ein Holzhaus. Eigentlich war es ein Ensemble mit einem Haupt- und mehreren kleinen Nebengebäuden, in denen Schlafzimmer eingerichtet waren. Aber das Wichtigste passierte im Haus, an dem großen Esstisch. Der Schnaps floss in Strömen, vor allem Wodka. Ich spreche von den größten jiddischen Schriftstellern, aber ich muss sehr weit in meiner Erinnerung zurückgehen, um mich an diese heroischen Zeiten zu erinnern, denn ich war noch ein Kind, als sich Perez endgültig in der Sowjetunion niederließ, und Uri-Zwi war schon nicht mehr da.

Perez hielt es nicht an einem Ort. Kaum war er, nach Berlin und London, wieder in Warschau, verschwand er oft für ein paar Tage. Niemand wusste wohin, bis auf Melech und die Schriftsteller, die sich bei uns trafen. Er überquerte illegal die Grenze und blieb ein paar Tage in Kiew. Er traf sich mit alten Freunden oder umarmte seine Eltern in Jekatarinoslaw. Er war überall zu Hause, immer der Schönste, der Erste, aber letztendlich gehörte er nirgends hin. Auf Chagalls Drängen hin war er ein paar Monate in Paris. Ich habe noch einen Brief, den er 1925 an Melech schrieb, der Rest des Datums ist unleserlich, aber die Nachricht wurde auf Briefpapier des Café-Restaurants *Koretz* geschrieben, kleine Speisen zu jeder Zeit, hausgemachter Kuchen, Ecke Rue de Rivoli, Rue des Mauvais-Garçons Nr. 1. Das muss eins der jüdischen Restaurants gewesen sein, von denen Paris damals voll war.

– Wenn mich nicht alles täuscht, ist da jetzt ein Schuhgeschäft.

– Alles vergeht, vor allem die jüdischen Lokale. Für zwei Sous bekam man eine Hühnerbrühe mit Gerste oder Rührei mit Zwiebeln. Perez wähnt sich im Gelobten Land. In Paris findet er das Interesse und die Empfänglichkeit für moderne Kunst, die in Warschau fehlen. Er gibt die zweite Nummer von *Khaliastra* heraus, das Heft, das Ihnen bei Ihrem Antiquar in die Hände gefallen ist.

– Mit dem Eifelturm von Chagall auf dem Umschlag.

– Und dem Männlein auf halber Höhe, das eine Fahne schwenkt, auf der in hebräischen Buchstaben »Paris« steht. Dieses Männlein, ist das Perez, der endlich an seinem Bestimmungsort angekommen zu sein glaubt? Und schwenkt er einen Aufruf an die Schriftsteller in Polen, die neue jüdische Kultur im Land der Menschenrechte zu entwickeln, oder ist die Fahne eine Art Flaschenpost, ein zusammengerollter Zettel, auf den Perez in der Kalligraphie der Schreiber religiöser Manuskripte *Pariz* geschrieben und den er in eine vor Verzweiflung in einem Zug geleerte Flasche gesteckt hat? Wenn er nicht im Café-Restaurant *Koretz* sitzt, wohnt er am Boulevard Arago 53b, wer weiß bei wem ... Bei einer Frau? Einem Schriftstellerfreund? Natürlich hätte ich in einem Adressbuch aus den zwanziger Jahren die Bewohner des Hauses nachschlagen können, aber ist das so wichtig? Ist es das, was Sie wissen wollen? Hilft Ihnen Perez' Adresse bei seinem Parisaufenthalt, den fast schon verflogenen Duft jener Zeit zu spüren? Der junge Dichter verbringt seine Zeit in Montparnasse, im Café, mit Chagall, Modigliani, Soutine und Ehrenburg. Er glaubt, er sei angekommen, aber er wird es bald leid. Denn in Paris ist er fast nichts. Die Stadt hat noch keine jiddische Tageszeitung. Man liest dort die Warschauer, die man in der Rue des Ecouffes in der Buchhandlung von Wolf Speiser kauft. Perez sieht Ströme von Emigranten vorbeiziehen, die hier Halt machen, aber oft ist die Stadt nur ein Zwischenstopp auf dem Weg in die USA, und Amerika lockt ihn nicht. Perez schickt Artikel an die literarischen Zeitschriften in Warschau, aber das Leben in der französischen Hauptstadt ist teuer, und seine Honorare aus Polen reichen nicht. Also kehrt er zurück und begegnet auf dem Weg nach Osten den Zügen derer, die Polen verlassen.

Wäre Perez in Paris glücklich geworden? Hätte er unter dem einfachen Volk, zwischen jüdischen Handwerkern und den Künstlern von Montparnasse weiter seine Gedichte geschrieben? Sein Freund Oser Warschawski ist dort geblieben, vielleicht wollte er bis an sein Lebensende bleiben, aber 1942 muss er fliehen. Er geht nach Südfrankreich. Chagall überlässt ihm die Schlüssel seines Hauses in Gordes, bevor er sich selbst nach Amerika einschifft. In Gordes steht Warschawski bis Juni 1943 unter Hausarrest. Ist die Besatzung unter der Sonne des Südens angenehmer als im Pariser Schmuddelwetter? Dann fährt er nach Savoyen zu seiner Frau Marie. Als die italienische Armee den Südosten Frankreichs verlässt, gehen Oser und Marie mit. Er wird in einem Lager in der Nähe von Rom interniert. Bevor die Deutschen die Stadt besetzen, wird er freigelassen. Am 17. Mai 1944 wird er von der italienischen Polizei wieder verhaftet und an die Deutschen ausgeliefert. Nach einigen Wochen Haft in Modena kehrt er in sein Geburtsland zurück, zwanzig Jahre, nachdem er es verlassen hat. Aber diesmal nicht in das Städtchen, in dem er zur Welt gekommen ist, denn das jüdische Sochaczew gibt es nicht mehr, die Nazis haben seine Einwohner drei Jahre zuvor ins Warschauer Ghetto deportiert. Oser kommt auch nicht nach Warschau, das er innig geliebt hat, denn die Stadt ist offiziell *judenrein,* nur ein paar Tausend Juden verstecken sich noch in Kellern und auf Dachböden oder laufen mit falschen Papieren herum. *Warsche* wurde dem Erdboden gleichgemacht, ist nur noch ein Ruinenfeld, die Stadt, deren Namen er trägt – Warschawski, der Warschauer –, hat aufgehört, die größte jüdische Stadt Europas zu sein. Was ist in diesem Jahr 1944 die Metropole der europäischen Juden? Weder Sochaczew noch Warszawa, sondern Auschwitz. Zu jener Zeit sagt dieser Name kaum jemandem etwas. Heute dröhnt er in den Ohren der Welt als Paradigma des Todes. Und in der Tat, auch Oser wird dort ermordet. Das Land seiner Geburt wird zum Land seiner Qual, wie für all die Juden, die seit Beginn des Jahrhunderts Polen verlassen hatten und aus Deutschland, Frankreich, Belgien, Holland und Italien in ihre Heimat zurückgebracht wurden, um dort vernichtet zu werden. Deshalb, junger Mann, werden Sie dieses Land niemals objektiv betrachten können, denn wenn Sie dorthin fahren, reisen Sie nicht einfach zu Ihren Wurzeln wie ein Sizilianer aus Amerika, der das Catania seiner Großmutter sehen will, ein Japaner aus Kanada, der das Land der aufgehenden Sonne seiner Vorväter besucht oder ein Nachkomme polnischer Bergarbeiter, der eine Pilgerfahrt zur Schwarzen Madonna von Częstochowa unternimmt. Selbst wenn Sie das Flugzeug nehmen, rattern in Ihrem Kopf die Räder eines plombierten Güterwagens, die über die Schwellen rollen, und je näher Sie dem Land kommen, desto schneller wird dieses Rattern, schwillt an zu einer wilden Todesmusik, zur Musik

jener Geiger in gestreiften Anzügen, die am Lagertor das Morden begleiteten. Habe ich nicht recht?
– Polen ist nicht das Land meiner Ursprünge.
– Aber Sie haben mir gerade das Gegenteil erzählt! Diese Anna Janowska …
– Es fällt mir noch schwer, meine Großmutter in ihr zu sehen. Ich weiß so wenig von ihr.
– Wird sie das nicht gerade? Ich glaube, dass …
– Ja?
– Wenn Sie mir gesagt hätten, Sie seien Jude, wäre ich enttäuscht gewesen.
– Aber vielleicht bin ich es …
– Sie ist ein Schelm, diese Großmutter. Hätte sie Riwke Goldberg geheißen, hätte es keinen Zweifel gegeben. Oder Krystyna Szymaniak. Aber bei Anna Janowska, da kann man nicht wissen. Wenn ich das Foto wiederfinde, woher wollen Sie dann wissen, ob es Ihre Großmutter ist?
– Ich werde sie mit Kinderbildern von meiner Mutter vergleichen.

Sulamita dachte ein paar Sekunden nach, dann fuhr sie fort:
– Was wäre aus Perez geworden, wenn er in Paris geblieben wäre, anstatt an einem schönen Sommertag des Jahres 1925 den Zug zurück nach Warschau zu nehmen? Nach der Stadt der Lichter ist ihm Warschau unerträglich, denn die bei der Unabhängigkeit Polens geborenen Hoffnungen trüben sich allmählich. Die Regierung will keine nationale jüdische Minderheit. Polen verabscheut dieses Volk im Volke. Da also die Zukunft nach Süden in Richtung Zion, im Westen nach London und Paris und im Norden nach Berlin versperrt ist, bleibt nur der Osten.
– Er hätte nach Palästina gehen können.

– Er war dort, aber er ist zurückgekommen, diese Geschichte erzähle ich Ihnen später. Also der Osten: Kiew, Moskau, die Orte der Kindheit und der Jugend. Jeden Tag träumt Perez mehr davon. Zumal ihn die sowjetischen Behörden geradezu einladen. Die Staatsmacht finanziert jiddische Theater in den großen Städten, eröffnet Schulen, in denen die Lehrer vom Staat bezahlt werden, um den Kindern das *alefbejs* beizubringen. In Kiew wird innerhalb der anerkannten Ukrainischen Akademie der Wissenschaften das Institut für proletarische jüdische Kultur gegründet. Das ist eine richtige Universität, an der die besten Wissenschaftler auf Jiddisch lehren. In Moskau, Kiew, Minsk und Charkow erscheinen Zeitungen und literarische Zeitschriften, vom Staat finanziert, einzigartig auf der Welt. Alles, wovon ein Dichter träumen kann, findet er also im Osten: eine Presse, Verlage, einen Status, ein Gehalt. Perez wird schreiben können, ohne sich um seinen Lebensunterhalt kümmern, ohne den wohlhabenden Vätern liebeshungriger Mädchen schmeicheln zu müssen.

Eines schönen Morgens schließt er seine oder vielmehr seinen Koffer, denn sein Besitz passt in einen kleinen Pappkarton: ein paar Manuskripte, darunter das des *Haufe,* das er immer bei sich hat, ein paar Fotos von seinen Schriftstellerfreunden und vor allem von sich. Er nimmt auch das Foto mit, von dem ich Ihnen gleich am Anfang erzählt habe und das meine Erinnerungen eine nach der anderen heraufbeschwört: die Fotografie, die auf einer Bank im *Saksischn gurtn* aufgenommen wurde, auf der Perez mit Uri-Zwi, Melech, Warschawski, Broderson und Singer posiert. Er hatte es dabei, da bin ich mir sicher, denn es ist in dem kleinen Nachlass, den ich an der Universität von Tel Aviv aufgetrieben habe, Papiere, die sein Sohn David in den sechziger Jahren einem israelischen Diplomaten zustecken konnte. Sie verließen die Sowjetunion im Diplomatengepäck. Damals wurden die paar vergilbten Fotos von ein paar jiddischen Schriftstellern auf einer Bank in Warschau 1922 und das Manuskript eines von allen vergessenen Gedichts von der Staatsmacht als gefährliche Dokumente angesehen, als wären es die Pläne eines Atom-U-Bootes, man konnte sie nicht legal ausführen.

Diesmal geht er endgültig. Die literarische Welt verkündet es mit großem Tamtam. Die Frauen fragen ihn:

»Wann sehe ich dich wieder?«

»Kommt mit, es ist genug Platz am Tisch.«

»Wann kommst du wieder zu uns nach Warschau?«

»Glaubt ihr etwa, ich werde aufhören, den Grenzgänger zu spielen? Wenn mir der Sinn danach steht, packe ich mein Bündel und verbringe den Abend mit euch. Wir trinken bis zum Morgen, ich fahre zurück und komme ein paar Monate später wieder. Aber meine Heimat wird die von Majakowski sein.«

Auf dem Weg zum Bahnhof trifft er Melech.

»Du wirst mir fehlen.«

»Du mir auch, mein kleiner Schreiberling.«

Sie umarmen sich. Perez geht, Melech schaut ihm nach. Perez weiß, dass der Freund ihm mit den Augen folgt, er winkt, ohne sich umzudrehen, dann verschwindet er in der Menge, und Melech fühlt sich sehr einsam: Uri-Zwi wettert in Palästina, Perez bricht zu seiner Krönung als Fürst der revolutionären Dichter auf, und er bleibt in Warschau. Hat die Stadt noch eine Zukunft? Er glaubt daran. Man wird nicht jeden Tag satt, aber sie war nie so lebendig wie jetzt.

– Ist Uri-Zwi denn schon in Palästina?
– Seit zwei Jahren. Ich hätte mit ihm anfangen können, denn er hat Warschau als Erster verlassen, aber ich habe Sie gewarnt, mein Bericht ist eine kubistische Collage. Diese Vignette hebe ich für später auf. Trinken wir Tee. Ich habe meine Haushälterin gebeten, uns Krapfen zu machen. Ich habe ihr das Rezept gegeben, sie macht sie wunderbar, fast so gut wie meine Großmutter: zwei Gläser Matzemehl, ein Ei, ein bisschen warmes Wasser, eine Prise Salz und eine ordentliche Prise Zimt. Daraus formen Sie kleine Vierecke, die Sie in Öl backen, dann bestreuen Sie sie mit Zucker.
– Oh, sind das *Chremslech?*
– Das kennen Sie?
– Eine Nachbarin hat sie mir oft gemacht. Ich liebe sie.
– Bedienen Sie sich. Aber setzen Sie sich erst einmal. Wir haben Uri-Zwi in Berlin verlassen, nicht wahr?
– Geht er von dort aus nach Palästina?
– Mit der kleinen Kräuterdose seines Vaters für das Gebet zum Schabbatende und der Kipa, die er sich an jedem Morgen seiner Kindheit auf den Kopf gesetzt hatte, war er auch in der Sehnsucht nach Jerusalem aufgewachsen, und jetzt wurde dieses Sehnen immer dringlicher: Uri-Zwi brach auf. Er ließ die Dichterin Else zurück. Am letzten Tag im *Romanischen Café* kam sie an seinen Tisch:

»Ich werde dich nicht zum Zug bringen, Rabbi. Ich habe in meinem Leben schon zu oft Lebewohl gesagt.«

»Wir werden uns wiedersehen.«

»Wir werden uns schreiben. Meine Gedichte werden für dich sein und deine für mich.«

»Du wirst mich in Palästina besuchen.«

»Theben liegt nicht in Palästina. Theben ist überall. Theben ist nirgendwo.«

»Theben liegt auf dem Berg Zion. Prinz Jussuf ist der Messias, Sohn des Josef, er kommt vom Ölberg herab, um die Ankunft des wahren Retters zu verkünden, des Messias, Sohn des David.«

»Prinz Jussuf reitet auf einem Dromedar.«

»Wir werden auf dem Ölberg Granatäpfel essen. Bis bald, große Schwester.«

Ein paar Tage vor seiner Abreise schreibt Uri-Zwi an Melech:

Mein Bruder,

Ich habe endlich Nachricht von Perez. Kein Wunder, dass er mir nicht geschrieben hat, er ist nach Jaffa abgereist. Warum hast Du mir das nicht gesagt? Bist Du so damit beschäftigt, brudermörderischen Hass zu pflegen, wenn Du die Nowolipiestraße entlangspazierst? Ich breche auf, um Perez in Eretz Israel zu treffen. Auch Du wirst dorthin kommen. Vergiss nicht: Das Licht kommt aus dem Osten!

Uri-Zwi ließ in Berlin, in der 3. Nummer des *Albatros,* sein europäisches Testament zurück, *In malches fun zejlem, Im Reich des Kreuzes,* ein fünfzehnseitiges Gedicht, das verkündete, Europa würde für die Juden zum größten Friedhof aller Zeiten werden.

Ein schwarzer Wald wächst dicht im flachen Land,
Solch tiefe elendige Schreckenstäler in Europa!
Die Bäume haben wunde Köpfe, finster und wild, finster und
wild,
An den Zweigen hängen Tote, ihre Wunden bluten noch.
(Im Himmel haben alle Tote silberne Gesichter,
Und Monde gießen Öl über die Hirne)

Die Schmerzensschreie dort sind eine Stimme, die wie ein Stein ins Wasser fällt,
Und das Gebet der Leiber ist ein Wasserfall aus Tränen, der in den Abgrund stürzt.

Ich bin die Eule, Klagevogel aus dem wunden Wald Europa.
In diesen elendigen Schreckenstälern – blinde Mitternacht am Fuß der Kreuze.
Meine brüderliche Klage will sich ans Volk der Araber in Asien wenden:
Kommt, führt uns Bedauernswerte in die Wüste!
Doch meine Schafe fürchten sich, denn einer Sichel gleich
Legt Halbmond sich um unsre Hälse.
Vor Schreck entfährt mir eine Klage, Erbarmen durchfährt die Welt in Europa,
Und mit hingestrecktem Nacken liegt das junge Schaf im wunden Land
Da spuck ich Blut über die Kreuze, Verletzung durchfährt die Welt in Europa.
Wackelt, ihr Alten, ihr Jungen, mit den Wasserköpfen im wunden Wald.

Zum letzten Mal fährt Uri-Zwi im Zug von Berlin durch die Wälder Europas nach Wien. Am Tag vor dem jüdischen Neujahrsfest erreicht er Triest. Am ersten Abend von Rosch Haschana geht er in die Synagoge, er entscheidet sich für den sephardischen Gottesdienst der osmanischen Juden, als wollte er sich auf seine künftige Heimat einstellen. Am nächsten Tag geht er zum Meer. Er hat die Kipa seit vielen Jahren abgelegt, doch jetzt führt er das jahrtausendealte Ritual zu diesem Tag aus: Er greift in seine Jackentaschen, holt einen benutzten Fahrschein der Berliner Straßenbahn, die Reste einer polnischen Zigarette und den in einem Jahr angesammelten Staub heraus und wirft alles ins Wasser:

»Triest führt zum Land der Väter. Es ist die Grenzlinie des Kontinents der Gojim. Hier stehe ich vor diesem Meer und erfülle das Gebot dieses Tages. Ich entledige mich meiner enttäuschten Liebe. Die schmerzhafte Wahrheit gebietet dem Juden andere Lieben.«

Während er in dieser Stadt, die so gut nach dem Staub vergangener Reiche riecht, auf das Schiff wartet, bringt Uri-Zwi einen letzten Brief in ein abendländisches Postamt.

An Reb Chaim ben Jitschok-Elieser Grinberg, meinen Vater und Lehrer,

in Deinem Namen, im Namen der Rebbes, die uns vorangingen, und dank ihrer unendlichen Heiligkeit, durch das Verdienst jener frommen Seelen, die im Herzen ihrer Söhne von Generation zu Generation die Erinnerung an das Land Israel bewahrt haben, das in die Kelche eingraviert ist, in denen sie am Schabbatabend den Wein segnen, und das eingestickt ist in das Tuch, das den Brotzopf bedeckt, breche ich auf in unser Land, um unsere Nation aufzubauen. Und Du, meine Mutter und unsere Schwestern werdet mir bald folgen, denn das ist unsere Bestimmung.

Dein ergebener Sohn, Uri-Zwi.

Postwendend antwortet Reb Chaim seinem Sohn, dem ältesten seiner Kinder, dem, der am Tag seiner Beerdigung an seinem Grab das Gebet, das Kaddisch, sprechen wird:

Mein geschätzter Sohn,

sein Leben im Land Israel zu beenden ist eine große Mizwe für einen Juden, und gewiss werde auch ich mir diesen Traum erfüllen. Dann aber gehört es sich, an den Gräbern unserer Patriarchen in Hebron zu wachen, an der Westmauer des Tempels in Jerusalem zu beten oder auch in Tiberias, bei den Gräbern der Heiligen Rabbis des Talmud, oder in Safed, über dem der Geist unserer Kabbalisten schwebt. Aber in dieser neuen Stadt Tel Aviv? Unter diesen Juden, die am Schabbat pfeiferauchend am Meer sitzen? In diesen Kibbuzim, wo Jungen und Mädchen auf demselben Strohsack schlafen? Eretz Israel ist ein großartiges Land. Es ist das Land, in dem Milch und Honig fließen. Aber es ist wild. Es lässt sich nicht so leicht zähmen. Vergiss nicht das Wort von Moses' Spähern, als sie vom Sinai zurückkehrten: »Dieses Land frisst seine Bewohner.« Kanaan wurde uns vom Schöpfer verheißen, aber unsere Vorväter hat es ausgespieen, weil sie gegen SEIN Wort verstoßen haben. Sind wir schon heilig genug, um es erneut zu verdienen? Wir müssen unsere Erlösung verdienen, dann wird ER uns aus dem Exil erlösen. Glaubst Du, Deine Politiker in kurzen Hosen haben sie verdient?
Pass auf Dich auf, mein Sohn, mein Kaddisch. Ich möchte nicht, dass Dir ein Unglück zustößt.

Reb Chaim ben Jitschok-Elieser

Als der Brief in Triest ankommt, hat sich Uri-Zwi schon auf der *Vienna* der Reederei Lloyd Triestino über Alexandria nach Palästina eingeschifft. Ich habe den Brief zufällig in Amerika gefunden. Wer weiß, im Koffer welches Einwanderers er dort gelandet ist?

Das Schiff fährt an der kroatischen Küste entlang, Uri-

Zwi denkt an Serbien zurück, das er sich hinter den Bergen vorstellt und das er während des Krieges so geliebt hat, er erinnert sich an die prachtvollen Mädchen und schreibt:

Welch Glück, dass wir all diese Londons, Paris und New Yorks verlassen haben,
Welch Glück, dass wir Europa mit all seinem Glanz verlassen haben
Und heimgekehrt sind zur Sekte der Barfüßigen, der Entflammten,
die den Dünen und Felsen Kanaans ihre Liebe zuflüstern.

In jenem Jahr 1923 kommen fast täglich Schiffe in den Häfen von Haifa und Jaffa an. *Haaretz,* die einzige hebräische Tageszeitung Palästinas, meldet in einer eigenen Rubrik, wie viele Immigranten ins Land kommen: an einem Tag zwanzig, am nächsten dreiunddreißig. Oft werden die Namen genannt, denn die jüdische Bevölkerung Palästinas ist wie eine kleine Familie. Das hat sich nicht groß geändert: Heute hat das Land mehr als sieben Millionen Einwohner, aber alle Naselang sagt jemand: Ich war mit seiner Schwester in der Schule, unsere Mütter sind mit demselben Schiff gekommen, mein Onkel war mit ihm im Ghetto von Łodź, mein Sohn hat mit seinem Neffen Militärdienst geleistet.

Auf dem Dampfer lernt Uri-Zwi einen Industriellen aus Chicago kennen, der erkunden will, was für Geschäfte sich in Palästina machen lassen. Eine Kindergärtnerin aus Wladiwostok hofft, eine Stelle in einer der zahlreichen hebräischen Schulen zu finden, die jetzt entstehen. Französische Mönche amüsieren sich über den verrückten Rotschopf, der ganze Seiten der Bibel auf Hebräisch deklamieren kann und, als sie sich der Küste nähern, die Eroberung Kanaans durch die Armee Josuas und den Einsturz der Mauern von

Jericho zu rezitieren beginnt. Dann bricht Uri-Zwi in Tränen aus:

»Die letzten Bewohner Jerusalems nach der Plünderung des Tempels durch Titus' Armee flüchteten sich auf den nahegelegenen Berg in das Dorf Tur-Malka. Das ist das Symbol unseres Widerstands gegen Rom: Tur-Malka, der Berg des Königs.«

– Allmählich verstehe ich, was Sie an Rom bindet.
– Rom ist Jerusalem und Warschau in einem. Und es ist zugleich das Gegenteil von Warschau.
– Warum das Gegenteil?
– Haben Sie das nicht verstanden, als Sie auf dem Forum waren? Es nimmt das Zentrum der Stadt ein, man kann es nicht übersehen. Das antike Rom ist überall, es ist das Herz der Stadt. In Warschau ist die jüdische Stadt verschwunden. Wer weiß schon, dass dort innerhalb von vier Jahren eine ganze Kultur vernichtet worden ist? Aber kommen wir lieber zurück zu Uri-Zwi, zum Weinen haben wir später noch Zeit. Bei der Ankunft in Jaffa herrscht ein unvorstellbares Chaos. Hinten werden die Waren ausgeladen, die Palästina nicht selbst herstellt. Vorn wartet eine Menschenmenge, um Verwandte zu empfangen. Eine Schwester kommt ihren Bruder abholen, den sie seit zehn Jahren nicht mehr gesehen hat. Der Kontrast zwischen den beiden springt ins Auge: Die Ältere ist braungebrannt, ihre Hände sind schwielig vom Spaten, mit dem sie im Kibbuz den Boden bearbeitet, sie hat sich auch das Verhalten der Pioniere zugelegt, schroff und direkt. Der kleine Bruder kommt in Stadtkleidung, Hut, zarte Gestalt und europäische Sitten. Ein alter Rabbiner, der seine letzten Jahre im Heiligen Land verbringt, begrüßt seinen Sohn und dessen Familie, die ihr

Glück hier versuchen wollen, angelockt von den Kampagnen für das neue Palästina und verstoßen von Polen, einer Republik, die ihnen wenig Hoffnung bietet.

Schon in Alexandria hatte Uri-Zwi postlagernd ein Telegramm an Perez geschickt und sein Eintreffen angekündigt. Hat Perez es bekommen? Uri-Zwi sucht mit den Augen den Quai von Jaffa ab, sieht aber kein bekanntes Gesicht. Er würde Perez unter allen anderen erkennen: Er wäre der Schönste, der Auffälligste mit seiner Mähne.

Einige Passagiere, vor allem jemenitische Juden, die in Alexandria an Bord gekommen sind, fallen auf die Knie und küssen den Boden, sobald sie ihn betreten. Uri-Zwi amüsiert sich über diesen Reflex, aber auch ihn versetzt die Ankunft in Palästina in einen außergewöhnlichen Gemütszustand. Gewiss hat er noch nie so ein Glücksgefühl verspürt. Er setzt den Fuß auf jüdischen Boden, und die wenigen christlichen Mönche, denen er in den Gassen von Jaffa begegnet, nehmen ihm nicht das Gefühl, im Hafen angekommen zu sein. Eine bunt gemischte Bevölkerung drängt sich in den Straßen: Araber in *Keffieh,* Polizisten der britischen Krone, orientalische Juden mit Fez, Chassidim mit langem Bart, Pioniere in Sommerkleidung. Uri-Zwi bedauert, dass Else nicht mitgekommen ist. Sie würde sich in diesem Land so wohlfühlen! Er geht direkt zur Redaktion einer hebräischen Zeitschrift, deren Adresse man ihm gegeben hat. Er weiß nicht, wo er schlafen soll. Man empfiehlt ihm eine kleine Pension in Tel Aviv. Als er Jaffa auf einem Maultierkarren verlässt, kommt er am Bahnhof vorbei. Er entdeckt ein Emailleschild: »Jerusalem«, auf Englisch, Arabisch und Hebräisch, mit einem Pfeil zum Bahnsteig. Tränen rinnen ihm über die Wangen. Künftig wird er an den Bahnhöfen nicht mehr Warszawa, Lwów, Lublin oder Radom lesen. Der Karren kommt auf den Rothschildboulevard, eine prächtige Allee mit exotischen Bäumen, gesäumt von Bürgerhäusern, deren Weiß unter der Dezembersonne strahlt. Das Maultier quält sich den Hang hinauf, bis es hinter einer Ecke wieder sanft bergab geht. Am Ende biegt der Karren links ab und saust hinunter zum Meer, in ein Viertel aus Baracken und Zelten direkt auf dem Sand: Nordia. Uri-Zwi ist ganz erstaunt, dass er dort mehr Jiddisch als Hebräisch hört. Die Kioske sind denen in Warschau zum Verwechseln ähnlich, sie verkaufen die gleichen Zeitungen, eines aber ist unverwechselbar: Sie stehen an einer Straßenkreuzung in Tel Aviv, dem »Frühlingshügel«, der ersten modernen hebräischen Stadt, während Warschau für immer die Hauptstadt des Reichs des Kreuzes bleiben wird.

Am 5. Dezember 1923 meldet die Zeitung: *Der Dichter Uri-Zwi Grinberg ist gestern angekommen.* Die kurze Notiz verrät nicht, ob er nur auf Besuch kommt oder die Absicht hat, sich niederzulassen. Es gibt viele Neugierige, man muss vorsichtig sein, denn das Land leidet unter einer schweren Wirtschaftskrise. Viele Einwanderer reisen nach einiger Zeit entmutigt wieder ab. Aber dass ein Schriftsteller beschließt, das neue Babylon Berlin für die Berge Judäas oder die Täler Galiläas zu verlassen, ist ein Trost für die paar Zehntausend Juden, die beschlossen haben, Palästina zu besiedeln.

Uri-Zwi weiß, dass er nicht nach Europa zurückkehren wird. Er hat einen Strich unter sein bisheriges Leben gezogen. Ein paar Tage später veröffentlicht er eine Anzeige in einer Zeitschrift der Arbeiterbewegung: *An meine Freunde jenseits des Meeres: Ich bin ohne Probleme angekommen. Man kann mir an die Redaktion der Zeitschrift schreiben.*

Er sucht Perez, wundert sich, ihm in dieser Stadt, die noch ein Dorf ist, nicht schon an einer Straßenecke über den Weg gelaufen zu sein, bis er schließlich erfährt, dass sein Freund ein paar Tage vor seiner Ankunft an Bord eines Schiffes gegangen ist. Er ist nach Warschau zurückgekehrt.

An Perez Markisch
c/o Jiddischer Literaten- und Journalistenverein
Tłomackie 13
Warszawa
Polania

Bruder,

Was ist passiert? Wir wollten uns wiedersehen und gemeinsam die moderne jüdische Kultur aufbauen. Warum hast Du mich verlassen?

An Uri-Zwi Grinberg
c/o Redaktion Kutrass
Jaffa
Tel Aviv
Palästina

Bruder,

ich bin gekommen, ich habe gesehen, und ich konnte es nicht. Ich habe nur ein Land, die jiddische Sprache, aber unsere Brüder in Palästina kennen nur das Hebräische. Ich weiß nicht mehr weiter: Ich habe Berlin, London, Paris gesehen, was könnte ich dort tun? Chagall hat Glück. Seine Malerei kann man in allen Sprachen lesen. Aber in Paris wäre ich ein zweitrangiger Schriftsteller, und ich will bleiben, was ich immer gewesen bin: der Erste. Na-

türlich ist die Situation in Warschau schwierig. Unsere Juden interessieren sich nicht für die neue Dichtung, aber vielleicht wird sich die Lage verbessern. Wir haben ein neues Vorhaben, eine literarische Wochenzeitschrift. Den Namen haben wir schon gefunden, Literarische bleter. *Und auch einen Mäzen, einen Mann, der immer bereit ist, sein Geld in großartigen Abenteuern zu verspielen.*

Wenn sich die wirtschaftliche Situation in der Sowjetunion bessert, wird vielleicht auch dort etwas zu machen sein. Ich hätte mir gewünscht, dass wir zusammen die Ersten sind, aber ich kann die Sprache der jüdischen Städtchen nicht aufgeben, nicht mal für die der Propheten, die auch unsere Sprache ist, aber niemals den Duft der schwarzen Erde meines Wolhynien und der Seen Deines Galizien verströmen wird und die ich nicht so gut beherrsche wie Du. Ich stamme nicht vom Rebe Isroel von Ruzhin ab: Ich bin der Sohn eines kleinen Melamed aus dem Schtetl. Du in Jerusalem, ich im Jerusalem Polens, erschaffen wir die moderne jüdische Kultur, innig verbunden, denn ich bin Dein Bruder für immer.

An Perez Markisch
c/o Jiddischer Literaten- und Journalistenverein
Tłomackie 13
Warszawa
Polania

Mein kleiner Perez,

Du erzählst von der Sowjetunion, aber sieh Dir doch an, wie man dort die hebräischen Schriftsteller verfolgt. Der große Bialik musste fliehen. Natürlich tut man dort so, als würde man das Jiddische fördern, aber was für ein Jiddisch? Glaubst Du, Du könntest im heutigen Kiew noch Deinen Haufe *schreiben? Vergiss nicht, dass Du von dort weggegangen bist. Die Situation ist nicht mehr wie 1919. In der ersten Zeit der Revolution gab es viel Hoffnung, aber jetzt müssen sich die Parteien unterwerfen oder auflösen. All unsere Juden, die sich fortschrittlich nennen, haben nur ein paar Auszüge von Marx und Lenin gelesen, aber ich habe alles gelesen, und ich kann mir nicht vorstellen, wie aus so viel Ressentiment eine strahlende Zukunft entstehen soll.*

Pass auf Dich auf. Ich liebe Dich, und nur die Liebe kann die Welt retten.

Als Uri-Zwi an Melech schreibt, ist sein Ton weniger zärtlich:

Tel Aviv, 18. Oktober 1924

Mein kleiner Rawicz,

Womit soll ich anfangen? Ich verstehe, dass Du mir böse bist. Aber ich habe auch Grund, wütend zu sein, wenn ich Euer neuestes Kind, die Literarische bleter, *lese und feststelle, dass die Front, die wir gegen die Minderbemittelten unserer Republik des Geistes errichtet hatten, zerbrochen ist. Ihr, Du und Markisch, seid jetzt also im Lager von Aron Zeitlin! Wie traurig. Unglück über euch! Wenn ich lese, was Ihr schreibt, denke ich, dass Ihr verrücktes Zeug treibt. Ihr malt die Wolken an. Ihr habt kein Zuhause. Ich habe ein heiliges Land voll mit jüdischen Dörfern, jüdischen Straßen und allem, was man in Polen bei den Gojim sieht. Wir haben unser eigenes elektrisches Licht. Ich sehe es gern, wenn Regen fällt. Denn auf unseren Schultern tragen wir alle die Erde, die wir selbst besät haben. Weißt Du, was es für einen Juden und besonders für einen Dichter heißt, ein Schiff nach Jaffa zu nehmen und seine eigene Erde umzugraben? Keine Ausflüchte! Ja oder nein? Das ist eine Wahrheit, unser Fleisch und*

Blut. Was kann ich Dir sagen? Wenn Du bei mir wärest, würdest Du aufblühen, denn ich weiß doch, dass Du mit Leib und Seele ungeduldig auf eine jüdische Wirklichkeit, ein kleines Stückchen jüdisches Land wartest. Weißt Du, was das Wort Emek *bedeutet? Weißt Du, was wir empfinden, wenn wir diese Worte aussprechen:* Im Emek, *im Tal? Hier gibt es das, was uns überall gefehlt hat, wo in den Ländern der Slawen wir auch gelebt haben. Hier gibt es das, was die Slawen besitzen und was wir dort nicht haben. In Polen ist unser Geist wie Papier auf Papier: Drucklettern. Hier ist die Erde Geist. Tu, was Du kannst, um herzukommen. Wie ich Dich kenne, würdest Du das Land Israel lieben. Du wirst jüdische Buchstaben auf den Wegweisern sehen. Jüdische Buchstaben! Unser* Alef-bejs *wird hier nicht entweiht. Komm und sieh. Bleib nicht in Polen und schreib Deine Lästerungen. Wir können nicht in Polen bleiben. Das ist unmöglich. Polen wird unser Golgatha sein. Für die jiddischen Dichter ist die slawische Erde ein Fluch. Wie lange wollt Ihr noch Eure Klingelbeutel schütteln mit dem eingestickten »Barmherzigkeit rettet vor dem Tod«? Ich schreibe Dir das, weil ich weiß, dass Du voller Unruhe bist und Dein Blut kocht auf der Suche nach* Jiddischkajt. *Glaub mir: Es tut mir weh, dass ich Euch verlassen musste, Perez und Dich. Was für einen meisterhaften Gesang würden wir anstimmen, wenn Ihr bei mir wäret!*

Uri-Zwi.

An
Uri-Zwi Grinberg
Beit Hakerem
Jerusalem
Palästina

Mein lieber Uri-Zwi,

Urteile nicht zu schnell über unsere Arbeit in Polen. Unsere Sprache hat jetzt eine wahrhafte Hauptstadt: Warschau. Jiddischland *hat ein Bildungsministerium: Die Zentralorganisation der jiddischen Schulen. Meine Kinder werden in diesem jüdischen Reich aufwachsen. Wir haben ein Kulturministerium: den Verein, dessen Generalsekretär ich geworden bin. Mehr als dreihundert Schriftsteller und Journalisten sind Mitglied, und nicht nur aus Warschau. Einige wohnen in anderen polnischen Städten, und auch die im Ausland zahlen meistens ihren Beitrag weiter, Du zuallererst, dafür danke ich Dir. Jede Woche fahren Dutzende von uns mit dem Zug in die Provinz, weil sie eingeladen sind, einen Vortrag über alle möglichen literarischen Themen zu halten. Die Juden sind von wahrem Lesehunger gepackt. Jeden Tag verlassen mehrere neue jiddische Bücher die Druckereien in Warschau, Piotrków oder Wilno. Hunderte Bibliotheken im ganzen Land bestellen sie, und Dutzende Juden in den Städten lesen sie und reichen sie sich weiter. Wir haben auch ein Informationsministerium: Die* Literarische bleter *sind sehr erfolgreich.*
Sie werden in der ganzen Welt gelesen, man bekommt sie an den Kiosken in Berlin, Paris und London. Du hast sie in Jerusalem gefunden. Wer hätte gedacht, dass eine literarische Wochenzeitschrift auf Jiddisch so einen Erfolg haben könnte? Die größten Dichter schreiben für uns. Ich glaube nicht, dass wir die Wolken anmalen. Wir leben und bereiten die Zukunft unserer Kinder vor.

Nach Palästina zu kommen steht nicht auf der Tagesordnung. Wenn Eure Führer unserer tausendjährigen Kultur mehr Beachtung schenken würden, käme ich Dich gern besuchen.

Pass auf gut Dich auf,
Melech

Ausgerechnet in den Spalten der *Literarischen Blätter* schleuderte ein Redakteur den Funken ins Pulverfass. Er veröffentlichte einen Artikel mit dem Titel *Uri-Zwi Grinberg und Uri-Zwi Grynb(e)rg.* Auf Hebräisch schreibt man Grinberg nämlich ohne den Vokal »e«, weil die Sprache keine Vokale kennt. Aber vor allem der Untertitel löste den Orkan aus: *Der nicht mehr im* Jargon *der Nalewkes schreiben wird.* Der Journalist zitierte darin aus einem Interview mit Grinberg. Nach seiner Ankunft in Palästina gab Uri-Zwi die Zeitschrift *Amboss* heraus. *Ausdrucksblätter.* Immer noch sein geliebter Expressionismus, aber Spötter sagten, er gäbe diese Zeitschrift vor allem heraus, um sich selbst auszudrücken. Der *Amboss* glich dem *Albatros* aufs Haar, mit einem einzigen Unterschied: Die Zeitschrift war auf Hebräisch geschrieben. Als Uri-Zwi das Land Israel betrat, entschied er sich für dessen Sprache, obwohl er bisher in beiden veröffentlicht hatte. Im Land Israel war Uri-Zwi es sich schuldig, in der Sprache der Propheten zu schreiben. *Mein Geist ist von Angst gepackt. Was für eine Verantwortung, nach dem Propheten Ezechiel auf Hebräisch zu schreiben, und was für ein Glück, ein hebräischer Dichter zu sein, der in Europa geboren ist, sich jedoch von seiner Geburt dort lossagt, da die Stimme seiner Wurzeln über den lateinischen Rhythmus gesiegt hat: die Stimme des ersten Hebräers.*

Der Artikel sorgte im Literatenverein für einen Skandal. Keine Frage, auf diese Provokation musste man antworten.

Jiddisch war schon lange weit mehr als »der *Jargon* der Nalewkes«! Die Schriftsteller in Polen verstanden den Artikel so, dass Uri-Zwi ihnen mit der ganzen Verachtung, die die neuen Hebräer der Sprache der osteuropäischen Städtchen bezeugten, endgültig den Rücken kehrte. Es wurde beschlossen, dass Israel-Joschua Singer darauf antworten sollte. Er war damals der einzige jiddische Schriftsteller der Familie, sein kleiner Bruder Isaac Bashevis gab sich noch mit einem Posten als Korrektor der *Literarischen Blätter* zufrieden. Singers Antwort war schonungslos, er griff Uri-Zwis Ästhetik an. Wenn seine Kunst darin bestehe, auf Hebräisch das gleiche Kauderwelsch zu schreiben, wie er es auf Jiddisch im *Albatros* veröffentlicht habe, gebe es keinen Grund, sich so aufzuregen. Ein Satz aus dem Artikel hat sich mir eingebrannt, ich muss ihn nicht einmal aus dem Regal holen, um ihn zu zitieren: *Seitdem er die »e« der Nalewkes auf den Müll geworfen hat, verkehrt der Herr nur noch mit wichtigen Personen: Gott, der Torah, Nebukadnezar. Er hat sogar eine große Entdeckung gemacht: »Nebukadnezar hat den Dnjepr nie gesehen.« Herr Grynb(e)rg hat Amerika entdeckt, wie man im* Jargon *der Nalewkes sagt.*

Uri-Zwi war sehr verletzt von diesem Angriff, umso mehr, als er seine Muttersprache gar nicht verleugnet hatte. Er veröffentlichte die Antwort in seinem *Amboss* und erklärte, er habe nie vom »*Jargon* der Nalewkes« gesprochen. Der Untertitel sei von dem Journalisten, nicht von ihm. Die Sprache, die er anprangere, sei nicht Jiddisch, sondern *schlechtes* Jiddisch. Wie könne er eine Sprache verleugnen, in die er so viel von sich selbst gelegt habe? Zu spät! Das Unglück war geschehen. Er hatte vorgehabt, eine neue Gedichtsammlung auf Jiddisch herauszugeben, aber diese Polemik brachte ihn davon ab. Schließlich pries Uri-Zwi in seinem Interview – aber darauf ging Singer nicht ein – die enge Verbindung zwischen dem Hebräischen und dem Land Israel und die Exterritorialität des Jiddischen, weshalb es, so meinte er, dazu verurteilt sei, eines Tages zu verschwinden.

Als sich die Diskussion zuspitzte, rief er den Warschauer Schriftstellern zu: »Welche Sprache reden eure Kinder zu Hause? Polnisch!«

– Hatte er Unrecht?

– Meine Eltern haben mit mir nie eine andere Sprache als Jiddisch gesprochen, aber es stimmt, dass viele Schriftsteller mit ihren Kindern Polnisch sprachen, angefangen beim großen J.-L. Perez.

– War Singers Reaktion nicht von dieser Angst bestimmt? Von dem Bewusstsein, dass Uri-Zwi recht hatte, dass die große Zeit der jiddischen Kultur in Polen zwischen den beiden Weltkriegen nur ein Strohfeuer sein würde?

– Wer weiß! Wer weiß, was aus dem Literatenverein geworden wäre, wenn Warschau nicht zerstört worden wäre.

Sulamita war ganz blass. Zum ersten Mal wagte ich, ihre Hand zu ergreifen: Sie war eiskalt.

– Sie haben so warme Hände.

– Das sagt man mir oft.

– Bei mir ist es das Gegenteil: Mir ist immer kalt.

– Darf ich Ihnen etwas bringen? Einen Kräutertee?

– Nein, es geht schon. Ich habe mich mit der Zeit an diese Kälte gewöhnt. Und Sie schenken mir ja schon Wärme. Sie kommen morgen wieder, nicht wahr?

48 Wie hat Uri-Zwi die Enttäuschung verkraftet, Perez bei seiner Ankunft in Palästina nicht anzutreffen? Ich glaube, an seiner Stelle wäre ich mit demselben Schiff zurückgefahren, um ihn irgendwo zu finden und bei dem geliebten Freund zu bleiben. So aber würden sie lange getrennt sein, vielleicht für immer.

Als ich Sulamita verlassen hatte, hatte sie drängender als sonst darauf bestanden, dass ich am nächsten Tag wiederkam. Ich verbrachte einen heiteren Abend in dem warmen Gefühl, begehrt zu sein.

49 Uri-Zwi war noch nicht fertig mit Warschau. Mein Vater fuhr im Auftrag des *Forverts* nach Palästina. Er besichtigte alle Ecken und Winkel der jüdischen Siedlungen und brachte großartige Porträts mit nach Hause. Was für ein Kontrast zwischen den uralten Augen der Chassidim aus den heiligen Gemeinden in Jerusalem, Tiberias, Safed und Hebron

und denen der jungen Pioniere im Kibbuz Deganja, die in kurzen Hosen Felder abernten! Die Juden aus Buchara und dem Jemen mit ihrem dunklen Teint habe ich überhaupt erst dank dem Objektiv meines Vaters entdeckt.

Er fotografierte auch die jüdischen Bourgeois auf den Caféterrassen am Strand von Tel Aviv, dieselben, die sich ein paar Jahre zuvor im *Romanischen Café* in Berlin gedrängt hatten. Diese Fotos gehören auch zu denen, die ich im Archiv des *Forverts* gefunden habe, jetzt habe ich sie um mich als stumme Armee, die mein Vater mir vermacht hat, ein paar Hundert Blicke, die mich ständig betrachten.

Bewunderer meines Vaters veranstalteten in Tel Aviv einen Abend zu Ehren des Schriftsteller-Fotografen. Er fand in einer Lagerhalle statt, denn dass im Theater der ersten hebräischen Stadt der Moderne Jiddisch rezitiert wurde, war undenkbar. Tausendfünfhundert Personen kamen, und viele mussten draußen bleiben, weil für diese Menge der Platz nicht reichte. Der Abend verlief ohne Störungen, im Gegensatz zu anderen, die nicht stattfinden konnten, weil die Brigade zur Verteidigung der hebräischen Sprache, eine Bande von Wirrköpfen, die glaubten, im Gehirn eines Juden hätte nur eine einzige Sprache Platz, Himmel und Hölle in Bewegung gesetzt hatte, um sie zu verhindern. Auch Uri-Zwi war damals im Saal. Ein paar Tage darauf veröffentlichte er ein Pamphlet, in dem er Jiddisch als Träger des Geists der Diaspora brandmarkte, was ihm an diesem Abend aufgefallen sei. Mein Vater antwortete ihm nach seiner Rückkehr nach Warschau in den *Literarische bleter.* Er schloss mit folgenden Worten:

Man kämpft nicht mit wütenden Worten gegen die Natur. Du weißt selbst, dass man bei euch Orangensprosse auf Zitronenbäume pfropft. Es gibt keine andere Möglichkeit. Jiddisch ist unsere Wurzel. Ich habe mich unter Juden im Exil gefühlt.

Du verstehst nicht, dass es ein echtes Vergnügen ist, zu sehen, dass in Tel Aviv Bordelle verboten sind und die Arbeiter keine Verbrecher wollen. Aber wenn ein öffentlicher Auftritt auf Jiddisch zur selben Kategorie gehört wie die Eröffnung eines Bordells, ist das so eine Ohrfeige für einen Schriftsteller, dass seine Antwort nur der Kampf auf Leben und Tod sein kann.

Willst du diesen Kampf?

Mein Vater, der in seinem Leben so viele Schlachten geschlagen hat, musste auch diese führen, gegen seinen Freund, mit dem er noch zwei, drei Jahre zuvor in den Straßen Warschaus die Welt neu erfand. Nun ja, im Vergleich zu anderen, mörderischeren war es ein Kleinkrieg. Er wurde zwischen zwei Hauptstädten geführt, zwischen Warschau mit seiner Nalewkes und Tel Aviv mit seiner Herzlstraße. In Tel Aviv zündete die Brigade zur Verteidigung der hebräischen Sprache die Kioske an, die jiddische Zeitungen verkauften, und riefen den Leuten auf den Caféterrassen zu: Sprecht Hebräisch! Einer beschimpfte sogar den großen Bialik, als der auf der Straße mit einem anderen Schriftsteller Jiddisch sprach. Aber Bialik ließ sich nicht einschüchtern und wies ihn heftig zurecht. Der Fall endete vor Gericht – wegen einer Sprache, können Sie sich das vorstellen? Während unsere Vorväter ohne Schwierigkeiten zwischen Jiddisch und Hebräisch, Russisch, Ukrainisch, Deutsch und Polnisch hin und her gewechselt hatten, tobte in der jüdischen Heimstätte in Palästina ein Sprachenkrieg. Dort sollte man plötzlich nur noch Hebräisch sprechen.

Uri-Zwi sah sich als Prophet: *Das Proletariat des Volkes Israel hat mich berufen, sein Dichter zu sein, den sensiblen, weichlichen Mann zu verjagen – zum Teufel mit ihm! – und dem Marmor den Ausdruck proletarischen Lebens zu entringen.* Er ging in die Kibbuzim und pries in seinen Gedichten den Hebräer, der seine Erde wieder in Besitz nahm. Er erhielt bewegte Briefe von jungen Kibbuzniks wie Ja'akow Schwartzman, von dem ich einen aufbewahre: »Für Dich, Uri-Zwi, deine Wahrheit ist zu meiner geworden.« Wie viele Juden, die damals aus Idealismus nach Palästina gekommen waren, sah Uri-Zwi im Arbeiterzionismus den Ausdruck einer proletarischen Revolution, die die nationale Befreiung herbeiführen würde, und erhoffte sich eine neue, fortschrittliche Gesellschaft nach dem Bild seiner Gedichte. Das Chaos, das die Massengräber des Ersten Weltkriegs hinterlassen hatten, sollte zu einer Wiedergeburt führen.

Diese Idylle war nicht von Dauer. In der Haut einer Nationalikone konnte Uri-Zwi einfach nicht wohl sein. Er wollte der Jesaja der Erneuerung, Ezechiel oder Hosea sein, und was tut ein Prophet? Er brandmarkt die Nachlässigkeit, stürzt die Götzenbilder, verfolgt die Verdorbenen, geißelt im Namen von Wahrheit und Liebe. Ein Prophet trägt keine Pantoffeln. Der Boden brennt ihm unter den Füßen, er streckt den Arm aus, um den Blitz zu ergreifen und sich die Hand an ihm zu verbrennen.

Schon die Literaturseiten der Arbeiterzeitschriften empörten ihn:

»Ist es denn nötig, derart dürftiges Zeug für etwas so Großes zu veröffentlichen: für den Hebräer, der sein Land wieder in Besitz nimmt?«

Die Titel seiner Zeitschriften sagten alles: Das neue Israel würde auf einem *Amboss* geschmiedet, in diesem Land, das die *Achse der Erde* bildete. Es juckte ihn in den Fingerspitzen. Er fand Ben Gurion und Konsorten zu kompromissbereit gegenüber der britischen Macht. Es galt, um jeden Preis die Herrschaft über das Land zu erobern. Dann wären die Juden die Herren, und die Araber hätten die Wahl, in einem jüdischen Staat zu leben oder zu ihren Vettern in Ägypten, Syrien und im Libanon zu gehen. Nur auf diese Art könnte sich die Prophezeiung Jeremias erfüllen: *Sie kehren heim vom Feindesland! / Es gibt ein Hoffen dir zur Zukunft / ist des Ewigen Spruch: / Zu ihrer Markung kehren heim die Kinder!*

Uri-Zwi machte sich unbeliebt, denn er drückte sich gerne dunkel aus. Er war in der Bibel zu Hause, er handhabte das Hebräisch der Mischna wie kein anderer, das Aramäisch des Talmud war ihm vertraut, und der Dichter beschrieb sich im Zentrum der zionistischen Revolution mit vielen Anspielungen auf die Kabbala. Aber wer verstand diese Bezüge auf Verse, die nur die hervorragendsten Rabbiner kannten? Man zog ihm verständlichere Sänger vor, und Uri-Zwi stand wieder vor der gleichen Frage wie schon in Warschau: Wer konnte seine wild avantgardistischen Gedichte lesen? *Wir müssen ein Volk von freien Denkern erschaffen, keine Nation von Ungebildeten. Mögen diese Arbeiter und ihre Kinder in die Jeschiwa zurückkehren, nur um meine Gedichte zu lesen. Dann können sie ihren Kaftan an den Nagel hängen, wie ich es getan habe.*

So stand es um seinen Ärger, als im August 1929 das Pogrom von Hebron stattfand. Die jüdische Gemeinde dieser Stadt in Judäa reicht bis in die Antike zurück. Einige Hundert Seelen wohnten dort inmitten der arabischen Bevölkerung. Sie waren entschlossen, in der Nähe des Heiligtums zu leben, das als Grabstätte der Patriarchen Israels, von Abraham und Sara, Isaak und Rebekka, Jakob, Lea und Josef betrachtet wurde.

Am 23. August machte ein Gerücht die Runde, die Juden hätten die große Al-Aqsa-Moschee in Jerusalem angegriffen. Es wurde immer weiter aufgebauscht, und in Hebron ermordeten Araber, darunter auch Polizisten, neunundsechzig Juden, hauptsächlich Männer, aber auch ein paar Frauen und Kinder. Das jüngste Opfer war vier Jahre alt.

Am nächsten Tag druckten die Zeitungen Fotos ab, und Uri-Zwi rief aus:

»Dieselben blutigen Kehlen, dieselben von Grauen entstellten Gesichter. Dieselben Leichen ermordeter Juden. Wird das Gemetzel an Unschuldigen denn nie aufhören?«

Die Überlebenden des Pogroms wurden nach Jerusalem evakuiert, ihre Wohnungen nahm die arabische Bevölkerung in Besitz. Ben Gurion entschied sich für die Versöhnung, andere schrien nach Rache. Und Uri-Zwi schrieb:

Ich bin die Zeloten!

Die Tränen der Väter, wir führen sie mit wie Lava, die im Berg
verschlossen,
Doch verteilen wir nicht heiße Tröpfchen,
Entladen sollen sie sich und heldenhaft hervorbrechen!
Endlich erhebt sich eine Generation, die sich mit aller Macht
Ihre Peinigern entgegen stellt und ihren Feinden, wie ein Wall
vor dem Abgrund.
Und ihre Augen wie die der Feinde – glänzende Pfeile.
Nicht die Heiligung des Namens sei das Wahrzeichen des neuen
Judäa,
Sondern die Verteidigung des Namens, als Gesetz der Zeloten.

Wie schon mit der jiddischen Welt in Polen brach Uri-Zwi nun mit dem kleinen Völkchen der Pioniere in Palästina und schloss sich den Irredentisten an. Deren Feld war nicht die Diplomatie, die bei der englischen Krone die Autonomie für die jüdische Bevölkerung zu erreichen suchte. Er trat in die paramilitärischen Milizen der Partei Zeev Jabotinskys ein, die im Schwarzhemd durch die Straßen Polens und Palästinas marschierten und sich mit den letzten Hebräern identifizierten, die sich in die Festung Massada geflüchtet hatten, als Titus' Armeen Jerusalem niederbrannten und den Tempel zerstörten. Am Ende begingen diese Zeloten im Jahre 74 kollektiv Selbstmord. Der junge Dichter mit dem flammenden Haar plädierte für den gleichen Irredentismus, nicht um einer krankhaften Apotheose willen, sondern um das Reich König Davids und seine Hauptstadt Jerusalem wiederzuerrichten. Er war unter dem Namen Landmann in Palästina eingereist, dem Namen seiner Mutter, den er auch benutzt hatte, als er 1918 aus der österreichischen Armee desertierte, aber er nahm, wie es damals Mode war, einen hebräischen Namen an: Tur-Malka, Berg des Königs, nach dem Namen des Dorfs, in das sich die letzten Einwohner der heiligen Stadt geflüchtet hatten und Widerstand leisteten, bevor die römischen Legionen Jerusalem endgültig zerstörten.

– Und das führt uns wieder nach Rom zurück ...

– Unter den Titusbogen. Uri-Zwi war besessen vom Nationalruhm der Juden. Er war eines der Hauptthemen seiner Gedichte, aber es gab noch ein paar andere.

– Was für welche?

– Oh, einmal traf ich einen jungen israelischen Lyriker, der behauptete, Uri-Zwi habe eine Leidenschaft für die Vorhaut und den Samen des Mannes gehabt. Das sei jedoch in vielen biblischen und kabbalistischen Anspielungen versteckt, man müsse ein scharfes Auge haben, um diese Themen zu entdecken. Wie auch immer, Uri-Zwi war über fünfzig, als er geheiratet hat, und vor diesem Datum weiß man nichts über irgendwelche Liebesabenteuer. Man sagt, seine Mutter hätte ihm verboten, seine Jugendliebe zu heiraten, deshalb sei die Erinnerung an seine Mutter so ambivalent gewesen.

– Die Erinnerung?

– Sie endete wie seine ganze Familie in den Krematorien von Bełżec. Uri-Zwi war der einzige Überlebende der Familie.

– Die Mutter von Uri-Zwi und die von Melech sind am gleichen Ort umgebracht worden?

– Trauriges Privileg. Deshalb tröste ich mich manchmal damit, dass die Mutter von Perez noch vor dem Krieg in ihrem Bett gestorben ist.

– Wenn ich von jemandem höre, der 1938 gestorben ist, sage ich mir immer, er hat Glück gehabt, die schlimmsten Erfahrungen sind ihm erspart geblieben.

– Das denkt man unwillkürlich.

– Es ist absurd.

– Wie Ihre Anna Janowska, dic 1942 bei der Niederkunft gestorben ist.

– Wenn sie nicht …

– Was?

– Vielleicht ist sie gar nicht gestorben, als sie meine Mutter zur Welt brachte.

– Möchten Sie lieber eine andere Geschichte?

– Eigentlich schon. Das würde erklären, warum ich so wenig über sie weiß.

– Wer weiß, was mit Perez' Mutter geschehen wäre, wenn sie bis zum Krieg gelebt hätte. Hätte sie nicht wie die Mehrheit der Juden aus Dnjepropetrowsk in einem Massengrab geendet, auch wenn sie die Mutter eines Prominenten war?

– Dnjepropetrowsk?

– Inzwischen hatte Jekaterinoslaw den Namen geändert. Kommen Sie morgen wieder, dann erzähle ich Ihnen von Perez' Glanzzeit in der Sowjetunion.

50

Zur Feier von Perez' Rückkehr nach Moskau fand im November 1926 eine Veranstaltung statt.

»Ich habe das Gefühl, nie weggewesen zu sein. Als hätte ich mich für einen Augenblick in eine Kammer zurückgezogen, und ich habe nie aufgehört, für die Zeitschriften von Kiew, Charkow und Moskau zu schreiben. Ich war immer bei euch.«

»Eine Kammer, in der du in aller Freiheit deine Irrtümer verbreiten konntest?«

Der Satz kam aus der ersten Reihe. Nun geschah etwas, das Perez noch nie erlebt hatte: Es wurde totenstill im Saal. Das Publikum, das die Hände schon zum Klatschen erhoben hatte, wagte nach diesem öffentlichen Tadel nicht mehr, zu applaudieren. Den Ton gab nicht mehr ein Bergelson an, der zumindest literarische Qualitäten hatte. Die schneidende Stimme gehörte Mojsche Litwakow, dem Chefredakteur der Tageszeitung *Der Emess, Die Wahrheit,* der jiddischen Tageszeitung der Sowjetunion nach dem Vorbild der *Prawda*. Er hatte seine zionistischen Überzeugungen von vor der Revolution verleugnen müssen, um zum *Arbiter Elegantiarum* der neuen Ästhetik aufzusteigen. Perez, der bisher nur die Ekstase junger Mädchen und die Begeisterung junger Männer erlebt hatte, erstarrte. Pessa war unter den Zuhörern. Ihre Schwester war in Warschau geblieben, sie aber konnte sich nicht vorstellen, ohne Perez zu leben. An diesem Abend sah sie, wie die Blicke sich senkten, ein ganzer Saal wagte es nicht, dem amtierenden Ideologen zu widersprechen. Sie versuchte, Perez' Groll gegen Litwakow zu besänftigen.

»Wenn ich dran denke, wie er 1917 auf unseren literarischen Abenden Bialik auf Hebräisch rezitiert hat!«

»Lass ihn spotten, was vermag er schon gegen deine Begabung?«

Weil er es leid war, als Emigrant beschimpft zu werden, schrieb Perez schließlich einen Offenen Brief an ihn: *Warum bin ich von den literarischen Kreisen so kalt empfangen worden? Dieses Land hat sich seit der Revolution sehr verändert. Ich habe das Gefühl, dass man eine Mauer um mich herum gebaut hat.*

Ein andermal warf ihm Litwakow ganz offen seinen Aufenthalt in Polen, seine Reisen nach Berlin, Paris, London und, größte Sünde, nach Palästina vor.

Nach diesem ersten Schlagabtausch schrieb Perez an den Schriftsteller Opatoshu, der in New York lebte: *Das ist nur ein kleiner Zwischenfall, denn ein gutes Buch wird immer und überall auf der Welt über Dummheit und Engstirnigkeit triumphieren.*

Aber tief drinnen begann die Unruhe an ihm zu nagen. Er war nicht mehr der für ein paar Stunden aus Warschau aufgetauchte Komet. Drohte ihm jetzt nicht zum Inventar zu gehören?

Den nächsten Zwischenfall löste Melech aus. Er bat Perez um einen Text für die *Literarische bleter.* Schauen Sie, ich habe ihn für Sie bereit gelegt: Neben dem Gedicht ist ein schönes Porträt des Autors abgedruckt. Diese Veröffentlichung löste ein Unwetter aus. Ein sowjetischer Schriftsteller sollte seine Kunst gefälligst dem sowjetischen Proletariat vorbehalten. Mochte der Chefredakteur der *bleter* auch Feuer und Flamme für die Sowjetunion sein, die Zeitschrift hatte einen unverzeihlichen Fehler: Sie wurde in Warschau herausgegeben. Und zum ersten Mal in seinem Leben beugte sich Perez, er musste Selbstkritik üben. Sonst drohte ihm ein Veröffentlichungsverbot. Natürlich hätte man es nicht so genannt. Man hätte gesagt, Papiermangel, tut uns sehr leid. Er griff zu seiner falschesten Feder und schrieb, er bereue sein Verhalten. Er erklärte, auch er sei der Meinung, ein sowjetischer Schriftsteller müsse seine Kunst den Organen der Sowjetunion vorbehalten. Stellen Sie sich vor, das schrieb der Weltbürger, der Jude, der keine Grenzen kannte! Wir sind im Juni 1928. Achtzehn Monate nach seiner Ankunft. Pessa war immer noch bei ihm, und diese Selbstkritik löste einen heftigen Streit zwischen ihnen aus. Sie warf ihm vor, nicht mehr der rebellische Mann zu sein, den sie gekannt hatte.

Sechs Monate darauf fielen die proletarischen Schriftsteller erneut über ihn her. Perez hatte in *Di rojte welt* eine Erzählung veröffentlicht. Ein Funktionär der jüdischen Sektion der Kommunistischen Partei der Ukraine schrieb, diese Erzählung sei eine ideologische Perversion, an ihr könne man lernen, wie man nicht schreiben dürfe. Der Schriftsteller beziehe die Literatur nicht genug auf das Leben. Und Perez sagte zu Pessa:

»Hätte ich pickende Hühner beschreiben sollen oder Dreschmaschinen in Aktion? Man fühlt sich wie zu Zeiten des alten Zeitlin in Warschau. Diese Kommunisten sind auch nicht besser als die bornierten Rabbiner. Absolute Ge-

gensätze, sollte man meinen, aber ihre Engstirnigkeit eint sie.«

Hier tritt Itsik Fefer auf. Er ist so etwas wie ein Spiegelbild von Perez, aber in der Schurkerei. Sein Negativ gewissermaßen, obwohl aus einem fotografischen Negativ ein schönes Bild wird. Bei ihm konnte nichts Gutes herauskommen. Ich verabscheue ihn. Fefer heizte die Stimmung in der Proletarischen Ukrainischen Schriftstellerunion an. Er warf Perez vor, die Erzählung sei ein Angriff auf die sowjetische Wirklichkeit. Diesmal beugte sich Perez nicht, denn er konnte sich nur einen möglichen Duellplatz für die Literatur vorstellen: das Schreiben. Er dachte nicht daran, dass das Volk zu einer faden Suppe verdammt war. Er liebte gutes Essen, und das Volk, glaubte er, natürlich auch. Aber die Hunde wichen nicht zurück. Sie kamen auf eine ganz neue Idee: die rückwirkende Sünde. Sie warfen ihm den *Haufe* vor, den er fast zehn Jahre zuvor geschrieben hatte. Er sei zu stark von Bialik beeinflusst. Sie wussten, wie sie ihn treffen konnten. Er glaubte, ein so starkes, durchkonstruiertes, rebellisches Gedicht niemals mehr schreiben zu können. Und er hatte Recht, diesen Gnadenzustand eines Fünfundzwanzigjährigen würde er nie mehr erreichen.

Perez begann es in den Beinen zu kribbeln. Seine verrückten Freunde in Warschau und Berlin fehlten ihm. Die kommunistische Orthodoxie langweilte ihn. Pessa schlug ihm vor:

»Gehen wir nach Warschau zurück. Mein Vater wird einen Weg finden, uns heimlich über die Grenze zu schmuggeln.«

»Oh, Grenzüberschreitungen haben mir noch nie Schwierigkeiten gemacht.«

Inzwischen war eine Kommission ukrainischer Schriftsteller gebildet worden, die über die Stimmigkeit seiner Erzählung befinden sollte. Sie kam zu dem Schluss, sie sei ein großartiges Werk und vollkommen linientreu. Man empfahl die Übersetzung ins Ukrainische und druckte zwanzigtausend Exemplare. Perez schöpfte wieder Hoffnung, aber die weite Welt fehlte ihm. Er wollte um ein Visum für Berlin oder New York bitten, man riet ihm mit Rücksicht auf die jüngsten Polemiken davon ab. Er verschob den Plan auf später.

»Das ist falsch, wir müssen jetzt hier weg.«

»Hör auf mit deinen düsteren Prophezeiungen. In Wirklichkeit fehlt dir dein Vater, deine Schwester, und du willst mich mitziehen.«

»Du weißt genau, dass das nicht stimmt. Ich sage das, weil dich hier nichts Gutes erwartet.«

»Was weißt du denn schon?«

Pessa gelang es nicht, Perez zu besitzen. Sie liebte ihn mit Haut und Haaren, aber er würde nie einer Frau gehören. Und sie ertrug es nicht, dass Perez sich nach und nach von der Sowjetunion packen ließ.

»Ich erwarte ein Kind von dir.«

Das sagt nicht Pessa, sondern Zinaïde, eine junge Jüdin, die er eines Abends in einer Schenke getroffen hatte.

»Ach ja? Na und? Du weißt doch, dass die Abtreibung legal ist?«

»Gebären auch.«

Pessa erfuhr davon. Eine ganze Nacht lang weinte sie vor Zorn. An diesem Abend schlief Perez im Nebenzimmer, und als er spät am nächsten Morgen erwachte, war Pessa verschwunden.

– Wo war sie?
– Sie greifen vor.
– Hat Perez nicht versucht, etwas herauszufinden?
– Doch, er fragte ständig seine Freunde in der ganzen Welt: Habt ihr Pessa gesehen? Aber er war besessen von seiner literarischen Karriere. Als sein Roman *Dor ojss, dor ajn* erschien, zog er sich den Zorn der Meister des guten Geschmacks zu. Das Werk wurde für schwach und schädlich erklärt. Die Beschreibung des *Schtetl* in den Fängen von Krieg und Revolution war nicht linientreu. Man warf dem Autor vor, er habe den Klassenkampf verschwiegen, der vor der Revolution in den jüdischen Städtchen herrschte. Hören Sie sich das an:

»Sein Geist sucht den ewigen Juden.« »Markisch erweist seinem kulturellen Erbe Reverenz.« »Er beruft sich auf Jitschok-Lejbusch Peretz.«

Wissen Sie, was die Hauptsünde von Jitschok-Lejbusch Peretz war? Dass er vor der Revolution gelebt hat und 1915 gestorben ist! Vielleicht auch, dass er ein gigantischer Schriftsteller war. Wie kann ein schwaches Werk schädlich sein, frage ich Sie. Nur Meisterwerke können den Geist aufrühren und beeinflussen, nein?

Die Sowjetunion hielt noch viele Überraschungen für Perez bereit. Litwakow flocht ihm plötzlich Kränze. Er schrieb über den Roman, Perez lasse endlich die sterilen Gedichte hinter sich und verwende seine überschäumende Begabung, um große revolutionäre Fresken zu malen. Was für ein seltsames Kompliment: Den *Haufe* ein steriles Gedicht zu nennen!

Perez tröstet sich rasch über Pessas Abreise hinweg. Gerade, als Zinaïde eine Tochter zur Welt bringt, tritt Esther auf.
– Pessas Schwester?
– Eine andere. Ein Mann verliebt sich oft in Frauen mit

demselben Namen, als suchte er immer dieselbe Person, ohne sie je zu finden. Esther war sechzehn, er war sechsunddreißig. Sie war die Tochter eines früheren Öl-Industriellen aus Baku. Die Revolution hatte ihn ruiniert, aber dank der *NEP* hatte er eine gute Stelle gefunden. Es war Liebe auf den ersten Blick. Esther sprach kein Jiddisch, aber Perez war in der Sowjetunion schon sehr bekannt. Für sie war er ein großer Mann. Und Perez begriff, dass ihm diese nachsichtige Frau jede Verrücktheit erlauben würde. Sie würde ihn nie ganz und gar in die Beziehung einsperren, ihm aber immer zu Hilfe eilen.

Im Oktober kehrte das Jüdische Staatstheater von einer triumphalen Tournee durch Westeuropa zurück. Skandal: Der Regisseur Granowski war in Berlin geblieben. Der Schauspieler Solomon Michoels ersetzte ihn. Er erklärte, Granowski sei nur vorübergehend abwesend. Niemand glaubte daran. Der Erfolg des Theaters vor dem bürgerlichen Publikum in Frankreich und Deutschland war auf Missfallen gestoßen, und Granowski hatte begriffen, dass sein Platz nicht mehr im Land der Sowjets war.

– Warum ist Perez nicht auch zu diesem Zeitpunkt gegangen?

– Wer weiß. Der Geschmack am Ruhm. In welchem anderen Land konnte ein jiddischer Schriftsteller in mehrere Sprachen übersetzt und in Zehntausenden von Exemplaren gedruckt werden?

– Und wann ist sein Leben in der Sowjetunion gekippt?

– Soweit sind wir noch nicht. Wie Uri-Zwi war er von dem Pogrom in Hebron sehr betroffen, aber auf andere Art, auch wenn beide sich sehr allein fühlten. In Moskau kam es gar nicht in Frage, die Morde ein Pogrom zu nennen. Offiziell wurde von den »Ereignissen in Palästina« gesprochen. Für den *Emess* waren sie das »Resultat der verbrecherischen Kolonisierungspolitik, die die Zionisten als Agenten des englischen Imperialismus gegen die arme Bauernschaft Palästinas betrieben«. Sie erwähnte nicht, dass die Opfer ebenfalls Proletarier waren. In New York verließen einige Schriftsteller, unter ihnen Opatoshu, aus Protest gegen die sowjetische Linie die kommunistische Tageszeitung *Frajhajt*. Perez musste einen Offenen Brief in der *Frajhajt* unterzeichnen, der seine abtrünnigen Freunde verurteilte und die amerikanischen Brüder der Unterstützung der jiddischen Schriftsteller der Sowjetunion versicherte.

– Was hätte er wohl getan, wenn er in New York gewesen wäre?

– Er stand Opatoshu sehr nah, sie schrieben sich häufig. Ich glaube, er wäre derselben Linie gefolgt. Aber da er in Moskau war, hatte er keine Wahl. Unter der Hand schrieb er Opatoshu, er solle seine Briefe nicht zu journalistischen Zwecken benutzen. Er schrieb nichts weiter dazu, aber die Angst vor Repressalien drang aus jeder Zeile. Von diesem Tag an waren seine Briefe an Opatoshu mit Ungesagtem gespickt. Im selben Monat wurde sein episches Gedicht *Brider* mit dem Preis für das beste jiddische Buch des Jahres ausgezeichnet. Der Preis war mit 1000 Rubel dotiert, eine stattliche Summe. Das Dekret war schon unterzeichnet und ein Kommunique herausgegeben. Aber dann denunzierten ihn die proletarischen Genossen beim Zentralkomitee. Sie meldeten, dass er einen polnischen Pass besaß – unmöglich, diesen Preis einem Agenten des Auslands zu verleihen.

– Vielleicht war er das ja.

– In einem paranoiden politischen System ist man immer wegen irgendwas schuldig, egal, was passiert. Und was dachte der jiddische Majakowski, als sich Wladimir Majakowski 1930 eine Kugel ins Herz schoss? Als der Dichter der Revolution sich umbrachte, war das gut für die Revolution?

Sechs Monate später wurde der Band *Farklepte ziferblatn* an den Pranger gestellt, denn Perez hatte unglücklicherweise ein Gedicht über das Land Israel darin aufgenommen. Man warf ihm vor, zionistische Propaganda hineingeschmuggelt zu haben. Eine neue Beleidigung tauchte auf: Nationalist. Zur selben Zeit nahm ein berühmtes Moskauer Theater ein ins Russische übersetztes Stück von Perez ins Repertoire auf. Das ganze Jahr 1930 war für ihn ein ständiges Wechselbad. 1933 gab der Verlag *Der Emess* seine Gesammelten Werke in sechs Bänden heraus. Perez war eine Art Nationaldichter, doch er musste hart gegen den Aufstieg Fefers kämpfen, und er verlor die Schlacht.

– Schon Anfang der dreißiger Jahre?

– Aber nein! Die beiden rivalisierten bis zum Schluss. Beim ersten Schriftstellerkongress im August 1934 wurde unter Gorki der sowjetische Schriftstellerverband gegründet. Alle anderen literarischen Organisationen wurden aufgelöst.

– War das nicht eine gute Neuigkeit? Die Zentralisierung würde die Macht seiner Gegner einschränken.

– Das ist die Theorie. In der Praxis gelingt es Politikern immer, sich in die richtige Position zu bringen, und das Parteimitglied Fefer wurde in den Vorstand des Verbands gewählt. Zum Trost wurde Perez zum Mitglied der Revisionskommission ernannt, die nichts zu sagen hatte. Zu der Zeit erhält er einen Brief aus Warschau: Opatoshu war auf Europatournee. Perez macht den Brief auf, und statt der erwarteten Botschaft auf Jiddisch fällt ihm ein Foto entgegen: Opatoshu im Sächsischen Garten, von einer Gruppe junger Schriftsteller umringt, und an der Seite des amerikanischen Gastes: Pessa. Hier, schauen Sie.

Sulamita gab mir das Foto: Pessa war jung und schön, und Opatoshus Gesicht war verunstaltet, als wäre der Schriftsteller in seiner Jugend Boxer gewesen. Aber das war nicht der einzige Kontrast auf diesem Foto. Opatoshu, von einem Kreis junger Leute umgeben, strahlte vor Glück, während in den Augen Pessas, dieser kaum erblühten Blume, die tiefe Traurigkeit zu frühen Welkens lag. Hatte die enttäuschte Liebe zu Perez die junge Frau gezeichnet?

– Wie hat er auf dieses Foto reagiert?

– Ich wage zu hoffen, dass er geweint hat. Warum hatte er Pessa nicht halten können? Warum hatte er Kiew und Moskau gebraucht? War er nicht glücklich in Warschau?

Bei diesen Worten wandte sich Sulamita zu mir, als hätte ich eine Antwort auf diese Fragen, die sie sich seit so vielen Jahren stellte.

– Es begann eine lange Zeit der Reisen kreuz und quer durch die Sowjetunion. Mal wurde er zur Ernte in einer ukrainischen Kolchose entsandt, mal nach Birobidschan. Wissen Sie, was das war?

– Nein.

– Das habe ich mir gedacht. Stalin wollte der wachsenden Popularität zionistischer Ideen einen Riegel vorschieben, und fand einen Schnipsel seines Reiches, der es ihm erlaubte zu sagen, die Juden hätten ihr Territorium wie alle anderen Völker der Sowjetunion. Hat er dieses Territorium mit dem Dartpfeil auf einer Wandkarte der Union der sozialistischen Sowjetrepubliken ausgesucht? Dann konnte er nicht so gut zielen: Birobidschan liegt am äußersten Rand der Zielscheibe, an der chinesischen Grenze, am Amur, in einer von Koreanern bevölkerten Provinz, die durch die Laune eines früheren Diktators dorthin gekommen waren. Dort wurde nun eine autonome jüdische Republik geschaffen.

Tatsächlich hieß das, dass man am Bahnhof den Namen der Stadt jiddisch schrieb und eine Tageszeitung gründete, die eine Woche brauchte, um im Zentrum des Landes anzukommen, wo sie ein paar Leser finden konnte. Perez reiste mit einer Schriftstellerdelegation zum ersten regionalen Sowjetkongress dorthin. Ich stelle mir vor, wie er nach einer Woche in der Transsibirischen Eisenbahn aus dem Zug stieg, ein paar Tausend Jiddisch sprechender Juden unter lauter koreanischen Bauern sah und sich dachte, er sei im Land der alten jüdischen Legende angekommen: *Dort, jenseits der dunklen Berge, am anderen Ufer des Flusses Sambation, lebt ein Volk, das man die kleinen roten Juden nennt.* Er wurde vor allem regelmäßig in die Ukraine und nach Weißrussland aufs Land geschickt, um aus seinen Werken zu lesen und in jüdischen Arbeiterklubs und Kolchosen Vorträge zu halten. Seine Brüder Uri-Zwi und Melech, mit denen er früher durch Polen gereist war, waren nicht mehr bei ihm, aber man bereitete ihm den gleichen begeisterten Empfang. Er las nicht mehr den stilistisch anspruchsvollen *Haufe,* sondern *Brider,* ein fast dreihundert Seiten langes Poem, das in jeder Hinsicht dem sozialistischen Realismus entsprach: *eine wahrhaftige, historische und konkrete Darstellung der Wirklichkeit in ihrer revolutionären Entwicklung.* Perez passte sich den Direktiven des ersten sowjetischen Schriftstellerkongresses an. Was dachte er, als er das Rundschreiben an die Schriftsteller erhielt? Hat er geweint, als er die Zeilen las: *Die historische Wahrhaftigkeit und die Konkretheit der künstlerischen Darstellung müssen sich mit der Aufgabe der ideologischen Erziehung der Werktätigen im Geiste des Sozialismus verbinden?*

Was blieb nach *Brider* und seiner Heirat mit Esther von dem Warschauer Perez? Was war aus dem Dichter und Verführer geworden? Er reihte weiter Eroberung an Eroberung,

mit Esthers stillschweigender Duldung, aber was bedeutet die Ehe schon für einen Mann wie Perez?
– Sie sind hart mit ihr. Woher wissen Sie, dass er sie nicht geliebt hat?
– Heiratet man je seine große Liebe? Ich habe meine als Kind verloren und später auf allen Straßen Europas vergeblich gesucht, ich werde ihn nie wiederfinden.
– Und Ihr Mann?
– Er hat mich aus der Gosse gezogen. Stellen Sie sich vor: Warschau 1945! Er hat es mir ermöglicht, in einer Welt respektiert zu werden, in der man uns schlimmer behandelt hat als Hunde. Aber Liebe?

Bei dem Wort Liebe verließ ich Sulamita an diesem Tag. Nachdem sie es ausgesprochen hatte, senkte sie den Kopf. Ich begriff, dass sie müde war. Das lag nicht an der langen Geschichte, die sie mir erzählt hatte, es war dieses Wort, das sie erschöpft hatte. Still stand ich auf und ging rückwärts hinaus, wie man sich von einer Kultstätte entfernt. Bevor ich durch die Tür trat, betrachtete ich noch einmal dieses unter dem Gewicht des Wortes Liebe in sich zusammengesunkene kleine Menschenwesen. Am nächsten Tag erhielt ich ein paar Zeilen im Hotel: *Pierre, kommen Sie nicht mehr wieder. Kehren Sie nach Hause zurück, ich werde Ihnen meine Geschichte schriftlich weiter erzählen, das verspreche ich Ihnen.*

Ist das eine Liebesbeziehung? Dass man sich wie ein Hund behandeln lässt, sich dem guten Willen des anderen unterwirft? Was sollte ich tun? Hatte ich eine Wahl? Ihre Tür aufbrechen, ihre Schubladen durchsuchen, um das Foto der Janowskis zu finden? Bei einer Dreißigjährigen hätte ich das vielleicht gewagt. Aber bei ihr konnte ich es nicht. Dann drohte das Band ganz abzureißen. Noch hatte ich die Hoffnung, sie eines Tages wiederzusehen, und ich wollte diese

Möglichkeit nicht durch eine impulsive Reaktion aufs Spiel setzen. Wenn ich nach Paris zurückkehrte, blieb mir immerhin die Aussicht, dass sie mir schreiben würde. Selbst wenn ich sie nicht mehr sehen und ihre Hand nehmen konnte, blieb immer noch die Geschichte der drei Dichter, die ich zu Ende hören wollte. Bevor ich sie persönlich kennenlernte, war ich doch so glücklich gewesen, ihre Briefe zu lesen, vielleicht würde ich dieses Glück wiederfinden.

Mein Auftrag für die Bank war erst in einer Woche zu Ende, aber wozu sollte ich in Rom herumirren? Ich rief meinen Direktor in Paris an, der mich zurückbeorderte. Bevor ich die Stadt verließ, ging ich ein letztes Mal zu ihrem Palazzo. Und wenn sie mir diese Zeilen nur geschrieben hatte, um meine Entschlossenheit zu prüfen? Stieß sie mich nicht zurück, um mich noch stärker an sich zu fesseln? Ich saß den ganzen Tag in dem Café gegenüber dem Palazzo. Ich versuchte, sie hinter den großen Fenstern zu entdecken. Ich hoffte, dass sie mich hinter der Scheibe beobachtete. Aber nein, ich sah ihre Silhouette nicht. Warum hätte sie auch aus ihrem Sessel aufstehen sollen? Für wen? Für mich? War ich liebenswert genug gewesen? Ich traute mich nicht hinauf, und jetzt tut es mir leid. Ich wäre gern so exzessiv gewesen wie Uri-Zwi, hätte mich über die Konventionen lustig gemacht und verkündet: Ich habe eine Mission zu erfüllen, ein Bedürfnis nach Liebe zu stillen. Ich hätte gern das Verbot übertreten, das sie mir auferlegte, sie ans Herz gedrückt und ihr gesagt, ich bin Esra, ihr Beschützer, ihr Geliebter. Aber ich war noch zu vernünftig. Und vor dem Tod konnte ich sie nicht beschützen.

Ich kam zurück in eine traurige Stadt. Ich machte Feuer im Kamin, obwohl es nicht die Jahreszeit dafür war, und begann zu warten. Als nichts kam, beschloss ich zu schreiben:

Liebste Sulamita,

Jetzt bin ich seit vierzehn Tagen wieder zurück und habe keinerlei Nachricht von Ihnen. Ich bin gefangen, wie Sie es vorausgesagt hatten, ich kann nicht mehr entkommen. Die Tage dehnen sich endlos, und ich finde keinen Geschmack daran. Ich könnte Ihnen nicht sagen, was ich bei der Arbeit mache, ich achte nicht darauf, und ich könnte Ihnen keinen einzigen Titel der Bücher nennen, die ich lese, denn ich vergesse sie alle sofort wieder. Mein Jiddischlehrer beklagt sich, dass ich nichts mehr lerne. Ich hänge in der Luft. Ich magere ab. Ich kann ohne Sie nicht leben. Lassen Sie mich zurückkommen. Ich will Ihnen weiter zuhören, schenken Sie mir das Vergnügen.

Ein paar Tage später kam ein Brief.

51

Anfang 1934 zogen Perez und Esther mit dem dreijährigen Simon in ein Haus für Schriftsteller in der Naschtschokinskistraße. Perez hatte seine Beziehungen spielen lassen und für einen erträglichen Preis eine große Wohnung erhalten. Dort wohnte er neben Pasternak, Bulgakow, Mandelstam und Iwanow. Stellen Sie sich die Szene vor: Perez, der Sohn des Melamed von Polonnoje, wohnte ein paar Stockwerke unter Bulgakow, dem Sohn eines Universitätsprofessors aus Kiew und früheren Weißgardisten unter Denikin. Perez verstand sich besonders gut mit Mandelstam, aber sie wohnten nicht lange unter einem Dach, weil dieser am 16. Mai 1934 vor Tagesanbruch abgeholt wurde. Er war einer der ersten russischen Dichter, die verhaftet wurden. Im Herbst 1933 hatte er ein bitteres Gedicht auf Stalin, *»Gebirgler im Kreml«*, geschrieben. Das hatte dem Genossen Josef Wissarionowitsch nicht gefallen. Mandelstam wurde wegen Verfassen und Verbreitung konterrevolutionärer Werke zu drei Jahren Verbannung verurteilt. Was hatte er geschrieben? In dem Gedicht hieß es, dass noch das leiseste Gespräch bis an die Ohren des Genossen Stalin drang. Und das Gedicht war selbst der beste Beweis: Die Verse waren nirgends veröffentlicht worden, der Dichter hatte sie nur einigen engen Freunden vorgelesen, aber einer von ihnen hatte ihn verraten. Nach drei Jahren kam Mandelstam zurück nach Moskau.

Unterdessen war Perez' Stern immer weiter gestiegen. Eins seiner Stücke wurde im Jüdischen Staatstheater gespielt. Aber ein neuer Sturm ging über das Land. Im August 1936 hatte der erste Prozess stattgefunden, der auf die Eliminierung von Lenins Kampfgefährten abzielte, weil Stalin endlich die ganze Macht in Händen halten wollte. Achtzehn Monate lang folgte ein spektakulärer Prozess auf den anderen, doch sie betrafen nur ein paar Dutzend Mitglieder der höchsten Instanzen des Landes. Weniger sichtbar waren die Säuberungsaktionen gegen Millionen Bürger, die als Verräter angeklagt, in Massenerschießungen hingerichtet oder in den Gulag gebracht wurden. Die Säuberungen verschonten auch die jiddischen Schriftsteller nicht. Izy Charik wurde in Moskau verhaftet, Mojsche Kulbak in Minsk. Er wurde beschuldigt, einer konterrevolutionären trotzkistischen Gruppe anzugehören, Mitglied einer terroristischen Vereinigung und Agent des polnischen Geheimdienstes zu sein. Beweise? Er hatte in seinem letzten Roman gezeigt, welcher Graben sich zwischen den Alten, die weiter der Tradition anhingen, dreimal am Tag beteten und am Samstag kein Licht einschalteten, und der jungen Generation aufgetan hatte, die mit einem neuen Credo aufwuchs. Dabei erlebten viele Juden diesen Generationskonflikt am eigenen Leib. Perez war einer der bekanntesten Schriftsteller im stalinistischen Russland, aber sein Vater in seiner kleinen Wohnung in Jekatarinoslaw hatte nichts an seiner Lebensweise von vor der Revolution geändert. Am Freitagabend heiligte er die Welt, er hätte um keinen Preis von den Tellern seiner Schwiegertochter gegessen, weil sie die fleischigen nicht von den milchigen Speisen trennte, und wandte den Blick ab, wenn sie mit nackten Armen herumlief. Er starb im Dezember 1937. Perez erfuhr es erst am Tag nach der Beisetzung. Der Vater hatte sich gewünscht, noch am Tag seines Todes begraben zu werden, um der Tradition der Vorväter treu zu bleiben. Tatsächlich wollte er seinem Sohn Scherereien ersparen. Wenn Perez zum Begräbnis gekommen wäre, hätte er das Kaddisch sprechen müssen und deshalb womöglich große Probleme bekommen. Dieser Akt wäre ihm vielleicht als konterrevolutionäre Provokation, kleinbürgerlicher Nationalismus und Idealisierung der Vergangenheit angerechnet worden, und man hätte den Dichter in den Gulag geschickt.

Als Perez vom Tod seines Vaters erfuhr, empfand er tiefen Schmerz. Nun waren die letzten Fäden zerrissen, die ihn mit der Kindheit verbanden. Die heisere Stimme von David, dem *Melamed,* war verstummt, und mit ihr der erdige Tonfall Wolhyniens. Ein paar Tage später nutzte er die Abwesenheit von Esther und Simon, schloss sich in seinem Zimmer ein und rezitierte leise, damit ihn die Nachbarn nicht hörten, die Strophen des Totengebets.

Litwakow verließ die Bühne etwa zur selben Zeit, er wurde ebenfalls verhaftet. Dann war Zinaïde an der Reihe, die wegen antisowjetischer Mentalität zu zehn Jahren Arbeitslager verurteilt wurde. Perez' Tochter Ljalja kam zu ihrem Vater. Esther war großartig: Sie war bereit, das Kind einer anderen großzuziehen. Esthers Bruder wurde wegen konterrevolutionärer Agitation und Zugehörigkeit zu einer illegalen Organisation angeklagt. Er wurde zu acht Jahren Arbeitslager mit Schreibgenehmigung verurteilt. Das hieß, dass er eine Chance hatte, wieder herauszukommen: »Ohne Schreibgenehmigung« war der sichere Tod. Mandelstam wurde erneut verhaftet. Man beugte den Rücken. Die Verhaftungen hörten nicht auf. Man wusste nicht, weshalb man festgenommen wurde. Perez versuchte, seine Beziehungen für seinen Schwager spielen zu lassen, vergebens. Die *Protektsia* half nichts mehr, denn auch die Hälfte des Zentralkomitees war verschwunden.

Nach Litwakows Verhaftung wurde auch *Der Emess* geschlossen. Die UdSSR hatte keine jiddische Tageszeitung mehr, nur noch den *Birobidschaner Schtern,* der weit weg, hinter den dunklen Bergen, niemanden störte.

Die Verhaftungen fanden nachts statt. Anfänglich erfolgten sie nie nach vier Uhr morgens, danach schlief man endlich ein und hatte noch ein paar Stunden Ruhe vor sich. Später wurde bis zum frühen Morgen verhaftet. Jeder Laut im Treppenhaus war verdächtig. Das ganze Land war auf der Hut. Perez verbrachte einen Teil der Nacht damit, in Gedanken alles aufzulisten, was man ihm vorwerfen konnte. Natürlich fand er einiges. Wenn man etwas sucht, das man sich vorwerfen kann, findet man auch etwas. Ohne ein

Wort – man hatte gelernt zu schweigen – drückte Esther Perez' Kopf an ihre Brust und versuchte ihn zu beruhigen, obwohl sie genauso viel Angst hatte wie er. So warteten sie stundenlang und fragten sich, ob das Geräusch von Stiefeln im Hausflur sie aus dieser unendlichen Stille erlösen würde.

Jeder misstraute jedem. Der Held jener Zeit war ein Kind, Pawlik Moroso. Er hatte seinen Vater wegen Kulakentum bei den Behörden angezeigt. Der Vater war verhaftet und als Volksfeind deportiert worden, dann wurde der Sohn von Freunden des Vaters ermordet. Überall in der Sowjetunion erhielten Straßen den Namen Pawel. Heute weiß man, dass es diesen Pawel gar nicht gegeben hat: Die Legende war zur Erbauung der Jugend erfunden worden.

Ein Gedicht von Perez sollte in der *Komsomolskaja Prawda* erscheinen. Der neue Chefredakteur – der alte war verhaftet – ließ ihn wissen, er solle es besser mit einem anderen Namen unterzeichnen als Markisch. Er schlug ihm Markow vor. Markisch klinge zu jüdisch. Perez lehnte ab. Das Gedicht erschien nicht.

Trotz allem wurde Perez mit dem Leninorden ausgezeichnet. Er war der erste jiddische Schriftsteller, der ihn erhielt. Fefer kochte.

In diesem Jahr, 1938, wurde ein zweiter Sohn geboren. Sie nannten ihn David. Perez hatte beschlossen, ihn in die lange Kette der jüdischen Tradition einzureihen, auch wenn die anderen jüdischen Jungen dieser Generation Arkadi, Gennadi oder Dimitri hießen. Und die Kette wurde nicht unterbrochen. Wenn Sie auf Google suchen, werden Sie feststellen, dass Perez Markisch auch der Name eines jungen Mannes in Tel Aviv ist, der als Model bekannt geworden ist. Er soll großartig aussehen. Kein Wunder, denn der junge

Perez ist der Sohn von David, Sohn von Perez, Sohn von David, dem *Melamed* aus Polonnoje.

Ich spürte Sulamitas Dringlichkeit, es war, als könnte sie den Strom ihrer Erzählung nicht mehr stoppen, als wollte sie zwanzig Jahre von Perez' Leben in der Sowjetunion in einem Atemzug zu erzählen. Der Brief war noch lange nicht zu Ende.

Zum fünfundzwanzigsten Geburtstag des jüdischen Staatstheaters fiel Perez die Ehre zu, die Würdigung an den Genossen Stalin vorzutragen, ohne die keine Zeremonie denkbar war. Es gehörte sich, den Freund der Juden und aller Völker zu grüßen. Nach einer endlosen Reihe einschläfernder Reden entboten alle Moskauer Bühnen dem jüdischen Theater ihren Gruß. Perez genoss diese Brüderlichkeit und bedauerte, dass man die Glückwunschschreiben der jiddischen Schriftsteller aus dem Ausland nicht vorlesen durfte. Das Jüdische Staatstheater hätte eine Brücke zwischen der Heimat des Sozialismus und den Juden der Welt sein können, aber der Freund der Juden und aller Völker war anderer Meinung. Deshalb hatte er die jiddischen Schulen des Landes schließen lassen und die meisten jiddischen Zeitungen verboten. Perez war ein Musterbeispiel dieser Paradoxie: ausgezeichnet mit dem Leninorden, aber Schriftsteller für ein Publikum, das unerbittlich immer kleiner wurde.

So sah es aus, als Deutschland und die Sowjetunion die Republik Polen unter sich aufteilten. Warschau war in den Händen der Nazis. Zahlreiche Juden flohen aus der deutschen Besatzungszone hinter die sowjetische Grenze, unter ihnen auch Schriftsteller. Sie trafen sich alle in Białystok wieder, auch mein Vater und seine Freunde. Perez kam uns besuchen. In der Stadt herrschte ein unbeschreibliches Chaos. Flüchtlinge aus Polen, die große Mehrheit Juden, verstopften das Stadtzentrum, und zwischen ihnen spazierten einige Nazioffiziere in Uniform herum, als wäre es das Natürlichste der Welt. Frankreich und England hatten Deutschland den Krieg erklärt, aber das Land der Sowjets hatte mit den Nazis den Ribbentrop-Molotow-Pakt geschlossen, und natürlich war eine Militärdelegation aus einem Bruderland immer willkommen.

»Wie heißt du, schönes Kind?«

»Sulamita.«

»Ach so, du bist die Tochter von Alter?«

»Ja.«

»Als ich dich das letzte Mal gesehen habe, warst du nicht größer als so. Sind die Jahre so schnell vergangen? Gibt es die Schaukel im Garten von Świder noch?«

»Sie ist noch da.«

»Weißt du noch, wie ich dich angeschubst habe? Du hast so gelacht, dass sich irgendwann dic Nachbarn über den Lärm beschwert haben.«

»Ich habe diese Schaukel geliebt.«

An diesem Tag habe ich mich nicht getraut, ihm zu sagen, dass ich es besonders liebte, wenn er mich anschubste. Das war die einzige Erinnerung, die ich an ihn bewahrt hatte, und auch er hatte es behalten. Ansonsten hatte sich meine Erinnerung von seinen Fotos in den Archiven meines Vaters oder gelegentlich auch seinem Porträt in den *Literarischen Blättern* genährt. Und meine Mutter sprach oft davon, was für ein schmucker Bursche er war. Aber als ich ihn jetzt im Flur des Hauses traf, in dem wir uns zusammendrängten, fand ich ihn düsterer, als ich ihn in Erinnerung hatte. Das war nicht mehr der junge, feurige Poet, von dem man mir so oft erzählt hatte. Er trug seinen Leninorden im Knopfloch und im Gesicht die Spuren, die die Prüfungen des Lebens auf dem Gesicht eines Fünfundvierzigjährigen hinterlassen.

Wir waren alle stolz, den Helden eines so großen Landes zu kennen. Auch gealtert fand er in punkto Schönheit nicht seinesgleichen. Aus Rücksicht auf meinen Vater flirtete er nicht mit mir. Ich war ein sehr schönes Mädchen, wissen Sie. Aber er entdeckte eine entzückende kleine Tänzerin, und innerhalb von vierundzwanzig Stunden wusste unser ganzer Mikrokosmos, dass sich zwischen den beiden eine Romanze entspann. Das junge Mädchen war beim ersten Blick erobert. Sie war so alt wie ich. Morgens kam sie nach einer Liebesnacht mit dem Dichter, der sie früh hinauswarf, um zu schreiben, und erzählte mir, wie sehr sie ihn liebte. Nachmittags, wenn Perez meinen Vater besuchen kam, versuchte ich in seinen Augen einen Anflug von Liebe für die Tänzerin zu entdecken, aber ich sah nichts als den Appetit eines Leoparden auf eine Gazelle. Ich selbst war nicht an einem Abenteuer mit Perez interessiert. Seit wir die sowjetische Grenze überschritten hatten, war ich auf der Suche nach meiner Kindheitsliebe. Ich war überzeugt, dass ich Esra auf einem Traktor oder als Vorsitzenden einer Arbeitergenossenschaft wiederfinden würde.

Perez gelang es, uns nach Moskau zu holen. Ich war begeistert, denn in Białystok würde ich Esra gewiss nicht finden. Wir wohnten bei den Markischs und sahen die Dichterin Rochl wieder, Melechs frühere Geliebte. Sie hatte keine Nachricht von ihrem Ehemann. Das Leben ist doch merkwürdig: Auf dem Höhepunkt ihrer Affäre mit Melech hatte sie davon geträumt, ihn loszuwerden, wagte es aber nicht, ihn zu verlassen. Sie hatte einen Rest der Zurückhaltung von Generationen jüdischer Frauen bewahrt. Sie hätte Melech folgen, mit ihm durch die Welt ziehen sollen, aber sie hatte nicht den Mut dazu. Jetzt kam sie fast um vor Angst um ihren reichen Ehemann. Jude bei den Nazis oder Kulak in der Sowjetunion, er starb unter den Schlägen der einen oder der anderen, eines Tages wird man es herausfinden, vielleicht werden Sie in dunklen Archiven die Spur des Verschwindens von Herrn Korn entdecken, des Industriellen aus Przemyśl.

Perez und mein Vater diskutierten stundenlang über Literatur, ich saß still auf einem Stuhl in der Zimmerecke und hörte ihnen zu. Ich hatte einen Vorteil gegenüber Perez' Kindern: Ich verstand Jiddisch, während sie nur Russisch sprachen. Die beiden Schriftsteller erinnerten sich oft an die Trinkgelage in unserem Haus in Świder und fingen wieder an, abendelang Wodka zu trinken, die Lieder ihrer Kindheit zu singen und Gedichte zu rezitieren. Nach ein paar Wochen erhielt mein Vater dank Perez eine Stelle in Lwów. Im Klcin-Wien Galiziens gründete die Staatsmacht ein jiddisches Theater wie in Moskau, Odessa, Kiew und Charkow. Alter Kacyzne sollte der literarische Berater sein. Er war auch für die jiddischen Programme im Staatsrundfunk zuständig. Seine Akte war nicht sehr umfangreich, und er hatte seine Loyalität für die Sowjetunion hinreichend unter Beweis gestellt. Bei Rochl war es schwieriger. Perez versuchte etwas für sie zu finden, aber sie war in ihren großbürgerlichen Kleidern nach Białystok gekommen. Sie entging dem Gulag, wurde aber mit vielen anderen nach Zentralasien geschickt: Sie kam nach Fergana, einem Nest irgendwo in Usbekistan, noch hinter Taschkent und Samarkand. Damals beneidete sie meinen Vater, aber Sie werden noch sehen, wie oft uns das Schicksal ein Schnippchen schlägt. Man glaubt, es werde einen geradlinigen Weg einschlagen, da wendet es sich plötzlich. Es ist kein Zugochse, sondern ein Zicklein, jederzeit bereit, zur Seite zu springen, eine Gemse, die im Handumdrehen die steilsten Felsen hinaufklettert und alle im Abgrund landen lässt, die ihr zu folgen versuchen.

Wir fuhren also nach Lwów. Ich verließ Moskau nur widerwillig: In Galizien, der früheren polnischen Provinz, hatte ich keine Chance, Esra wiederzufinden. Wenn er irgendwo war, dann in Russland, in der Ukraine, auf der Krim oder in Weißrussland. Hatte er vielleicht sein Glück in Birobidschan versucht? Warum hatte man uns nicht nach Odessa oder Minsk geschickt?

Perez sorgte dafür, dass seine Tänzerin in Moskau blieb. Esther schluckte ihre Eifersucht herunter, denn sie wusste, dass man sich dem Verlangen eines Dichters nicht widersetzt. Sie hatte auf dem Foto, das ich Ihnen gezeigt habe, die Traurigkeit in Pessas Augen gesehen. Pessa hatte den Mann ihres Lebens verlassen, aber Esther hatte nicht vor, ihn entkommen zu lassen. Sie war das ganze Jahr hindurch glücklich mit ihm, was zählten dagegen ein paar einsame Nächte? Esther liebte Perez ganz uneigennützig, mit jener Güte, die den meisten Liebenden fehlt. Sie hatte ihn nicht geheiratet, um ihn zu besitzen, sie wusste, dass das unmöglich war. Sie wollte ihn glücklich machen. Und wenn sein Glück in einer kleinen Tänzerin lag, dann eben eine kleine Tänzerin.

Aber wie sollte man glücklich sein, da doch aus Polen so entsetzliche Nachrichten kamen? Die Situation der Juden wurde immer schlimmer. Die in Warschau, Łodź, Lublin und in Tausenden jüdischen Städtchen zurückgebliebenen Verwandten und Freunde saßen in der Falle. Die Schönheit der Tänzerin konnte Perez' Ängste nicht beruhigen, sie ließ vielmehr die Gefühle aufleben, die ihn beim Schreiben des *Haufe* erfüllt hatten. Das Mädchen hatte mit seiner Schönheit zugleich auch die Ankündigung einer Katastrophe gebracht: eines Mordens, von dem man noch nicht wusste, dass es eine Vernichtung werden würde, aber man ahnte es bereits. Perez schrieb eins seiner größten Werke, *Zu a jidischer Tenzerin,* in dem sich Anmut und Grausamkeit mischen. Die schmalen Hüften, die zarte Haut des Mädchens verflechten sich mit der Beschreibung von Massenerschießungen, Vertreibungen mit Kolbenhieben, Knüppelschlägen auf offener Straße, Rabbinern, die von SS-Offizieren gezwungen werden, die Gehsteige abzulecken. Man konnte Anmut und Grauen nicht mehr unterscheiden, die Schönheit wurde zu Niedertracht und die Niedertracht zum Kunstwerk. Perez brachte in wenigen Tagen hundertsechzig großartige Strophen zu Papier, die er jedoch für sich behalten musste. Er konnte das Gedicht nicht veröffentlichen, natürlich nicht, denn den Nazi-Freund durfte man nicht kritisieren. Er verbannte diesen Aufschrei des Verlangens und der Angst in die Tiefe einer Schublade, ohne es selbst Esther vorlesen zu können, da es von seiner Leidenschaft für ihre jugendliche Rivalin kündete. Er behielt es für sich, um nicht das Schicksal seines Freundes Mandelstam zu erleiden.

Der Wind drehte sich. Am 21. Juni 1941 verkündete Molotow im Rundfunk, das Vaterland sei Opfer eines heimtückischen Angriffs des eidbrüchigen Feindes geworden. Das hieß Krieg. Die Rote Armee machte mobil. Moskau bereitete seine Verteidigung vor. Man schleppte Sandsäcke auf die Hausdächer und gab dem Konflikt einen Namen, Großer Vaterländischer Krieg, den man in alle Sprachen der Union übersetzte. Natürlich auch ins Jiddische.

Die Schriftsteller wurden eingezogen. Perez kam zu einem Bataillon, aber in letzter Minute ließ ihn ein Offizier aus der Reihe treten: Er wurde zur Marine beordert. Er, der immer seekrank wurde, erhielt den Rang eines Fregattenkapitäns. Zunächst war er noch in Moskau stationiert. Esther und die Kinder wurden nach Bensut evakuiert. Keiner hatte je von diesem Dorf am Ufer der Kama gehört. Ein Konvoi mit den Angehörigen der Schriftsteller fuhr gen Osten, und Bensut wurde zum literarischsten Nest ganz Russland. Perez zeigte sich jeden Tag in der Kaserne, wurde aber sogleich wieder nach Hause geschickt, wo er die meiste Zeit schrieb. Schließlich begriff er, warum man ihn in der Reserve hielt. Im August 1941 bat ihn Solomon Michoels, sich an einem Radio-Appell an die Juden der ganzen Welt zu beteiligen, die Kriegsanstrengungen der Sowjetunion zu unterstützen.

»Wird uns dieser Appell nicht irgendwann vorgeworfen werden?«

»Die Initiative hat die Unterstützung von höchster Stelle.«

Im Klartext: des Gebirglers im Kreml. Als der Tag des Appells herankam, lösten sich mehrere bekannte jüdische Persönlichkeiten am Mikrofon ab, unter ihnen der Regisseur Eisenstein. Und Fefer natürlich, der immer und überall dabei war. Perez verspürte nur einen Wunsch: Auszüge aus *Zu a jidischer Tenzerin* zu rezitieren. Was kann ein Dichter Besseres tun, als seine Verse vorzulesen? Wozu verlangte man eine Rede von ihm? Aber bei der Beschreibung des einstigen Leids der Juden hielt er sich in einem sehr sowjetischen Register. Er misstraute der Wende im Verhalten der Macht. Jetzt sollten die Redner ihre Zugehörigkeit zum jüdischen Volk bekräftigen. Vier oder fünf Jahre zuvor war das noch ein Verbrechen gewesen, das mit Verbannung bestraft wurde. Ehrenburg trat ans Mikrofon und sagte: »Ich bin ein russischer Schriftsteller, aber die Nazis haben mich an etwas anderes erinnert: dass meine Mutter Hannah hieß. Ich bin Jude und erkläre es voller Stolz.« Perez traute seinen Ohren nicht.

Nach ihm sprach der Schriftsteller Marschak über ein Massaker, das in Otwock bei Warschau stattgefunden hatte. Kommunistische Widerstandskämpfer hatten von einem Massenmord an jüdischen Kindern berichtet. Niedergeschlagen kehrte Perez nach der Aufnahme heim. Otwock erinnerte ihn an seine schönen Warschauer Jahre und an die Wochenenden bei meinem Vater in Świder. Dieser Ort der Brüderlichkeit war zum Schauplatz eines entsetzlichen Massakers geworden.

Ich bin vor ungefähr zwanzig Jahren wieder in Świder gewesen. Ich wollte das Haus wiedersehen. Es steht noch. Zur Zeit meines Vaters war es fast neu, die Farbe noch frisch. Als ich es wiedersah, hatte ich den Eindruck, es sei seit dem Krieg nicht mehr gestrichen worden, die Farbe platzte ab und das Holz war schwarz geädert, wie von Tränen, die die Fassade hinabliefen. Ich habe mich nicht erkundigt, wer während des Krieges darin gewohnt hat. War es die Villa eines Nazifunktionärs? Sollte ich mir vorstellen müssen, dass nach den literarischen Orgien meiner Schriftsteller Stiefelschritte durch das Haus gehallt hatten? Im Garten gab es keine Schaukel mehr.

52

Natürlich war ich froh über den Brief, aber ich war auch enttäuscht, weil sie gar nicht auf meinen Liebesbrief einging. Sie erzählte einfach weiter. Ich hatte gehofft, sie würde über uns sprechen. Sie hätte mir sagen können, warum sie mich weggejagt hatte. Etwa:

»Ich habe es zu Ihrem Besten getan, Pierre. Sie haben Ihr Leben noch vor sich, und das finden Sie nicht bei einer alten Frau.«

»Was wissen Sie schon? Wer sind Sie, dass Sie entscheiden wollen, was gut für mich ist?«

So fing ich denn wieder an, Nadeln in meine Wandkarte zu stecken. Ich musste noch einmal zum Copyshop, um einen Teil der Asienkarte vergrößern zu lassen, den ich mit einem langen Streifen Tesafilm, der sich beim Abrollen fast verheddert hätte, bündig neben die erste Karte klebte. Ich gab mir Mühe und schaffte es so, dass man die Naht zwischen den beiden Bahnen kaum sah. Die Karten nahmen nun fast die ganze Wand ein. Ich hatte recherchiert und Fergana und Bensut entdeckt. Ich wusste, wo die Kama floss, von der ich zum ersten Mal hörte. Ich verband Samarkand mit der Seidenstraße, in einem Orient, der nichts mit dem Foto im Sächsischen Garten zu tun hatte, und nun trafen sich die beiden Welten.

In einem in den USA erschienenen Fotoband fand ich die Porträts von Itke und den anderen, ich ließ sie vergrößern und hängte sie an die Wand meines Wohnzimmers. Um mich ihr nah zu fühlen, stellte ich auch meinen roten Sessel in die Mitte, um diesen Raum so einzurichten wie den, zu dem sie mir den Zugang verweigerte.

53

Wegen der Belagerung von Leningrad wurde die Evakuierung von Moskau beschleunigt. Die Truppe des jüdischen Staatstheaters wurde mit Michoels nach Taschkent geschickt. Perez traf Esther und die Kinder in Kasan und begleitete sie ebenfalls nach Taschkent, wohin alle Künstler und Schriftsteller verlegt wurden. Die Reise dauerte dreiundzwanzig Tage. Der Zug, voll mit Autoren aller Nationalitäten und ihren Familien, blieb oft stehen. Verpflegung musste gesucht werden. Darum kümmerte sich Esther, und Perez hämmerte auf seine Schreibmaschine ein. Manche Schriftsteller balgten sich um einen Kanten Brot, während sie sich im Jahr zuvor noch literarische Duelle geliefert hatten. Aber waren diese Kämpfe nicht vom selben Gefühl motiviert, von Eifersucht und der Vorstellung, was gut für meinen Nachbarn ist, kann für mich nur schlecht sein? Ich sage Ihnen, junger Mann, manchmal lernt man Schriftsteller besser nicht zu zu genau kennen, man könnte enttäuscht sein. Nach einer Woche im Zug nahmen es einige Perez übel, dass er sich überhaupt nicht an den Auseinandersetzungen beteiligte – sie waren so nichtig! Er beschränkte sich darauf, die Hülle von seiner Schreibmaschine zu nehmen und zu schreiben. Eines Tages sagte ein bekannter Autor zu ihm: »Werden Sie wohl aufhören mit diesem Lärm?« Für ihn zählte nichts anderes mehr als sein Schlaf.

Die Wechselbäder setzten sich auch in diesen Kriegszeiten fort. Im April 1942 wurde Perez in die Kommunistische Partei aufgenommen (man hatte ihm zu verstehen gegeben, dass es für einen Leninpreisträger zum guten Ton gehörte, in der Partei zu sein), und ein paar Wochen darauf durfte er nicht in der Redaktion der *Ejnikajt* mitarbeiten. So hieß das neu gegründete Organ des Jüdischen Antifaschistischen Komitees. Fefer hatte Perez' Namen in letzter Minute streichen lassen. Sein Trost? Die UdSSR würde wieder eine jiddische Tageszeitung haben, und Perez würde seine Werke dort veröffentlichen können. Ein weiteres Paradox nahm er sehr schlecht auf: Während die Nazis die europäischen Juden verfolgten – man sprach immer häufiger von Massenerschießungen –, entdeckte die Sowjetunion plötzlich sämtliche Tugenden an ihren Juden und vor allem, was vor dem Krieg eine Sünde war, an deren amerikanischen Vettern, die sich an den Kriegsanstrengungen beteiligen konnten. Darum wurde das Jüdische Antifaschistische Komitee gegründet und Michoels zum Vorsitzenden ernannt. Die angesehensten Intellektuellen der Sowjetunion, einundzwanzig sorgfältig ausgewählte Namen, bildeten den Vorstand. Unter ihnen Lina Stern, Mitglied der Akademie der Wissenschaften, und Salomon Lozowski, ehemaliger stellvertretender Außenminister. Dovid Bergelson natürlich, der Veteran der jiddischen Schriftsteller, und die beiden geschworenen Feinde, Perez und Fefer, die sich seit Jahren befehdeten. Perez war erleichtert, dass sein Rivale nicht zum Vorsitzenden ernannt worden war. Tatsächlich sollte Fefer die anderen überwachen und dem Kreml Bericht erstatten. Perez hatte einflussreiche Freunde im Komitee, besonders Ilja Ehrenburg. Immer wenn sie sich begegneten, tauschten sie einen Blick, der besagte: »Weißt du noch, Montparnasse?«

Ist Ihnen klar, dass zu der Zeit, von der ich rede, der Leichnam meines Vaters schon in einem Massengrab in Tarnopol verwest war und ich mich in der von den Nazis besetzten Ukraine durchschlug und zu überleben versuchte? Ich habe von Schicksal gesprochen: Nun holte es uns ein, während es Rochl, die sich ausgeschlossen gefühlt hatte, als sie nach Fergana geschickt wurde, das Leben rettete.

Ende 1942 war davon die Rede, Michoels und Perez zu einer Charme-Offensive in die Vereinigten Staaten zu schicken. Perez freute sich bei dem Gedanken, seinen alten Freund Opatoshu, auch Chagall wiederzusehen. Vielleicht würde er auch Melech treffen, der sich nach seiner Reise um die Welt in Montreal niedergelassen hatte. Aber als Fefer erfuhr, dass Perez für diese Reise vorgesehen war, packte ihn die kalte Wut, und er setzte Himmel und Hölle in Bewegung, um an seiner Stelle zu fahren. Im Januar 1943 setzte er sich durch: Er würde Michoels begleiten.

Zu der Zeit hörten die Moskauer auf, den Atem anzuhalten. Die Rote Armee hatte in Stalingrad Hitlers Divisionen zurückgeschlagen. Nach und nach kehrten die Moskauer in ihre Stadt zurück, die jiddischen Schriftsteller genauso wie alle anderen, die nicht an der Front gefallen waren, und Perez begriff, dass ihm seine Abkommandierung zur Marine das Leben gerettet hatte. Als Michoels und Fefer zu ihrer

Reise aufbrachen, empfand Perez dies als ungeheure Ungerechtigkeit. Esther war krank nach Moskau zurückgekehrt. Als Leninpreisträger konnte Perez sie ins Kreml-Krankenhaus bringen. Die Lebensmittelrationen dort waren eindrucksvoll: Fleisch, Kaviar, Milch, soviel man brauchte, von Zucker gar nicht zu reden. Er besuchte sie jeden Tag. Er erzählte ihr nicht, weshalb er außer sich war, denn die Wände hätten Ohren haben können, aber Esther kannte ihren Mann gut. Statt sich verhätscheln zu lassen, drückte sie seinen Kopf an die Brust und versuchte ihn zu trösten wie ein Kind.

Je weiter die Nazis zurückgedrängt wurden, desto größer war das Grauen, das die Rote Armee entdeckte. In Kiew war die Rede von mehr als 20 000 Leichen, aufgeschichtet in einem Massengrab in Babi Jar. Freunde von Perez, die Angehörige in den von den Nazis besetzten Gebieten hatten, berichteten, dass alle umgekommen waren. Überall in der Ukraine und in Weißrussland waren Massenmorde verübt worden. Durch einen glücklichen Zufall hatten Perez' Angehörige überlebt. Wer von ihnen fehlte, befand sich in einem sowjetischen Arbeitslager, niemand war zum Opfer der Nazis geworden.

Im Dezember 1943 kehrten Michoels und Fefer mit vollen Taschen zurück. Sie waren überall begeistert empfangen worden. In New York hatte sie Albert Einstein an der Spitze eines Komitees von Prominenten erwartet. In einem Polo-Stadion hatten ihnen fünfzigtausend Menschen zugejubelt.

»Fefer hat mir einen Teil meines Ruhms gestohlen, aber ich bin der größte jiddische Schriftsteller der Sowjetunion.«

Esther stimmte zu: Sie liebte ihren großen Mann sehr.

Eines Tages reichte Fefer Perez am Ende einer Versammlung ein Blatt Papier:

»Lies das.«

Es war der Entwurf eines Briefs an die höchsten Instanzen der Sowjetunion, in dem um die Gründung einer autonomen jüdischen Republik auf der Krim ersucht wurde. Wahrscheinlich sah sich Fefer schon als Präsident. Ein paar Tage darauf beschloss das Jüdische Antifaschistische Komitee, diesen Brief an Molotow zu schicken. Perez war dagegen: Wenn die Juden sich durchsetzten, was würde dann aus den Tartaren? Er machte einen Gegenvorschlag: das Gebiet der Wolgadeutschen. Die Deutschen sollten für das bezahlen, was sie den Juden angetan hatten.

Am 30. April 1945 besetzte die Rote Armee Berlin. Die Stadt war fast völlig zerstört, genauso wie Warschau. Das *Romanische Café* war in Flammen aufgegangen, und das Gebäude des Jiddischen Literatenvereins in Warschau war bei der Liquidierung des Ghettos zwei Jahre zuvor verschwunden. Perez' Welten waren eingestürzt, es blieb nur noch die Sowjetunion. Er hatte die Idee zu einem Gedicht: *Krieg.* Als er vor fast dreißig Jahren *Der Haufe* geschrieben hatte, wusste er nicht, dass eine der gebildetsten Nationen Europas das Grauen der Pogrome überbieten würde. Aber Massaker hatten nichts mit Bildung zu tun. Perez folgte der sowjetischen Linie, für ihn hatte der Kapitalismus zu den Massengräbern von Babi Jar geführt.

Im April 1947 wurde Zinaïde freigelassen. Sie war fast zehn Jahre in Sibirien gewesen. Welches Verbrechen hatte sie begangen? Was für eine Art Feind der Revolution war sie? Sie blieb einen Tag in Moskau. Sie bedankte sich bei Esther, die sich in all den Jahren um Ljalja gekümmert hatte. Sie machte Perez keine Vorwürfe, dass er nichts zu ihrer Befreiung unternommen hatte. Am späten Nachmittag musste sie aufbrechen, denn sie durfte in der Stadt nicht wohnen oder übernachten. Sie kehrte in die Ukraine zurück und ließ sich in einem Dorf nieder.

Pierre, sind Sie bereit für den letzten Akt? Denn was ich Ihnen erzähle, ist eine Tragödie, und wie bei Racine endet das Stück mit der Katastrophe. Für heute höre ich hier auf, aber ich schreibe Ihnen bald, wenn ich die Kraft dazu habe.

54

Warum drohte Sulamita plötzlich, mit dem Erzählen aufzuhören? War das eine Metapher für das Schicksal der polnischen Juden? Aber sie war ja am Ende ihres Lebens, der Tod konnte sie jeden Moment überraschen. Das galt zwar auch für mich und jeden anderen, doch Sulamita war weit gefährdeter. Wann würde der nächste Brief kommen? Würde sie, nachdem sie mich schon ihrer Gegenwart beraubt hatte, nun ganz und gar verschwinden? Was würde mir bleiben, wenn sie starb? Ich lauerte auf die Briefträgerin, rannte in der Mittagspause nach Hause, um nachzuschauen, ob sie bei ihrer zweiten Runde nicht den erwarteten Brief gebracht hatte. Schließlich sagte ich der Concierge, sie solle mich bei der Arbeit anrufen, wenn ein Brief aus Rom käme. So wartete ich wochenlang, und eines Samstagmorgens klopfte es an meine Tür. Ich war spät schlafen gegangen, und man musste mehrmals klopfen, bevor ich aufstand und öffnete. Es war die Concierge. Ein Brief aus Italien.

55

Eigentlich erzähle ich Ihnen Geschichten. Ich mache Ihnen etwas vor, aber tun das nicht auch die größten Historiker? Sie meinen von einer vergangenen Zeit zu berichten und das Leben anderer zu beschreiben, aber sie sprechen von sich selbst. Sie betrachten das Vergangene durch ihre eigene Brille. Ich zerfalle in meinem Palast zu Staub und erzähle Ihnen von einer Zeit, die vor Leben übersprudelte. Ist meine Erzählung nicht zwangsläufig von dem Tod geprägt, der mich belagert? Mein Vater war einer der wenigen in dieser kleinen Gruppe avantgardistischer Schriftsteller, der nicht geflohen ist, das wissen Sie jetzt. Die anderen nahmen die Beine in die Hand, aber ich sehe ihr Schicksal durch das meines Vaters, ich denke an sie alle so, als lägen sie von Knüppelhieben erschlagen auf dem jüdischen Friedhof in Tarnopol, obwohl einige von ihnen vor gar nicht langer Zeit in ihrem Bett gestorben sind. Auch wenn sie selbst nicht umgebracht wurden und überlebt haben, wie könnte man sagen, ihr Schicksal sei nicht tragisch gewesen, da ihre ganze Familie in den Krematorien von Treblinka und Bełżec, in den Massengräbern Galiziens endete? Bei Perez war das anders. Von den Dreien hat nur er ein tragisches Ende gefunden, oder ein romanhaftes, wie Sie wollen. Und doch liegt weder er noch irgendein Mitglied seiner Familie in den Gräben von Auschwitz, Majdanek oder Sobibór.

Im Januar 1948 sollte Perez mit Michoels nach Minsk fahren, aber er sagte ab, denn er musste in dieser Woche die Fahnenkorrektur von *Krieg* abgeben. Michoels war wütend. Sie stritten sich.

»Ich erinnere dich daran, dass ich Schriftsteller bin, der König der Juden bist du, nicht ich.«

Ein paar Tage darauf kam die Nachricht aus Minsk, dass Michoels in einer dunklen Straße tot aufgefunden worden war. Die offizielle Version? Von einem Auto überfahren. Ein Mitglied des Antifaschistischen Komitees ließ durchblicken, dass es Mord gewesen sein könnte. Michoels störte. Seine Popularität war größer als die des Kreml. Auch der Mann, der ihn begleitete, war tot. Was wäre passiert, wenn Perez diese Reise nicht abgesagt hätte?

Perez begleitete Michoels' Töchter zum Bahnhof, wo der Sarg mit ihrem Vater ankam. Zehntausende Menschen warteten still in der Bahnhofshalle, eine eindrucksvolle Menge. Es waren viele Juden darunter, aber auch Russen und Usbeken, die Michoels bei seinem Aufenthalt in Taschkent liebgewonnen hatten. Der Sarg wurde ins Jüdische Theater gebracht. Unablässig strömten Leute herbei und defilierten in stiller Andacht an Michoels' Leichnam vorbei. In der Nacht vor der Beerdigung schrieb Perez ein Gedicht.

Michoels erhielt ein Staatsbegräbnis. Perez rezitierte sein Gedicht. Aus unerklärlichen Gründen verlangte die Staatssicherheit nicht, es vor dieser Lesung zu prüfen. Es rühmte den Schauspieler Michoels, der die größten Helden der jiddischen Literatur verkörpert hatte und ein außergewöhnlicher König Lear war. Bis dahin war alles im Rahmen. Provozierend jedoch waren die Zeilen, die Michoels in die Nähe der sechs Millionen von den Nazis Ermordeten rückten. Perez erklärte fast unverhüllt, dass der Schauspieler nicht von einem Lastwagen überfahren, sondern liquidiert worden war.

Eine Flut ist schon da, und neue Wogen kommen an,
Ein Menschenzug folgt auf den anderen:
Aufstehen und dich ehren werden sechs Millionen
Ermordete, Gefolterte – Vernichtete.

So wie du sie ehrtest, als du vor Ihnen niederfielst
In tiefer Nacht, allein und voller Schmerz,
In den Trümmern von Minsk, im Schnee von Minsk,
Der finster stürmt, im wirbelnden Orkan.
(...)
Über deine geschändete Schwelle will ich treten, Ewigkeit,
Gezeichnet im Gesicht von Mord und Diffamie,
so wie mein Volk, das auf der ganzen Erde fast
die Zeichen trägt von Beil und Hass – so kannst du es erkennen.

(...) Die Menschenmenge zieht vorbei, auch Freunde ohne Zahl,
Sie tragen mit an deiner Trauer auf der Bestattungsfeier,
Und dir zu Ehren steigen aus verpesteten Gräben und Gräbern
Sechs Millionen Opfer, die unschuldig geschunden.

Am nächsten Tag erschienen Auszüge des Gedichts in der *Ejnikajt*. Perez wurde auf der Straße von Menschen angehalten, die ihn tief bewegt beglückwünschten. Im Mai 1948, nach der Gründung des Staates Israel, erhielt das Antifaschistische Komitee Hunderte von Briefen aus allen Ecken der Sowjetunion. Juden baten um die Erlaubnis, für den neuen Staat zu kämpfen, dem Ägypten, Jordanien, der Libanon, Syrien und der Irak den Krieg erklärt hatten. Sie hatten nicht verstanden, dass die sowjetische Regierung nur für die Gründung Israels gestimmt hatte, um den Engländern zu schaden. Es kam nicht in Frage, die sowjetischen Juden auswandern zu lassen.

Die gute Esther überredete Perez, den Sommer auf dem Land zu verbringen: In Moskau wurde die Luft immer schlechter. Sie zogen in eine hübsche kleine Datscha inmitten von Bäumen. Im oberen Stock wohnten Der Nister und seine Frau. Die beiden Schriftsteller verbrachten viel Zeit miteinander. Zuvor hatten sie sich nicht oft gesehen, denn Nister schrieb sein Werk abseits der Macht. Perez las die Erzählungen seines Nachbarn von vor der Revolution wieder, und er merkte, dass sein Stil sich kaum geändert hatte. Nister war der Symbolist seiner Anfänge geblieben. Diesen Mut hatte Perez nicht gehabt. Er hatte schließlich dem politischen Druck nachgegeben. Eines Nachmittags, als er zur Siesta auf dem Bett lag, dachte er über sein Werk nach. Wie sah es aus? Wer würde es in hundert Jahren lesen? Er hätte im Stil des *Haufe* weiterschreiben sollen, sein Leben lang. Eine apokalyptische Welt beschreiben war das Einzige, was man in diesem Jahrhundert tun konnte, denn die Hoffnung auf ein besseres Morgen hatte zu einem neuen Wahnsinn, einem neuen Massaker geführt, weniger mit dem Knüppel, sondern durch Denunziation. Dennoch beendete Perez in diesem Sommer einen Roman über die Vernichtung. Er nannte ihn *Di Jidn*.

Nach seiner Rückkehr nach Moskau überschlugen sich die Ereignisse. Der erste Botschafter des neuen Staates Israel war eine Frau, Golda Meyerson, die ihren Namen später in Golda Meir änderte. Einer der ersten öffentlichen Auftritte der Diplomatin war der Besuch der großen Synagoge in Moskau zu Rosch Haschana. Als sie aus der Synagoge kam, erwartete sie eine riesige Menschenmenge und rief: »Nächstes Jahr in Jerusalem.«

Am 19. September erfuhr Perez, dass ein Kollege aus Kiew, der Schriftsteller Dovid Hofschtejn, verhaftet worden war. Bei einer Versammlung der Moskauer Sektion der jiddischen Schriftsteller am 21. September zog Fefer gegen all die zu Felde, die zu viel Tinte auf unerwünschte Themen verwendeten. Das waren vor allem die Vernichtung der Brüder in Polen und den von den Nazis besetzten Gebieten der Sowjetunion und die Glorifizierung der jüdischen Vergangenheit. Er forderte die Kollegen auf, sich ganz der Aufgabe zu widmen, von den zeitgenössischen Errungenschaften der Sowjetunion zu berichten. Das war ein gezielter Angriff auf Perez. Am 22. Oktober stellte Ilja Ehrenburg in der *Prawda* die Dinge klar: »Alle sowjetischen Juden betrachten die UdSSR als ihre Heimat. Sie blicken nicht in Richtung Naher Osten.« Jetzt wusste man Bescheid.

Im Oktober ließ der Verlag *Der Emess* Perez wissen, dass *Di Jidn* nicht unter diesem Titel erscheinen könne. Man schlug *Trot fun dojress (Der Gang der Generationen)* vor, und Perez gab wieder einmal nach. Ein paar Tage darauf musste er einen Artikel in der *Ejnikajt* zur Unterstützung der neuen sowjetischen Literatur- und Kunstpolitik unterzeichnen. Hätte er es nicht getan, drohte sein Roman nicht erscheinen zu können. Wochen vergingen, und Perez' Angst wuchs. Er fühlte sich wie in einem großen Raum, dessen Fenster und Türen hermetisch verschlossen waren. Anfangs sagt man sich, der Raum sei sehr groß, aber nach und nach spürt man, dass die Luft sich nicht erneuert. Das Atmen wird immer schwerer, man droht zu ersticken. Die Stimmung erinnerte an die dreißiger Jahre. Der Große Vaterländische Krieg hatte trotz den Massakern, Verlusten, Entbehrungen und Bevölkerungsverschiebungen in seinem Gefolge ein bisschen frischen Wind gebracht. Aber sofort danach waren Fenster und Türen wieder verschlossen worden. Der Arzt verschrieb Perez eine Kur, er verbrachte einige Wochen in Kislowodsk. Dort fühlte er sich besser. Er änderte seinen Tageslauf. Statt jeden Morgen zu schreiben, ging er zeitig ins Kurbad. Dann ruhte er sich aus, und nach dem Mittagessen machte er sich an die Arbeit. Er hatte das Manuskript zu *Der fertsikjeriker man* dabei, einen Text, den er zwei Jahrzehnte zuvor in Warschau begonnen hatte. In Kislowodsk vollendete er ihn nun. Als er ihn eines Nachmittags wieder durchlas, während es draußen schneite und langsam dunkel wurde, wurde ihm klar: Es war sein schönstes Werk. Besser als der *Haufe* und all seine Texte aus Jekaterinoslaw und Polen. Weit besser als *Zu a jidischer tenzerin*. Er hatte fast dreißig Jahre gebraucht, um ihn zu schreiben. Er war fünfundzwanzig, als er damit begonnen hatte, und jetzt war er über fünfzig. *Der Mann von Vierzig* war das Epizentrum dieser dreißig Jahre, die vergangen waren wie ein Tag.

In Kislowodsk erhielt er einen Anruf von Esther: Der Verlag *Der Emess* war geschlossen worden. Sobald er konnte, fuhr Perez zurück. Er suchte den Redaktionssekretär auf, und der gab ihm seine Manuskripte zurück, die er vor der Beschlagnahmung gerettet hatte. Wo würden sie erscheinen?

Am nächsten Tag wurde auf Befehl des Zentralkomitees das Jüdische Antifaschistische Komitee aufgelöst. Damit verschwand auch *Die Ejnikajt*. Ein Gedicht von Perez war gerade im Druck gewesen.

Das abgeschirmte Leben von Kislowodsk war vergessen. Perez und Esther lagen nachts wieder wach und horchten auf Schritte im Treppenhaus. Bei jedem Geräusch dieselbe altbekannte Angst, die Minuten waren so lang wie Stunden. Wenn Perez morgens aufstand, war er erschöpft, er arbeitete nicht mehr.

Am 2. Dezember erzählte jemand, dass Fefer mitten in der Nacht in Begleitung eines hohen Beamten des Innenministeriums im Jüdischen Staatstheater aufgetaucht war. Sie ließen sich das Büro von Michoels öffnen und nahmen alle möglichen Papiere mit. Was braute sich da zusammen? Fefer profitierte nicht lange von seinem Verrat. Er wurde in der Nacht zum 25. Dezember zu Hause verhaftet. Zuskin, Michoels' Nachfolger am Jüdischen Theater, wurde aus seinem Krankenhausbett geholt, er konnte kaum aufstehen. Wohin wurden sie gebracht?

Anfang Januar 1949 entdeckte Perez zwei Agenten vor seinem Haus. Von diesem Tag an folgten sie ihm überallhin, während die *Prawda* und die *Iswestja* gegen »die heimatlosen Kosmopoliten, die an der russischen Kultur schmarotzen« hetzten. Am 20. Januar wurde Nussinow verhaftet. Zwei Tage darauf die Frau des Ministers Molotow. Sie hatte nie ein Geheimnis aus ihrer jüdischen Herkunft gemacht und sich nicht gescheut, in der Öffentlichkeit auch Jiddisch zu sprechen. Dann Bergelson, der Schriftsteller Kvitko und der Redaktionssekretär des verblichenen *Emess,* Belenki. Perez tat kein Auge mehr zu.

Am 27. Januar kam eine Cousine von Esther zum Tee. Sie hatte eine Ledertasche mit ein paar Büchern dabei. Sie ließ sie bei Perez und verließ das Haus mit den Manuskripten von *Gang der Generationen* und *Der Mann von Vierzig.* Perez hatte auch das des *Haufe* in die Tasche gesteckt, aber ein paar

Minuten, bevor sie ging, nahm er es wieder heraus. Er konnte sich nicht davon trennen. Er nutzte einen Moment, als Esther mit ihrer Cousine in der Küche war, und legte es in das Geheimfach eines großen Bücherschranks aus der Zarenzeit, der einen herausragenden Platz im Wohnzimmer einnahm. Er drehte an einem Holzknopf, und in einem der Holme sprang ein Fach auf. Er hatte schon lange geplant, seine intimsten Schriften dort zu verstecken, weder Esther noch seine Söhne kannten das Versteck. Nur Melech hatte er davon erzählt. Als er 1935 in Moskau war, hatte ihm Perez das Möbelstück gezeigt. Als sie dann wieder auf der Straße waren, hatte er ihm anvertraut, wenn ihm etwas zustieße, wenn er sterben müsse, läge das Allerheiligste seiner Schriften im Geheimfach dieses Möbels.

Die Cousine ging. Da der Fahrstuhl besetzt war, nahm sie die Treppe. Perez und Esther gingen in ihre Wohnung zurück, und ein paar Sekunden später wurde heftig an die Tür geklopft. Perez öffnete: Sieben Offiziere vom Innenministerium standen vor ihm.

»Genosse Perez Davidowitsch, der Minister wünscht Sie zu sprechen.«

Esther und Simon stürzten zu Perez. Er nahm sie in die Arme, holte seinen Mantel, bat um Erlaubnis, den kleinen David zu küssen, der in seinem Zimmer schlief. Er ging in den dunklen Raum und drückte einen Kuss auf die Stirn des Kleinen, würde er ihn eines Tages wiedersehen?

Ich bin aus meinem Sessel aufgestanden und habe es mit viel Mühe geschafft, die Trittleiter zu verschieben, mit deren Hilfe ich die obersten Regalbretter in meinem Palast der Erinnerung erreichen kann, denn ich wollte das Album heraussuchen, in das ich die Fotos der in derselben Woche verhafteten jüdischen Schriftsteller geklebt hatte. Ich habe sie alle, einmal von vorn und einmal im Profil. Es sind Fotografien, die während ihres Verhörs in der Lubjanka gemacht wurden, sie stammen aus den Archiven des KGB. Heutzutage ist fast alles öffentlich zugänglich, sogar die Archive der Geheimdienste. Es ist nur eine Frage der Zeit. In diesem Album sind die Gesichter und Profile von Perez Markisch, Lejb Kvitko, Dovid Hofschtejn, Itsik Fefer und Dovid Bergelson aufgereiht. Tatsächlich habe ich Bergelson neben Perez geklebt und Fefer auf die folgende linke Seite, die man nicht gleich sieht, wenn man ein Buch aufschlägt, ich habe ihn lieber ins Dunkel verbannt. 12. August 1952. Dann kommt Salomon Lozovsky. Er war der bedeutendste unter den Verhafteten, obwohl für mich Perez den ersten Platz einnimmt. Boris Schimeljowitsch war der Direktor eines der angesehensten Krankenhäuser in Moskau. Der Schauspieler Zuskin. Dann folgen die unbedeutenderen Mitglieder des Antifaschistischen Komitees.

12. August 1952. Im Profil hat sich Perez seine majestätische Ausstrahlung bewahrt, und die weißen Strähnen, die seine Schläfen schmücken, nehmen ihm nichts von seiner Schönheit. Von vorn ist sein Blick, der auf früheren Fotos so entschlossen und durchdringend war, leer. Es ist das Foto eines Mannes, der nichts mehr zu hoffen hat. Unten auf die Fotografie hat jemand weiß, in kyrillischer Schrift den Namen des Häftlings, Markisch Perez Davidowitsch, geschrieben, und rechts sein Geburtsdatum, 1895. Links steht eine weitere Zahl, 1595, aber man sieht, dass der Rand des Fotos abgeschnitten ist. Wenn man es mit den anderen dieser Gruppe vergleicht, Zuskin 11455, Lozovski 13108, kann man sich denken, dass die Zahl ursprünglich 11595 lautete. In diesem Gefängnis wie in allen Gefängnissen aller Diktatu-

ren der Welt werden den Menschen Nummern gegeben, das ist praktischer so, man braucht nur eine Nummer zu rufen, um eine – ja was? Person?, nein; ein Individuum?, nein; den Menschen?, schon gar nicht, aufzurufen. Nur die Nummer.

In welchem Jahr kam der Häftling Nr. 1 in die Lubjanka? Ich habe nicht nachgeforscht. Ich will es lieber nicht wissen. Aber zwischen Perez und Lozovski sind 1512 Nummern vergeben worden, an wen? Sollte ich nachforschen, wer diese Opfer der Barbarei waren, nach ihren Namen und Vornamen und den zum größten Teil erfundenen Anklagepunkten suchen, die sie in die Fänge der Staatssicherheit gebracht hatten? Ich gestehe, das habe ich nicht getan. Ich habe nur die 1 292 Tage zu rekonstruieren versucht, die Perez bis zum 12. August 1952 in diesem düsteren Gefängnis verbracht hat.

Aber es ist gar nicht so schwer, sich diesen Aufenthalt vorzustellen: Tage und Nächte in einer kahlen Zelle, aus der man nur zu den von allen möglichen und denkbaren Foltern begleiteten Verhören herauskommt, bis die Nummer 11 595 oder 13 108 oder 11 455 alle Verbrechen gesteht, die man hören will, besonders die, die sie nicht begangen hat. Von Zeit zu Zeit wurden sie, um die Aussagen zu beschleunigen, in die Isolationszelle gesteckt, einen Würfel mit einer Seitenlänge von zwei, drei Metern, in dem der Häftling die ganze Zeit direkt auf dem Steinboden saß. Er schlief ohne Decke auf dem Boden, Tag und Nacht wurden ununterscheidbar. Er verlor den Geschmackssinn, weil er nur trockenes Brot zu essen bekam.

Die Gefangenen, alle Mitglieder des Jüdischen Antifaschistischen Komitees, sollten alle möglichen Verbrechen gestehen, damit die Machthaber sie des bürgerlichen Nationalismus, der Beteiligung an einer antisowjetischen Organisation, der Spionage für die USA und des Versuchs, die

Krim von der Sowjetunion abzutrennen, beschuldigen und aus all diesen Gründen des Verrats am Heimatland anklagen konnten. Zur Untermauerung der Anklage war den Ermittlern alles recht: Perez' Auslandsaufenthalte von 1921 bis 1926 und die von Bergelson, aber auch Fefers Amerikareise, obwohl er sie im Auftrag von höchster Stelle unternommen hatte, der Brief von 1944, in dem das Jüdische Antifaschistische Komitee den Genossen Stalin um die Gründung einer autonomen jüdischen Republik auf der Krim ersuchte. Dass Perez gegen diese Initiative gewesen war, nützte ihm nichts. Natürlich wurden auch die Werke der Schriftsteller gebrandmarkt. Warum bemühte sich Perez so hartnäckig, jüdische Figuren lebendig darzustellen, die jüdische Vergangenheit zu verherrlichen? Warum suhlte er sich in der Klage über den Völkermord, den die Nazis begangen hatten? Lag darin nicht die Absicht, das jüdische Schicksal in den Vordergrund zu stellen und die zwanzig Millionen sowjetischen Opfer zugunsten der 800 000 ermordeten Juden unter ihnen vergessen zu machen?

Fefer wurde noch am besten behandelt, denn er war bereit, mit den Ermittlungsbehörden zusammenzuarbeiten, er verriet, wen er konnte, und gestand Verbrechen, die weder er noch andere je begangen hatten. Seine allzu leicht gemachten Geständnisse führten zu weiteren Verhaftungen und weiterer Folter. Perez' Prophezeiung erfüllte sich: Fefer würde eine ganze Reihe von Menschen mit ins Grab nehmen. Aber als der amerikanische Sänger Paul Robeson, der auf Tournee in der Sowjetunion war, darum bat, den Mann wiederzusehen, mit dem er sich bei seinem Amerikabesuch 1943 angefreundet hatte, holte man Fefer aus dem Gefängnis, rasierte ihn und gab ihm frische Kleider. Man brachte ihn in Begleitung von vier Funktionären des Innenministeriums (ich hätte von Anfang an KGB schreiben können, aber ich versuche, genau zu sein. Diesen Namen erhielt der Dienst erst 1954) zum Hotel des Stars; bei dem Gespräch musste er seine Hände verstecken, damit Robeson nicht sah, dass ihm die Nägel ausgerissen worden waren.

Perez wurde wahrscheinlich am schlimmsten behandelt. Am Anfang der Haft wurde er vom späten Vormittag bis fünf Uhr nachmittags verhört, und um Mitternacht holte man ihn wieder zum Verhör, das bis fünf Uhr morgens dauerte. Mit »am Anfang« meine ich nicht, dass diese Behandlung nur ein paar Tage dauerte: Sie zog sich hin bis zum 19. April. Er ist achtundneunzig Mal verhört worden und hat sechzig Tage in der Isolationszelle verbracht. Dann beschleunigten sich die Ereignisse. Man ließ Michail Rjumin, ein hohes Tier im Innenministerium und unvergleichlichen Verhörspezialisten, kommen. Markisch wurde gefoltert, bis er im Juli bereit war, sein Geständnis zu unterzeichnen. Ich sage »sein Geständnis«, aber das Dokument, das er unterschrieb, hatte nichts mit seinem Leben zu tun. Es war das der Fantasiegestalt, die dem Kopf Stalins entsprungen war und deretwegen einer der größten Dichter des zwanzigsten Jahrhunderts daran glauben musste.

Die einstigen Mitglieder des Jüdischen Antifaschistischen Komitees moderten noch ein paar Jahre im Gefängnis. Anscheinend wusste man nicht so recht, was man mit ihnen machen sollte. Hatte der Kalte Krieg ihren Fall eingefroren? Im April 1952 erhielten sie Einsicht in ihre Akten. Ihr Prozess begann am 8. Mai. Die sechzehn Angeklagten wurden unter Bewachung in den Gerichtssaal geführt. In ihrer Mitte natürlich Perez und – Ironie des Schicksals – Fefer.

Die Richter fragten jeden, ob er eine Erklärung abgeben

wolle. Perez bat darum, sein Gedicht *Radio* zu den Akten zu nehmen, das er dank der Unterstützung des sowjetischen Botschafters in Warschau veröffentlicht hatte. Es wurde ihm verweigert. Hatte er sich Illusionen gemacht, in dem Prozess würde ihm Gerechtigkeit widerfahren? Hatte er nicht begriffen, dass er hier war, weil der beste Freund der Völker und des jüdischen Volks es so wollte und keine Absicht hatte, seine Meinung zu ändern? Büßte er für die Ovationen, die Golda Meir vor der Synagoge in Moskau empfangen hatten? Warum bat er darum, dass die Richter die Tatsache anerkannten, dass er bei seinen Auslandsaufenthalten immer loyal gegenüber der Sowjetunion gewesen war?

Der Vorsitzende: »Angeklagter Markisch, verstehen Sie die Anklageschrift?«

Perez: »Ja.«

Der Vorsitzende: »Bekennen Sie sich schuldig?«

Perez: »Ich bekenne mich nicht schuldig.«

Als Erstem hatte der Vorsitzende diese Frage Itsik Fefer gestellt, der sich ohne Zögern für schuldig erklärte. Die meisten anderen ebenfalls, zumindest zum Teil, außer Losowski und zwei weiteren. Lina Stern, eine der bedeutendsten Wissenschaftlerinnen ihrer Zeit und Mitglied der Kommunistischen Partei, hielt eine lange Rede, in der sie erklärte, das Einzige, dessen sie sich schuldig gemacht habe, sei, dass sie sich nicht für die Arbeit des Jüdischen Antifaschistischen Komitees interessiert habe, obwohl sie dessen Präsidium angehörte.

Wenn ich das Protokoll des Verfahrens wieder lese, habe ich den Eindruck, dass Perez der mutigste von allen war. Wenn man das Werk eines Schriftstellers liebt, möchte man ihn gern für mustergültig halten. Ich höre noch seine knappe, entschiedene Antwort, sie hallt in meinem Geist nach, wie sie im Gerichtssaal widergehallt haben muss: »Ich bekenne mich nicht schuldig.« Was war dem noch hinzuzufügen angesichts so viel bösen Willens? Man klagte die Mitglieder des Komitees an, einer antisowjetischen Organisation anzugehören, obwohl sie auf Befehl Stalins gegründet worden war. Perez beschloss, nicht auf den Wahn der Henker einzugehen, in diesem Stadium beteiligte er sich nicht mehr an seiner eigenen Vernichtung. Aber das System verstand sich darauf, die Seelen zu zerrütten. In der Box der Angeklagten saßen Individuen, die einander in den letzten zwanzig Jahren verabscheut hatten. So gegensätzliche Personen wie Fefer und Perez wurden derselben Verbrechen angeklagt, Schriftsteller mit so unterschiedlicher Ästhetik wie Bergelson und Perez mussten sich für dieselben Verfehlungen gegen die Sowjetlinie verantworten, so unterschiedliche Lebensläufe wie der des Politikers Losowski und der des Dichters Perez Markisch standen unter derselben Anklage der Verschwörung zugunsten Amerikas. So geschah das Unvermeidliche: Die Angeklagten belasteten sich gegenseitig. Man hatte sie gut konditioniert. Während der Verhöre hatte man ihnen das Schlimmste übereinander erzählt, und in der Box verschwendeten sie die Reste ihrer Energie darauf, sich gegenseitig noch weiter hineinzureißen. Wollten sie so ihre Haut retten? Ich neige zu der Auffassung, aber ich bin nicht objektiv, dass Fefer bis zum letzten Augenblick versuchte, sich herauszuwinden, denn er war als Schlange geboren und würde als Reptil sterben. Für ihn war es eine absolute Tragödie. Er hatte dem Regime bis zuletzt gedient und der Staatssicherheit verraten, was er nur konnte, um in der Hierarchie aufzusteigen. Für Perez war es anders. Er machte sich keinerlei Illusionen mehr über sein Schicksal, er wollte nur nicht, dass Fefer das letzte Wort behielt, das lese ich in seinem ernüchterten Blick mit dem winzigen Blitzen darin, dem der Ziege von Monsieur Seguin, die weiß, dass sie sterben wird, aber trotzig beschlossen hat, bis zum frühen Morgen zu kämpfen. Und Perez weiß, dass er allein ist. Sein großer Bruder, Meïr, ist in den dreißiger Jahren gestorben, er ist nicht mehr da, um ihn zu beschützen. Hätte er es gekonnt?

Alle wurden der Verbrechen angeklagt, die man ihnen vorgeworfen hatte, und das Gericht verurteilte:

Losowski, Solomon Abramowitsch
Fefer, Isaac Solomonowitsch
Bergelson, David Rafaelowitsch
Jussufowitsch, Joseph Sigismundowitsch
Schimeliowitsch, Boris Abramowitsch
Markisch, Perez Davidowitsch
Zuskin, Benjamin Lwowitsch
Kvitko, Lejb Moisejewitsch
Teumin, Emilia Isaakowna
Watenberg, Ilja Semionowitsch
Talmy, Leon Jakowlewitsch
Watenberg-Ostrowskaja, Chajke Semjonowna
zum Tode und Beschlagnahmung ihres ganzen Besitzes.

Nur Lina Stern wurde zu Gefängnis und Verbannung verurteilt, denn ihre Rolle bei den »Verbrechen« sei nicht bewiesen.

Natürlich wussten die Verurteilten nicht, wann das Urteil vollzogen werden würde. Die Tage und Nächte nach dem Prozess waren schlimmer als die zweieinhalb Jahre, die sie im Gefängnis verbracht hatten: ein Leben auf Abruf. Man weiß nicht, warum man sterben wird, und fragt sich, wozu man morgens aufstehen, sich waschen, essen, warum man noch denken soll, wenn dies der letzte Tag, die letzte Stunde ist.

Perez hat sich wacker geschlagen, aber die sozialistische Staatsraison ließ ihn die Gazelle der Morgendämmerung nicht sehen, wie man auf Hebräisch sagt. In der Nacht vom 11. auf den 12. August 1952 erhielt David Bergelson, der an diesem Tag achtundsechzig wurde, ein merkwürdiges Geburtstagsgeschenk. Die Verurteilten wurden geweckt, in den Hinrichtungsraum der Lubjanka im Untergeschoss des majestätischen, neubarocken Gebäudes im Zentrum von Moskau geführt und nacheinander erschossen. Perez starb an einem Genickschuss. Er teilte das Los der Hunderttausenden Juden aus der Ukraine, Galizien und Litauen. Seine Rede auf Solomon Michoels war prophetisch gewesen: Er hatte sein eigenes Schicksal beschrieben, auf Befehl Stalins das gleiche Ende zu finden wie die Opfer Hitlers.

Bis heute weiß niemand, was mit den Leichen geschehen ist. Die Archive des KGB schweigen sich darüber aus, und ich habe keinen Zeugen gefunden, der mir hätte sagen können: Sie sind in dies oder jenes Loch geworfen worden. Es wird von einem Massengrab in der Nähe des Schießstands von Butowo am Stadtrand von Moskau gemunkelt, aber das ist nur ein Gerücht. Je mehr Zeit vergeht, desto geringer werden die Chancen, diese Information zu bekommen. Ich fürchte, ich muss mich an den Gedanken gewöhnen, dass es sie nicht gibt, dass es mir nie vergönnt sein wird, es zu erfahren. Dabei würde es genügen, dass irgendein subalterner KGB-Beamter auf dem Sterbebett seiner Enkelin gesagt hätte, wo er die Leichen hingeschafft hat, und diese Frau, erwachsen geworden, mir das Geheimnis verriete, um ihre Familie davon zu befreien. Dann würde man im hintersten

Winkel eines Friedhofs die Skelette ausgraben, David, den Sohn von Perez, oder Perez, den Sohn von David, diesen schönen Jungen in der Blüte seiner Jugend, um ein paar Zellen seiner Mundschleimhaut bitten und seine DNA mit der der gefundenen Knochen vergleichen, die beiden übereinanderlegen, Spektrum auf Spektrum, bis das des Lebenden mit dem des Toten übereinstimmte und man sagen könnte, diese Knochen gehörten dem großen Perez Markisch.

56

Und das war alles.

57

Ich bin ohne jede Vorbereitung nach Tel Aviv geflogen. Ich wusste kaum, in was für einer Stadt ich landen würde, denn die einzigen Beschreibungen, die ich kannte, stammten aus der Zeit von Uri-Zwis Ankunft.

Ich hatte per Internet eine Wohnung gemietet. Die Vermieterin, Esti, erwartete mich in einem hübschen weißen Haus ein paar Straßen vom Strand entfernt. Sie sagte, die Internetverbindung funktioniere nicht, aber nach dem Wochenende würde sie das regeln, und verabschiedete sich. Ich blieb allein zurück, ohne Internet, ohne Telefon. Unerreichbar. Sozusagen mutterseelenallein in einer mir unbekannten Stadt. Dass ich nicht telefonieren konnte, ging mir auf die Nerven, deshalb zog ich los und kaufte mir eine SIM-Karte. Jetzt konnte man mich wieder erreichen, aber wer hatte meine Nummer? Ich kannte niemanden außer Esti, die mich nicht mehr anrufen würde, ich hatte nur die Nummer eines gewissen Benny in der Tasche. Er war Kulturredakteur der Tageszeitung *Haaretz,* mein Jiddischlehrer hatte mir gesagt, er kenne alle Welt, und hinzugefügt: »Alle Welt und seine Frau, wie man auf Hebräisch sagt.«

Ich setzte mich auf das Fahrrad, das zur Wohnung gehörte, und kaufte ein. Ich fuhr lange durch die Stadt, die sich gerade sehr zu verändern schien. Riesige Wolkenkratzer wurden gebaut und gleichzeitig Häuser renoviert, die vor hundert Jahren gebaut worden waren, als der »Frühlingshügel« aus dem Boden zu sprießen begann. Die Fassaden der Bauhausgebäude wurden gereinigt und die Risse zugegipst. Ich bewunderte die abgerundeten Ecken der Balkone, die klaren Linien der großen metalleingefassten Fenster, die Licht ins Treppenhaus ließen, und fühlte mich wohl. Art déco war keine faschistische Kunst mehr, es war politisch korrekt: von Verfolgten gebaut, deutschen Architekten, die nach 1933 gekommen waren.

Auf der Heimfahrt bin ich zum ersten Mal den Rothschildboulevard hinuntergesaust, den Uri-Zwi bei seiner Ankunft in Palästina im Karren hinaufgefahren war, und bis zu meinem Domizil gerollt. In der Wohnung gab es keinen Kamin, sondern eine Klimaanlage, unentbehrlich in dieser erstickenden Hitze.

Am nächsten Tag hatte ich immer noch kein Internet. Ich war extraterritorial, für die zeitgenössische Gesellschaft gleichsam nichtexistent. Ich begann diese Einsamkeit zu mögen. Es war wie ein Rückzug ins Kloster, mitten in einer lebenssprühenden, sonnensatten Stadt. Niemand erwartete mich. Die Supermärkte waren vierundzwanzig Stunden geöffnet, manche Buden auf dem Rothschildboulevard servierten die ganze Nacht Essen. Ich würde schnell jeden Zeitbegriff verlieren. Ich würde mich verlieren. Ich setzte mich auf eine Caféterrasse. Die Leute an den anderen Tischen redeten Hebräisch, und ich verstand nichts. Ich war *Lost in translation.* Hatte sich Sulamita als einzige Überlebende ihrer Familie bei ihrer Ankunft in Rom genauso allein gefühlt? Anna Janowska in der ersten Zeit in Paris?

Am Nachmittag entdeckte ich bei einem Antiquar einen kleinen englischen Reiseführer über die Bialikstraße. Darin stand die Geschichte jedes Hauses. Die Straße war alt. Sie wurde in den zwanziger Jahren gebaut, knapp elf Jahre nach dem ersten Gebäude der Stadt.

1924 hatte sich Chaim Nachman Bialik in Tel Aviv niedergelassen, ein bedeutender Augenblick für die Stadt. Bis zur bolschewistischen Revolution hatte er Odessa zu Glanz verholfen, 1921 durfte er Russland dank Gorki verlassen und arbeitete in Berlin weiter, bis er nach Palästina kam. Er ließ sich ein prächtiges Haus in der Nr. 22 bauen, gegenüber dem damaligen Rathaus, und um es zu finanzieren, gab er eine Neuauflage seiner Gesammelten Werke heraus. Mit dem Bau wurde 1925 begonnen. Dort wohnte er von 1926 bis fast zu seinem Tod 1934. Kurz nach der Fertigstellung des

Hauses benannte die Stadtverwaltung die Straße nach ihm. So wohnte Bialik zu seinen Lebzeiten im Beith Bialik (dem Haus von Bialik) in der Bialikstraße 22. Montags und donnerstags empfing er in seinem Wohnzimmer die Blüte der Literatur. Davon zeugt ein Foto, auf dem eine Gruppe junger Leute mit steifem Kragen zu sehen ist, genauso angezogen wie die auf dem Foto im Sächsischen Garten, dieselben, oder fast. Ja, dieselben: Ich erkannte Uri-Zwi, mit Hut. Wer die anderen waren, wusste ich nicht, die Bildunterschrift nannte Namen, die ich nie gehört hatte, was mein Gefühl der Vertrautheit mit Uri-Zwi verstärkte, es war, als gehörte er zu meiner Familie. Ich erkannte ihn auf den Fotos, wie man seinen Großvater erkennt.

58

Am Abend rief ich schließlich Benny an.

»Was führt Sie nach Tel Aviv?«

»Ich möchte gern die Söhne von Perez Markisch und Melech Rawicz und die Witwe von Uri-Zwi Grinberg kennenlernen.«

»Nichts einfacher als das.«

»Mit wem fange ich an?«

»Mit David, dem Sohn von Perez?«

»Spricht er Englisch?«

»Ich nehme an. Können Sie kein Russisch? Obwohl er Anfang der siebziger hergekommen ist, ist sein Hebräisch rudimentär. Er schreibt selbst, auf Russisch.«

»Glauben Sie, er wird mich empfangen?«

»Ganz sicher. Er wohnt außerhalb. Der Ort ist nicht besonders interessant, aber die kleinen Lokale der irakischen Juden dort sind berühmt. Sie müssen unbedingt die Kubesuppe probieren.«

David empfing mich am nächsten Tag. Im Erdgeschoss lief ein russischer Fernsehsender, aber niemand saß davor außer einem Boxer, der anfing zu bellen, als ich kam. Er tobte weiter um mich herum, glücklich über die kleine Abwechslung an einem ganzen Tag vor dem kleinen Bildschirm. David bat mich die Treppe hinauf. Im ersten Stock klopfte er an eine Tür. Der zerzauste Kopf einer kleinen Frau tauchte auf, mit der er ein paar Worte auf Russisch wechselte. Wir gingen weiter bis unters Dach und kamen in einen großen Raum, das Arbeitszimmer des Schriftstellers oder eher noch ein seinem Vater gewidmetes Heiligtum. Auf Russisch befahl er dem Hund, still zu sein. Überall Porträts, Büsten, Reproduktionen mit dem Gesicht von Perez. Ich betrachtete einen Gipsabguss genauer.

»Er ist von meiner Schwester, sie ist Bildhauerin und lebt in Kiew.«

»Ljalja.«

»Sie sind sehr gut informiert.«

Er nahm eine zerknitterte Hose und getragene Unterwäsche von dem Sessel ihm gegenüber und bat mich, Platz zu nehmen. Auf dem Tisch stapelten sich Bücher und Papiere.

Der Sohn war nicht so schön wie sein Vater. Mit siebzig Jahren war sein Teint vom Wodka gerötet, und der Kontrast zu den Bildern des zwanzigjährigen Perez war groß.

»Nach Papas Hinrichtung brach auch über uns die Katastrophe herein. Seit er zu mir ins Zimmer gekommen war, um mich zu umarmen, bevor er mit den Offizieren des Innenministeriums verschwand, hatten wir nichts mehr von ihm gehört. Wir wussten nicht, ob er tot war oder lebte und wo er sich aufhielt. Wir nahmen an, dass man ihn weit weg von Moskau gebracht hatte. Aber er hatte diese ganzen zweieinhalb Jahre lang in einer Zelle nur ein paar Busstationen von unserer Wohnung entfernt dahinvegetiert. Nach dem 12. August stellten wir ihn uns an einem fernen Verbannungsort vor, während sein Körper an einem unbekannten Ort, wahrscheinlich nicht weit von Moskau, verweste. Warum hätte man die Überreste der Juden, die des Nationalismus angeklagt waren, auch ans andere Ende des Landes bringen sollen, wo man sie doch in irgendeine Grube werfen konnte? Auch wenn sich Russland schon unter den Zaren angewöhnt hatte, Sibirien als Abfallgrube zu benutzen.

Nach seiner Hinrichtung wartete man noch ein paar Monate, bevor man sich uns zuwendete. Musste unser Haftbefehl erst von Büro zu Büro gehen, bis er, mit den nötigen Stempeln und Unterschriften versehen, ausgeführt werden konnte? Jedenfalls wurden wir im Januar 1953 festgenommen. Sie holten auch Ljalja aus Kiew. Ein Sohn meines Onkels Meïr hatte die schlechte Idee gehabt, zu uns zu ziehen, er wurde gleichfalls verhaftet. Man schickte uns in ein Dorf in Kasachstan, unser Besitz wurde beschlagnahmt. Im selben Monat löste die *Prawda* eine weitere Stufe des Terrors aus: Elf Ärzte, die für die Behandlung der höchsten Verantwortlichen des Staates verantwortlich waren, wurden beschuldigt, ihre Patienten zu vergiften. Das berühmteste Opfer war der *Prawda* zufolge Schdanow. In Wirklichkeit hatte ihn 1948 sein Alkoholismus zugrunde gerichtet. Doch die jüdischen Ärzte hatten mehr Glück als die Mitglieder des Antifaschistischen Komitees. Einen Monat später starb Stalin, und die Verfolgungen hörten auf. Im April wurden die Ärzte rehabilitiert. Wir dagegen mussten über ein Jahr warten, bis August 1954, bevor wir aus der Verbannung heimkehren durften, wieder wegen der Bürokratie. Wer kümmerte sich im Büro eines Ministers schon darum, aus einem Stapel Rehabilitationsanträgen den der Familie eines jiddischen Schriftstellers herauszuziehen, selbst wenn er Leninpreisträger war?«

Ich hörte David aufmerksam zu, aber mein Blick verirrte sich immer wieder zu den Ikonen im Zimmer, zu den Büsten, gemalten Portraits und Fotografien von Perez, die ich zum Teil schon kannte.

»Papa und die anderen wurden schließlich durch einen Spruch des Obersten Gerichtshofs vom 22. November 1955 endgültig rehabilitiert. Ihr Urteil wurde für ungültig erklärt, und Lina Stern konnte aus der Verbannung in Kasachstan heimkehren. Sie leitete später die Abteilung Physiologie im Institut für Biophysik in Moskau. Wer aber konnte den am 12. August Erschossenen das Leben zurückgeben?«

»Warum ist er 1926 in die Sowjetunion zurückgekehrt?«

»Er glaubte daran.«

»Überzeugter Kommunist?«

»Er war alles andere als Kommunist. Ein Revolutionär, das ja, aber in der Literatur.«

»Kümmerte er sich viel um seine Kinder?«

»Nicht der Typ.«

»Was für Beziehungen hatte er zu den anderen jiddischen Schriftstellern in der Sowjetunion?«

»Itsik Fefer verachtete er. Bergelson mochte er nicht, aber er respektierte ihn. In unsere Wohnung in Moskau kamen oft Schriftsteller und redeten den ganzen Abend Jiddisch.«

»Worüber?«

»Ich bin nicht besonders sprachbegabt.«

»Erinnern Sie sich an die Wohnung, in der Sie vor der Verhaftung Ihres Vaters lebten?«

»Ja, vor allem, weil wir bei unserer Rückkehr aus der Verbannung eins der Zimmer dort wiederbekamen und ein paar Jahre später noch eines. Die anderen erhielten wir nie zurück. Dort wohnte eine andere Familie. Jedenfalls, als Mama sah, dass man uns als Juden fürs Studium Knüppel zwischen die Beine warf, begriff sie, dass wir in der Sowjetunion keine Zukunft hatten. 1972 erhielten wir die Ausreisegenehmigung. Mein Bruder ging nach Genf, Mama und ich sind nach Israel gekommen.«

»Wann ist Ihre Mutter gestorben?«

»Sie lebt noch. Sie wohnt unten im Erdgeschoss. Sie wird bald hundert.«

David schlug mir nicht vor, sie zu besuchen, und ich traute mich nicht, ihn darum zu bitten. Vielleicht hatte ich auch keine Lust dazu: Ich war gern in diesem Heiligtum und redete mit dem Sohn, der seinen Vater kaum gekannt hatte.

»Haben Sie noch Dokumente von ihm?«

»Ich habe alles der Universität Tel Aviv übergeben.«

»Wie haben Sie sie aus der Sowjetunion herausgebracht?«

»Sie waren in der Moskauer Wohnung versteckt. Mitte der sechziger Jahre habe ich sie in Moskau einem Angestellten der israelischen Botschaft übergeben. Er hat sie nach Israel gebracht, und ich habe sie bei meiner Ankunft hier erhalten.«

Ich dachte an das Geheimfach in dem antiken Möbel.

»Versteckt?«

»In der Wand hinter einem Schrank.«

Das sagte David mit einem leisen Lächeln. Ich spürte, dass er mir nicht die ganze Wahrheit sagte.

Ich ging. Ich sagte dem Hund *Doswidanja* und fuhr mit

dem Taxi zurück nach Tel Aviv – eine Kubesuppe zu essen hatte ich ganz vergessen. Der Taxifahrer sprach kaum Englisch. Mit starkem russischen Akzent fragte er:

»Ein Russe hat das Taxi bestellt, oder?«

»Ja, David, der Sohn von Perez Markisch.«

»…«

»Der große jiddische Dichter.«

»Kenn ich nicht.«

Ich setzte mich wieder auf mein kleines Fahrrad und fuhr kurz vor der Abenddämmerung nach Jaffa, in den arabischen Teil. Ich versuchte mir vorzustellen, wie der Hafen aussah, als Uri-Zwi 1923 angekommen war. Unmöglich. Damals trug man andere Kleider, und es gab sicher keine Autos, nur von Eseln gezogene Karren.

Ich schwamm bei Sonnenuntergang, das tat wohl. Das Meer in Jaffa war anders als in Tel Aviv. Es gab keinen Deich, der die Sicht versperrte, mein Blick verlor sich bis zum Horizont, der in der Dämmerung erglühte.

Ehe ich zurückfuhr, trank ich in einem arabischen Café einen Pfefferminztee und las in meinem Reiseführer. Jaffa war seit 4000 Jahren ein Wohnort auf einem Hügel. Seit 1880 begannen Juden hierherzuströmen und die Reihen ihrer Glaubensbrüder zu verstärken, die seit 1840 hier lebten. 1906 erwarb eine Gruppe von sechzig Familien ein sandiges Gelände nördlich von Jaffa, am Ufer des Meeres, um »eine hebräische Stadt in gesunder Umgebung zu schaffen, die nach den Regeln der modernen Ästhetik und Hygiene geplant« werden sollte. Jaffa war ihnen nicht europäisch genug, und Tel Aviv sollte die erste jüdische Stadt der Neuzeit werden. Heute scheint Tel Aviv Jaffa verschluckt zu haben, aber man spürt immer noch, dass zwei verschiedene Kulturen den Ton angeben.

Auf der Heimfahrt kam ich durch ein Viertel am Meer, das sich von Grund auf veränderte. Luxuriöse Häuser wurden gebaut. An einer Hauswand stand auf Arabisch, Hebräisch und Englisch die Forderung nach Wohnungen für die Araber in Jaffa. Uri-Zwi hatte Polen verlassen, weil er sich in seinem eigenen Land nicht zu Hause fühlte, den Arabern in Jaffa schien es jetzt genauso zu gehen. Ich kam an dem alten Steingebäude des ehemaligen Bahnhofs in Tel Aviv vorbei, das gerade zum Einkaufszentrum umgebaut wurde. Immer noch wies ein Schild auf den Bahnsteig nach Jerusalem hin, was Uri-Zwi bei seiner Ankunft zu Tränen gerührt hatte. War auch Perez hier gewesen? Ich wusste fast nichts über seinen Palästina-Aufenthalt. Ich hatte fünf Kuverts in der Tasche. Nun machte ich das auf, das offenbar Perez galt: *4. Die jüdische Tänzerin.*

Erinnern Sie sich an die Tänzerin, in die sich Perez verliebt hatte, diese nach Białystok geflüchtete kleine Schönheit? Seine Leidenschaft führte zu nichts. Und nach ein paar Monaten erlosch sie, dafür sorgte Esther diskret. Aber die Tänzerin, für die er ein hundertsechzig Strophen langes Poem geschrieben hatte, vergaß ihn nicht. 1945 wurde sie nach Polen repatriiert, wanderte jedoch schon bald in die Vereinigten Staaten aus. Dort setzte sie ihre Karriere fort und verzehrte sich weiter vor Liebe zu Perez. Als offiziell bekannt und auch von den kommunistischen Zeitungen bestätigt wurde, dass die Mitglieder des Antifaschistischen Komitees am 12. August 1952 hingerichtet worden waren, als sie erfuhr, dass Perez Stalins Hass auf alles zum Opfer gefallen war, was nur um ein Jota von seiner Vorstellung vom *homo sovieticus* abwich, als sie sicher war, dass sich ihre enttäuschte Liebe für immer in Betrübnis verwandeln musste, brachte sie sich um. Stalin hatte ein weiteres Opfer: das Mädchen mit den schönen Beinen. Wusste sie vor ihrem Tod, dass *Zu a jidischer tenzerin* ihr gewidmet war? Denn das Gedicht war weder zu Perez' Lebzeiten noch später veröffentlich worden. Esther hatte eine Version nach Polen geschickt, das zum Bruderland der Sowjetunion geworden war, und dort erschienen 1958 Fragmente daraus. Erst als Esther mit ihren Söhnen 1972 die Sowjetunion endgültig verließ und im verheißenen Land weiter um die Verbreitung von Perez' Werk kämpfte, wurde es 1976 in Tel Aviv vollständig veröffentlicht. Perez war lange tot und die Tänzerin auch. Er ruht, man weiß nicht wo, sie ist auf einem Friedhof in New York begraben, als Selbstmörderin ganz hinten an der Mauer.

Ein Exemplar des Buches befindet sich in meinem Erinnerungspalast. Ich hatte die Publikation finanziert. Esther hatte mir geschrieben und um Unterstützung gebeten, und natürlich sagte ich ja. Es ist eines der letzten in dem Perez gewidmeten Fach. Sie können nur die linken Seiten lesen, denn auf den rechten steht die hebräische Übersetzung, oder Sie entschließen sich, Hebräisch zu lernen; ich rate es Ihnen, es ist eine schöne Sprache, wissen Sie das? In dem Fach werden Sie sogar zwei Exemplare finden. Das, das ich von Esther bekommen habe, und das persönliche Exemplar von Uri-Zwi. Er hat es mir gegeben, als ich ihn ein paar Jahre vor seinem Tod in seinem kleinen Haus in der Nähe von Tel Aviv besuchte. Setzen Sie sich in meinen roten Sessel, schlagen Sie eines der beiden auf, lesen Sie und denken Sie an Perez und die Tänzerin. Und denken Sie an mich.

59

Am nächsten Tag traf ich mich mit Benny, in einem Teesalon in der Montefiorestraße. Ich zählte ihm von meinem Besuch bei Perez' Sohn.

»Es kommt mir so seltsam vor, wenn er Papa sagt.«

»Wie hast du denn zu deinem gesagt?«

»Papa.«

»Na siehst du.«

»Es war überraschend. Ich konnte mir nicht vorstellen, dass ein großer Dichter Papa genannt wird. Wie nennst du denn deinen?«

»Beim Vornamen. Er hat seinen Vater kaum gekannt, es ist so, als ließe sich der Bruch in seiner Generation nicht reparieren.«

»Bei mir ist es die Generation davor, wo es spannend wird. Ich habe eine Großmutter, bei der ich nicht weiß, was ich mit ihr anfangen soll. Anna Janowska, um 1920 in Warschau geboren, 1942 in Paris gestorben – falls sie nicht noch Überraschungen für mich bereithält.«

»Ich kenne Janowskis in Tel Aviv.«

»Alle kennen irgendwelche Janowskis! In Polen ist das ein sehr häufiger Name.«

»Als ich David kennenlernte, habe ich mich vor allem darüber gewundert, wie normal er ist. Wenn man die Gedichte von Perez liest, ist das überraschend. Hast du die anderen Erben getroffen? Sie sind etwas origineller.«

»Ich habe Melechs Sohn angerufen, aber er hat gesagt, er hätte keine Zeit.«

»Das sagt er immer. Hak nach.«

»Ist das nicht unhöflich?«

»In Paris vielleicht. Hier schockiert das niemanden. Was hat er gesagt?«

»Ich habe vorgeschlagen, ihn morgen zu besuchen, aber er muss malen.«

»Geh einfach hin.«

»Das würde ich mich nie trauen.«

»Dann ruf ihn am Vormittag an und sag, dass du vorbeikommst.«

»Ich bin in einer halben Stunde bei Ihnen.«

»Nein, das geht überhaupt nicht, ich bin müde. Ich bin Maler, und Maler malen, sie reden nicht.«

»Ich komme vorbei.«

»Aber dann höchstens eine Viertelstunde.«

Ich klingelte an einem hübschen Haus in der Bilustraße.

»Was soll ich dir denn über meinen Vater erzählen? Ich bin Maler, lass mich pinseln.«

»In welchem Jahr hat er Polen verlassen?«

»Ich kann dir Geschichten erzählen, aber frag mich nicht nach Daten. Und was willst du mit dem Notizheft?«

»Aufschreiben, was Sie mir erzählen.«

Er machte eine Handbewegung, als wollte er mich ohrfeigen. Ich steckte das Heft weg und holte ein Buch aus meiner Tasche.

»Was ist das?«

»Ein Geschenk. Ein Buch auf Jiddisch«

»Glaubst du, ich habe Zeit zu lesen? Ich bin Maler, sage ich dir. Wo hast du es aufgetrieben?«

»Ich habe es in der Bibliothek gekauft, wo ich Jiddisch lerne.«

»Du bist genauso verrückt wie ich. Fällt dir nichts Besseres ein, was du mit deinem Leben anfangen kannst?«

»Ehrlich gesagt nein.«

»Na gut, wegen meinem Vater musst du mit Hannele sprechen, im Archiv. Ich rufe sie an.«

Er wählte eine Nummer, erreichte nur den Anrufbeantworter, hinterließ eine Nachricht auf Jiddisch. Als er aufgelegt hatte, sah er mich an:

»Also, was willst du sonst noch? Ich bin müde.«

»Ich werde besser gehen.«

»Warum suchst du eigentlich Informationen über meinen Vater?«

»Ich möchte gern alles über sein Leben wissen.«

»Schreibst du ein Buch?«

»Nein. Aber ich habe mich in drei Dichter verliebt.«

»Ach so, *Khaliastra* schon wieder. Das war vielleicht eine Truppe! Ich habe Perez kaum gekannt, aber an Uri-Zwi erinnere ich mich noch gut. Wir haben uns jedes Mal gestritten, wenn wir uns getroffen haben.«

Er verabschiedete mich. Ehe ich den Raum verließ, versuchte ich ihm noch eine Frage über die Liebe von Melech und Rochl zu stellen.

»Ach, mein Vater und die Frauen ... Weißt du, ich kenne ihn so gut. Für einen Vater bleibt sein Sohn immer ein Geheimnis, aber ein Sohn kennt den Vater in- und auswendig.«

Das Meer war schön an diesem Morgen. Ich schwamm bis zum Deich und wagte mich noch weiter hinaus, um mir Angst einzujagen, es gab mir das Gefühl, auf hoher See zu sein, die Wellen waren natürlich höher als hinter dem Schutz der Felsbrocken. Ich ließ mich schaukeln. Ich dachte an Sulamita, wie sie von Perez geschaukelt wurde, war es das gleiche Glück?

Auf dem Rückweg vom Meer machte ich einen langen Umweg, um die Stadt zu erkunden. Als ich durch die Trumpeldorstraße kam, sah ich das Tor eines Friedhofs, ich stellte mein Fahrrad ab und ging hinein. Ich glaube, ich suchte das Grab von Uri-Zwi. Ich fand das von Bialik, das wie ein Nationalmonument inmitten der anderen Grabstätten thronte: ein großer Steinblock, auf dem in großen Lettern nur sein Name stand. Direkt daneben das kleinere Grab seiner Frau Mania. Die Sonne stand im Zenit. Sie brannte auf die weißen Steine, und ich war schweißüberströmt. Ich verharrte eine Weile im Gedenken an ihn. Was für ein Kontrast zwischen dem Frieden dieses Ortes und dem Pogrom, das der Dichter beschrieben hatte! Rings um Bialiks Grab ruhten andere berühmte Männer. Ich wusste kaum etwas von ihnen, aber die Straßen der Stadt trugen ihre Namen: Gordon, Tschernischowski, Achad Haam, Arlozoroff. Ich begriff, dass das hier ein kleiner Père-Lachaise war, und setzte meinen Spaziergang auf der Suche nach dem Grab von Uri-Zwi fort, vergeblich. Es war bestimmt da, wo man es am wenigsten erwartete.

60 Er liegt in Jerusalem, am Ölberg.«

»Ja, natürlich, neben dem alten Dorf Tur-Malka.«

61 Nachdem ich in der Universität von Tel Aviv von einem Gebäude zum anderen geirrt war, fand ich schließlich das Forschungszentrum, in dem Perez' Nachlass aufbewahrt wird. Der Archivar brachte mir einen verschnürten Karton. Darin waren Fotos aus verschiedenen Perioden: Perez mit Uri-Zwi und Melech in Warschau, 1939, den Leninorden am Revers, inmitten einer Gruppe von Männern, die ich nicht identifizieren konnte, 1923 in Palästina. Ein anderes, allein mit Uri-Zwi, aneinandergelehnt, die Gesichter dem Fotografen zugewandt. Die Stärke ihrer Freundschaft drang durch das Objektiv, man spürte, wie nah sie einander waren, beide in der Kraft ihrer Jugend, Zwillinge in dieser Kraft. Wie viel Zeit haben sie so verbracht, ehe sie in verschiedenen Weltgegenden landeten? Zwei Jahre? Ich durchstreifte das 20. Jahrhundert und die Welt wegen zwei lumpiger Jahre in den be-

völkerten Straßen der Hauptstadt eines kleinen mitteleuropäischen Staates, wofür?

Die Überraschung kam mit dem nächsten Dokument, einem Manuskript. Ich entzifferte den Titel. Es war der *Haufe*. Wie war es hierhergekommen? Ich verbrachte drei Stunden damit, Perez' schöne, zierliche Schrift auf dem rauen Papier zu lesen. Und Blätter zu füllen. Ich schrieb ab, was ich vor Augen hatte. Meine Hand verschmolz mit der des Dichters.

Als ich bei Einbruch der Dunkelheit in meine Wohnung zurückkehrte, machte ich mich mit Hilfe eines Wörterbuchs ans Übersetzen. Ich verbrachte die Nacht in Perez' Gesellschaft, kämpfte mit seiner Sprache, um seinen Versen in der meinigen Kraft zu verleihen. Ehe ich einschlief, deklamierte ich unter dem heißen Wasser der Dusche:

An deinem gekreuzigten Kopf steh ich hier Wache
Bewahre ihn vor Hunden, vor Raben
Und vor dem Begraben! …

Ich mache
Keinen Schritt zurück …

Auf meinen Augen treiben Schwaden
Von Maden
Und Gedärm …

Mit ausgestreckten Händen nur
Betaste ich
Einen Geschändeten …

Darf keinen Schritt tun! …

Gott!
Zu Füßen leg ich Dir
Als Piedestal
All meine Köpfe …
Und Krähenflügel ebnen deine Höhen ein! …

– Runter, runter,
Wir wollen Dich noch einmal kreuzigen! …

62

Meine materielle Existenz beschränkte sich auf sechs Dinge: Wohnungsschlüssel, Mobiltelefon, Kreditkarte, Fahrrad, Laptop und ein paar nummerierte Umschläge. Und meine virtuelle auf drei Männer, Uri-Zwi, Melech und Perez, und zwei Frauen, Sulamita und diese Anna Janowska. Das Leben der drei Dichter wurde mir immer vertrauter, Sulamita hatte nur wenig von ihrem erzählt, aber ich hatte sie getroffen, wir hatten uns berührt, sie war eine reale Person. Nur diese Großmutter blieb hypothetisch. Sie war wie ein totgeborenes Kind, dazu verurteilt, im Limbus umherzuirren, so lange ich nicht irgendwelche Indizien gefunden hatte. Würde ich eines Tages ihr Gesicht entdecken?

Es gab noch etwas Siebentes, das mich mit der Welt verband: Benny. Bei unserem letzten Treffen hatte er mir Fragen über mein Leben gestellt. Ich hatte ihm von meiner

Trauer erzählt, um Christophe, um Sulamita. Nach diesem Abend war mir bewusst geworden, dass er seit Christophe der Erste war, dem ich mich anvertraute.

Im Archiv in Jerusalem belauschte ich, die Nase in einem Karton, ein Gespräch zwischen Melech und Uri-Zwi. Es war am 15. Juli 1954, Uri-Zwi hatte gerade den renommierten Bialik-Preis erhalten. Melech schrieb ihm, er sei bei der Zeremonie gewesen, irgendwo in der Menge. Und: *Ich bin ojch gewen in bejs-ojlem,* ich war auch auf dem Friedhof. Fünfzig Jahre später folgte ich also ihren Schritten.

Ich nahm mir einen anderen Karton vor. Es waren so viele Dokumente, dass ich nicht wusste, womit ich anfangen sollte, es gab noch so vieles, was ich über meine drei nicht wusste. Ich wandte mich Melechs Korrespondenz zu. Ein Index zählte alle Personen auf, von denen er Briefe erhalten hatte. Ich überflog die Liste: Uri-Zwi, Perez. Ich bat die Archivarin um die entsprechenden Ordner: ein paar Briefe aus den zwanziger Jahren, aus denen ich nichts Neues erfuhr. Weiter unten in der Liste, fast am Ende, der Name Rochl, beim Buchstaben *kuf* wie Korn, fast dem letzten im Alphabet. Die Archivarin brachte mir drei schwere Kartons, randvoll mit der Korrespondenz, von der mir Sulamita erzählt hatte. 1931 brach Melech zu seiner ersten Reise auf. Er fuhr über Madeira nach Südafrika. Fast jeden Tag schrieb er an Rochl. Sie bekam die Briefe wahrscheinlich bündelweise, nach jedem Landgang. Aber für mich in diesem Archivraum, wo ich wegen der Klimaanlage vor Kälte fast umkam, war es wie ein einziger Brief, sechs Monate lang:

Mein Herz, ich bin von Wasser umgeben, vielleicht komme ich nicht mehr in den sicheren Hafen, und wenn ich sterbe, sollst Du wissen, dass ich in meinen letzten Momenten an Dich gedacht habe. Schließ die Augen und stell Dir vor, ich sei bei Dir. Schöne Frauen umgeben mich, die Luft ist erfüllt von Verlangen, aber sie interessieren mich nicht, ich denke nur an Dich.

Es gibt noch etwas anderes, das ich Dir lang schon sagen wollte: Es geht nicht mehr, dass Du Fleisch isst, wenn wir zusammen sind. Wie kann ich meinen Kopf zwischen Deine Brüste legen, wenn sich nur wenige Zentimeter darunter ein Tierfriedhof befindet?

Deine Briefe enthalten nur offizielle Informationen. Wenn Du mir mitteilen musst, dass Du mich nicht mehr liebst, tu es nicht hier, nicht jetzt. Es ist mir egal, wenn ich sterbe, wenn es nur nah bei Dir ist.

Ich werde versuchen, über Rumänien zurückzukommen, dann fahre ich auf dem Weg nach Warschau über Przemyśl. Wenn Du gerade aufs Land gefahren bist, hinterlasse Deine Adresse bei den Nachbarn, ich will Dich sehen, sobald ich zurück bin, ob Dein Mann da ist oder nicht. Wir werden bald für immer zusammen sein. Die Liebe, die ich für Dich empfinde, ist ebenso emotional wie körperlich: Beides ist ineinander verschlungen. Seit Jahren spüre ich keinerlei Grenze mehr zwischen Dir und mir. Du bist mein Gott. Manchmal sage ich mir, dass allein schon mit Dir zu sprechen mir helfen würde, meine Glut zu lindern. Und zu anderen Zeiten wünschte ich mir, dass reines und unreines Verlangen Deinen Körper misshandeln möge, als wärest Du ein Tier. Ist das nicht der Beweis echter Liebe, dass ich Dir so entsetzliche Dinge zu sagen wage?

Du bist ständig bei mir, nicht nur in Gedanken: körperlich. Ich hebe Deinen Arm und küsse die Haare unter Deinen Achseln. Ihr Duft berauscht mich. Ich verlange das Unmögliche von

Dir und Du gibst es mir, denn Du liebst und verstehst mich, Du, die Größte aller Dichterinnen. Ich werde all Dein Verlangen stillen und Dich unermesslich befriedigen. Was für ein Wunder: Ein Mann meines Alters, gänzlich frei, zu tun, was ihm gefällt, wird sechs Monate lang keine Frau anrühren, weil er Dir ergeben ist wie ein Kind seiner Mutter. Wie gut es ist, von so vielen begehrenswerten Geschöpfen umgeben zu sein, die mir die ganze Zeit versichern, die britische Moral sei großartig, aber nur dazu da, übertreten zu werden, und dabei nur an Dich zu denken, an Dich, an Dich allein!

Später:

Du hast mir geschrieben, dass Dein Mann erneut eifersüchtig auf mich ist, deshalb war mein Brief so kalt. Ich werde so fortfahren, sei nicht erstaunt. Warum solltest Du unnötig leiden? Ich zähle die Tage, die Stunden, die Minuten. Weißt Du, dass wir die Hälfte schon hinter uns haben, und wenn mein Brief Dich erreicht, bleiben noch weniger als zwei Monate. Es ist lächerlich zu sagen, dass Du geschlechtslos geworden seiest. Das heißt nur, dass Du auf mich wartest. Wenn Du mich wieder an Deinem Körper spürst, werden Deine Brüste erwachen.

Im Lauf der Wochen wurden die Briefe weniger drängend, wie lange konnte man diese Leidenschaft auch durchhalten? Ich nahm mir seine Artikel vor. Melech schickte seine Chroniken an die *Folks-tsaytung*, eine große Warschauer Tageszeitung, die jede Woche einen Reisebericht des Abenteuerschriftstellers veröffentlichte. Ich entdeckte sie in einem anderen Karton. Melech hielt sich für Marco Polo, er reiste in jeden Ort der Diaspora, die das polnische Judentum in alle Welt zerstreut hatte, unter dem Vorwand, die Neureichen dort um Geld zu bitten, und beschrieb Völker, von denen die Juden in Polen keine Ahnung hatten. Hatte man im Warschau der dreißiger Jahre schon mal einen Neger gesehen? Melech schilderte das Elend der *Townships* in Südafrika, die Unterdrückung der Aborigines in Australien und die Verfolgung der Indianer in Amerika.

In Cape Town, wo man ihm den atemberaubenden Blick über die Ozeane zeigen wollte, drängte Melech darauf, zu sehen, wo die Schwarzen wohnten. Man führte ihn hin und er schrieb:

> *Ein Tor markiert die Trennung zwischen der weißen Stadt und dem schwarzen Ghetto. Man nennt diesen Platz nur* location, *den Ort, die Straßen haben keine Namen, sie sind nummeriert. Die Häuser sind Baracken ohne Heizung, höchstens ein Feuer mitten im Zimmer. Tagsüber sind dort nur Frauen, Kranke und Alte. Die Männer arbeiten in der Stadt. Kleine Läden verkaufen das Allernotwendigste, alles andere kauft man bei den Weißen.*

Noch bevor Hitler zum Kanzler der zivilisiertesten Nation der Welt ernannt wurde, sprach Melech Ravicz schon von einem *konzentrazje-lager,* einem Konzentrationslager, als hätte es dieses Wort immer schon gegeben, als gehörte es seit Urzeiten zum jiddischen Vokabular.

> *In Cape Town gibt es zwei Arten von Negern: die »reinen« und die Mestizen. Die afrikanischen Schwarzen sind hässlich, mit fliehendem Kinn, platter Nase, dicken Lippen. Sie haben schöne Ohren, aber die Männer tragen Ringe so groß wie Eindollarmünzen. Die Zulus sind stark und gesund, die Bushmen wirken degeneriert. Es ist schwer, ihr Alter zu schätzen.*

Ein paar Wochen später besichtigte er eine Diamantenmine in der Nähe von Johannesburg.

Die Arbeiter marschieren im Stechschritt. Man sieht hier alle Rassen Afrikas vorbeiziehen, in Lumpen gekleidet. Man braucht eine Genehmigung, um mit Diamanten zu handeln. Die Schwarzen dürfen es nicht. Wenn man einen Neger findet, der einen Edelstein hat, wird er streng bestraft, aber die Verhältnisse haben sich gebessert: Früher gab man ihnen nach der Arbeit ein Abführmittel und durchsuchte ihre Fäkalien. Wenn man einen Diamanten fand, zwang man den Schuldigen, noch mehr von dem Mittel zu trinken, und er starb oft unter entsetzlichen Schmerzen.

Später drang Melech weiter ins Landesinnere vor und kam in Provinzen, wo die Neger nackt lebten. Er beschrieb ihre Nacktheit, und Rochl las diese Zeilen erst in den Briefen ihres Geliebten, dann in der Warschauer Presse. Was war das für ein Gefühl, Empfängerin dieser doppelten Nachrichten, der persönlichen und der öffentlichen, zu sein? Und einer dritten: seiner Gedichte. Auf seinen Reisen schrieb Melech immer neue. In einem anderen Karton fand ich ein vergilbtes Heft, *Kontinente und Ozeane*. Die Titel sind eine Reise um die Welt: *Tropischer Albtraum in Singapur, Der Gesang der Khunkhuz auf dem Yang-Tse-Kiang, Buddha leistet sich auf einem Sampan im Hafen von Kanton eine Nutte, Winterballade im Leninmausoleum, Ein jüdischer Gesang auf dem Empire State, Aborigines.*

Auf einem Schiff mitten im Pazifik, hundeelend, dachte er an seine Freunde in Palästina und in der Sowjetunion und schrieb sein *Morgengebet auf dem Ozean:*

Für Uri Zvi Grinberg bitte ich dich, Gott;
Es ist nicht sein Blut, das in seinen Adern fließt,
Nein, Tränen, vermischt mit dem Blut der in Pogromen totgeschlagnen Juden,
fließen
in diesen Adern, diesen Stricken, die sich durch hagre Hände ziehn.
Sieh doch, Gott,
wie dieser Dichter
durch die Welt irrt, ein Fieberkranker,
der dem Totenbett entfloh. –
Aus dem Wahnsinn seiner Worte, die dem brennenden Dornbusch,
Seinem roten Kopf entströmen,
Spricht
das Leid, das jeden Sinn verloren hat,
o Gott.

Und für Perez Markisch bitte ich dich, Gott,
Für Markisch, der mit seinem schönen Kopf
So schön ist wie nur du allein,
Nur du allein – in deinen jungen Jahren.
Er brach herein mit seinen wilden Bildern, seinen wilden Reimen,
diesen Vögeln auf der Reise um die ganze Welt –
Bis zu den Kremlmauern, diesen kalten Ziegeln,
Jetzt liegen sie da mit gebrochenen Flügeln,
Doch wie ihr Sänger hegen sie den Glauben,
Dass er die Feuerrute fand,
Die Rache nimmt für das vergossne Blut
Von Vater und Mutter, Schwester und Bruder –
Weil er entflammt ist, sich in seinem Blut, in seinem »Haufe« wälzte,
Küsst er mit göttlichen Lippen die lodernde Racherute –

O Gott, verleihe seinem Glauben Ewigkeit,
Reiß ihn nicht weg von den Mauern des Kremls –
Seinem Traum vom letzten Glück –
Zurück in unsre einsame und hoffnungslose Welt.

Auf den Ordnern mit der Korrespondenz von Rochl und Melech stand handschriftlich etwas auf Hebräisch, immer das gleiche. Ich bat die Archivarin, es mir zu übersetzen: »Nicht herauszugeben bis 1991.« Die Aufschrift schien lächerlich, wer kam schon hierher, um die Liebesbriefe von zwei jiddischen Dichtern des 20. Jahrhunderts zu lesen, außer mir? Warum 1991? Wer hatte das festgelegt? Hatte Melech testamentarische Vorkehrungen getroffen, er, der so großen Wert darauf legte, dass sein Erbe der Nachwelt erhalten blieb?

Soweit war ich an meinem Tisch im Untergeschoss der Nationalbibliothek, in eine Jacke gehüllt, um mich nicht zu erkälten, mit dem Entziffern gekommen, als mich eine Frau ansprach.

»Du bist Pierre, nicht wahr? Telefon.«

Ich folgte ihr in ein Büro und hielt den Hörer ans Ohr.

»Pierre *tajerer!* Mein lieber Pierre, hier ist Jossl. Beim letzten Mal habe ich nicht den Mut gehabt, mit dir zu sprechen. Nachdem du gegangen warst, ging es mir besser, und mir sind eine Menge Geschichten über meinen Vater eingefallen. Komm noch mal vorbei. Stell mir keine genauen Fragen, ich habe ein Problem mit Daten, woher weiß ich, wann mein Vater Polen verlassen hat? Aber Geschichten kann ich dir erzählen, die ganze Nacht lang.«

63

Am nächsten Morgen klingelte ich an dem kleinen Haus in der Bilustraße.

»Pierre, *kim arajn!*«

»Wie geht es Ihnen?«

»Hast du schon Fotos vom Haus in Radymno gesehen? Da, schau. Ich habe einen Teil meiner Kindheit darin verbracht. Offiziell ist mein Vater nach Warschau gezogen, damit wir die jiddische Schule besuchen, aber das Erste, was er gemacht hat, war, uns zu unseren Großeltern nach Radymno zu schicken.«

»Waren Sie nicht in der jiddischen Schule?«

»Ich ziehe meinen Vater auf, das ist legitim. Ich habe es zu seinen Lebzeiten gemacht, warum sollte ich jetzt aufhören? Das ist meine Art, ihm nah zu bleiben. Später sind wir zu unseren Eltern zurückgegangen. Ich weiß noch, als ich in Warschau ankam, habe ich sie kaum erkannt. Sie wohnten in einer heruntergekommenen Wohnung, eine einzige Dachkammer, während das Haus in Redim sehr groß war. Da, das ist Hinde, meine Großmutter.«

Ich sah sie zum ersten Mal. Sie wirkte sanft. Jossls Lippen bebten.

»Sie war so gut. Ich liebte sie wie meine Mutter. Du weißt, wie sie geendet hat …«

»Ja, ich weiß.«

»Ich wollte sie nach Australien kommen lassen, als der Großvater gestorben ist, aber sie sagte, sie sei zu alt, um die weite Reise zu machen. Später hat man sie in einen Zug gesteckt, ohne sie nach ihrer Meinung zu fragen. Sie war der einzige halbwegs normale Mensch in dieser Familie. Die anderen, mein Dichtervater, der Pionieronkel in Palästina, der nach Wien zurückgekehrt ist, um sich das Leben zu nehmen, meine Mutter, die Sängerin, meine Schwester, die sich auf indische Tänze spezialisiert hat, ich selbst, wir sind alle *meschugge*.«

»Und Ihre Frau?«

»Sie ist auch Malerin.«

»Und ist sie *meschugge?*«

»Sie ist eine *Goj*, Engländerin.«

»Na und?«

»Sie ist auf ihre Art *meschugge: Goj*. Mein Vater hat ihr Jiddisch beigebracht. Das ist unsere gemeinsame Sprache. Ich bin seit sechzig Jahren in Israel, aber mein Hebräisch ist erbärmlich.«

»Woher wussten Sie, dass ich im Archiv war?«

»In meinem Alter muss man gut organisiert sein. Ich warne dich: Du wirst es nicht schaffen, alles zu lesen. Es gibt Kilometer von Akten.«

»Ich glaube, das habe ich begriffen. Wie hat Ihr Vater das alles aus Polen rausholen können?«

»Auf dem einfachsten Weg, in Truhen, per Schiff.«

»Ich dachte, die Leute sind mit einem kleinen Koffer aufgebrochen.«

»Die Leute vielleicht. Nicht mein Vater. Später, als er nach Israel kam, hat er sein ganzes Archiv mitgebracht. Und als er wieder weggegangen ist …«

»Das war 1950, nicht? Wie lange ist er geblieben?«

Jossl verzog das Gesicht.

»Ach ja, stimmt, keine Daten.«

»Er hat beschlossen, nach Montreal zurückzugehen. Hier fand er nicht seinen richtigen Platz. Er hat mich gebeten, ihm sein ganzes Archiv nachzuschicken. Kisten über Kisten. Als die Zöllner sie sahen, haben sie mich komisch angeschaut: »Hast du so eine große Familie?«

Jossl zwinkerte mir vertraulich zu:

»Diese Familie, das ist unsere, meine, die jiddischen Schriftsteller. Nach ihrem Tod hat Ruchl ...«

»Die Dichterin?«

»Nein, eine andere. Fast alle Frauen meines Vaters hießen Rachel. Die, die ich meine, ist seine letzte. Sie hieß Eisen, hatte ihren Namen aber zu Eisenberg verkürzt, ich schwöre dir, das ist die Wahrheit. Sie hat mich gefragt, was sie mit dem Archiv machen soll, ich habe alles von Montreal wieder hierherkommen lassen. Und die Truhen sind im Schiff zurückgekehrt. Sie haben was gesehen von der Welt.«

»Und dann hat Sulamita sie kopiert?«

»Was weiß ich, was sie getrieben hat? Konnte sie mit ihrem Geld nichts Besseres anfangen?«

Jossl verschwand ein paar Minuten in einer Ecke seines Ateliers, und als er zurückkam, hatte er die Arme voller Dokumente.

»Hier, eine Lithographie, für dich, ich signiere sie dir. Und das ist ein Buch, das ich illustriert habe, das ist für deine Kinder, wie heißen sie?«

»Ich habe keine.«

»Irgendwann wirst du welche haben.«

»Wer weiß?«

Er schrieb die Widmung: »Für Pierres künftige Kinder«, dann zeichnete er eine Raffel und einen darüber schwebenden Apfel:

»Er weiß noch nicht, dass er als Kompott enden wird.«

Als nächstes zeigte er mir eine Akte mit der Aufschrift »Else Lasker-Schüler.«

»Das interessiert mich.«

»Mein Vater hat sie gekannt. Sie war total verrückt.«

»Aber eine wunderbare Dichterin.«

»Ich habe eine Karte von ihr an meinen Vater. Wie nannte sie sich noch mal?«

»*Prinz Jussuf.*«

Er sah mich misstrauisch an:

»Das weißt du auch? Da ist die Postkarte. Er hatte sie für eine Veranstaltung nach Wien kommen lassen. Das Schicksal ist doch merkwürdig: Ich wohne hier, mein Vater ist in Montreal begraben und Else auf dem Ölberg.«

»Sie auch?«

»Warum, wer denn noch?«

»Uri-Zwi.«

»Ach ja, stimmt. Ich war sogar bei seinem Begräbnis: eine komische Mischung von alten jiddischen Schriftstellern und Professoren für hebräische Literatur inmitten einer Horde Rechtsradikaler. Ich weiß nicht, ob ich noch irgendwo ein Foto habe.«

Während er in den Kartons wühlte, sang Jossl ein Lied. Ab und zu unterbrach er sich, um mir einzelne Wörter zu erklären:

»*A gumke* war in Warschau *a droschke,* ein Fiaker.«

»Wegen der Gummiräder?«

»Bestimmt. Weißt du, eine Kultur, das sind auch die Ausgestoßenen. Ich erinnere mich an Nutten und Bordelle. Die Zuhälterin trug eine Perücke, wie eine anständige Frau. Ich war zwölf und diese Welt zog mich an. Sobald ich aus der Schule kam, ging ich dorthin.«

»Wo war das?«

»*Smotsche-gass,* in der Gegend. Ich erinnere mich noch an die Wäscheleine mit den *condomen,* die dort hingen. Ah, hier ist sein Testament.«

»Hat er Geld hinterlassen?«

»Achthundert Dollar.«

»Wegen so wenig Geld hat er das Testament vom Notar beglaubigen lassen?«

»Er hat es dreimal geändert! Willst du es haben? Ich borge es dir. Wann kommst du wieder und bringst mir das alles zurück?«

»Nächste Woche?«

»Warum lernst du eigentlich Jiddisch?«

»Sind Sie der einzige *meschugge* auf der Welt?«

»Dabei siehst du so ganz gut aus.«

»Aussehen … Aber drinnen herrscht Chaos. *Toje-voje.*«

»Ach so, *toje-voje.* Weißt du, dass das Wort aus der Genesis kommt? Tohuwabohu.«

»Ja, ich weiß.«

»Ach so, das auch …«

Er brachte mich zur Tür, umarmte mich und sagte mit drohendem Blick:

»Nächstes Mal duzt du mich.«

64

Am nächsten Tag traf ich Benny in einem altmodischen Teesalon, in dem lauter sehr nach Mitteleuropa aussehende alte Damen saßen. Am Nachbartisch hörte ich Deutsch, etwas weiter Ungarisch.

Benny sprach oft sehr leise.

»Ich wollte dir diese Hochburg einer vergangenen Zeit zeigen. Die Kellner sind gekleidet wie in Wien, schwarze Hose und weißes Hemd. Aber du wirst feststellen, dass ihre Sachen ziemlich zerknittert sind. Und man wartet immer stundenlang. Pass auf: Herr Ober!«

»Mein Kollege ist für Ihren Tisch zuständig.«

Ein paar Minuten später rief Benny einen anderen Kellner. »Mein Kollege kommt gleich.«

»So ist das immer. Die Chanukkakrapfen sind köstlich, aber man bekommt sie leider erst zu Purim. Ging es gut mit Jossl?«

»Wunderbar. Es ist erstaunlich: Er spricht kaum Hebräisch.«

»Es gibt eine Menge Leute in diesem Land, die sehr gut ohne die offizielle Sprache zurechtkommen. Meine Tante Hajke ist nach dem Zusammenbruch der Sowjetunion mit neunzig aus Lwów gekommen, sie ist letztes Jahr gestorben. Als sie den Titel der Tageszeitung *Haaretz* las, was auf Hebräisch *Das Land* bedeutet, las sie es jiddisch: *Harz.* Sie fand es wunderbar, dass ein Land seine Tageszeitung *Herz* nennt.«

Dann fragte ich Benny über sein Leben aus. Er stammte aus einer religiösen Familie. Seine Eltern lebten immer noch in Bnei Brak, einem Vorort von Tel Aviv, in dem fast ausschließlich Ultraorthodoxe wohnen.

»Für mich ein großer Spagat: Die Woche über bin ich in der Redaktion einer der weltlichsten Tageszeitungen des Landes, und jeden zweiten Schabbat bei meinen Eltern, abgeschnitten von dieser anderen Welt. Dann schalte ich kein Licht an und gehe mit meinem Vater in die Synagoge. Irgendwann zwischendurch lese ich heimlich meine SMS. Es gibt nie etwas Dringendes, aber ich muss den Schabbat irgendwie entweihen, um mich zu überzeugen, dass ich nicht mehr zu dieser Welt gehöre. Ich gehe nur wegen meiner Eltern hin.«

»Und finden sie dein Leben in Ordnung?«

»Sie hängen an mir, also akzeptieren sie es. Meine Mutter verbringt ihre Tage damit, Psalme zu rezitieren, damit ich bald heirate.«

»Was nicht auf der Tagesordnung steht?«

»Nein.«

»Und wenn du deine Eltern nicht mehr hast?«

»Ich kann mir schwer vorstellen, gar keine Verbindung mehr zur Welt der Orthodoxen zu haben. Zum Glück habe ich zwei Schwestern, die eine hat neun, die andere zehn Kinder. Ich bin schon Großonkel.«

»Ich habe gar keine Familie.«

»Ich habe eine, aber es ist nicht wirklich meine. Apropos Familie, dir bleibt noch die Witwe von Uri-Zwi. Wann triffst du sie?«

»Morgen.«

65

Nach fünfzig Jahren Zölibat hatte Uri-Zwi diese dreißig Jahre jüngere Frau geheiratet. Er hatte sie einem seiner weniger talentierten Dichterfreunde gestohlen. Jetzt war sie eine würdevolle Achtzigjährige mit Knoten, immer noch sehr schön und kühl. Sie ließ mich in ihrem Wohnzimmer Platz nehmen, das auf die alte israelische Art sehr einfach eingerichtet war.

»Wie viele Geschwister hatte er?«

»Sechs Schwestern. Eine ist als Baby gestorben. Nur zwei haben geheiratet. Er war der Älteste.«

»Woher kommen die Namen Ihrer fünf Kinder?«

»Chaim nach Uri-Zwis Vater, Batschewa nach seiner Mutter, Jochewet nach seiner Großmutter, Riwka nach einer seiner Schwestern, und Hawazelet ist die Übersetzung von Rajsl, so hieß eine andere Schwester. David, der jüngste, nach meinem Vater. Das konnte ich ihm abringen.«

Immer wieder kam sie darauf zurück, dass Uri – so nannte sie ihn – wegen seiner politischen Überzeugungen sein Leben lang vom *Establishment* des Landes boykottiert worden sei. In der Schule wurden seine Gedichte nicht gelesen, seine Werke in den Zeitungen nicht abgedruckt. Seine einzige Tribüne war die rechte Presse.

»Von den jiddischen Schriftstellern gar nicht zu reden: Er wurde regelrecht exkommuniziert. Er war der Erste, der die Engländer als Besatzer beschimpfte, das gefiel den wenigsten. Und als er später gegen die Araber kämpfte, hat das auch niemanden begeistert. Verstehen Sie, junger Mann, in diesem Land darf man kein Wort mehr gegen die Araber sagen.«

»War er Vegetarier?«

»Ganz und gar nicht, er aß sehr gern Fleisch.«

»Ich habe gelesen, er sei seit 1923 Vegetarier gewesen.«

»Was hat man nicht alles über ihn erzählt? Melech hat sogar geschrieben, ich sei in Moskau geboren, dabei stamme ich aus Jerusalem.«

»Anscheinend wollte Melech in den fünfziger Jahren wieder Kontakt zu ihm aufnehmen, aber Uri-Zwi wollte nicht.«

»Er hat Melech nicht verziehen, dass er ihn schlecht gemacht hat. Sowieso stand ihm Perez viel näher. Sie hatten ein sehr enges Verhältnis. Sie wollten sich in Eretz Israel wiedertreffen. Perez war als Erster hier und ist fünf Tage vor Uris Ankunft wieder abgereist. Uri hatte ihm noch geschrieben, er solle nicht in die Sowjetunion zurückkehren, aber Perez hat nicht auf ihn gehört.«

»Und als er hingerichtet wurde?«

»Die jüdischen Kommunisten behaupteten, er sei nicht tot. Uri nannte sie Lügner. Alle haben ihn deswegen beschimpft. Und wer hat am Ende recht behalten?«

»Warum hat er nicht den hebräischen Namen benutzt, den er sich ausgesucht hatte, Tur-Malka?«

»Am Anfang hat er das getan.«

»Und dann?«

»Nachdem seine Eltern, seine Schwestern, seine Neffen und Nichten ermordet worden waren, wollte er nicht, dass ihr Name verloren geht. Den Namen Tur-Malka habe ich benutzt. Er ist mein Pseudonym. Wissen Sie, was er bedeutet? Der Berg des Königs. Er mochte dieses Dörfchen. Er dachte immer an Jerusalem, und wenn er dort war, hatte er ständig die Zerstörung des Tempels vor Augen. Einmal waren wir zu Besuch dort, und er ging mit mir in den kleinen Park in Tur-Malka: ›Siehst du die Zisternen? Als Titus die Stadt zerstört hat, wurden dort jüdische Kinder hineingeworfen.‹ Nach der Vernichtung der Seinen dachte er nur noch an den wiedergefundenen Glanz des Königreichs Israel. Aber Ben Gurion hat Jerusalem im Unabhängigkeitskrieg einfach verschenkt. Nehmen Sie diese Biografie, ich schenke sie Ihnen, sie ist die einzige einigermaßen wahrheitsgetreue.«

Ich verabschiedete mich. Ihr letzter Satz war:

»Wenn er nicht Dichter gewesen wäre, wäre er verrückt geworden.«

Zu Hause vertiefte ich mich in die Biografie. Als in den fünfziger Jahren über die deutsche *Wiedergutmachung* diskutiert wurde, wie die Reparationszahlungen nach dem Völkermord der Nazis genannt wurden, ging Uri-Zwi nicht zimperlich mit Ben Gurion um. Er warf ihm vor, seinen Staat auf der Asche seines Volkes aufzubauen. Als die Botschaft der Bundesrepublik Deutschland eröffnet wurde, forderte er Rechenschaft für die Opfer des Völkermordes. All seine Äußerungen über Nichtjuden und Araber waren voller Hass.

Benny: »Aber er war ein großer Dichter. Ihr habt euren Céline, wir haben unseren Uri-Zwi. Wie sagte noch André Gide? ›Mit guten Gefühlen macht man keine Literatur.‹«

»Wo liegt das Nordia-Viertel? Ich würde gern sehen, wo er zuerst gewohnt hat.«

»Es ist in den sechziger Jahren abgerissen worden, stattdessen wurde das Dizengoff Center gebaut, ein Einkaufszentrum.«

»Dieses Betonscheusal? Wo in diesen ordinären Läden ist die Seele des Dichters zu finden?«

Ich freute mich immer, wenn ich mich mit Benny traf, jedes Mal in einem anderen Teesalon. Er war mein Fixpunkt in Tel Aviv. Er half mir, mich bei meinen Nachforschungen zu orientieren. Aber unsere Beziehung ging tiefer. Wir wurden allmählich Freunde.

Als ich Jossl wieder besuchte, empfing er mich wie einen alten Bekannten.

»Was hatte ich nur für dich beiseite gelegt? Ach ja, schau dieses Foto an: Papa als Hamlet mit einem Schädel, für wen hielt er sich? Und da, das ist in Świder, bei Kacyzne. Der da ist Israel-Joschua Singer.«

»Ich habe ihn schon erkannt.«

»Der da, an seinen Namen erinnere ich mich nicht.«

»Mojsche Broderson?«

»…? Warum kommst du zu mir, wenn du schon alles weißt? Mein Vater war Sekretär des Jiddischen Literatenvereins in Warschau, wusstest du das?«

Ich antwortete nicht. Vor uns standen auf Staffeleien vier Bilder, an denen er arbeitete.

»Sie malen vier Bilder auf einmal?«

»Ich bereite eine Ausstellung im Museum vor. Dies sind Raffeln, ich mag Raffeln, darauf kann man Äpfel reiben für Apfelmus. Hast du genug über Papa erfahren? Warum machst du das eigentlich? Willst du ein Buch schreiben?«

»Ich weiß es nicht. Haben Sie vielleicht ein Foto vom Literatenverein?«

»Nein, ich hab auch noch nie eins gesehen. Er existiert nur in den Erinnerungen, sonst ist alles verschwunden.«

»Außer einem Sessel, den Sulamita wiedergefunden hat. Er steht bei ihr in Rom.«

»Ein Sessel? Vom Literatenverein? Machst du Witze?«

»Ich schwör's Ihnen, ich habe ihn selbst gesehen. Er ist im Art-déco-Stil, mit rotem Samt bezogen.«

»Oh, aber das ist einer der Sessel aus dem *Café Metropol,* genau unter dem Verein, da trafen sich die wohlhabenden Schriftsteller und versanken in den luxuriösen Kissen. Im ersten Stock, im Literatenverein, standen nur Holzstühle, und der Tee war nur ein Drittel so teuer wie im Café.«

»Aber trotzdem ...«

»Du darfst nicht alles glauben, was Miwke dir erzählt hat. Sie war ein Schelm, weißt du. Ein bisschen meschugge ...«

»Das sind wir alle ...«

»Wem sagst du das! Du wirst dein Buch doch wohl nicht auf Jiddisch schreiben?«

Das Telefon klingelte, seine Frau. Sie redeten in einem Gemisch aus Jiddisch und Englisch.

»Sie lässt dich umarmen.«

»Aber sie kennt mich doch gar nicht!«

»Na und? Hindert sie das, dich zu umarmen? Habe ich dir schon eine Litho geschenkt?«

»Sie haben mich mit Geschenken überhäuft.«

»Oh, das hatte ich schon wieder vergessen. Ach, Jiddisch ... Es tut gut, mit dir zu reden. Du kennst doch die Geschichte von dem Juden, der redet und redet, und am Ende sagt er: ›Aber vielleicht auch nicht.‹ Das mag ich an dieser Sprache: Sie glaubt nicht an sich selbst. Was könnte ich dir noch von meinem Vater erzählen? Die Szene, von der er immer wieder erzählte, war sein Wiedersehen mit Perez in

Moskau. Mein Vater fuhr in die Mandschurei und machte in Moskau Halt, um die Transsib zu nehmen.«

»Das war 1935.«

»Oh, du und deine Daten! Das wichtigste ist doch ihr Wiedersehen, nein? Kannst du dir das vorstellen? Mein Vater hat diese Reise gemacht, um seinen Freund wiederzusehen. Er ist einfach ausgestiegen, dicht gefolgt von der Intourist-Führerin, die die Gruppe überwachen musste. Die beiden Freunde sind sich in die Arme gefallen: Sie hatten sich seit einer Ewigkeit nicht mehr gesehen. ›Hast du was von Uri-Zwi gehört?‹, fragte Perez. ›Er ist in Warschau, aber wir sehen uns nicht. Er hängt seinen Hirngespinsten nach und spuckt auf jeden, der nicht so denkt wie er, auf mich wie auf alle anderen.‹ – ›Verdammter Uri.‹

Zum Glück sagte die Intourist-Führerin Punkt fünf, ihr Dienst sei zu Ende, und ließ sie allein. Sie gingen hinaus und redeten auf der Straße weiter, weit weg von allen Mikrophonen. Perez brachte meinen Vater zum Verlag *De Emess,* um sich mit ihm zu zeigen und damit niemand glaubte, er treffe sich mit einem ausländischen Agenten. Als mein Vater vorschlug, sich am nächsten Tag wieder zu treffen, sagte Perez, er habe etwas Dringendes zu erledigen. Man durfte das Unglück nicht heraufbeschwören, einen Ausländer wiederzusehen wäre zu viel gewesen, vor allem weil mein Vater aus seiner Sympathie für die Sozialdemokraten nie einen Hehl gemacht hatte. Als Perez ihn zum Abschied herzlich umarmte, spürte mein Vater schon, dass sie sich diesmal endgültig Adieu sagten. Sie umarmten sich lang, und Melech sah Perez nach, als er ging: Das war nicht mehr der triumphierende junge Schriftsteller, der mit sicherem Schritt einer strahlenden Zukunft entgegenging, er schaute nach links und nach rechts, ob jemand ihm folgte, und traute den Schatten nicht. Dieses Bild hat meinen Vater bis an sein Lebensende gequält. Stalin hatte den Ungestümsten von allen gebrochen.«

Auch wir umarmten uns. Was sagt man zu einem so alten Mann, wenn man sein Land verlässt und nicht weiß, wann man wiederkommen wird?

»Danke.«

An einem Kiosk eine englische Schlagzeile: Der nach dem Krieg von Überlebenden gegründete Kibbuz der Ghettokämpfer und das angeschlossene Museum haben beschlossen, den bis heute eingehaltenen Boykott gegen Deutschland aufzuheben.

66

Der letzte Teesalon mit Benny. Wir trafen uns nie länger als eine Stunde. Aber diese altmodischen Teesalons, in denen wir die Einzigen unter all den Hebräischsprechenden waren, die sich auf Französisch unterhielten, hatten dazu beigetragen, dass wir uns näherkamen.

»Ich fahre nach Paris zurück.«

»Sind deine Nachforschungen schon abgeschlossen?«

»Meine Arbeit wartet.«

»Die, in der du dich so gut entfalten kannst?«

»Mach dich nicht über mich lustig. Du fehlst mir jetzt schon.«

Eine gewagte Erklärung. Benny schwieg. Mit unbeteiligtem Gesicht schaute er in seine Tasse und rührte darin. Nach einer Weile sagte er:

»Du mir auch.«

»Wirst du mich in Paris besuchen?«

»Kommst du noch einmal nach Tel Aviv? Weißt du alles über deine Helden?«

»Ich werde nach Lemberg fahren müssen ...«

»Du meinst Lviv? Lemberg existiert nicht mehr.«

»Und nach Warschau und Jekaterinoslaw.«

»Und was willst du dort finden?«

»Spuren?«

»Asche.«

»Spuren und Asche.«

Die letzte Sitzung im Archiv. Ich hätte mich noch wochenlang in die Papiere von Melech vertiefen können. Ich begnügte mich mit seinem Briefwechsel mit der Dichterin. In Rom, in den Regalen des Palasts der Erinnerung, wartete der Rest auf mich. Zwischen Sulamitas letztem Brief und meiner Reise nach Tel Aviv war ich noch einmal in Rom gewesen. Zuvor hatte ich wieder auf die Briefträgerin gelauert. Wenn ich abends von der Arbeit kam, klingelte ich bei der Concierge, um meine Post abzuholen, und sie sagte: »Immer noch nichts«, oder sie schaute mich bedauernd an, und ich begriff, dass die Umschläge, die sie mir gab, nur ein paar Rechnungen, Werbung oder Theaterprogramme enthielten. Dieses Warten dauerte sechs Wochen. An einem Freitagmorgen rief mich die Concierge im Büro an: Ein Brief aus Rom war da. Sobald ich konnte, fuhr ich mit der Metro nach Hause. Der Absender war ein Notar.

Monsieur,

Wir haben die traurige Pflicht, Ihnen mitzuteilen, dass Signora Sulamita Reale, geborene Kacyzne, am 19. Mai dieses Jahres verstorben ist. Die Testamentseröffnung, an der wir Sie teilzunehmen bitten, wird am 27. Juni um 14 Uhr 30 in unseren Büros stattfinden. Bitte seien Sie so freundlich, uns Ihre Teilnahme zu bestätigen.

Sulamita hatte mich immer wieder gewarnt: Sie lebte mit letzter Energie. Ich wusste es, trotzdem war die Nachricht von ihrem Tod ein furchtbarer Schock. Erst glaubte ich an einen schlechten Scherz, eine Fälschung, die mich auf die Probe stellen sollte. Aber welcher Notar hätte sich auf so einen makabren Scherz eingelassen? Nach der Fassungslosigkeit kam die Empörung, zuallererst gegen die Verstorbene. Warum hatte sie mich mittendrin verlassen? Hätte sie sich nicht anstrengen können, mich bis zum Ende der Geschichte zu begleiten? Aber sie hatte mich nicht belogen, sie war am Ende ihrer Kräfte. Sie hatte noch die Energie gefunden, mir Perez' Abstieg in die Hölle zu erzählen, und das war alles, das Nichts, aber es blieben noch so viele Fährten, die ich verfolgen musste, von Melech, von Uri-Zwi. Dann war ich böse auf mich selbst geworden: Warum hatte ich mich nicht früher auf den Weg gemacht? Sulamita hatte jahrzehntelang auf mich gewartet, und ich hatte ihren Ruf nicht gehört. Ich hasste mich für die verlorenen Jahre. Schließlich kam der Schmerz, er war unendlich. Ich liebte Sulamita. Und sie hatte mich geliebt, glaube ich. Wie sollte ich weitermachen ohne sie? Nie mehr mit ihr reden? Ihr zuhören? Es war das erste Mal, dass ich mit einer so alten Dame verkehrte, und ich hatte geglaubt, jenseits eines gewissen Alters, das weder meine Eltern noch meine Großeltern erreicht hatten, starb man nicht mehr, sondern blieb für die Ewigkeit. Ich hatte gewusst, dass ich dieser Frau nicht hätte näherkommen dürfen, denn eines Tages würde ich ihren Tod beklagen müssen, und dieser Moment war jetzt da. Aber ich hatte nicht widerstehen können. Es war stärker gewesen als ich, so viel stärker, dass ich mich fragte, ob ich im Leben zu irgendetwas anderem imstande war, als Särge anzusammeln. Sulamita war meinen Eltern und Christophe gefolgt.

Was hatte ich mit Anna Janowska gemacht? Was wurde aus dem Grab meiner Eltern, das ich nie besuchte? Und mit dem von Christophe? Würde ich eines Tages den Mut haben, wieder dorthin zu gehen? Statt mich auf die Suche nach meiner Gespensterfamilie zu machen und die Erinnerung an den Freund wachzuhalten, hatte ich Jiddisch gelernt und mich am Schicksal der drei dem Völkermord entkommenen Schriftsteller begeistert. Um einem allgegenwärtigen Tod zu entrinnen, hatte ich mich in einen Palast der Erinnerung geflüchtet und das Schicksal von Menschen verfolgt, die eine Spur hinterlassen hatten: ihr Werk. Selbst wenn es fast unbekannt und nur in Büchern bewahrt war, die niemand mehr las, existierte es, während von den Meinen nichts blieb.

Sulamitas Tod erinnerte mich an diese Verluste. Das stärkste Gefühl der Verlassenheit hatte ich beim Tod meiner Mutter empfunden, weil sie als letzte gestorben war und weil sie meine Mutter war natürlich, obwohl so vieles sie daran hinderte, ihrem Sohn näherzukommen, und sie mir nie von ihrer eigenen Mutter erzählt hatte. Wie hätte sie das auch tun können, sie hatte sie ja nicht gekannt. Trotzdem nahm ich es ihr übel. Und dann Christophe. Er hatte mich nicht verlassen. Bei ihm hatte ich eher das umgekehrte Gefühl: Was hatte ich für sein Andenken getan? Am Tag, bevor er starb, hatte er mir ein Geschenk gemacht, einen Segen gegeben: Sei glücklich. Hatte ich seinen Wunsch erfüllt?

Wieder nahm ich den Zug nach Rom. Zur Testamentseröffnung erschienen drei sehr elegante Italienerinnen, die Nichten von Sulamitas verstorbenem Mann, und ein Vertreter des italienischen Kulturministeriums. Alle durch die Ehe erworbenen Güter Sulamitas fielen an die Familie zurück, nur der Palazzo wurde dem Staat überlassen. Eine spezielle Klausel betraf das oberste Stockwerk. Das Kulturministerium erhielt den Palazzo nur unter der Bedingung, dass der Palast der Erinnerung bewahrt wurde, wie er war. Und zum Hüter dieses Orts ernannte Sulamita mich. Ich sollte dafür sorgen, dass ihr letzter Wille respektiert wurde.

»Nehmen Sie dieses Erbe an?«

»Ja.«

»Für diesen Fall hat die Verstorbene einen Umschlag für Sie hinterlassen.«

Ich nahm ihn und steckte ihn in die Tasche. Der Notar händigte mir einen Schlüssel zu der Seitentür aus, die direkt zur Treppe ins oberste Stockwerk führte. Der Unterhalt der öffentlich zugänglichen Räume war Aufgabe des Ministeriums, aber am Dachgeschoss durften ohne meine Erlaubnis keinerlei Veränderungen vorgenommen werden. Die drei Schwestern, Erbinnen eines riesigen Vermögens, luden mich zum Essen ein.

»Haben Sie unsere Tante gut gekannt?«

»Ja. Und nein.«

»Sie hat uns von Ihnen erzählt. Sie haben ihr die letzten Monate ihres Lebens verschönt.«

»Wo ist sie gestorben?«

»In ihrem Sessel. Ihre Haushälterin hat mich angerufen, als sie sich nicht gut fühlte. Als ich kam, war sie schon tot. Sie hatte den Umschlag in der Hand, den der Notar Ihnen überreicht hat.«

Beim Abschied machten wir aus, uns wiederzusehen, aber uns war schon klar, dass die Zeit anders entscheiden würde. Man trifft sich nicht nur zur Erinnerung an einen geliebten Menschen, denn jeder hat ihn auf seine Weise geliebt. Oder es bräuchte Zeremonien, aber Sulamita hatte sich einäschern lassen, ohne jeden Gottesdienst. Ich würde nicht einmal ihr Grab besuchen können.

Ich ging in den Palast, stieg die Treppe hinauf und traf die Haushälterin. Sie stand noch unter dem Schock von Sulamitas Tod, aber sie war erleichtert, weil das Ministerium sie bis zu ihrer Rente mit dem Unterhalt der Räume beauftragt hatte. Der Palast der Erinnerung war intakt. Immer noch verliehen die Bücher dem Raum eine unglaubliche Energie, aber der rote Sessel in der Mitte, von der starken Junisonne bestrahlt, war leer. Sulamita war nicht lebendig in ihrem Palast begraben worden, aber sie war darin gestorben, ein anderes Ende hätte sie nicht gewollt.

Ich erlebte den Moment wieder, als ich nach der Beerdigung meiner Mutter und später nach der von Christophe allein in die elterliche Wohnung zurückkam: Sie war damals von derselben bedrückenden Abwesenheit erfüllt. Ich lief herum, zog immer weitere Kreise um den Sessel, bis ich schließlich an die Regale stieß. Ich strich mit den Fingerspitzen über die Bücher. Ich habe keines aufgeschlagen, ich fürchtete mich vor der Unendlichkeit von Texten, die zu lesen ein ganzes Leben nicht ausreichte. Solange Sulamita lebte, hatte ich mich an sie gehalten, aber wer sollte jetzt die

Bücher aufschlagen? Ich setzte mich in den Sessel, dem Porträt von Itke, der Frau des Glasers von Wischkewe, und den anderen gegenuber, und sie schauten mich an. Das war mir nicht so stark aufgefallen, als ich zu Sulamitas Füßen saß, aber jetzt, auf ihrem Platz in dem wiedergefundenen Literatenvereins-Sessel, war es ganz deutlich, diese Menschen sahen mich an.

Auf dem Tischchen neben dem Sessel, auf dem Platz, wo die Haushälterin sonst das Tablett mit dem Tee abstellte, lag eine Ausgabe der *Palestine Post* vom 26. Januar 1949. Auf der Titelseite die Wahlen zur ersten Knesset. Sie hatten am Tag zuvor stattgefunden, und unter den gewählten Abgeordneten der Partei der Rechtszionisten stand an zweiter Stelle hinter Menachem Begin der Name von Uri-Zwi. Hatte Perez am Tag vor seiner Verhaftung erfahren, dass sein Freund in die Knesset des noch ganz neuen Staates gewählt worden war? Jeder hatte sich ein Schicksal ausgesucht. Perez hatte von Anfang an Ruhm erstrebt und erlebt. Dafür musste er seinen Freimut im Zaum halten. Uri-Zwi hatte sich wegen seiner politischen Überzeugungen von ihm abgewendet. An dem Tag, als der eine fiel, kam die Stunde des anderen. Wie oft wohl hat Perez in seiner Zelle im Geist den Brief wiedergelesen, den Uri-Zwi ihm aus Tel Aviv geschrieben hat? Darin fragte er ihn, warum er Palästina wieder verlassen hatte. Wie oft hat sich Perez das Wort »Verräter« wiederholt?

Ich nahm den Umschlag aus der Tasche, den mir der Notar gegeben hatte. Er enthielt mehrere nummerierte Kuverts. Ich machte das erste auf. Darin befand sich ein Foto von Perez, Melech und Uri-Zwi, signiert von Alter Kacyzne. Nur die drei, niemand sonst. Auf der Rückseite stand: *Jetzt sind Sie an der Reihe.*

Der Umschlag enthielt noch einen gefalteten Zettel, auf den Sulamita geschrieben hatte: »Die anderen erst öffnen, wenn der Moment gekommen ist.« Sie hatten folgende Aufschriften:

2. *Rochl – Łódź – 1946*
3. *Ölberg – 1981*
4. *Die jüdische Tänzerin*
5. *Genscher bejs-ojlem – Warschau*

Ich blieb noch zwei Tage in Rom, um noch einmal zum Titusbogen zu gehen. Ich dachte: Warum hat sie beschlossen, zu sterben wie ein Hund, ohne Grabstätte? Sie wollte zu Asche werden wie das jüdische Volk Polens. Welcher Ort konnte ihr Andenken festhalten? Ihr Palast natürlich, aber auch dieser Bogen, zu dem sie so oft gekommen war.

Ich kehrte mit einem seltsamen Geschenk in den Armen nach Paris zurück: einer jiddischen Bibliothek in einem römischen Palazzo. Ich ging weiter in die Jiddischkurse und erzählte meinem Lehrer von dem Erbe, das mir Sulamita hinterlassen hatte. Ich spürte, dass er sich ärgerte. Er hatte erwartet, dass diese außerordentliche Sammlung seine eigene bereichern würde, und nun war die Hoffnung dahin, die größte jiddische Bibliothek der Welt zusammenzustellen.

»Ich kann nichts dafür. Sie hat es so beschlossen.«

»Ich weiß. Sie war eine merkwürdige Frau. Ich bin froh, dass sie dich dafür bestimmt hat. So wird die Sammlung wenigstens nicht auseinandergerissen.«

Ich brachte es soweit, ohne allzu viel Mühe literarische Texte zu entziffern. Ich lieh mir weiter Werke mit kurzen Erzählungen aus. Dort in Rom stand mir eine ganze Bibliothek zur Verfügung, die ich nicht nutzen konnte. Warum ging ich weiter in die Pariser Bibliothek, während mich in Italien so viele Bücher erwarteten? Sollte ich mich dorthin versetzen lassen? Sollte ich das italienische Kulturministerium um die Mittel bitten, die Bibliothek öffentlich zugänglich zu machen? Würden die drei Nichten einen kleinen Teil ihres beträchtlichen Vermögens opfern, um die Erinnerung an ihre Tante zu verewigen? Wenn Sulamita das gewollt hätte, hätte sie eine bestimmte Summe für diesen Zweck vorgesehen, aber das hatte sie nicht getan.

Ich beschloss, ihren Willen zu respektieren und den Erinnerungspalast so zu belassen, wie er war. Vor allem sollten die Fenster nicht geöffnet werden, damit er so lang wie möglich den Duft der Verstorbenen bewahrte. Er würde ein Ort für mich allein sein, ein Kloster, in dem ich zu mir finden könnte.

67

Stattdessen war ich nach Israel geflogen. Vielleicht würde ich eines Tages Lust bekommen, mich in der Bücherkathedrale einzuschließen und ihre Quellen auszuschöpfen. Warum musste ich mich in Jerusalem aufhalten, während Rom mich erwartete? Es widerstrebte mir, Sulamitas großes Lebenswerk zu durchstöbern. Sie hatte mich zum Bewahrer ihres Lebenswerks bestimmt, aber meine immer noch lebendige Erinnerung an sie hielt mich auf der Schwelle zurück. Die alte Sonia hatte mir erzählt, dass ihre Pariser Bibliothek oft Schenkungen erhielt. Jüdische Einwanderer aus Polen starben, und ihre Kinder, die kein Jiddisch lesen konnten, wollten die Bücher an einen sicheren Ort bringen. Manchmal waren zehn Jahre zwischen dem Tod der Besitzer und der Schenkung der Bücher vergangen. In all den Jahren hatten die Kinder die Wohnung unversehrt gelassen und waren von Zeit zu Zeit gekommen, um inmitten all der Dinge aus dem Leben ihrer Eltern, in der Landschaft ihrer Kindheit wieder zu sich zu kommen. Auch ich war in Trauer. Zweimal war ich davor geflohen, beim Verlust meiner Mutter und dem Christophes, aber beim Tod der Großmutter, die ich mir ausgesucht hatte, holte sie mich ein; deshalb ging ich, statt mich im Erinnerungspalast zu bedienen und die Entweihung zu riskieren, für eine Weile an diesen fremden Ort, Jerusalem, wo ich eine Karteikarte ausfüllen und einer Archivarin zeigen musste, um dann manchmal eine Stunde zu warten, bis ich die gewünschten Dokumente einsehen konnte. Vielleicht hätte ich auch anderswohin reisen müssen, auf der Suche nach Anna Janowska, der Großmutter, die ich mir nicht ausgesucht hatte. Diese Reise wäre weniger kompliziert: ein Besuch im Pariser Stadtarchiv, eine Metrofahrt zum Friedhof an ihr Grab, aber das Einfache hatte mich noch nie gereizt. Oder wäre diese Reise im Gegenteil zu schwer?

An diesem letzten Tag verdarb ich mir die Augen mit den Postkarten, die Rochl während des Krieges aus der Sowjetunion geschrieben hatte. Papier war Mangelware, und sie schrieb sehr klein. Ich wollte wissen, wie sich ihre Liebe zu Melech von ihrer ersten Begegnung 1923 bis zu beider Tod in den siebziger Jahren entwickelt hat.

Von 1941 an war Melechs Adresse Montreal, 4099 Esplanade, und der Kopf dreht sich einem nicht mehr bei seinen, sondern bei Rochls vielen Reisen, denn sie schrieb ihm von jeder Station ihrer Irrfahrten, mit Bleistift auf Karten sehr schlechter Qualität, Sowjetunion verpflichtet. Während sie in der Zwischenkriegszeit die Emma Bovary gespielt hatte, ohne sich je entschließen können, Przemyśl zu verlassen, wurde sie jetzt von der Wucht der Ereignisse dazu gedrängt. Am 5. Mai 1940 ist sie noch in Przemyśl, aber die Stadt ist seit September 1939 von den Sowjets besetzt, und Rochl ist die Frau eines Bourgeois. Ist ihr Mann damals liquidiert worden? Im Juni 1941 marschieren die Nazis ein, Rochl gelingt es zu fliehen. Sie hält sich eine Weile in Moskau auf, wird aber schnell nach Fergana geschickt.

Ich hatte Fergana auf einer Karte gefunden, trotzdem sagte mir der Name nichts. War das ein Nest oder eine große Stadt? Es war jedenfalls keiner jener abgelegenen Orte, die das Grauen in der ganzen Welt bekannt gemacht hat, weder Auschwitz noch Treblinka. Der Name Fergana war mit keinerlei Energie aufgeladen, auch keiner todbringenden. Vielleicht war er eine Hochburg der usbekischen Kultur, keine Ahnung. Jedenfalls wurden je nach Bedarf der sowjetischen Planwirtschaft Juden dorthin geschickt. Rochl verbrachte den Krieg dort in einer Mikrogesellschaft von Flüchtlingen, und von Zeit zu Zeit schickte sie Melech ein Lebenszeichen. Dank ihrer Karte vom 14. November 1944 begriff ich, was mit ihrem Mann geschehen war, ein Detail, das Sulamita entgangen war. Przemyśl war gerade befreit worden, und Rochl erfuhr, dass niemand von ihren Angehörigen, die beim Einmarsch der Deutschen dort waren, überlebt hatte, weder ihre Schwestern noch ihre Cousins und Onkel. Auch ihr Mann nicht. Warum war sie an diesem Tag nicht da? Ein

Zufall: Sie war zu einer Freundin nach Lwów gefahren, und die neue Frontlinie hatte sie von den Ihren getrennt. Später hatte sie ins Innere der Sowjetunion flüchten können. Auf dieser Karte aus Fergana war nicht genug Platz, sie konnte nicht das ganze Ausmaß des Schreckens beschreiben, den sie empfand. Ihre Welt war verschwunden, in Bełżec ermordet.

Ende 1944 erhielt sie die Erlaubnis, in Moskau zu leben, wo sie bis März 1946 blieb. Perez half ihr wieder, aber nachts träumte sie von Melech. Im April wurde sie nach Polen repatriiert. Warschau war völlig zerstört, deshalb ließ sie sich in Łódź nieder. Vor dem Krieg bestand die Bevölkerung dieser Stadt zu je einem Drittel aus Polen, Juden und Deutschen. Die Juden waren umgebracht und die Deutschen vertrieben worden. Viele Wohnungen standen leer und nahmen nun Flüchtlinge auf. Es war an der Zeit, ein weiteres von Sulamitas Kuverts zu öffnen: *2. Rochl – Łódź – 1946.*

Ich war zurückgekehrt wie die meisten Überlebenden. Wir vermieden es, von unserem Leben vor der Katastrophe zu sprechen, um nicht zusammenzubrechen, aber wenn wir uns umarmten, hielten wir die literarische Welt Warschaus und die Abendgesellschaften in Świder in den Armen. Rochl liebte nicht mich, sondern durch mich die Erinnerung an meinen Vater. Ich erinnere mich an einen Abend im Theater. Dzigan und Szumacher, das Komiker-Duo aus der Glanzzeit des Cafétheaters vor dem Krieg, traten mit einem der Programme auf, die in den fünfziger Jahren weltweit zum Erfolg wurden. Ich sage weltweit, aber niemand kannte sie außer den jüdischen Familien, die sich in den Theatern in Buenos Aires, Rio, Mexiko, Cape Town, Melbourne, Paris und Tel Aviv drängten. An jenem Abend war der Saal in Łódź überfüllt. Die Zuschauer waren Überlebende der Konzentrationslager; Frauen, die zwei Jahre in einem Keller verbracht hatten, Kinder, die sechs Monate in einen Wandschrank gesperrt waren und das Tageslicht nur durch einen kleinen Spalt im Holz gesehen hatten. Vor allem aber aus der Sowjetunion Repatriierte und einige ehemalige Partisanen des polnischen Widerstands. Dzigan betritt die Bühne, baut sich im Rampenlicht auf und versucht, ein Gesicht im Publikum zu fixieren, aber das Licht ist zu stark. Er spürt den Atem dieser durch ein Wunder Erretteten, zumeist die einzigen Überlebenden einer fünfzig- oder hundertköpfigen Familie. Er verkündet: *Abi me sejt sech.* »Hauptsache, man sieht sich.« Und der ganze Saal bricht in Tränen aus. Später lachten sie natürlich Tränen, denn sie sind komisch, die beiden. Aber ob man lacht oder weint, die Tränen kommen immer.

Ich war nicht dabei. Ich war noch gar nicht geboren, und es würden noch Jahrzehnte vergehen, bis ich auf die Welt kam. Aber jetzt bin ich am Ziel: Ich erzähle, als wäre ich dabei gewesen. Die dem Völkermord Entkommenen glaubten, sie könnten sich wieder im Land ihrer Geburt niederlassen. Aber der Schatten der Sowjets lag über dem Land, und diejenigen, die das leninistische Glück erlebt hatten, wussten, dass es besser war weiterzuziehen. Die Flucht vor dem Kommunismus war aber nur ein Vorwand – es war einfach unmöglich, auf diesem Friedhof zu leben. Also sind viele gegangen. Dzigan und Szumacher nach Tel Aviv, Rochl nach Montreal, andere nach Paris, Brüssel oder Los Angeles, und Sulamita nach Rom. Ich höre sie noch erzählen:

– Ich hatte eine Stelle als Sekretärin beim italienischen Konsul gefunden. Dank der guten Ausbildung, die meine Eltern mir mitgegeben hatten, konnte ich mehrere Sprachen, auch Französisch. Und ich war schön. Der Konsul war ein eleganter, vornehmer Mann, Sohn einer aristokratischen Familie in Rom. Nach fünf Jahren Krieg hatte ich vergessen, was ein Kavalier war, und der Konsul behandelte mich, seine Sekretärin, wie eine Prinzessin. Er machte mir den Hof. Ich ließ mich verführen. War es Leidenschaft? Bei ihm mit Sicherheit. Bei mir – ich weiß es nicht. War ich überhaupt noch fähig, zu lieben? Ich hatte Esra, den Lehrling meines Vaters, nicht wiedergefunden. Als ich in der Sowjetunion war, in Byałystok, Moskau und dann in Lwów, glaubte ich immer, wenn ein Mann in den Raum trat, es wäre Esra. Aber war er 1940 überhaupt noch am Leben? Im sowjetischen Radio war die Stimme meines Vaters zu hören: Wenn Esra überlebt hatte, hätte er sich dann nicht mit meinem Vater in Verbindung gesetzt? Esra war überzeugter Kommunist, ein Hundertprozentiger, und das waren die Ersten, die bei den Säuberungen von 1937 umkamen. Er wird eines der Opfer des Freunds der Juden und aller Völker gewesen sein oder des »Gebirgler im Kreml«; nennen Sie ihn, wie Sie wollen.

Nach den Katastrophen, die über mich hereingebrochen waren, folgte nun der Frühling, aber ich war unfähig, mich der Sonne hinzugeben. Hatte ich inmitten der Trümmer das Recht, zu lieben? Ich war zutiefst zerrissen: Es war der Frühling nach einem Massaker.

Der Konsul bat mich um meine Hand, wen sonst konnte er darum bitten, ich hatte keine Familie mehr. Wir haben in Warschau geheiratet. Ohne Priester und Rabbiner. Bei der Trauung dachte ich an meine Mutter. Hätte sie gewollt, dass ich unter einem Baldachin heirate wie sie und all unsere Vorfahren? 1946 gab es keine Baldachine mehr, ein scharfer Rußgeruch stieg aus der Erde. Und heimlich, tief in mir drinnen, hatte ich mich mit dem Fotografenlehrling Esra vereint. Ich hatte den Baldachin in meinen Kopf verpflanzt. Esra war verschwunden. Er hatte mich verlassen, ich war eine jener Frauen, deren Männer mit dem Versprechen, sie nachkommen zu lassen, nach Amerika fuhren und nie wieder auftauchten. Ich war eine *Agune,* und nach mosaischem Gesetz hatte ich kein Recht, wieder zu heiraten, solange Esra mich nicht freigegeben hatte. Wenn ich unglücklicherweise ein Kind bekommen hätte, wäre es ein Bastard gewesen, niemandes Sohn. Bei der Heirat mit dem Konsul nahm ich mir vor, nie Kinder zu bekommen. All die Asche wollte ich keinem Sohn weitergeben. Ich habe Wort gehalten: Nach mir wird nichts kommen. Die Kacyznes werden aussterben. Es gibt keinen Alter, Sohn der Schulamit, Tochter des Alter. Mit mir erlischt ein Geschlecht, das vielleicht bis zu König David zurückreicht.

Als seine Mission in Warschau zu Ende war, nahm mich der Konsul mit nach Rom, in diesen Palazzo, in dem ich seither lebe. Ein Glücksfall: Ich war dem Albtraum entkommen. Die Juden warteten auf Visa für die Immigration. Sie gingen weiter heimlich oder in einem Laderaum über die Grenze. Sie drängten sich in den Schiffen nach Palästina, manche lebten jahrelang in Lagern in Deutschland und Österreich, bewacht von deutsch sprechenden Wächtern, bis sie ein Visum für Amerika oder Israel bekamen. Ich hingegen reiste mit Diplomatenpass im Erster-Klasse-Schlafwagen von Warschau nach Rom. Aber ich sage Ihnen, obwohl Sie es sicher schon verstanden haben: Ich bin dem Albtraum niemals entkommen. Er hat mich verfolgt und eingeholt. Warum sonst hätte ich mir diesen Palast der Erinnerung gebaut? Ich schreie, ich schreibe es: Diese Geschichte ist ein Gift. Ich hatte keine Wahl, ich war davon infiziert, lange bevor Atlantis untergegangen ist, aber Sie? Warum haben Sie sich in die Höhle des Löwen begeben? Gab es für Sie keine andere Lösung? Wahrscheinlich nicht. Denn der versunkene Kontinent ist eine Sirene: Man braucht nur das gebrochene Echo ihres Gesangs zu hören, und sie lockt Sie an die Felsen. Es war falsch, dass Sie die Ohren spitzten, nun gehen auch Sie an diesem Riff zugrunde. Natürlich endet die Fahrt am Fels, aber vergisst man bei der Geschichte der Sirenen nicht oft, welche Lust ihr Gesang bereitete? Was für ein Genuss vor dem Schiffbruch!

Was für ein Genuss vor dem Schiffbruch. Sulamita irrte sich nicht: Ich war erobert. Ich hatte nicht das Gefühl, mich in die Höhle des Löwen gewagt zu haben. Aber ich war darin. Es war mir gleich, nicht zu wissen, woher ich kam, wer diese Anna Janowska war. Ich wäre enttäuscht zu erfahren, dass sie keine Jüdin war, es war also besser, nicht nachzuforschen. Sulamita war an Annas Stelle getreten, das war besser so. Dank ihr erbte ich eine Welt, deren Straßen, Propheten und Schurken ich bei einiger Beharrlichkeit nennen konnte. Bei den Propheten Uri-Zwi, bei den Schurken Fefer. Und bei den Straßen die Krochmalna, die Miła und die Nalewkes. Was würde ich bei Anna entdecken? Ein stummes Grab?

Die kommunistischen Juden hofften, in Polen eine klassenlose Gesellschaft aufzubauen, deshalb blieben sie. Die anderen gingen. Zu ihnen gehörte Rochl: Sie setzte alle Hebel in Bewegung, um Europa zu verlassen. Im Juni 1946 schrieb sie aus Stockholm. Im Mai 1948 war sie in Paris, und am 1. Juli kam sie in Montreal an.

Damit hören die Briefe auf. Die Geschichte ist romantisch, aber traurig; romantisch, weil sie traurig ist. 1945 hat Rochl keinen Mann mehr, nur ihre Tochter, die schon erwachsen ist. Sie ist frei und träumt vom Wiedersehen mit Melech. In den Briefen aus Fergana beklagt sie sich, dass er ihr nicht antwortet. Kann es sein, dass sie noch nicht verstanden hatte? Ist es möglich, dass eine Dichterin das Herz der Männer so wenig kannte, die einen vergessen, sobald ein junges Reh mit betörenderem Duft vorbeikommt? Als Melech ihr nach dem Krieg vorschlug, nach Mexiko, Brasilien oder Uruguay zu gehen, hat sie da nicht gemerkt, dass er alles ins Auge fasste, nur nicht Montreal? Aber Rochl versteift sich darauf, sie will bei ihm sein, auch wenn sein Herz anderswo ist, sie folgt nur ihrem Wunsch. Da gibt Melech nach. Zur Einwanderung braucht man ein Empfehlungsschreiben von einem Einwohner des Landes. Er schickt es ihr.

Weiß Rochl, als sie in Montreal ankommt, von der zweiten Rachel? Briefe gibt es nicht. Die einstigen Liebenden haben keinen Grund mehr, sich zu schreiben, da sie in derselben Stadt wohnen. Wie verlief ihr Wiedersehen? War die andere Rachel dabei und passte auf? Trotz der vielen Seiten, die ich gelesen hatte, blieb mir ihre Liebe unklar. Wann hatten sie sich geliebt und verlassen, war Rochl immer noch verliebt? Und das Wunder geschah: Eine halbe Stunde, bevor das Archiv an diesem letzten Tag schloss, fiel mir ein zehnseitiger Brief von Melech an Rochl in die Hände, begonnen am 1. Januar und beendet am 31. März 1949. Sie muss ihm irgendetwas in der Art geschrieben haben: »Du bist nicht besonders glücklich, dass ich in Montreal leben will.« Worauf er antwortete, er habe sich ihr gegenüber mustergültig verhalten. Er ging auf die ganze Zeit ihrer Beziehung ein, von 1923 bis zu diesem Tag. Und er schrieb:

Erinnerst Du Dich an jenen schönen Frühlingstag, als wir ans Grab von Jitschok-Lejbusch Peretz auf dem Genscher bejs-ojlem *gepilgert sind? Ich glaubte damals, Warschau sei auf immer die Zitadelle der jiddischen Literatur, und nachdem Markisch und Uri-Zwi fortgegangen waren, sei es mir auf meine alten Tage gegeben, der neue J.-L. Perez zu werden. Ich glaubte, wir würden schließlich doch Seite an Seite dort leben, sei es in derselben Liebe wie an diesem Tag vereint, sei es, dass sie sich in treue Freundschaft verwandelt hätte. Ich küsste das Grab, denn ich habe die jiddische Literatur immer als heiliges Amt betrachtet und mich als ihren Missionar. Für mich ist sie weder ein Beruf noch eine Beschäftigung. Sie ist mir so heilig wie das Land Israel den Pionieren.*

Als sie sich wiedersahen, waren sie, wie Melech sich ausgemalt hatte, zwei alternde jiddische Schriftsteller, in tiefer Freundschaft verbunden. Aber *Warsche* gab es nicht mehr, und sie hatten es durch *Montreol* ersetzt. Der Jiddische Literaten- und Journalistenverein Warschaus existierte nur noch in Büchern und Erinnerungen. Die öffentliche jüdische Bibliothek einer Stadt, in der die Juden eine kleine Minderheit in der anglophonen Minderheit bildeten, war das Zentrum der Gruppe von Entwurzelten geworden. Der Verwaltungsrat der jüdischen Bibliothek schuf extra für Melech die Stelle des Direktors der Volkshochschule. Melech lud die jiddischen Schriftsteller aus Montreal, New York und anderswo zu Vorträgen ein. Darin hatte er Erfahrung: In den zwanziger Jahren hatte er im Literatenverein dieselbe Aufgabe gehabt. Zur selben Zeit vegetierte Perez im Gefängnis dahin, und Uri-Zwi saß in der Knesset.

Statt Briefen gibt es nun Fotos. Melechs Hinterlassenschaft im Archiv enthält Tausende von Fotos, zunächst in schwarz-weiß, später auch die etwas künstlich wirkenden Farbfotos der bis in die siebziger Jahre verwendeten Technik. Die große Familie von Melech, die jiddischen Schriftsteller Polens, die lebenden und die toten, steht in kleine Kartons sortiert in den Regalen der Bibliothek in Jerusalem. Denn jetzt sind alle tot. Darunter sind auch einige Dutzend Fotos von Melech mit zwei Frauen. Wenn Matisse sie gemalt hätte, hieße das Bild *Der Dichter mit den beiden Rachels.* Er verbrachte seinen Lebensabend mit seinen beiden Lieben. Nach seinem Tod 1976 blieben die beiden Rachels unzertrennlich: Die Fotos zeigen zwei alte Damen mit Hut.

Die Archivarin kündigte die Schließung des Lesesaals an. Ich verabschiedete mich von ihr, da ich nach Paris zurückflog.

»Darf ich Sie etwas fragen?«

»Gern.«

»Was suchen Sie hier im Archiv?«

68

Ich konnte nicht aus Jerusalem weg, ohne Uri-Zwi auf dem Ölberg besucht zu haben. Ich winkte einem Taxi, das mich durch die arabischen Viertel fuhr und am Friedhof absetzte. Den Blick auf die Altstadt mit den Stadtmauern und der goldenen Kuppel des Felsendoms kannte ich von vielen Postkarten. Die Sonne war hinter den Dächern verschwunden, der Abend brach herein.

»Wir schließen in einer Viertelstunde.«

»Oh! Ich muss unbedingt ein Grab sehen, ich fliege morgen nach Frankreich zurück.«

»Beeilen Sie sich. Ich warte gern noch eine Viertelstunde, aber nicht länger.«

Der Wärter begleitete mich bis zum Grab von Uri-Zwi. Es unterschied sich nicht von den anderen Gräbern, schlicht, mit einer kleinen weißen Platte. Hunderte Steinchen verbargen die eingravierte Schrift. Ich wollte sie wegschieben.

»Was machen Sie denn? Sind Sie verrückt?«

»Ich will lesen, was da geschrieben steht.«

»Diese Steine wurden von Besuchern hingelegt, die hierher gekommen sind, um des Toten zu gedenken, man darf sie nicht entfernen.«

»Entschuldigen Sie.«

»Es ist Zeit.«

Ich wandte mich schon ab, als mich der Wärter fragte:

»Legen Sie keinen Stein hin?«

»Doch, natürlich.«

Ich habe einen Stein genommen und zwischen die anderen gelegt. Dann gingen wir zum Tor.

Es war schon fast dunkel, als ich herauskam. Das Taxi hatte auf mich gewartet. Es brachte mich in die Stadt zurück.

»Haben Sie hier einen Ihrer Nächsten besucht?«

»Ja, er war mir sehr nah. Ich hatte ihn sehr gern.«

Ich hatte keine Zeit gehabt, mich am Grab wirklich zu sammeln, und die Anwesenheit des Wärters hatte mich gestört. Dieser nette kleine Mann hatte mir den so seltenen Augenblick geraubt, in dem man sich in Ruhe all dessen entsinnen kann, was der Mensch, an dessen Existenz der Stein erinnert, hinterlassen hat. Was konnte ich mit Uri-Zwi teilen? Wohnte seine Seele nicht eher in seinem Werk als um sein Grab? Was ist das für eine Aura von Anwesenheit oder Abwesenheit, die von einem Grab ausgeht? Im Minibus, der mich nach Tel Aviv zurückbrachte, tat ich, was ich auf dem Friedhof nicht hatte tun können: Ich öffnete das Kuvert *3. Ölberg – 1981.*

69 Nun will ich Ihnen also *post mortem* die Beerdigung eines anderen beschreiben. Zu der von Uri-Zwi am 9. Mai 1981 kamen viele Leute auf den Ölberg. Die Menge drängte sich zwischen den benachbarten Gräbern, um die Grabredner und das Kaddisch zu hören, das sein Sohn Chaim sprach. Selten hatte eine Beisetzung eine so bunt gemischte Schar versammelt. Alles, was in der hebräischen Literatur und an der Universität Rang und Namen hatte, war gekommen. Das waren Linke, die den politischen Freunden des Dichters nirgendwo anders hätten begegnen mögen, am wenigsten Menachem Begin, dem Ministerpräsidenten des Staates Israel. Auch die letzten jiddischen Schriftsteller waren gekommen, an ihrer Spitze der große Avrom Sutzkever. Sie hatten sich zu Lebzeiten nicht besonders gemocht, aber Sutzkever erwies einem der Letzten des Goldenen Zeitalters die Ehre.

Uri-Zwi ist alt geworden und in seinem Bett gestorben, ein seltenes Privileg für einen in Polen geborenen Juden. Er hat seinen Freund Perez um dreißig und Melech um fünf Jahre überlebt. Uri-Zwi und Melech hätten also in all diesen Jahren miteinander Kontakt halten können. Erst recht, weil Melech nicht immer in Montreal gewesen ist. 1954 ließ er sich probeweise in Tel Aviv nieder. Die jüdische Kultur hatte ihre neuen Hauptstädte, Tel Aviv rivalisierte mit New York. Kam Melech, der sich nie für den Zionismus begeistert hatte, deshalb nach Israel? Hatte ihn die Vernichtung der Juden in Polen zum Territorialnationalismus konvertieren lassen, als gäbe die Geschichte dem politischen Ideal im Nachhinein recht? In Montreal war er ein Schiffbrüchiger. Dort oder anderswo, in Melbourne, Mexiko, New York, Paris oder Tel Aviv, war er dazu verurteilt, von Exil zu Exil zu irren. Hat er die erste Reise im Jahr 1950 gemacht, um seinen alten Freund Uri-Zwi wiederzusehen? Perez ist achtzehn Monate zuvor in Stalins Kerker verschwunden. Die kommunistischen Juden weisen die schlimmsten Vermutungen zurück: »Die Schriftsteller haben sich aufs Land zurückgezogen, deshalb hört man nichts mehr von ihnen.« Melech weigert sich, auf die rechten Schmähredner zu hören, es ist mitten im Kalten Krieg. Sartre erklärt, jeder Antikommunist sei ein Hund. Uri-Zwi wusste, dass Perez nie wieder auftauchen würde. Und Melech weigerte sich, es einzusehen.

Melech will den Kontakt wieder herstellen, aber Uri-Zwi schmollt. Er hat seinem alten Freund nicht verziehen. Er verzeiht niemandem. Uri-Zwi ist ein Ankläger, ein Jesaja der Neuzeit. Er hasst aus Liebe, verabscheut aus Reinheit.

Wir weinen in unserem tiefsten Innern, und unser Körper weiß davon nichts ... Und diese Tränen sind wie Dynamit im Innern eines Berges, aber der Berg weiß nicht, was in ihm steckt ... bis er explodiert, bis wir erkennen, dass wir ein Vulkan sind.

Die beiden Freunde haben gut fünfzehn Jahre Streit hinter sich, den auch die Vernichtung nicht besänftigt hat. Nach dem Pogrom von Hebron 1929 hatte Uri-Zwi unzählige politische Artikel geschrieben. Er wütete gegen die Weichlichkeit von Ben Gurion und Konsorten, die die Verständigung mit den englischen Besatzern Palästinas suchten und hofften, dass sich die Beziehungen zu den Arabern mit der Zeit bessern würden. Uri-Zwi glaubte nicht daran und prophezeite, dass sich die Massaker an den Juden wiederholen würden. Seine neuen politischen Freunde richteten sich am rechten Rand ein. Als sie einsahen, dass die Arbeiterzionisten ihnen keinen Spielraum lassen würden, und sie von der britischen Macht vertrieben wurden, verlagerten sie ihre Aktivitäten nach Warschau. Uri-Zwi, ihre beste Feder, wurde aufgefordert, seine publizistische Tätigkeit dort fortzusetzen. Auf Hebräisch? Keineswegs! Wenn man die Massen erreichen wollte, musste man auf Jiddisch schreiben. Jede Woche verfasst er einen Leitartikel. Er beschimpft die jüdischen Kommunisten, die durch die Nalewkes marschieren und auf polnischen Transparenten die Gründung einer demokratischen arabischen Republik in Palästina fordern. Er erklärt, man müsse Hitlers Deutschland total boykottieren. Seine bevorzugte Zielscheibe ist das zionistische Establishment, die »Juden am Hof des Mufti« oder die »Bürokraten der Kolonisierung«. Ihnen stellt er das Heldentum der Irredentisten von Tur-Malka entgegen. Auch die Rabbiner bekommen ihren Teil ab: Sie sollten besser dafür kämpfen, dass der Tempelberg den Juden gehört, als Steine auf Fußballmannschaften zu werfen, die am Schabbat spielen. Sein Sarkasmus erreicht einen Höhepunkt, als Chaim Arlozoroff, ein Arbeiterführer in Palästina, nach Warschau kommt. In Uri-Zwis Artikel *2 ohamed hat den Berg erklommen* heißt es: »Im Krieg stand ich unter dem Befehl des Kaisers. In Eretz Israel dachte ich, man sei dem verstorbenen König Theodor Herzl zur Treue verpflichtet und müsse unter der weiß-blauen Fahne kämpfen, aber ich habe schnell gemerkt, dass wir unter der roten Fahne standen. Die Hymne ist nicht die *Hatikwa,* sondern die *Internationale.*«

Als Arlozoroff vorschlägt, mit Hitler über die Rettung der deutschen Juden gegen Geld zu verhandeln, ist er außer sich.

Zwischen Melech und Uri-Zwi geht gar nichts mehr. Dabei hat die Geschichte gut begonnen. Als Uri-Zwi in Warschau ankommt, holt der Freund ihn vom Bahnhof ab. Sie umarmen sich, freuen sich über das Wiedersehen. Melech organisiert in einem Saal des Rathauses einen offiziellen Empfang, um den großen Schriftsteller willkommen zu heißen. Aber das Fest bleibt nicht lange fröhlich. Agitatoren haben sich unter die Menge gemischt:

»Geh zurück in dein Verheißenes Land.«

»Steig wieder auf deinen Berg.«

»Verräter.«

»Zelot.«

Man versucht Uri-Zwi zurückzuhalten, aber er steigt auf einen Tisch, damit man ihn besser hört.

»Zelot? Ich nehme eure Beschimpfung als Kompliment!«

Das Geschrei wird lauter. Melech will alle beruhigen und schwingt sich ebenfalls auf den Tisch. Uri-Zwi glaubt, der

Freund wolle ihn zum Schweigen bringen. Er packt ihn am Kragen, und die fassungslosen Zuschauer sehen, wie die beiden alten Freunde sich prügeln. Man hält sie zu spät zurück: Die beiden Dichter werden zum Symbol des Bruderkriegs, den sich die Juden in Polen liefern, zwischen dem, der an Polen glaubt, und dem, der nicht daran glaubt, dem, der nicht an Palästina glaubt, und dem, der daran glaubt. Die Polizei lässt den Saal räumen.

Im Juni 1933 wird Chaim Arlozoroff am Strand von Tel Aviv ermordet. Die Sozialisten erklären diesen Mord, dessen Täter nie gefunden wurde, zu einem politischen Verbrechen. Die Schuld liege zweifellos bei Uri-Zwis Freunden. Drei Verdächtige werden verhaftet, alle drei Mitglieder des radikalsten Flügels der Partei. Uri-Zwi tobt, spricht von einer Intrige, von einem Bündnis zwischen den Arbeiterzionisten und den Gojim der britischen Krone.

Uri-Zwi kommt nach Tel Aviv zurück, als der Prozess gegen die drei Angeklagten in vollem Gange ist. Er wird auf der Straße angepöbelt. Arbeiter beschimpfen ihn von einem Gerüst herab als Verbrecher. Er ergreift die Flucht und kehrt nach Warschau zurück. Im Sommer 1936 kommt er erneut nach Palästina, um die Veröffentlichung seines neuen Gedichtbands *Das Buch der Anklage und der Überzeugung* vorzubereiten, eine radikale Sicht der politischen Situation in Eretz Israel, das damals noch Palästina war. Die Beziehungen zwischen Juden und Arabern werden darin als tödlicher Kampf dargestellt. Die Sprache ist die eines neubiblischen Propheten. Der Band bringt die Literaturkritik in Verlegenheit. Er ist ein Meisterwerk, aber die darin ausgedrückte Ideologie ist voller Gewalt. Uri-Zwi wird von der literarischen Welt boykottiert und gefällt sich in der Rolle des verfemten Dichters, die ihm wie angegossen passt. Erneut kehrt er nach Warschau zurück. Mit seinen Revisionistenfreunden versucht er, die Emigration nach Palästina zu organisieren, aber die Engländer legen Quoten fest, und Immigrationszertifikate werden nur tröpfchenweise erteilt. Die Arbeiterzionisten unternehmen alles, damit ihre Anhänger bevorzugt und Uri-Zwis politische Freunde abgelehnt werden.

Der Krieg überrascht ihn in der polnischen Hauptstadt. Eigentlich kann von Überraschung keine Rede sein, denn seit bald zwanzig Jahren hat er eine Katastrophe vorausgesagt. Er verlässt die Stadt in letzter Minute vor dem Einmarsch der deutschen Truppen. In derselben Woche sind meine Eltern und ich nach Osten aufgebrochen. Er wendet sich nach Süden, kommt nach Rumänien und schifft sich am Schwarzen Meer nach Haifa ein. Nicht ohne Mühe verließ er Europa. Und nicht ohne Gewissensbisse: Er hätte gern seine Eltern, seine Schwestern und deren Kinder aus Lwów abgeholt, aber dorthin konnte er nicht mehr. Die Stadt war von der Roten Armee besetzt. Uri-Zwi wusste, dass er nicht lebendig davonkommen würde, wenn er die Grenze überschritt. Welches Schicksal hatte ein rechter zionistischer Schriftsteller in der Sowjetunion zu erwarten? Seit fast zwanzig Jahren hatte er die Juden zur Flucht aufgefordert, aber selbst seine nächsten Angehörigen hatten nicht auf ihn gehört.

Er zog in Jerusalem bei einem Ehepaar ein, das zu seinen Bewunderern gehörte, Doktor Javin und seiner Frau. Vermutlich war sie in den rothaarigen Dichter verliebt, und möglicherweise hatten sie tagsüber, während der gute Doktor arbeitete, eine Romanze. Im Tagebuch von Mirjam Javin ist liebende Verehrung für den Dichter zu spüren. Uri-Zwi verkriecht sich. Er veröffentlicht nicht, aber er schreibt. Eines Tages sagt er zu seiner Freundin:

»Es ist erbärmlich trist, bei uns ein Dichter zu sein. Das Judentum ist wie der Uterus einer Prostituierten. Ich weiß keinen anderen Ausdruck, nur dieses Bild fällt mir ein.«

Da taucht Else Lasker-Schüler wieder auf. Sie ist, wie man wohl ahnt, nicht in Berlin geblieben, sondern am 19. April 1933 aus Deutschland geflohen und nach Zürich gegangen. 1934 macht sie eine erste Reise in das *Hebräerland,* wie sie es nennt. 1939 kommt sie wieder und kann nicht mehr weg, weil die Schweiz sie nicht mehr haben will. Sie lässt sich in Jerusalem nieder. Die Dichterin war immer schon originell, jetzt aber ist sie gänzlich verrückt. Ihre beiden Ehen, der Tod ihres geliebten Sohns, dessen Grab sie in Berlin zurücklassen musste, um ins Exil zu gehen, und die Ungewissheit, wann der Nazi-Albtraum aufhören wird, das alles hat ihr den letzten Verstand geraubt. Sie verkehrt mit den deutschen Flüchtlingen, Berlinnostalgikern oder anderen, zionistischeren Deutschen wie dem Philosophen Martin Buber oder Judah Leon Magnes, dem Präsidenten der Hebräischen Universität, die sich für einen binationalen jüdisch-arabischen Staat einsetzen. Versucht sie, Uri-Zwi wiederzusehen? Ich weiß es nicht, aber ist diese Begegnung überhaupt denkbar? Uri-Zwi spuckt auf die Juden, die nach einer friedlichen Lösung suchen. Er predigt die gewaltsame Besetzung von Eretz Israel. Die Deutschen in Jerusalem helfen Else zu überleben, aber sie bringt sie mit ihren Skandalen und ihrem extravaganten Aufzug in Verlegenheit. Es ist schwierig, sie einzuladen. Wenn man sie bei ihrem Vornamen nennt, antwortet sie aggressiv:

»Es gibt keine Else mehr. Ich bin Jussuf, Prinz von Theben, aber Theben ist zerstört worden.«

Was bleibt in Palästina von der Freundschaft zwischen der Dichterin und ihrem kleinen Bruder aus Aschkenas, nach zehn Jahren Nationalsozialismus und zwei Jahrzehnten antisemitischer Ausschreitungen? Als Else im Januar 1945 stirbt, wird sie auf dem Ölberg beerdigt. Sie hatte sich gewünscht, bei ihrem Sohn in Berlin zu ruhen, auf dem jüdischen Friedhof in Weißensee. Der Wunsch wird ihr nie erfüllt werden. Hat Uri-Zwi Else zu ihrer letzten Ruhestätte begleitet? Ich habe keinen Beweis dafür, aber ich will es glauben. Natürlich war er nicht der Typ, der etwas bedauerte, das hat er sein Leben lang nicht getan, aber hat man das Recht, der größten Dichterin deutscher Sprache das letzte Geleit zu verwehren, die dem *Hebräerland* so schöne Seiten gewidmet hat?

Elses Grab hat einiges durchgemacht. Nach dem Krieg von 1948 wurde der Ölberg durch Jordanien besetzt. Die Jordanier benutzten die Grabsteine für alle möglichen Bauwerke und zogen eine Straße durch den Friedhof. Das Grab befand sich auf der Trasse dieser Straße. 1967, als die israelischen Soldaten nach dem Sechs-Tage-Krieg den Ostteil Jerusalems in Besitz nahmen, suchte man das Grab, aber es war verschwunden. Schließlich fand man den Stein und einen Berg von Knochen, die etwa dreißig verschiedenen Menschen gehört hatten. Man beerdigte sie erneut und gab Else ein neues Grab. Es ist nicht sicher, ob die Überreste der Dichterin darin liegen. Heute könnte man Paul auf dem Friedhof in Weißensee etwas DNA entnehmen, um sie mit den vermischten Knochen auf dem Ölberg zu vergleichen, aber wer wird das tun? Sie? Und warum eigentlich? Entscheidend ist doch, dass es einen Ort auf der Welt gibt, wo geschrieben steht: *Hier ruht die Dichterin Else Lasker-Schüler, Prinz Jussuf.*

70 Ich war wenige Meter an Elses Grab vorbeigegangen, ohne es zu sehen. Was sollte ich tun? Nach Jerusalem zurückkehren, um die Gräber von Uri und Else in einem Blick zu vereinen? Warum sollte ich ihrer an diesen Gräbern gedenken? Welche Existenzbeweise sollte ich dort suchen?

Ich würde eines Tages wiederkommen, davon war ich überzeugt. Denn mir wurde bewusst, dass ich Friedhöfe liebte, jene Städte, deren Bewohner einen nicht mehr stören.

71 Vielleicht war Uri-Zwi doch nicht bei der Beerdigung der Dichterin, wo der Schriftsteller Schmuel-Joseph Agnon das Kaddisch sprach. Denn er verkroch sich weiterhin, wie er es während des ganzen Kriegs getan hatte. Er hat geschrieben, aber er dachte unaufhörlich an seine Familie. Er stellte sich seinen Vater vor, wie er vom NKWD verfolgt wurde. Was konnte ein chassidischer Rabbi von Hammer und Sichel Gutes erwarten? Bis zum Bruch des Hitler-Stalin-Pakts

hörte er noch gelegentlich von seiner Familie. Vereinzelte Postkarten erreichten ihn. Ihm war klar, dass seine Mutter nicht alles erzählen konnte, aber wenigstens war sie am Leben. Ich war zur selben Zeit in Lwów. Wir lebten dort nicht schlecht, aber mein Vater war auch kein Rabbi, und meine Mutter trug keine Perücke. Ehrlich gesagt, weiß ich nicht, wie die frommen Juden behandelt wurden, wir hatten nichts mit ihnen zu tun. Als die Nazis kamen, verwandelte sich Uri-Zwis Sorge in Entsetzen. Was würde aus ihnen werden? Was konnte man für sie tun? Nichts.

Die Grinbergs sind in Lwów geblieben, wir sind geflohen. Mein Vater wurde in Tarnopol gefasst, nachdem ihm die Sowjetmacht die Fahrt in einem Zug verwehrt hatte, der die Parteibonzen nach Osten evakuierte. Meine Mutter kam später ums Leben, ich hatte das Unglück zu überleben. Reb Chaim Elieser Grinberg und seine Familie wurden in ein Arbeitslager gebracht. Anhängern des Rabbis gelang es, ihn dort herauszuholen und noch ein paar Wochen überleben zu lassen, aber er wurde wieder gefasst, und die ganze Familie starb in Bełżec, vergast. Ihre Körper wurden verbrannt, bis nichts mehr blieb, wie der von Hinde, Melechs Mutter, wie die von mehr als 400 000 galizischen Juden. Sie haben schon eine Stecknadel mit rotem Kopf auf jenem Ort, der eine hübsche Lichtung war, ehe er zu einem der größten Scheiterhaufen wurde, die Europa je gesehen hat. Sie können noch eine blaue Stecknadel hinzufügen.

Seit dem Tag, als Uri-Zwi seine Pejes abgeschnitten hatte, bewahrte seine Mutter die zu Boden gefallenen Locken in einer kleinen Perlmuttdose auf, anstatt sie zu verbrennen, wie es die Tradition vorschrieb. Hatte sie sie noch bei sich, als sie nach Bełżec kam? Als ich auf dem Flohmarkt in der Obozowastraße in Warschau ein Paar Gebetsriemen sah, habe ich mich gefragt, ob sie vielleicht Reb Chaim Elieser gehört hatten. Wie viele Gebetsriemen wurden in den Koffern der Männer gefunden, die nach Bełżec, Sobibór, Majdanek, Treblinka, Auschwitz kamen? Was hat man mit diesen Lederstreifen gemacht, was mit den von Millionen Schreibern kalligraphierten Pergamenten?

Als er vom Ausmaß der Vernichtung erfährt, erklärt Uri-Zwi:

»Als Jude muss ich ein Kind haben. Ich werde es lehren, sich in seinen Gebetsschal zu hüllen. Meine Mutter sagte zu mir: ›Schau, dein Vater schweigt, aber du kannst dir nicht vorstellen, wie sehr er es bedauert, dass du keine Kinder hast.‹ Welche Frau würde mir folgen und mein Leben teilen?«

Diese Frau hat er schließlich gefunden. Ich habe damals das Gegenteil gedacht: Wie kann man nach Tarnopol und Bełżec noch Kinder in die Welt setzen?

Als Uri-Zwi hört, dass Chaim-Elieser, Bascheva, Riwke und Rajzl zu den Opfern gehören, beginnt er wieder zu schreiben. Im Juli 1945 veröffentlicht er ein erstes Gedicht in der Tageszeitung *Haaretz*. Drei Jahre lang folgt eins auf das andere. Der Chefredakteur hat erkannt, dass er die schönsten Verse der modernen Klagelieder des jüdischen Volkes vor sich hat. Das Geschrei der linken Politiker kann die Veröffentlichung dieses Stroms von Kummer, Schmerz und Trauer nicht stoppen, denn die ganze Nation liest die Verse von Uri-Zwi und weint mit ihm. Es gibt keinen aus Polen oder Russland stammenden Juden in Palästina, der nicht einen Vater, eine Mutter, einen Bruder und oft die ganze Familie verloren hat und nicht von denselben Schuldgefühlen gequält wird. Denn es waren nicht ganze Familien aus Europa nach Palästina gekommen. Es war ein

Sohn, eine Tochter, und meistens sind sie gegen den Willen des Vaters weggegangen. Diese Söhne und Töchter fragen sich nun: »Warum konnte ich meine Eltern nicht überzeugen, nachzukommen? Warum haben sie nicht wie ich geahnt, dass sich in Europa etwas Schreckliches zusammenbraute?«

Gewiss, ich rettete meinen Körper, als ich floh aus dem Haus meiner Eltern
Aus dem Haus, das mir Leben gab, Nest meines Brabbelns Haus meines Blutes und meines Golds
Meine Seele aber habe ich nicht gerettet.

Uri-Zwi hat seine politische Tätigkeit unterdessen nicht aufgegeben. Diese drei Jahre seines intensiven literarischen Schaffens sind auch die Zeit, die zur Unabhängigkeit des Landes führen. Die Vereinten Nationen beschließen die Gründung von zwei Staaten, einem arabischen und einem jüdischen. Ben Gurion akzeptiert den Teilungsplan, Uri-Zwi lehnt ihn ab: Palästina muss vollständig jüdisch sein. Zwischen der israelischen Armee und den Armeen der arabischen Staaten bricht ein Krieg aus. Neues Exil. Die Israelis treiben Zehntausende Palästinenser außer Landes. Es gibt ein paar Massaker, um die *Fellachen* zu überzeugen, schneller zu verschwinden. Die Araber tun das gleiche: Die Kibbuzim von Judäa werden zerstört, die letzten jüdischen Bewohner von Hebron packen ihre Koffer. Um Jerusalem wird am erbittertsten gekämpft. Schließlich wirft Ben Gurion das Handtuch: Die Stadt wird geteilt, eine israelische Hälfte, die andere von Jordanien besetzt, auch das antike Tur-Malka und der Ölberg.

Zeev Jabotinsky, der historische Führer der zionistischen

Revisionisten, ist 1940 gestorben, und Menachem Begin hat die Parteiführung übernommen. Als der neue Staat sein erstes Parlament bekommt, wird Uri-Zwi als zweiter auf Begins Liste gewählt.

Melech und Uri-Zwi sahen und schrieben sich über zehn Jahre nicht. Als Melech 1950 zum ersten Mal im neuen Staat Israel war, besuchte er die Knesseth als Zuschauer. Zwischen den Abgeordneten erblickte er die immer noch rote Mähne von Uri-Zwi. Er erkannte ihn sofort. Uri-Zwi agitierte seine Kollegen mit derselben Leidenschaft wie einst vor dem Scharmützel beim Empfang im Rathaus von Warschau. Er war derselbe geblieben. An diesem Tag galt seine Brandrede Jerusalem:

»Ben Gurion hat die Heilige Stadt verscherbelt, als er die Hälfte den arabischen Armeen überlassen hat. Was ist der Staat der Juden ohne Jerusalem, sein Juwel? Wie konnte der Führer der jüdischen Nation den Berg Zion und den Tempelberg, die Stadt König Davids in den Händen der Araber lassen? Wo sollen die Juden beten, wenn sie keinen Zugang mehr zur Klagemauer haben? Tur-Malka liegt heute in Jordanien. Man hätte noch den letzten Soldaten opfern müssen, um Jerusalem zu erobern. Wir gehören zum Lager der Sikarier, unserer Vorväter, die sich gegen die Römer erhoben! Wir sind die Kämpfer von Massada! Wir sind bereit zu sterben, um uns nicht zu ergeben. Wir ziehen uns in die Festung von Betar zurück, wie einst Bar-Kochba, für das letzte Opfer.«

Als die Sitzung zu Ende ist, rennt Melech zur Treppe und wartet auf Uri-Zwi. Als der aus dem Saal kommt, hält er ihn auf:

»Uri ...«

»Oh, ein Heimkehrer aus dem Totenreich! Hast du etwas von Perez gehört?«

»Nichts. Das letzte Mal war vor zwei Jahren. Er hat Rochl zum Bahnhof gebracht, als sie Moskau verließ.«

»Er ist verhaftet worden.«

»Sie sind alle verhaftet worden.«

»Sein Schicksal ist besiegelt. Er hat sich selbst an den Felsen gekettet, und die Raben kreisen über seinem Kopf. Er hätte auf mich hören sollen. Er hätte nicht wieder wegfahren, das Land Israel nicht für das Land der Gojim verlassen dürfen.«

»Die Sowjetunion war eine schlechte Idee. Er hätte woandershin gehen können.«

Uri-Zwi musterte Melech, und sein Blick sagte: ›Bist du gekommen, um dich schon wieder mit mir zu streiten? Bist du genauso wie all diese Leute, die nicht auf das Wort des hebräischen Propheten hören?‹ Er wandte sich ab. Von da an blieb die Geschichte der beiden immer gleich: Melech versuchte, die alte Freundschaft wiederzubeleben, und Uri-Zwi verweigerte ihm diesen nostalgischen Wunsch unerbittlich. In Wirklichkeit war Melech vor allem eifersüchtig, denn Uri-Zwi dachte nur an Perez. Melech war dazu verdammt, Kofferträger der einzigartigen Freundschaft zu sein, die diese beiden großen Dichter verband.

72

Der Minibus erreichte den Stadtrand von Tel Aviv. Er setzte mich im Getümmel des Busbahnhofs ab. Die trockene, kühle Luft von Jerusalem hatte einer feuchten, erstickenden Atmosphäre Platz gemacht. Obwohl ich schwitzte, ging ich geradewegs zur Redaktion von Bennys Zeitung.

»Ich hatte Lust, dich zu sehen, ehe ich fliege.«

»Schön, dass du gekommen bist.«

»Es ist das Ende von irgendwas, wie ein kleiner Tod.«

»Nein, es ist erst der Anfang.«

»Ich habe Lust, dich besser kennenzulernen.«

»Du wirst mich besser kennenlernen.«

Am nächsten Tag flog ich nach Paris. Als ich nach Hause kam, schaltete ich das Radio ein: In Jerusalem hatte es am selben Morgen ein Attentat gegeben. Mir wurde bewusst, dass ich während meines ganzen Aufenthalts nicht über Politik gesprochen hatte, aber das war auch nicht das Ziel meiner Reise gewesen. Und ich hatte niemanden kennengelernt, außer Melech, Uri-Zwi und Perez. Und Benny.

»Hier ist Pierre.«

»Gut nach Hause gekommen?«

»Tel Aviv fehlt mir. Wir haben noch nicht alle Teesalons besucht.«

»Dann komm zurück.«

»Würdest du mich nach Warschau begleiten?«

»Was willst du dort finden? Es ist nichts mehr da.«

»Das, was ich in Tel Aviv gesucht habe: Abwesenheit.«

»Dafür ist es der ideale Ort. Aber Warschau eilt nicht. Hast du alle Kuverts von Sulamita aufgemacht?«

»Einen habe ich noch, eben deshalb: 5. *Genscher bejs-ojlem – Warschau*«.

»Bist du verpflichtet, die Reise zu machen, um den Brief zu lesen?«

73

Ich gehe jetzt nicht mehr aus dem Haus, aber ich bin weiß Gott durch Rom spaziert. Ich habe die Stadt leidenschaftlich geliebt. Ich kenne ihre Paläste und Gärten, ihre verborgenen Winkel. Wenn ich eine kleine Pforte fand, durch die man von einer Straße zur anderen gelangte, ertappte ich mich oft bei dem Gedanken: gut zu wissen. Ich habe unterirdische Gänge entdeckt und oft an die ersten Christen gedacht, die sich in Höhlen versteckten, um der Verfolgung zu entgehen. Ich habe Ihnen den geheimen Durchgang nicht gezeigt, der die Flucht ermöglicht aus meinem … – »aus meinem Palast der Erinnerung« wollte ich schreiben. Aber Sie wissen ja, dass man dem nicht entkommt. Durch die Geheimtür können Sie nur den Ort unauffällig verlassen, aber Sie bleiben gefangen, Sie werden sich nicht mehr von diesen Erinnerungen befreien, es ist zu spät.

Nicht die Renaissancefresken sind es, was ich an dieser

Stadt besonders liebe. Sie sind zu frisch, zu unversehrt. Ich liebe die Ruinen. Wenn eines Tages jemand mein Porträt malt, soll es *Aristokratin vor Ruinen* heißen. Oder auch *Alte Jüdin in den Trümmern.* Denn ich bin beides ein bisschen: Jüdin und Aristokratin. Die beiden Wörter klingen seltsam, wenn man sie zusammenbringt. Wie kann man Aristokratin sein, wenn man Jüdin ist? Die Rothschilds konnten ihre Herkunft aus dem Ghetto von Frankfurt am Main niemals auslöschen, auch nicht, dass sie ihren Adel dem Geld verdanken, sie werden eine gewisse Gewöhnlichkeit niemals loswerden, während ein echter Aristokrat seinen Adel durch seine Tapferkeit erwirbt, dann überschüttet ihn der König mit Gold, um ihm für seinen Mut zu danken. Ich habe mir meinen Palast und mein Gold, meine Diademe aus dem 18. Jahrhundert und meine Kommoden, die einst Königinnen gehörten, redlich verdient. Mein Mann hat mir mein Adelsprädikat für meine Tapferkeit geschenkt: mein Überleben. Ich habe Ihnen alles von Melech, Perez, Uri-Zwi und Rochl erzählt, aber Sie wissen nichts von mir. Und Sie werden auch nichts erfahren. Suchen Sie, wenn Ihnen daran liegt, aber Sie werden nichts finden, denn ich habe die Fährten verwischt. Ich habe alle Dokumente vernichtet, die mich betreffen, ich habe meine Spuren beseitigt. Sie werden nicht erfahren, wie ich überlebt habe, durch welchen Zufall, welches Wunder, welchen Lebensdrang, welches Pech. Da ich sehr schön war, wird man mich verdächtigen, ich hätte für mein Leben meine Reize verkauft. Ich habe das Pech, dass ich überleben wollte, und es ist mir gelungen. Aber die Erinnerung an mich wird mich nicht überleben. Sie verliert sich in meinem Palast. Diese riesige Bibliothek ist das Einzige, was von mir bleiben wird, mein Lebenswerk. Pierre, ich habe Ihnen die Schlüssel anvertraut, hüten Sie sie gut. Ich habe Sie ausgewählt, weil ich überzeugt bin, dass Sie den Ort so bewahren werden, wie er ist. Ich misstraue den anderen, den Bibliotheken und Nationalarchiven. Die Behörden sind zu abhängig von den Launen der Mächtigen. Aber Sie werden meinen Palast der Erinnerung nicht abreißen, das weiß ich. Vielleicht werden Sie sogar bereit sein, meine Mumie in dem roten Sessel von vor der Katastrophe zu lassen, den erstarrten Blick auf den Fotos von meinem Vater, den Gesichtern, die mich betrachten.

Ich habe Wort gehalten, ich habe keine Kinder bekommen. Uri-Zwi bekam fünf. Sie tragen die Namen der Gemarterten, wie alle jüdischen Kinder, die nach 1945 geboren wurden, bis in die sechziger Jahre. Und wie heißen Sie? Pierre. Aber was ist Ihr zweiter Name? Maurice für einen Mosche? Bernard für einen Berl? Ach nein, ich vergaß ... Sehen Sie, bei Ihnen kann ich vergessen.

Ich höre auf, ich habe nicht mehr die Kraft, die Geschichte der anderen zu erzählen. Jetzt sind Sie an der Reihe. Folgen Sie den Lebenslinien der anderen Schriftsteller auf dem Foto, denen, die Mojsche Broderson in den Gulag, Israel-Joschua Singer nach Amerika, Oser Warschawski nach Auschwitz führten. Und Alter Kacyzne auf den jüdischen Friedhof von Tarnopol. Vielleicht finden Sie den Knüppel, der ihn erschlagen hat. Heben Sie den Umschlag auf, in den ich diese letzten Briefe gesteckt habe, ich habe den Klebstoff angeleckt, damit Sie eine Spur von meiner DNA haben. Sie können sie mit der des Blutes vergleichen, das Sie an dem Knüppel finden, aber denken Sie daran, dass dieses Stück Holz sicher mehr als einen Juden erschlagen hat, mein Vater hatte an jenem Tag auf dem Friedhof nicht allein dieses Privileg. Hunderte Männer, Frauen und Kinder erlitten das gleiche Schicksal.

Ich hatte versprochen, Ihnen, ehe ich für immer einschlafe, zu erzählen, wie das Manuskript des *Haufe* wiedergefunden wurde. Nach der Rückkehr aus der Verbannung darf Esther wieder in ihre alte Wohnung ziehen, aber nur in ein Zimmer, denn in Moskau herrscht Wohnungsnot. Melech schreibt ihr weiter, und in jedem Brief erwähnt er den wunderbaren Bücherschrank, der in ihrem Wohnzimmer einen Ehrenplatz einnahm, bevor Perez verhaftet wurde. Mehr kann er nicht schreiben, denn die Post wird kontrolliert. In den sechziger Jahren kommt ein Freund von Melech, der auf der Durchreise in Moskau ist, zu Esther. Inzwischen hat sie nach dem Auszug ihrer Nachbarn auch das Wohnzimmer zurückerhalten, aber die Möbel sind nach Perez' Verurteilung beschlagnahmt worden, und der Bücherschrank ist nicht mehr da. Esther stellt Nachforschungen an, und nach mehreren Monaten findet sie ihn in einem Ministerium. Mit Hilfe von Freunden erhält sie Zugang zu dem Möbelstück, klappt die Verzierung auf, wie Melech es seinem Freund erklärt hatte, und entdeckt das Manuskript des *Haufe*. Es hatte fünfzehn Jahre wohlbehütet dort gelegen, ohne dass die, die das Andenken seines Autors zerstören wollten, davon wussten. Esther schmuggelte es nach Israel, und heute kann man es in der Universität Tel Aviv lesen.

Ich vertraue Ihnen ein letztes Geheimnis an, ehe ich verschwinde. Ich habe endlich das Rätsel der Königin von Saba gelöst, aber zu spät. Vor ein paar Jahren schlug ich das Buch mit den Legenden auf, um die Antwort zu finden. Ich hatte gerechnet: Da Esra zehn Jahre älter war als ich, konnte er nicht mehr am Leben sein. Also erlaubte ich mir, die Lösung zu suchen, ohne sie aus eigener Kraft gefunden zu haben. Und ich vertraue sie Ihnen an, ehe Sie ebenfalls auf den Band mit Legenden von König Salomon stoßen:

Erinnern Sie sich an die Frage:

Wenn der Wind bläst,
Neigt er schnell den Kopf
Und ächzt:
Schmuck für die Reichen, nützlich den Armen;
den Lebenden ein Ziel; den Toten eine Strafe;
Für die Vögel eine Freude; für die Fische eine Wunde.

Es ist der Flachs! Vielleicht bringt er Ihnen mehr Glück als mir. Ich wünsche Ihnen, dass Sie mit dieser Lösung die Liebe finden. Ich habe sie mein Leben lang gesucht, Esra wurde mir nicht zurückgegeben, aber ich habe Sie gefunden.

Von meinen Schriftstellern bleiben natürlich ihre Bücher und ihre über die ganze Welt verstreuten Nachkommen in Israel, in Australien, in der Ukraine. Es bleiben ein paar Fotografien. Ich kenne die Gesichter, die vor dem Objektiv posierten. Ein Bild allerdings hat sich mir immer entzogen. Perez inmitten einer Gruppe junger, braungebrannter Juden, ganz sicher in Palästina bei seinem Aufenthalt dort. Ich fand es in dem Nachlass, den sein Sohn David der Universität Tel Aviv vermacht hat. Ich habe Himmel und Hölle in Bewegung gesetzt, um herauszufinden, wer mit ihm auf dem Bild ist, ich habe die größten Spezialisten für hebräische Literatur gefragt, denn womöglich war es das Pendant zu dem Bild aus dem *Saksischn gurtn:* Perez in Warschau, umgeben von jiddischen Schriftstellern, dann in Tel Aviv inmitten hebräischer Schriftsteller. Wurde es in einem Kibbuz aufgenommen? Niemand in Israel konnte mir sagen

»Das ist der Onkel meiner Schwägerin, und der Kleine links ist mein Cousin«, seltsam, nein? Die Fotografie bewahrt ihr Rätsel, vielleicht werden Sie es eines Tages lösen. Und vielleicht folgen Sie auch der Spur, die zu jener anderen Fotografie führt.

Das Kuvert enthielt diesen letzten Brief und einen kleinen Umschlag. Ich öffnete ihn. Ein Familienfoto. Ein Vater, eine Mutter, zwei junge Mädchen und ein kleiner Junge. Auf der Rückseite der Stempel »Zakład fotograficzny Kacyzne« und, von Sulamitas Hand geschrieben: »Ania Janowska und ihre Familie«.

Porträt der jungen Schriftstellergruppe, bekannt als *Khaliastra, Die Clique*. Von links: Mandl Elkim, Perez Hirschbein, Uri-Zwi Grinberg, Perez Markisch, Melech Rawicz, Joschua Singer.

Übersetzungen der Gedichte

S. 18: *Die Welt am Abgrund* (Auszug, Originaltitel: *Velt barg arop*) von Uri-Zwi Grinberg, aus dem Jiddischen übersetzt von Esther Alexander-Ihme und Niki Graça.

S. 36: *Atlantis* (Originaltitel: *Di Atlantide*) von Lejb Najdus, aus dem Jiddischen übersetzt von Esther Alexander-Ihme und Niki Graça.

S. 115 ff.: *Aus meinem Heft* (Auszug, Originaltitel *Baj mir in pinkes*) von Uri-Zwi Grinberg, aus dem Jiddischen übersetzt von Esther Alexander-Ihme und Niki Graça.

S. 120 f.: *Ich liebe das Serbenvolk* von Uri-Zwi Grinberg, aus dem Jiddischen übersetzt von Esther Alexander-Ihme und Niki Graça.

S. 129: *In der Stadt des Schlachtens* von Chaim Nachman Bialik, dt. von Richard Chaim Schneider, Salzburg und Wien 1990.

S. 170: *Die römischen Sonette* von Joachim Du Bellay, (Auszug) dt. von Ernst Deger, München, 1976.

S. 179/365 f.: *Der Haufe* (Auszug, Originaltitel *Di kupe*) von Perez Markisch, aus dem Jiddischen übersetzt von Esther Alexander-Ihme und Niki Graça.

S. 187 f.: *Mephisto* (Auszug, Originaltitel *Mefisto*) von Uri-Zwi Grinberg, aus dem Jiddischen übersetzt von Esther Alexander-Ihme und Niki Graça.

S. 193: *Zu den Sternen* (Auszug, Originaltitel *Tsu di schtern*) von Mojsche Broderson, aus dem Jiddischen übersetzt von Esther Alexander-Ihme und Niki Graça.

S. 194: *Beim Mahl der Armen* (Auszug, Originaltitel *Tsu oremen moltsajt*) von Perez Markisch, aus dem Jiddischen übersetzt von Esther Alexander-Ihme und Niki Graça.

S. 196: *Hymne auf den menschlichen Körper* (Auszug, Originaltitel: *Gezang tsum mentschlechn kerper*) von Melech Rawicz, aus dem Jiddischen übersetzt von Esther Alexander-Ihme und Niki Graça.

S. 225: *Der Teil Elohims* (Originaltitel: *Der chejlek heloje*) von Uri-Zwi Grinberg, aus dem Jiddischen übersetzt von Esther Alexander-Ihme und Niki Graça.

S. 225: *Mein Volk* von Else Lasker-Schüler, in: Sämtliche Gedichte, München 1966.

S. 276 f.: *Im Reich des Kreuzes* (Auszug, Originaltitel: *In malches fun zejlem*) von Uri-Zwi Grinberg, aus dem Jiddischen übersetzt von Esther Alexander-Ihme und Niki Graça.

S. 280: *Liebe* (Auszug, Originaltitel: *Ahava*) von Uri-Zwi Grinberg, aus dem Jiddischen übersetzt von Esther Alexander-Ihme und Niki Graça.

S. 297: *Ich bin die Zeloten* (Auszug) von Uri-Zwi Grinberg, aus dem Hebräischen übersetzt von Ruth Melcer.

S. 335: *Ewiges Lich vor dem Sarg* (Auszug, Originaltitel: *S. Michoels: a ner-tomid bajm orn*) von Perez Markisch, aus dem Jiddischen übersetzt von Esther Alexander-Ihme und Niki Graça.

S. 372 f.: *Morgengebet auf dem Ozean* (Auszug, Originaltitel: *Far jiddische poetn: a fartog-tfile afn jam*) von Melech Rawicz, aus dem Jiddischen übersetzt von Esther Alexander-Ihme und Niki Graça.

S. 418: *Klagelied des Sohnes, der aus dem Haus des Vaters geflohen ist* (Auszug, Originaltitel: *Kinat haben bebarho mibeyt avav veimo*) von Uri-Zwi Grinberg.

Zitate aus der *Heiligen Schrift,* ins Deutsche übertragen von Naftali Herz Tur-Sinai, Neuhausen-Stuttgart 1993.

Dank

Der Autor dankt Jizchok Niborski, einem Lehrer, einem *lamed-vovnik,* und Rachel Ertel, die ihm die Tür zur jiddischen Kultur geöffnet haben.

Er dankt auch Pierre Astier, Josl Bergner *(a tajere neschume),* Gabriel Debray, Alisa Grinberg-Tur-Malka, Dov-Ber Kerler, David Markisch, Alain Monteil, Avrom Nowersztern, Eddie Paul, Xavier Person, David Roskies sowie Manuel Carcassonne und dem ganzen Team der Éditions Grasset.

Dank gilt auch denen, die ihn während der vier Jahre, die er an dem Roman gearbeitet hat, begleitet haben: Pierre Assouline, Sharon Bar-Kochva, Olivier Brosseau, Evelyne Grumberg, Matan Hermoni, Natalia Krynicka, Harel Luz, Marie-Caroline Malroux-Krief, Dory Manor, Jean Mattern, Benny Mer, Régine Nebel, Simon et Ezra Rozier, Moshik Sakal, Gil Shohat, Adina Stern, Marc Strauss und Karolina Szymaniak. Besonders erwähnt sei Anne-Sophie Dreyfus, ein wahrer *mentsch.*

Die Arbeit an diesem Roman wurde von den Missions Stendhal unterstützt, die dem Autor von Juli bis September 2008 einen Aufenthalt in Tel Aviv ermöglichten; ebenso durch ein Aufenthaltsstipendium von Januar bis Oktober 2010 im Rahmen des Förderprogramms für Schriftsteller der Region Île de France und durch die Stiftung Schloss Leuk (Schweiz), wo der Autor während fünf Jahren immer wieder die Segnungen der Walliser Weinberge und der Quellen in Leukerbad genießen konnte.

Bei seinem Aufenthalt in Tel Aviv hörte der Autor mit großem Interesse die Vorlesungsreihe von Antoine Compagnon vom Collège de France: »Proust: mémoire de la littérature«, die ihm auf die eine oder andere Art Anregungen für diesen Roman gaben.

Die Texte der drei Dichter und Helden dieser Geschichte sind ebenso wie deren Übersetzung in zahlreiche Sprachen in Bibliotheken zugänglich, vor allem im Haus der jiddischen Kultur/Bibliothèque Medem in Paris, deren Katalog im Internet unter www.rachelnet.org zu finden ist.

Die Nachlässe von Melech Rawicz und von Uri-Zwi Grinberg werden in der israelischen Nationalbibliothek in Jerusalem aufbewahrt; der von Perez Markisch im Center for the History of the Jews in Eastern Europe der Universität Tel Aviv. Das Archiv von Alter Kacyzne, nach dem Zweiten Weltkrieg von seiner Tochter Sulamita gesammelt, kann im Haus der jiddischen Kultur/Bibliothèque Medem in Paris eingesehen werden.

Andere zitierte Werke

Rachel Ertel (Hrsg.), *Khaliastra – La Bande*, Lachenal et Ritter, Paris, 1989

Uri-Zwi Grinberg, *Kmo yoman, meyoman hasikhot shenihela Miryma Yavin im hameshorer beshanim 1940–1948*, Bet moreshet Uri-Zwi Grinberg, Jerusalem

Gershon D. Hundert (Hrsg.), *The Yivo Encyclopedia of Jews in Eastern Europe*, New York 2008

Nora Levin, *The Jews in the Soviet Union since 1917: Paradox of survival*, Bd. 1, New York University Press 1988

Esther Markish, *Le Long Retour*, Paris 1974

Melech Rawicz, *Dos mayse-bukh fun mayn lebn*, 3 Bände, Buenos Aires, 1962–1975; deutsch (Auswahl): *Das Geschichtenbuch meines Lebens*, dt. von Armin Eidherr, Salzburg 1996; hebr.: *Sefer ha-maasiyot shel hayai*, hebr. von Moshe Yungman, Tel Aviv 1976

Joshua Rubenstein und Vladimir P. Naumov, *Stalin's Secret Pogrom: the Postwar Inquisition of the Jewish Antifascist Committee*, Yale University Press, New Haven/London 2001.

David Schneer, *Yiddish and the Creation of Soviet Jewish Culture*, Cambridge 2004

Natalia Vovsi-Mikhoëls, *Mon père Salomon Mikhoëls: souvenirs sur sa vie et sur sa mort*, Paris 1990

Anmerkungen

1 Denn die Kindheitserinnerungen sind die schlimmsten Erinnerungen / die Kindheitserinnerungen zerreißen uns.

2 Vom Krieg dorthin verschlagen, / lebten wir vogelfrei, / und das gefiel mir, wenn ich recht überlege.

3 Ich laufe und träume in Wien, / im Takt eines fernen Walzers, / die Schatten drehn sich, verschwimmen, / wie schön waren die Abende in Wien.

4 Neulich traf ich, der Zufall ist doch merkwürdig, unsere Freunde aus Luntachimo.

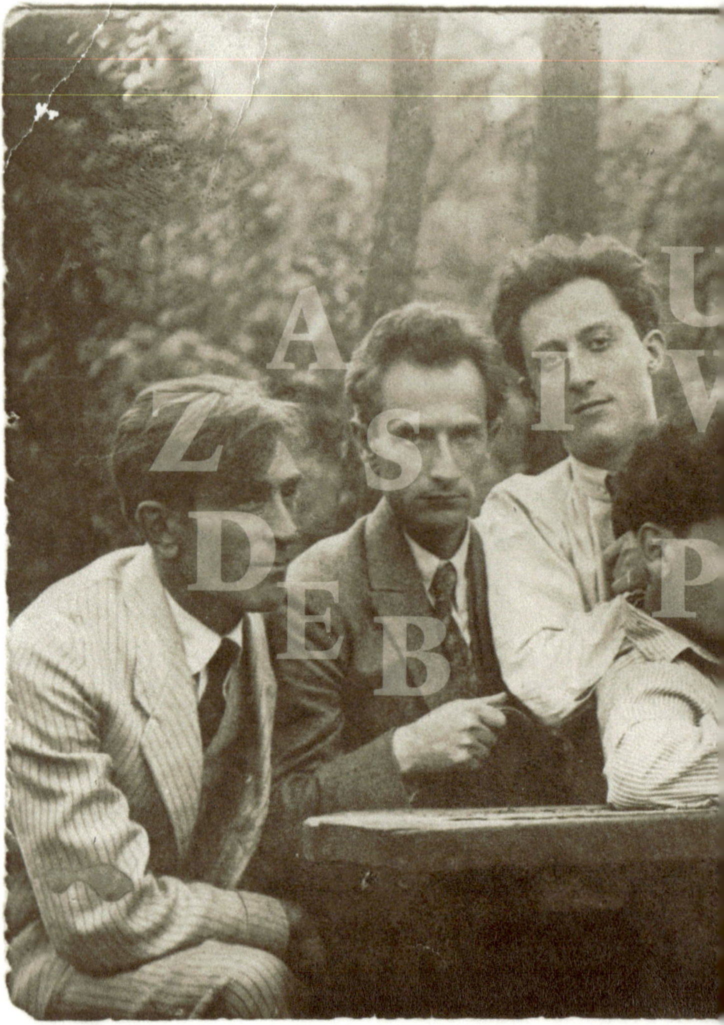

Im Palast
der Erinnerung
N
M
J
W

Im Palast der Erinnerung von Gilles Rozier ist im Oktober 2012 als dreihundertvierunddreißigster Band der Anderen Bibliothek erschienen.

Herausgabe und Lektorat lagen in den Händen von Christian Döring.

Im Palast der Erinnerung erschien 2011 unter dem Titel *D'un pays sans amour*: © Editions Grasset & Fasquelle, Paris.

Die Übersetzung aus dem Französischen haben Claudia Steinitz und Barbara Heber-Schärer besorgt; die Übertragungen aus dem Jiddischen stammen von Nici Graça und Esther Alexander-Ihme; die Übersetzung aus dem Hebräischen besorgte Ruth Melcer.

Im Palast der Erinnerung erscheint im Rahmen des Förderprogramms des französischen Außenministeriums, vertreten durch die Kulturabteilung der französischen Botschaft in Berlin.

Liberté • Égalité • Fraternité
RÉPUBLIQUE FRANÇAISE
AMBASSADE DE FRANCE
EN
REPUBLIQUE FEDERALE
D'ALLEMAGNE
BUREAU DU LIVRE

Der Verlag und die Übersetzerinnen danken der Pro Helvetia, Schweizer Kulturstiftung, für die Unterstützung; dem YIVO Institute for Jewish Research danken wir für das Porträt *Die Clique*.

Gilles Rozier ist 1963 bei Grenoble geboren und studierte Hebräisch und Jiddisch. Er ist Direktor des Pariser Hauses für Jiddische Kultur. Mehrere seiner Bücher wurden ins Deutsche übertragen, darunter *Eine Liebe ohne Widerstand* (2004) und *Abrahams Sohn* (2007).

Dieses Buch wurde von Iris Farnschläder (Farnschläder & Mahlstedt, Hamburg) gestaltet und aus der Lexicon No. 2 gesetzt. Die Herstellung betreute begleitend Renate Stefan, Berlin. Das Memminger MedienCentrum druckte auf 100 g/m² holz- und säurefreies, ungestrichenes Munken Pure. Dieses wurde von Arctic Paper ressourcenschonend hergestellt. Den Einband besorgte die Buchbinderei Lachenmaier in Reutlingen.

Die Originalausgaben der Anderen Bibliothek
sind limitiert und numeriert.
1.–4.444 2012

Dieses Buch trägt die Nummer:

* 2444

ISBN 978-3-8477-0334-1
AB – Die Andere Bibliothek GmbH & Co. KG, Berlin 2012

Die Andere
Bibliothek